金陵石痴录

王增陵 著

远方出版社

图书在版编目（CIP）数据

金陵石痴录 / 王增陵著. -- 呼和浩特 : 远方出版社, 2019.6

ISBN 978-7-5555-1239-4

Ⅰ. ①金… Ⅱ. ①王… Ⅲ. ①随笔—作品集—中国—当代 Ⅳ. ①I267.1

中国版本图书馆CIP数据核字(2019)第108888号

金陵石痴录

JINLING SHICHI LU

作　　者　王增陵
责任编辑　王　叶
责任校对　王　叶
封面题字　李增平
封面设计　刘蕊骅
漫画肖像　禹天成
出版发行　远方出版社
社　　址　呼和浩特市乌兰察布东路666号　邮编 010010
电　　话　(0471) 2236473总编室　2236460发行部
经　　销　新华书店
印　　刷　南京理工大学资产经营有限公司
开　　本　170mm×240mm　1/16
字　　数　320千
印　　张　19.25
版　　次　2019年6月 第1版
印　　次　2019年9月 第1次印刷
标准书号　ISBN 978-7-5555-1239-4
定　　价　82.00元

目录

《金陵石痴录》序

薛　冰

石，是人类最早掌握的劳动工具。而至迟在新石器时期，非使用功能的观赏石已经为先民所认识。数千年来，人们从色、质、形、纹等不同角度选择美石、奇石，品鉴收藏，留下诸多佳话。

改革开放以来，观赏石由文人画士的雅玩，生发为寻常百姓的爱好。越来越多的人，沉迷于观赏石的天成幻出，陶醉于观赏石的莫测奇趣，在古都南京，渐形成一个淘石、藏石、品石、论石的群体。其中的佼佼者，组协会，办展览，编图册，赋诗文，摄影视，开讲座，建石馆，以多种多样的方式，展示石之奇、巧、趣、韵。

当我们翻阅画册、流连展厅，惊艳于观赏石的千变万化、无奇不有之际，可能不会想到，每一枚美石，都须从不可胜数的砾石中精挑细选；可能不会想到，沙里淘金的过程中，曾发生怎样感人至深甚而不可思议的故事；可能更不会去想，奉呈如许珍异藏品供大家欣赏的，是一些什么样的人。

我们在尽情享受美的愉悦时，常常忽略了隐身于其后的奉献者。然而，正是他们，寻觅，不辞艰辛；发现，独具慧眼；购藏，不惜代价；命名，画龙点睛，把南京的赏石文化推向高峰，使南京成为中国赏石文化的重镇。

现在，终于有一本书，将南京的爱石人群体推到了台前，让我们可以见识他们的庐山真面。这六十几位收藏家，年龄不同，经历不同，职业不同，性格不同，家庭境况不同，喜爱的石种不同……他们在收藏之外，多有自己的事业，不乏学有所长、卓有成就者。但是有一天，他们遭逢了观赏石，人生道路由此转折，藏石、品石，成了他们生命中不可或缺的部分。“石不能言最可人。”有的人和美石缠绵了半个世纪，耄耋之年依然兴致不减；有的人正当青春年华，却已一见钟情，与奇石结下不解之缘。

作者称他们为“金陵石痴”。确实，身在金陵，爱石成痴，是他们最大的共同点。

痴，可说是收藏的最高境界。思念所爱，受尽熬煎，得见所爱，如痴如醉，一朝拥有，忘乎所以，与奇石同样值得珍重的，是那一腔真情。收藏固是物质的占有，但更是一种精神的追求。拥有珍品秘不示人的守财奴，永远成不了精神贵族。金陵石痴的另一个共同点，便是不以占有奇石为满足，而乐意与同好交流，与大家共享。在这本书里，他们与读者分享的，不仅有藏品的美不胜收，还有爱石之情怀，觅石之途径，选石之诀窍，品石之趣味。奇石丰满了他们的人生，升华了他们的境界，无论玩不玩石头的人，读他们的现身说法，相信都会有所启迪。

他们爱石成痴，从南京本地的雨花石、栖霞石，到安徽的灵璧石、长江的三峡石、广西的水冲石、内蒙的戈壁石、新疆的风砺石……哪里有奇石，哪里就会留下他们的足迹。他们不满足于拥有奇石的今生，而且要了解奇石的前世，有人致力于探求种种奇石的形成原因，有人悉心整理古今藏石赏石文献。有的人为藏石留影造像，歌之咏之，不遗余力；有的人归纳观赏石的审美规律，从传统的具象之美到现代的抽象之美，让更多的人领悟鉴赏之道；有的人尝试将观赏石组合搭配，模移再造，衍生出形形色色的创意产品，力求使有限资源得到充分利用，以更多喜闻乐见的形式满足社会需求。

本书著者王增陵先生，也是一位有名的石痴，藏石数十年，家中别有洞天，且有赏石专著问世。石痴心意自相通。他有感于石友们的执着与痴迷，对石文化的颖悟和创见，决意为金陵石痴立传。他又是南京报业的资深记者，与选石一样，他的慧眼善于捕捉同好收藏生涯中的可歌可泣之处，以精到的文字，绘声绘色，将各位石痴的形象描绘得栩栩如生，写出了他们的觅石之苦、藏石之珍与赏石之乐，写出了石友之间的交流传承、深情厚谊，写出了石痴们高远的追求和丰富的精神世界。同时，每一篇文章都配有两幅插图，一幅是石痴所藏珍石的彩色照片，争奇斗艳，也可让读者以一斑而窥全豹；另一幅是漫画肖像家禹天成先生专门为各位石痴所作的画像，画家以夸张的手法刻画出他们的容貌特征与性格特点，也为本书增添了趣味。

（薛冰，原南京市作家协会副主席、南京市藏书家协会主席，著名作家，南京地方志专家）

《金陵石痴录》缘起

王增陵

痴迷于奇石者，人称“石痴”。痴者，情有独钟也。历史上最有名的石痴，是宋代的米芾，呼石为丈，对石下拜，如痴如狂，被传为美谈！

中国赏石文化源远流长，是中国传统文化中独具魅力的一条支流。古都金陵更是与赏石文化结下不解之缘。石头城上的鬼脸，是一块最早引起人们惊叹的奇石。曹雪芹写《石头记》，也就是《红楼梦》，书中的“通灵宝玉”，就是南京特产雨花石。

从历史记录看，古代的爱石者，多为达官巨贾、文人雅士。爱石，是他们的雅好；赏石，是他们的雅趣；奇石，是他们的雅玩。现代以来，特别是改革开放以来，中国大地再次掀起赏石热，与历史上的赏石热最大的不同是，赏石的队伍已经急剧扩大，赏石已经热透民间了。

20世纪80年代初，我跨入新闻界，几乎与此同时，金陵大地上卷起了一股赏石热潮。全国最早建成的奇石馆——中华奇石馆，在石头城旁、清凉山上的崇正书院建成了；全国最早的赏石组织——南京雨花石协会诞生了；全国最早办石展的，是南京人。在1990年的北京亚运会上，南京雨花石精品展风靡一时，惊艳世界；全国最早出奇石画册、出赏石专著的，也是南京人。很快，南京的爱石者不再满足于玩赏地产的雨花石、栖霞石、太湖石、锦纹石。他们开始把目光投向全国，安徽的灵璧石、广西的水冲石、内蒙的戈壁石，各种奇石，纷至沓来，蔚为壮观。30多年来，南京已成为中国赏石文化的重镇。而把南京的赏石文化推向高峰的，正是这座历史文化名城里，众多形形色色的金陵石痴。

我亦爱石，也是一个金陵石痴。20 多年来，收藏了 1000 多块各类奇石。2010 年，应百花文艺出版社之邀，我写了一本《奇石雅记》，给我自己收藏的石头“立传”，出版后，颇受欢迎。但是，所收只是一己之石，所谈乃是一得之见。我并不满足。因为新闻记者的身份，我认识了 100 多位金陵石痴，相识相知，成为朋友。他们对奇石的执着、痴迷，对奇石文化的感悟和创见，令我感慨，让我感动，令我敬佩。他们收藏的极为珍贵的奇石，他们有过的不可思议的故事，20 多年来，久久萦绕在我的心头。于是，我萌生了一个念头：要为这些石痴们“立传”。

说是“立传”，我当然不可能一一为他们写传记。我只能以记者的眼光，去观察他们、阅读他们，截取他们最有趣的故事、最感人的细节、最有创意的观点，来展示他们独特的个性。

金陵乃千年古都，人杰地灵，文化深厚。爱石者难计其数，进入我视野的，只是其中一部分。但我坚信，他们大多是金陵石界的精英和中坚人物。他们的成就、他们的境界，是可以作为金陵石界的代表的。每位人物，将配一块他们自己最喜欢的奇石。我相信，这些奇石也足以代表金陵石界的收藏水平。

“江山代有才人出，各领风骚数百年。”赏石界亦如此。近几年，我所认识的好几位金陵石痴先后谢世，令人痛心！好在也有不少青年俊彦加入赏石行列，成为后起之秀。金陵大地，石痴辈出，赏石文脉，不绝如缕。这是我这个金陵老石痴的最大心愿啊！

2017 年 3 月 18 日

尹石/篆刻《石不能言最可人》

周小鹿/篆刻《人若痴石能言》

芳名“雨花女”

——记王邵萍

王邵萍得“雨花女”芳名，乃 20 世纪 80 年代事。在《南京日报》副刊上，记者撰一文记王邵萍，标题“雨花女”。此后，王邵萍即以“雨花女”成名，亦以“雨花女”自称，石界乃知“雨花女”，知其真名王邵萍者，反而不多矣！

我和王邵萍相识 20 年了，也是以石结缘，成为石友。那时候，只知道她家人在雨花台卖雨花石，她从小就识石、爱石，藏石颇丰。她和丈夫刘怡有日本留学背景，俩人在从事与日本相关的文化交流工作。后来，我们发起成立金陵商会，我一直在秘书处主持工作，王邵萍也参加商会，成了商会执行会长。我们由石友进而成为朋友，相知更深了。但是，对她觅石、藏石、赏石的详细情况，则是到写作《金陵石痴录》时，方听她娓娓道来。

出中华门，过长干桥，不远便是有名的雨花台。王邵萍儿时的家，就在雨花台正大门旁。祖辈在雨花台门口，摆一个小小的摊子，卖雨花石。几盆清水中，浸着各色石子，王邵萍没事，就在盆边蹲着，拨弄着，寻找着漂亮的石子，盆里的天地，是她童年快乐的天堂！

那时候，雨花台可以自由出入，雨花台也没有被水泥完全覆盖。许多地方，不经意就会出现晶莹剔透、清润如水的雨花石。王邵萍喜欢到雨花台拣石。有时候，一拣就忘记了时间，直到天黑下来，才不舍地往家走。上衣和裤子口袋里，满满地装着拣来的石子。她那时还太小，也不知道好坏，只要是自己觉得好看，就捡起来，带回家。这些拣来的石子，被大人统统倒入盆里，也能被客人三文不值二文地成把买走。

王邵萍的舅奶奶，就住在她家隔壁，也是卖雨花石的。舅奶奶家有很多精美的石头，王邵萍没事就去舅奶奶家玩。舅奶奶很喜欢这个聪明伶俐的晚辈，常跟她说："石头里面是有东西的。你要是找到那东西了，石头就会活起来。" 王邵萍于是更喜欢到盆子里拨拉，希望能找到活起来的石头。她收藏的第一块有东西的石头，就是在自家盆里发现的。她找到了，紧紧地握在手里，拔腿就跑。母亲不知道她拿了什么东西，跟在后面追。追到了，扒开手看，原来是枚石子。"一粒石子，你跑什么啊?" "是只小公鸡呢!"果然是只小公鸡，还张了翅膀，振翅欲飞的样子。母亲把"小公鸡"给了她。小邵萍去上学，她一只手拿着笔，放在桌子上，一只手在裤子口袋里，不停地摩挲着。她说，那天的体育课她没上，躲在操场边上，捧着一只笔筒，里面盛满了水。那块心爱的石头，在水里晶莹发亮。石头上的小公鸡看着她，喔喔叫着，像要从里面跳出来。

王邵萍渐渐长大，却渐渐发觉与石头有了隔阂。人与石是互通的，人的境界，决定了她所能发现的石头的境界和内涵。石头里面，有人世间的欢乐与苦难，有呼喊，有挣扎，有绝望，有悲悯。石头永远在那里，甚至对你做了许多启示。然而，你不能看到。因为人生的阅历、学识的限制，石头的魅力，在王邵萍眼中，渐渐黯淡下来。从学校毕业之后，王邵萍的第一份工作，就是在雨花台烈士陵园卖雨花石。本来，这份工作对自小喜欢石头的她来说，是求之不得的。然而，王邵萍却并没有欢欣的感觉。她甚至疑惑起来："难道这辈子就注定要与石头在一起了?这到底有什么意义呢?"她陷入迷茫之中。

一个阴晦的早晨，一位老人到她的柜台前看石头。王邵萍没有过多搭理，自顾自地想事情。老人从水中捡起一枚石头，反复看着，又放回水里，拿出来，再看。他买了。买完之后，他并没有离开，而是把石头拿在手上，反复抚摸着，又放入水中，定睛细细地看着，眼泪慢慢流了下来，滴在水里。王邵萍惊讶地看着老人。老人说："我是从台湾来的，几十年了，第一次回大陆。这个雨花石，用不着你给我介绍。我们台湾的很多人都了解。当初从祖国大陆去台湾的时候，许多人是从南京走的，什么都没带，就口袋里装几枚雨花石。在台湾几十年，我们这些人，想家的时候，就把雨花石拿出来看看。石头是家乡的，石头上的景也是家乡的景，石头是有灵性的啊!"他拿起水中的那枚雨花石，指给王邵萍看，"你看，那上面是不是有一个老人，站在高山上，面朝大海在望？”王邵萍仔细一看，果然是。“好几个中秋节，我去海边望大陆，这石头上的人，活脱脱就是我啊！”老人久久不愿离去，买了一颗又一颗。后来买的，他已经不大在意挑拣了。老人走了，王邵萍呆呆地想了很久。

王邵萍说，是这位台湾老兵，改变了她对雨花石的认识。原来，石头里面，不仅仅有如诗如画的风景、栩栩如生的动植物，还有着与人心贴在一起的浓浓情感啊！仿佛推开了一扇神奇的门，王邵萍一下就惊醒了，心情豁然开朗！从此，神奇的雨花石在她心里扎下了根，她成了金陵石界赫赫有名的“雨花女”。

雨花石不仅给王邵萍带来“雨花女”的芳名，还给她带来了甜蜜的爱情，改变了她一生的命运。那是一个晴朗的上午，一个年轻人敲开了王邵萍的门。他是看到了关于“雨花女”的报道，慕名而来的。他其实并不是一个石头爱好者，只是想给日本的亲戚，挑几块精品雨花石，做个纪念。王邵萍带他到了二楼的房间，房间里满满当当全是石头。年轻人痴痴地看着，他迷醉了。这位年轻人叫刘怡。之后，去雨花台、六合等地荒郊拣石，王邵萍就不再是孤单一人了，刘怡永远陪伴在她身边。

1992 年，刘怡留学东京，随后，王邵萍跟着漂洋过海，东渡日本。王邵萍同时把雨花石的美也带到了日本。那不只是美，是震撼！那只“小公鸡”，王邵萍一直带着。在她已有数千枚雨花石精品之后，“小公鸡”依然是她的最爱。王邵萍说：“小北和哉是日本著名的漫画家。有一次，他看到了‘小公鸡’，呆住了。拿在手里，怎么也舍不得放下，嘴里念叨着，这是上天的造化啊！太神奇了！”小北和哉迷上了雨花石，因为雨花石，迷上了南京。他甚至托王邵萍帮他在南京买房子。

2005 年 7 月 9 日，“全日本爱石协会第 15 回全国爱石展”在东京举行。举办方邀请王邵萍参展。王邵萍带着她的“小公鸡”“圣母玛利亚”“耶稣”“十字架”“孔子”“老寿星”等数百枚雨花石参展，在日本引起轰动。日本老兵今泉清词先生不顾 80 多岁高龄，乘坐电车近两小时，赶到展馆观看，流连忘返、叹为观止。今泉清词先生盛情邀请王邵萍和刘怡到他家做客，对当年侵华战争以及南京大屠杀，表示深深忏悔。今泉清词先生希望通过雨花石文化交流，让更多的日本青少年认识中国、了解中国，为中日长期友好起到桥梁作用。

10多年来，王邵萍在日本东京、名古屋等大城市举办了十几次雨花石展，每次展览都有媒体报道，都会在当地引起很大反响。她也因此结识了许多日本友人，多次受到日本前首相村山富市、鸠山由纪夫等日本政要的亲切接见。

对于相当多的日本人而言，南京是一个特别的城市。因为惭愧，或者因为更复杂的情感，不少日本人的内心深处，不愿意触碰这个城市。王邵萍说，每次在日本办展，她都会受到深深的感动。雨花石的纯净、自然、透明、神奇，让许多日本人迷上了雨花石，也迷上了南京。每次日本朋友过来，她第一个带他们去的，就是南京大屠杀遇难同胞纪念馆，让他们了解历史的真相。王邵萍已经记不清，带了多少日本人去参观了。她说："我希望有更多的日本人能来南京看看。来看了，来感受了，他们就变得明白敞亮了。"

2014年8月，第二届夏季青奥会在南京举行。南京青奥会的吉祥物是雨花石"砳砳"，组委会选中了王邵萍收藏的精品雨花石，由王邵萍的女儿刘蕊华设计，与中国邮政共同出版了《青奥雨花石明信片》，在南京青奥商城向全球销售。这套雨花石明信片大受欢迎，成为建设银行等不少高端客户的礼品订单。与此同时，王邵萍还举办了"迎青奥，雨花女雨花石珍品展"，获得各界高度好评！

王邵萍多次在母校雨花台中学举办雨花石展，雨花台中学因此还建了雨花石博物馆，雨花石文化成为其显著的办学特色。近30年来，王邵萍在国内办展数十次，中央电视台、新华社、人民网、《新华日报》、江苏卫视、《南京日报》、《金陵晚报》等数十家媒体，都报道过"雨花女"的雨花石展。王邵萍说，办展只有付出，不是为了出名。办展是为了宣传雨花石，让更多的人能认识雨花石，分享雨花石的神奇和美丽。她说："我不能辜负'雨花女'这个美好的名字。"

小小雨花石，质有明暗粗细，纹理千变万化，色彩绚丽淡雅，方寸之间，浓缩了大千世界。谈起雨花石，王邵萍感慨万千："几十年来，我的生活都离不开雨花石。闲暇时，有雨花石相伴，看一看，摸一摸，仿佛整个身心都融入其中。"我能感受到，现在的《雨花女》，已经不是一般的石痴了，对于石头，她有一种神圣的感情。她在石头中看到的，不只是色泽之美、形态之奇、意境之深。她要在石头上，寻找人生的哲学、人性的光辉，还有生命的启示。她要努力去发现、去表述、去传播雨花石中所蕴含的关于生命的启示。“也许，这才是天降雨花的真谛所在吧！” 王邵萍如是说。

圣母玛利亚

雨花女藏

雨花女藏石

金陵玩石人

——记征争

“征争何许人也？曰，石头城中一石痴耳！”著名作家、诗人周锋老先生自问自答，如此评价征争。“金陵玩石人”是征争自封的雅号。石头城中石痴众多，但是，能把石头玩出文化、玩出艺术、玩出这么大的动静和影响，征争堪称金陵石界第一人！

我和征争相识也有20年了，但交往不多。他给我印象最深的有两点：一是玩石时间长，从20世纪70年代初就玩雨花石；二是好石头只进不出。他是石头市场的常客，有时一天要跑几趟，骑上摩托车，来去如风。我只要去清凉山必定会遇上他。他眼光好，出手又快，收了几十年，你说他的好石头该有多少吧？

征争让我刮目相看的，是他的几次特色石展。2010年春，南京举办梅花节期间，南京市政府特邀征争，在明孝陵博物馆内，举办“梅花石韵”雨花石个展。200多株姿态各异、斗艳争奇的梅花，绽放在一块块晶莹剔透的雨花石上，让人目不暇接、叹为观止！挑选作品，设计展位，布置展厅，征争一丝不苟，亲力亲为。孙晓云、黄惇、卢星堂、汤达等书画家为展览配上书画，使整个展厅显得古朴雅致，充满了浓浓的文化气息。梅花是南京的市花，雨花石是南京的名片。在梅花节里展示“梅花石韵”，可谓创意奇巧。“梅花石韵”雨花石个展反响巨大，取得很大成功。

2016年1月，征争在“征争藏石艺术馆”举办“征争雨花石百猴趣展”。这年是猴年，“金猴报春归，春归金猴报”，征争用他珍藏的100枚猴序列雨花石，以新颖的艺术形式，用生动形象的石头画面来祈福新年，令人耳目一新。雨花石百猴趣展很有特色。一是形式新颖，展馆布置融合了传统与现代元素，构思巧妙，用心用情，充满福、祥、情的艺术氛围。中国书法家协会副主席孙晓云亲笔题“福”字；南京艺术学院博导黄惇专门题写展名；众多书法家捧场的“猴”“福”作品展示，使展会充满了浓郁的文化气息。二是内容独到，猴年猴趣，猴石是他从众多的猴石中精选出来的，百猴闹春，精彩纷呈。其中有一只“金陵美猴王”，在2003年11月举办的“金陵美猴生肖石评选”中，名列榜首。三是机缘巧合，猴年也是征争60花甲的本命年，征争的忘年交，著名诗人周锋作诗致贺：“卿是金陵玩石人，弱冠即觅自然根。何方窃得灵猴智？辩证竟通造化神。六十年华未虚度，建康文脉有传承。上善行将增福寿，更添瑰宝励龙孙！”

2017年2月，“百鸡大吉雨花石展”在征争藏石艺术馆拉开帷幕。征争用鸡石系列雨花石艺术品为鸡年送上吉祥。这次展出的鸡石系列雨花石，也是征争从众多鸡石中精心挑选出来的，有“怒发冲冠”“山鸡舞境”“金鸡独立”“闻鸡起舞”“鹤立鸡群”“呆若木鸡”等精品石，千变万化，浑然天成。其中的展品“小鸡出壳”，12年前中央电视台一套就曾经报道过，此石蛋中雏鸡稚气可人，石眼透亮，充满希望和遐想，真可谓鬼斧神工，令人拍案叫绝。作品《外面的世界》，笼中之（鸡），翘首仰望，期待放飞，让人强烈感受到对自由的向往与渴望。

此次展览，鸡石精彩，著名书画家孙晓云、黄惇、戎锋、王霖、汤达、孙乐等的书画作品也亮人眼目。孙晓云为石展题写“百鸡大吉”；南京艺术学院书法博士王霖专门题写诸多“鸡”字；著名漫画家戎锋创作的极富现实感和哲理的“百鸡漫画”，别出心裁，令人捧腹。整个石展，内容丰富、形式独到，充满欢乐和温馨。

在征争所有的特色石展中，影响最大的，当数2016年9月1日至12月1日在南京博物院举办的“乱坠天花——雨花石与金陵风韵”特展。这次特展，特色鲜明。一是古韵悠长。作品中体现出来的文化韵味十足，古风犹存，别有韵格。其中，“金陵辟邪”是征争的最爱。辟邪是南京的市标，石上的辟邪，抽象而又具象，威猛而不失天真，见者无不感叹天工造化的神奇。“汉宫舞姬”，那高古的舞者风韵，让人浮想联翩。“高山流水”犹如一幅古画，飞瀑流泉，古意盈盈。二是诗情浓郁。读这些石头作品，就像读唐诗宋词。“坐爱枫林”，一下就把你引入枫林晚境。《江山多娇》大开大合，气势磅礴。《莫愁烟雨》《暗香传讯》《古梅雅韵》，无不散发出浓郁诗情。三是画意灵动。“春、夏、秋、冬”江南水乡四季系列，让你仿佛身临其境。《金陵十二钗》，每一幅就像一首判词，人物画面感很强，那婀娜的身姿，柔美的面容，让人生情，令人相思。还有那《栖霞红枫》《六朝松月》《暮雨江天》，金陵美景，历历在目。四是禅味深远。《云光说法》，石中再现；《观自在》，启人遐想；《金陵圣果》《一叶一菩提》《心无挂碍》《无量寿佛》，无不禅味十足。无论是古韵、诗情、画意、禅味，其间突显的金陵元素，都能够让观者对金陵美景、金陵文脉、金陵风韵，留下难忘的印象。

周锋先生在此次展览序言中，作诗一首称赞："君凭何物味金陵？岂必秦淮访伎亭。石蕴丹朱雨花俊，魂牵华夏国士贞。一丸得瞰洪荒变，方寸能观万象情。莫羡天公偏眷顾，由来此物最通灵。"南京博物院院长、江苏省文化厅副厅长、中国博物馆协会副理事长龚良，在为此次特展所做的序言中说："这些代表南京的石子，其实是收藏者也是作者征争先生对艺术的感悟、对南京的诠释和对传统文化的深厚理解，还有在此背后，他数十年执着的追求。"

这次特展，在南京博物院历史上，创造了四个“第一”：国家级博物馆第一次为藏石者办个展；第一次破格允许非博物馆讲解员的作者征争现场为观众讲解；第一次为个展编辑出版雨花石艺术创作作品集，数千册作品集出版后被抢购一空，供不应求，为博物院历史上仅见；在短短 3 个月内，特展参观人数突破 100 万，撤展以后，许多外地观众依旧赶来参观，得知撤展，深感失望。许多观众向南京博物院建议：院内应设立永久性的雨花石展馆，作为南京文化的特别名片，向世人展示。

2011 年，在中国石化江苏公司的支持下，征争成立了“征争藏石艺术馆”。我见过不少大大小小的藏石艺术馆，有公办的，也有私办的。当我第一次应邀去参观“征争藏石艺术馆”时，还是大吃一惊！藏石艺术馆建于下关江边江苏石油大厦的 30 层，四面落地玻璃窗。放眼望去，狮子山蹲伏脚下，阅江楼历历在目，长江大桥遥遥相望。长江滚滚东去，云淡天高，江山如画！参观一圈，我笑着对征争说："此馆有三高：地理位置高，藏品质量高，办展水平高。堪称金陵第一馆！"征争笑而不答，表示默许。

2014 年，受南京金陵中学河西分校之邀，征争为该校设计了雨花石展馆，并举办了雨花石文化展。3 年来免费为师生展出，反响不错。

征争玩石能玩出这个水平、玩出这种境界，既与他几十年的坚忍执着有关，也与家庭亲友的影响紧密相关。征争十几岁就考入南京空政文工团，选择舞蹈专业，曾在舞蹈大赛中获得过金奖。身为舞蹈家的母亲喜欢雨花石，随部队入朝时，随身携带的一枚雨花石不慎失落，成了她最大遗憾。后来征争来到南京，母亲便嘱咐他帮她寻觅雨花石，征争就此也迷上了雨花石。征争习舞之余，又随金陵名宿石林先生研习书法，兼好收藏。他既是中国舞蹈家协会会员，又是中国书法家协会会员。艺术是相通的，正因为有这样的艺术修为，征争的藏石赏石别具眼光，自成一格。

征争在南京石界，是个另类：他不合群，喜欢独来独往。2010 年以前，他不出书，也不参展，更不办展，不显山不露水，只是一味觅石、收石，埋头创作。可谓是，四十年不鸣，一鸣惊人！四十年不飞，一飞冲天！

征争并没有满足现状，也没有停下脚步。他依旧在不停地觅石、收石，不停地发现、创作。在他眼中，雨花石是一本永远读不完的天书。在与征争的采访交流中，我发现，他以往独行侠的形象，正在悄悄地改变。雨花石文化传承的责任意识和担当意识，渐渐浓了。“金陵玩石人”正在向“金陵护石人”嬗变。他多次在新华社、新华网上发出呼吁：“守住地域文化之魂”。他说：“雨花石文化至今尚未被提到弘扬南京地方特色文化的高度而引起重视。没有人尝试挖掘雨花石的文化艺术和衍生价值，也没有专门的机构对其像云锦一样进行深入研究和保护。雨花石文化面临失根危险。雨花石文化民间艺术藏家传承者数量整体萎缩，后继乏人，珍贵的雨花石大量流失国外，出台抢救保护政策迫在眉睫。”

雨花石组合·文房雅韵

我认为，以他现在的影响力，在保护、传承和发扬雨花石文化方面，做一些持续的努力，是可以取得成效的。这是一件功德无量的大事。

标新二月花

——记王建平

2016 年 10 月，王建平在南京雨花台中学内的雨花石文化博物馆，举办“寸盈天趣——赏石艺术展”，邀请我去参观。正是这个赏石艺术展，让我对王建平刮目相看。

雨花石文化博物馆，是全国唯一的一座既有教育特色，又有地域文化特色的校园式博物馆。自 2010 年 10 月开馆以来，已获得“国土资源部科普教育基地”称号，辟有“成之妙”“觉之美”“论之佳”“鉴之雅”“藏之奇”等 6 个功能展厅，全年对学生和社会团体开放。展馆的硬件设施是一流的。“寸盈天趣——赏识艺术展”在这里举办，可谓相得益彰，给我留下深刻印象的有三点。

一是展品丰富。展品中不仅有南京雨花石，也有长江上游一带产的玛瑙石、东北产的玛瑙石、戈壁滩玛瑙石，海洋玉髓，戈壁石、昆石、太湖石、灵璧石、广西红水河水石、水晶等 10 多个石种，令人目不暇接，显示出王建平藏石、赏石的丰富性和包容性。

二是精品众多。栖霞石《黑鲨》，黄灵璧《黄土高原》，雨花石《金马渡江》《田园风光》，雨花蛋白石雕件《思》《少妇》，戈壁玛瑙《北国风光》、戈壁石《绽放》，海洋玉髓《蓝色梦幻》，水晶《麦穗》，来宾纹石《人物头像》，一件件精品，让人拍案称奇。其中不少作品，在全国及各省、市赏石展中，分别获得金、银、铜奖和一等奖。这让人感受到王建平眼光独到的精品意识。

三是形式创新。雨花石可以放在玻璃碗里，挂在墙上展示；可以嵌在红木板上，排列如屏风，呈现国粹——京剧脸谱；可以画在水晶鼻烟壶内，相互映衬；可以用放大镜透视小石子；可以用古色古香的博古架，展示一组小品……种种手法，让人耳目一新，展示出王建平追求创新的不懈努力。

雨花石文化博物馆对这个展览高度重视，展期定为 1 年。全国各地不少石友闻讯后纷纷赶来参观，给予高度评价。上海赏石协会负责人徐文强观后感言：“这个展览有特色，石种丰富，品味高雅，不少作品让人过目难忘。”他建议王建平到上海办展，让更多的石友能分享赏石的乐趣。澳大利亚一位商人参观石展后，提出希望王建平到澳大利亚去办展，他愿意提供帮助。

举办个人藏石展，是王建平一直就有的想法。他认为，美石不应该藏在家里，一人独享，而应该想办法让美石有机会亮亮相，收集众多的爱美目光，让奇石之美，更加深入人心，以提高人们的生活品味。2005 年 5 月，王建平在南京瞻园举办了首场个人藏石精品展，他的藏石作品集《石萃》同时发行。这次精品展，反响还是不错的。但王建平并不满足，总觉得美中有不足，那就是缺乏创意，走的还是一般石展的老路子。

王建平决心再次举办个展。没想到这一筹备，就是 11 年！他四出寻石、觅石、收藏、创作，翻阅资料，参观展会，为协会组办石展，向石界高手学习，与台湾地区及韩国石友交流，打开眼界，受益匪浅。在雨花台中学义工团队以及孙友田、张忠、史凤琴、郭春生、刘汉作等众多石友的帮助下，这个求新、求奇、求变的创新石展，才得以成功举办。

1950 年出生的王建平阅历简单：读书、当兵、转业当公务员，直到退休。他的生活更简单：工作之外，就是玩石头。他自幼喜欢书画、盆景，与石结缘后，心里装的就只有石头了。他在南京当兵，驻地靠六合，有空便去采石场找雨花石。1987 年转业到南京市物价局工作，他便正式踏上了觅石、藏石、赏石之路。

王建平长期担任南京雨花石协会副会长，《雨花石》杂志副主编，在石界是出了名的“老黄牛”。他的分工是组织石展。无论是本市石展、外地石展，还是出国出境石展，从展品征集、运转，场地布置费用收缴、结算，展会安排、石友交流、新闻采访……种种琐事，都是他亲力亲为。他也真有本事，事无巨细，都能处理得妥妥帖帖，每次石展，都能办得很成功。

这要归功于他的好人品。俗话说：人上一百，形形色色。石界也是如此，观点相背，利益相交，性格差异，都容易惹出矛盾、引起纠纷。王建平却是个例外。无论石商、石贩、石农、石友，提起他，没有不竖大拇指的。这太难得了。他的热心助人，是出了名的。朋友有困难，都会找他，他也总是尽力帮助解决。外地石友到南京，也喜欢找他。他的大度，却只有当事者知道。对有些朋友的不义之举，他也从不计较，而是给予理解和同情。朋友照做，有难照帮。

人缘好，石缘就好。石商、石贩、石农得到好石头，会最早通知他，让他先看，也愿意低价让给他，宁愿少卖钱。王建平的不少好石头，就是这样得来的。他说起来，都有故事，如数家珍。

在王建平的藏石中，有一块长江三峡石“女模特”。说起当年追逐“女模特”的故事，他就喜不自禁、滔滔不绝。2004 年，南京举办首届赏石展，石友狄晓明的一块长江三峡石“女模特”获得金奖。狄晓明是 714 厂（南京无线电厂）职工，曾被派往宜昌负责销售工作，之后便喜欢上了当地出产的三峡石，并收藏了 300 多块三峡石。王建平看到“女模特”，一下子就被迷住了，一心想搞到手。可这是一块刚刚获得金奖的石头，王建平和狄晓明当时还不大熟，他不好意思开口。“女模特”天天在王建平眼前晃荡，他心里很纠结。后来，王建平只好找到一位与狄晓明相熟的朋友出面，三番五次找狄晓明，要求转让。狄晓明是知道王建平的，见他这么执着，就以不高的价钱，慨然相让给他了。王建平和狄晓明就此也成了好朋友。

这块“女模特”，高 33 厘米，宽 22 厘米，厚 18 厘米，大小适中。细观画面：金色的峡谷中，一少女亭亭玉立，正轻盈地向前方走去，留下一个窈窕背影—— 披肩长发，纤细腰身，紧裹臀部的长裙……活脱脱一位现代模特！王建平追到了“女模特”，喜不自禁，赋诗一首：“靓丽美身腰，风姿绰约态。款款盈盈步，红颜称绝代。追逐女模特，夫人却不怪。”这块“女模特”，在后来举办的第六届全国赏石展上，获得银奖。直至现在，仍然是王建平的最爱。

2001 年春节前，王建平去厦门出差。难得一点空闲时，他当然去满城找石头。幸运得很，在一家石馆里，他看中了一块九龙璧，是典型的山形石，线条柔和，意境悠远。王建平没太还价，就买了下来。此石重约 30 千克，怎么运回南京？托运是断然舍不得的，怕碰坏。王建平找来一条旧床单，轻轻地把石头裹起来，再找来两个硬纸箱，包两层，又用绳子绑得结结实实，背在肩上。就这么一路背着，回到家时，他的肩上硌出深深的一道红印。2002 年 10 月，南京市园林局和《南京日报》联合举办“南京市第二届赏石节”，这块九龙璧获一等奖。

有一次，王建平去新疆出差，路过兰州时，在一家奇石馆看到一块黄河卵石。这块石头重约 6 公斤，馆主开价 8800 元。王建平花了两个小时讨价还价，和馆主套近乎，最终以 1500 元买下。此后，他背着这块石头，在大西北坐火车，转汽车，换步行，奔波 12 天，辗转几千里，喜滋滋地背回了南京。

只要看到好石头，王建平可谓磨功了得。他有一块浙江青田石，乳白色的背景下，茂密的树林，连片片树叶都清晰可见，惟妙惟肖。1995 年，他看中这块奇石，人家开价偏高，他没舍得买。此后的 7 年中，他一直在跟石头的主人“磨”这块奇石。直到 2002 年上半年，终于把这块奇石“磨”到手。当年 10 月，我在《南京日报》社会新闻部发起“山水赏石杯”石迷故事征文活动，听到这个故事，就写了一篇征文，标题就叫《买块奇石“磨”七年》。

在王建平的藏石中，有一枚生动的“猪爷”。这枚“猪爷”，五官俱全，圆圆的眼睛特别传神，好像会说话。胖胖的脸上浮着一抹嫣红，萌得可爱极了。王建平谈起这块“猪爷”，脸上充满得意之色：“1997 年 4 月，我在朝天宫市场看到“猪爷”，如获至宝，也没砍价，毫不犹豫就买下来了。回来高兴了好久，一有空就拿出来欣赏，总也看不够。后来看到一篇藏石人的文章，提到他曾发现这枚“猪爷”，本想转一圈回来再买，谁知转一圈回来发现，“猪爷”被人买走了。与此石失之交臂，追悔莫及！我想，这也许就是缘分吧。”

王建平在南京市物价局工作 20 多年，当了 10 多年实权部门的处长。他工作起来兢兢业业，一丝不苟，雷厉风行。与朋友相处却温文儒雅，低调平和，说话轻声慢气。不熟悉的人，很难把这个瘦瘦小小、衣着陈旧的人，与政府官员联系起来。在市物价局，他经历了 6 位局长，对他都信任有加。他在物价局，玩石头是公开的、高调的。办公室、会议室，甚至走廊里，都摆放着他的石头，成为物价局的一道特殊景观。知道他爱石、迷石，局长会特别关照：“王建平啊，这一段南京有石展，就不安排你出差了，让别人去吧！”王建平谈起领导和同事对他的理解与支持，心存感激：

"我只有把工作做得更好，才对得起他们啊！"

清代"扬州八怪"之一的郑板桥，曾经写过一副很有名的楹联："删繁就简三秋树，领异标新二月花。"删繁就简，去掉繁杂部分，使之趋于简明；领异标新，谓之与众不同，独创一格。三秋树，晚秋季节的树，简练明目；二月花，初春时分的花，新艳动心。郑板桥此联，是写给学生韩镐论文章做法的。他认为，好文章应该简明扼要，朴实无华，而又匠心独具，自成一家。总要有新意，才能有旺盛的生命力。用于论人，我看也有启发。即做人应该简单朴实；做事应该动脑筋，敢创新。

王建平做人简单朴实，做事求精求新，当得起郑板桥的这幅对联！

雨花石·秋林潇潇

亲情伴石行

——记柏贵宝

雨花石·采菊东篱 6.0 厘米×5.5 厘米

柏贵宝是南京雨花石协会的秘书长，我认识他有十几年了。但真正了解他，则是读了他写的《石话石说——雨花石风采录》之后。

与一般石迷不同，柏贵宝爱石，也爱写石。玩石 30 多年，先后在报刊等媒体上发表文章 300 多篇，成了雨花石界名气颇大的秀才。2010 年，他从发表的文章中选出近百篇作品，结集出版了《石话石说》一书。中国观赏石协会科学顾问、著名赏石家刘水，对此书评价颇高，认为“古往今来，专为雨花石写散文集，当属破天荒处女作。不论叙事、抒情、议论，都甚有文学意义上的文学性”。原南京市作协副主席、著名作家冯亦同，为此书写序，说此书为读者“打开了一个绚丽多彩、万象纷呈的雨花石世界”。我读此书，感受最深的，则是在作者艰辛赏石路上，一路伴随的浓浓亲情！

1954 年出生的柏贵宝，是新三届初中生，躲过了“上山下乡”，1970 年分配在南京第二钢铁厂当工人。因岗位所需与卵石打交道，渐渐地就认识和迷上了雨花石。他不抽烟、不喝酒、不搓麻、不跳舞，连家务活也不爱做，整天迷的就是雨花石，觅石、购石、藏石、赏石，有点钱都花在石头上了。柏贵宝说，好在妻子张玉梅通情达理，对他的石癖，既理解又支持，他才能玩得心无旁骛，随心所欲，得其所哉！

1988 年，厂里分给他一套两室一厅的住房，搬家时三件宝：妻子、女儿、石宝，其他的随便就扔了。柏贵宝出“巨资”把大房间装修成雨花石展示间，冠名“水石轩”，一溜排展柜，墙上挂着石友赠送的“水石轩”题匾。他自己还自书一条幅：“水石轩含千古秀，石香引来四方友。藏石精品如诗画，静观妙石共神游。” 夫妻俩住小房间，女儿的居室被挤到阳台上。书中有3张老照片，一张是1989年夏，6岁的女儿在“水石轩”小圆桌旁欣赏雨花石；一张是柏贵宝穿件背心，在欣赏雨花石；还有一张是柏贵宝、张玉梅夫妻，在“水石轩”赏石。小小的“水石轩”，浓浓的石香气，透出暖暖的亲情，让我想起《陋室铭》：虽是陋室，唯石德馨。

书中有一篇《柔情似水》，写得很美。1989年9月的一天，早上4点多，柏贵宝就起身，趁着月色，骑自行车奔六合觅石。骑车去六合，是为省几块钱的车费，多买几块雨花石。从六合到仪征，奔波一天，傍晚6点多，他带着一包雨花石，从青山往南京赶。路上遇到一位徐营村的石商老徐收雨花石回家，说他最近收到一些好石，邀他去看看。柏贵宝顾不上饥肠辘辘与天色将晚，兴致勃勃地来到他家。老徐端出一盆雨花石给他挑。柏贵宝借着灯光，仔细挑选。忽然，一枚“皓月当空”的美石跃入眼帘：此石长约6厘米，宽3厘米；石的上方，一轮皎洁如玉盘的朗月，又大又圆；周边一圈乳白色的晕，有如月光映照，柔情似水。柏贵宝如获至宝，爽快成交。

归程路上，柏贵宝手提“月亮”，脚踏月光，飘然欲仙，一点也不觉得累。到家已是深夜12点，妻子张玉梅还在阳台上焦急地张望。见他回来，嗔怪地说道：“该死的！说好8点多到家，怎么搞到12点？让人在阳台上望着月亮发呆！”柏贵宝开玩笑回道：“你是在监督我，怕我调戏嫦娥吧？” 张玉梅说：“你可没天蓬元帅的本事。” 柏贵宝说：“你说错了吧？看看，我把嫦娥都带回来啦！” 夫妻俩哄闹着进家，5岁多的小女儿被吵醒了，小手揉着蒙眬的双眼，嚷着要看雨花石，还问：“阿有小哥哥、小妹妹啊？” 柏贵宝说：“没有，有一颗好看的月亮。” 女儿说：“月亮不看了。刚才和妈在阳台上看了好半天呢。妈喜欢看，你给妈看吧。” 说着就睡着了。柏贵宝“吃着香喷喷的饭菜，看着碗中的月亮，想着一路上的月光，深深地沉浸在女性的温柔之中”。 这似水柔情的感觉，让他永生难忘！

书中有篇《一份惊喜》，看得我几乎落泪。2000年，柏贵宝夫妻先后下岗。此时女儿初中毕业，面临选择。夫妻俩商量，把实情告诉女儿，让她分担一点艰难。懂事的女儿知道家里的困境，说：“我不上学了，找份工作，补贴家里。”夫妻俩见女儿这么懂事，含着泪说：“当今社会，没文化不行。家里的积蓄，可以供你上完高中。高中毕业后，你将要勤工俭学。” 女儿最终选择了上园艺中专，毕业后边工作边上大专，走上了勤工俭学之路。第一个月拿到工资，就给她妈买了一件漂亮的衣衫。

2004 年，柏贵宝 50 周岁，生日那天，女儿给了他一份惊喜，下班回来，带回一盒大蛋糕，外加一个小礼盒。晚上，在“祝你生日快乐”的音乐声中，吹灭蜡烛，打开蛋糕后，女儿小心翼翼地拿出小礼盒。打开礼盒，解开红绸，里面是个喜糖袋。柏贵宝以为是好吃的东西。女儿让他拿个瓷碗，倒上清水，闭上眼睛。只听“扑通”一声，柏贵宝睁开眼睛，只觉眼前一亮：碗中，一块雨花石映入眼帘。此石长 6 厘米，宽 4.5 厘米，黑底白纹反差明显，对比强烈，尤妙的是两边有两根淡黄色的斑纹，犹如人参，图像清晰，形象到位，栩栩如生。女儿说：“这几年，您为我读书，几乎戒掉了收藏雨花石的爱好。今天，我送您一支人参，这是一支几百万年才养成的野参。您五十大寿，特送上野参，给您补补！” 柏贵宝听了女儿的一番话，看着碗里的“野参”，不禁老泪纵横。

一篇《母亲剪影》，饱含着柏贵宝对母亲的深深怀念。上小学三年级时，柏贵宝得了肝炎。医生要求住院治疗，可由于生活拮据，无钱住院，母亲只好含泪对他说：“咱们回家吃药静养好吗?”柏贵宝懂事地点点头。父亲在外地工作，每星期只能回来一次，家里全靠母亲一个人精心照料。母亲天天煮一碗猪肝汤给他吃，说是吃肝补肝。每次，他要母亲也喝口汤时，母亲总是说：“吃过了。你快趁热吃。” 他很奇怪，母亲哪来的钱和肉票买猪肝的哩？（当时每人每月只有 5 两猪肉供应)。后来，他才发现，母亲 40 岁生日时，父亲给她买的新毛线织的毛线衣不见了。原来，母亲把这件毛线衣送到当铺去了。柏贵宝知道后，禁不住热泪盈眶，发誓以后工作了，一定要给母亲买件更好的毛衣！1970 年年底，柏贵宝分配到南京第二钢铁厂工作，拿到了第一个月的工资，14 块钱。星期天，他软磨硬缠，把母亲带到夫子庙永安商场，买了一斤二两毛线。买完毛线，母子俩开心地逛夫子庙。在文德桥边，见到一位剪影艺人。他花 4 角钱，请剪影艺人帮他们母子俩各剪一张剪影，留作纪念。他非常珍爱这张剪影，夹在书里，经常翻看。

也许是长期劳累和缺乏营养，柏贵宝的母亲在 1988 年，她 63 岁那年，过早地离世了。这让柏贵宝十分悲伤。不巧的是，他母亲的那张剪影，在几次搬家中不慎丢失了。柏贵宝为此特别难过，久久处于悔恨之中。1993 年清明，他在祭扫母亲回家时路过雨花台，到雨花石市场觅石，居然发现一枚雨花石，8 厘米大小，白地上突显一块黑色，像一位母亲的头部侧面像。这位母亲，额上布满皱纹，深陷的眼睛，干瘪的嘴，头戴一顶毛线帽，一副饱经沧桑的面容—— 这不就是母亲的剪影吗？柏贵宝看得呆住了！心想，也许是自己的孝心感动了上苍，让他能在自己心爱的雨花石上，找到了母亲的剪影吧？他赶紧把这枚“母亲的剪影”带回家，当宝贝一般珍藏起来。

柏贵宝说，藏石、赏石、写石，是他最大的爱好，也带给他极大的快乐。他特别感谢原江苏省作协副主席海笑对他的支持和鼓励。他说，没有海笑先生的点拨和鼓励，他也许没有勇气拿起笔来写石头。文章第一次见报的情景，他至今仍记得清清楚楚。写的是一篇《石中少女》：一座假山旁，显出一位妙龄女郎的侧面像，女郎发髻上盘，低垂着头，双手捧着一本书，正在聚精会神地阅读，神情专注。柏贵宝突现灵感，伏案疾书，认真修改后，将稿子投给报社。不久，这篇“大作”见报了！柏贵宝就像中了头彩，回家的路上，捧着报纸，边走边看，得意扬扬。张玉梅听说他的文章见报了，高兴得烧了一桌好菜庆贺，连小女儿也拍着小手叫好！

柏贵宝在这本书的“后记”中，深情地写道：“此书出版，与我同舟共济的张玉梅女士分不开。她是我的伴侣，也是我的助手。我在玩石的过程中，还得到了女儿的大力支持，十几年屈居阳台，腾出大房间，让我摆雨花石；在我编书的过程中，帮我打字、校对、修改。“殷殷之情，溢于言表！

作为石痴，能遇上这样的贤内助，有这样的好女儿，真是三生有幸啊！

评家的视角

——记陈洪锦

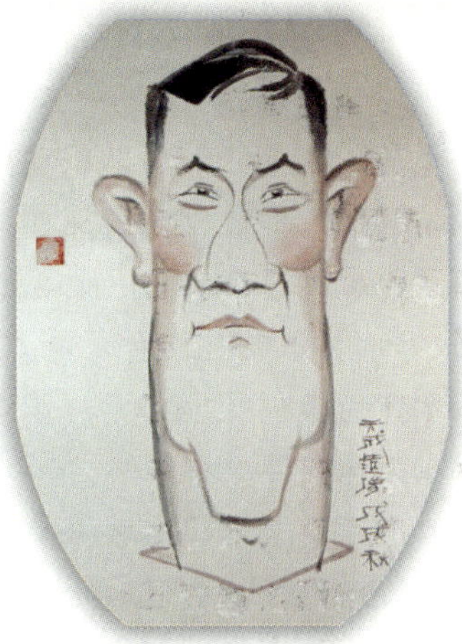

一个人喜欢上石头，和环境有关。或生于产地，自小触手可及；或见于亲友，长期耳濡目染，渐至心生欢喜，终于渐入痴迷。总之，外因起着很大的作用。一个人能把石头玩出水平、玩出境界、玩出独特的景致来，则一定和他（她）的素质修养相关，这时内因就起决定性作用了。这番感想，在我采访众多石痴后，渐渐形成；在我采访陈洪锦后，愈发确认。

陈洪锦是征争推荐的。那天，在征争的藏石馆赏石、闲聊，谈到《金陵石痴录》采访已近尾声。征争问："陈洪锦采访了吗？他可算是一位玩石大家哦！"接着，把桌上的一本《锦石娟玉》递给我，让我回去看看。

这是一本陈洪锦、姜娟夫妇共同出版的雨花石珍品集。捧读之后，感觉别有一番味道。好石头多，是其亮点，但更吸引我关注的，是另外两点。一是作者视角独特，把看似不相干的几块石头，寻个主题一串，顿出新意，让人会心一笑。一块"女娲补天"，一块"月是故乡明"，一块"黄山松云"，一块"富士山风光"，正常情况下看似八竿子打不到一块，作者用《雨花石中的"古今中外"》串起来，既接地气，又接文气。这种天外之思，出人意料之外，又在情理之中。二是书中的68位名人大家，创作点评的书、画、诗、文，与美石相映照，令全书顿增光辉。这些著名的作家、书画家、赏石大家，或作文，或作诗，或作书，或作画，品石赏石，奇思妙想，精彩迭出，令读者目不暇接，引读者遐思石外。这些名人大家涵盖方方面面，各界各行，作者交游之广、层次之高，令人敬佩。阅读之后，便激发了我采访他的兴趣。

2018 年 3 月上旬，在征争藏石艺术馆，我采访了陈洪锦。陈洪锦 60 开外，中等个子，略显瘦削，举止儒雅，文质彬彬。一点儿也看不出，他曾任过武警江苏总队机动支队的上校政委，是个带兵的人。交谈之下才知道，他还是位相当资深的评论家。几十年来，仅在《人民日报》上就发表了百余篇评论，已出版 4 本评论集。2006 年，《人民日报》时任社长王晨(第十九届中央政治局委员、第十三届全国人大常委会副委员长）为他的两本评论集《绿地缘》《承诺接力》题写书名。《人民日报》副总编于宁两次为他的评论集作序。

评论之难写，我深有体会。1984 年，我进入《南京日报》，第一个岗位就是评论部编辑。社论和本报评论员文章写得不多，主要负责“见闻谈”和“金陵论坛”两个言论栏目。（对应《人民日报》的“今日谈”和“人民论坛”)。20 世纪 80 年代，言论以其短小精悍、生动活泼，有如匕首投枪，极受欢迎，成为媒体的亮点。陈洪锦说，他的不少评论发表后，产生很大反响。这和《人民日报》的地位有关，也和他言论的尖锐、精彩有关，有记者把他誉为“敢打第一枪的言论神枪手”。曾为同道，共体艰辛，我们有一种亲切感。评论家有独到的眼光、独特的视角。我心中豁然开朗：以这种眼光和视角来藏石、赏石，难怪他能独辟蹊径，别具风姿！

陈洪锦打开手机，给我看他的“国宝考拉”雨花石。他说，这是 10 多年前，他和爱人姜娟一块在清凉山奇石市场得到的。石面上是一只小动物，黑黑的眼睛，黄绒绒的毛发，色彩分明，活灵活现。陈洪锦一眼看中，价也没还，就拿了下来。陈洪锦说，那石商也许没看出来，这只小动物，可是澳大利亚的国宝——树袋熊考拉哦！那地位，和中国的“大熊猫”有得一比。回家以后，夫妇俩细细欣赏，竟然又有了新发现：考拉下面有一块清晰的斑纹，正是一幅逼真的澳大利亚地图！一个国家的国宝级动物，正依偎在这个国家的版图之上！大自然的造化神奇，让夫妇俩看得目瞪口呆！

2004 年 9 月，陈洪锦到澳大利亚考察，专门到澳大利亚最大的考拉养殖园参观。经导游小姐联系，他见到了养殖园老板。陈洪锦把这枚雨花石照片拿给老板看。老板仔细观看后，直呼：“太神奇啦！太神奇啦！”

陈洪锦有一块“南京欢迎您”雨花石，得来也巧。2014 年的青奥会在南京召开，吉祥物就是雨花石“砳砳”。此前早些时候，青奥组委会已和陈洪锦夫妇洽谈成功，届时他们俩将编辑出版一本雨花石专著《锦石娟玉》、一套雨花石明信片、一套雨花石书签，连同收藏的雨花石，一起进入青奥村办展，向来自全世界204个国家和地区的运动员、教练员、裁判员和体育官员，展示南京的名片——美丽的雨花石。有一天，陈洪锦夫妇到清凉山觅石，在一位石友兼好友处，看到了一块七彩玛瑙石。此石蓝、黑、红、褐、黄、白、紫，诸色纷呈，煞是好看。石主起名“玉树临风”，陈洪锦觉得还没有点出石头的精彩来。虽然他一下也没有看出主题，但感觉不错，就买了下来。

买回家后，陈洪锦把七彩石拿出来细细琢磨，一下子有了新发现：这斑斓的色彩，不正是万众摇臂、挥旗招手的画面吗？人头攒动的欢迎队伍、色彩缤纷的各式服装，喜气洋洋的热烈气氛，不正是南京人民迎接五湖四海的体育健儿，前来参加青奥会的动人场景吗？“南京欢迎您！”陈洪锦脱口而出。此名一起，这枚七彩石便有了灵魂。在青奥会期间，许多运动员和体育官员，纷纷前来参观青奥村的雨花石展。在“南京欢迎您！”等雨花石前流连忘返，啧啧称赞！神奇的雨花石让很多外国友人都感觉不可思议。有人问雨花石上面的图案是画上去的吗，有人问把雨花石从水里拿出来图案会消失吗，有人问雨花石会给人带来好运吗，还有人问青奥村附近哪有卖雨花石的……有的人是反复来看了又看，有的人是自己看后又将队友拖来观看。其中最痴迷的一位，要数来自委内瑞拉NOC（国家奥委会）的官员何塞·古姿曼。

3天的展期,何塞·古姿曼每天都来，而且每次都要观看很长时间，看得非常仔细认真，流连忘返。第一天来，他详细询问、了解了雨花石的形成、质地、色彩、寓意以及收藏故事等。临走时他留下了自己的E-mail，说如果方便的话，多给他发些雨花石的照片。第二天来，他在展台前反复品赏“南京欢迎您”“孔雀观海”等雨花石。尤其是对“南京欢迎您”这块奇石所呈现出的“人头攒动、万众摇臂，热情欢迎来自五湖四海的体育健儿来南京参赛”的迎宾场面，惊叹不已。何塞·古姿曼在留言簿上写道：“这些美丽的石头是大自然赐予的瑰宝，从中可以窥见任何想象中的万物生灵和异域风情。首先要感知它，才能理解它。中国文化美丽非凡，这次旅行让我感受到一个不一样的中国。”

2018年1月9日，《文玩寻路者》刊载题为《中国最好奇石38方》一文，为石界所熟知的名石，如“东坡肉”“小鸡出壳”“岁月”等悉数入列，其中名列第九的一块雨花石“孔雀观海”，虽是初次亮相，却引来一片惊叹。这枚“孔雀观海”石，就是陈洪锦夫妇收藏的爱石。这是一块五彩玛瑙石，石质莹润，红、白、黄、紫、褐、黛，色彩斑斓。一只金孔雀，俏立岩上，俯视沧海，画面简洁，形象逼真，姿态优雅。我见过不少珍禽动物的象形雨花石，但乍见这石，还是让我吃了一惊：这只神形兼具的金孔雀，画面没有一点儿干扰，气势磅礴，意境高雅，实在难得！

陈洪锦说，这只“孔雀”，也是得之于清凉山石市。说来也是缘分。那天，他和太太姜娟去清凉山觅石，不早不迟，走到刘汉作老师的照片拍摄处，正好看到多年好友老朱，手里正拿着“孔雀观海”雨花石，请刘汉作拍照。为什么说不早不迟呢？早一会儿，老朱还没拿出石头拍照呢，就看不到这雨花石了；迟一会儿，老朱拍完照走人，也就看不到此石了。拍照间，几位石友都要购买这块“孔雀观海”。陈洪锦手快，一把拿了过来，再也不松手，终于把这块石头收入囊中。他把“孔雀观海”石的照片拿给我看，作为石迷，特别能想象和认同他初见此石时的激动、抢购时的冲动、得手后的感动！

陈洪锦有一块国画石“虎踞龙盘”，说来也有故事。这块长江国画石，来自千里之外的宜昌。有一次，陈洪锦同几位好友去宜昌觅石。宜昌石友王宗红带他们去宜昌藏家家中，登门拜访。在一位资深藏家的家里，陈洪锦一眼看中这块国画石。这块国画石靠在门边，置于一张条几之下，并不显眼，显然没被主人看重。陈洪锦眼尖，一眼就看到国画石上方，有一只猛虎，踞于山石之上，虎视眈眈，注目于山岭远方。他随口问藏家：“这是什么石啊？”答曰：“长江国画石”。又问：“上面有什么啊？”答曰：“就是些花草”。陈洪锦说：“这块石头我要了。”藏主随口开个价，陈洪锦没还价，一手交钱，一手搬石，完成了交易。

这只“猛虎”随陈洪锦千里迢迢来到南京，陈洪锦越看越喜欢。忽有一天，他又有惊人发现：猛虎蹲踞的巨石之下，竟然有一条白色的祥龙！这条龙露出龙头和部分龙身，龙头上，嘴、鼻、眼、耳、须、角，一应俱全，炯炯双目，拨云开雾，傲视前方，一副“神龙见首不见尾”的态势。虎踞龙盘，乃金陵之雅称、南京之别名。这块长江国画石，虎踞龙盘，风云际会，现身于宜昌，归藏于金陵。这不是天意吗？很久很久，陈洪锦都沉浸在激动之中。

人的一生，有很多的业余时间。爱因斯坦说过，人与人之间的差别，就在于业余时间。业余时间的爱好，有时更能实现人生的价值。陈洪锦几十年来，坚持把“岁之余、日之余、时之余”的闲暇时间，用来写作评论，于是有了千余篇文章见诸报端，有了4本新闻评论集出版问世。作为业余评论家，成就斐然。他的太太姜娟，业余时间则爱好收藏邮票、明信片、钱币、电话卡、雨花石，林林总总，乐此不疲。陈洪锦爱石，是受了姜娟的影响。到后来，雨花石的绚丽多彩、雨花石的美轮美奂、雨花石的独特魅力，使两个人的爱好趋向统一，最终妇唱夫随，一起走上了雨花石收藏之路。一对爱石者，两个有心人，10多年来的寻觅，10多年来的发现，十多年来的心血，于是有了这本别出心裁的《锦石娟玉》。

行文至此，忍不住还得要赞叹一下《锦石娟玉》这本书的书名。夫妻俩共同出一本书，书名怎么起？最好当然是把俩人的名字嵌入其中。但这初看起来几乎是不可能的，哪有这么好的巧事和这么巧的好事呢？但有心者事竟成，有缘者事圆满，最终好事来了，巧事有了。“锦”和“娟”这两个字，无论是形容“石”还是“玉”，都是那么的贴切，那么的恰到好处，于是就有了《锦石娟玉》这样一个非常妙趣、令人称道的书名。著名作家、藏家海笑老先生在序言中这样写道：“锦，色彩鲜明而华丽；娟，美丽而娟秀。石之美者，玉也，漂亮的石头就是玉，漂亮的雨花石甚至比玉更美。《锦石娟玉》非常妙趣地将陈洪锦、姜娟夫妇的名字嵌入其中。书名美，书中石头美，书中文章美，这本书定能得到大家的喜爱！”

这对石迷夫妻的执着和追求，给了我诸多感动和启发。

孔雀

天赐国宝

雨花石

雨花石·孔雀　4.6厘米×3.2厘米

归侨雨花梦

——记陈伟雄

雨花石·天神　11 厘米×9厘米×2 厘米　0.8 斤

采访张宪忠时，谈到南京雨花石界的早期人物，他向我推荐了陈伟雄，说此人是归侨，入行早，故事多；采访池澄时，谈到雨花石协会的创建，他也说，是归国华侨陈伟雄第一个提出来要建协会的，功不可没；后来采访周德麟，他又向我推荐陈伟雄，说陈伟雄人品、石品都好，应该入录。南京雨花石界的三位重量级人物，同时力推陈伟雄，加之他的归侨身份，引起我很大的好奇。初冬时分，热心的张宪忠把陈伟雄约到家里，邀我前去采访。

陈伟雄个子不高，身材略胖，长发斑白，头戴一顶深红色的绒线帽，花格子衬衫只扣了两枚扣子，有一股艺术家很随意的做派。看来也是性情中人，虽是初次见面，我们却谈得无拘无束。话题自然而然就从他的归侨身份谈起。

陈伟雄 1943 年出生于柬埔寨金边市，父亲陈子言在金边经营很大的木材加工厂，是金边侨联主席。1957 年，陈子言把年仅 14 岁的独子陈伟雄送回祖国大陆，到南京三中读书。1962 年，陈伟雄高中毕业，父亲希望他回柬埔寨继承家业。可此时的陈伟雄，已经成为一个满怀革命理想的热血青年，加入了共青团，当上了体育部长，一心只想在祖国大陆当工人，哪里肯回柬埔寨去做小开？他拒绝了父亲要他回去的要求，先是分配到南京钟表材料厂，1967 年又调到南京汽车制造厂，从事机械加工和后勤服务工作，一直干到退休。

谈起与雨花石的缘分，陈伟雄说，起初也是与父母相关。他们班上有一位同学，住在雨花台，常常会拣些雨花石，带来给他看。慢慢地，他也喜欢上这五彩斑斓的小石子了。1958 年，父亲来南京看望他，他想送一个有南京特色的礼物给父亲，就想到了雨花石。不料父亲一见到雨花石，也十分喜欢。1960 年，他母亲来看他，他又送了雨花石给母亲，母亲也爱不释手。陈伟雄就此迷上了雨花石，只要有空，就跑到菊花台去捡石头，只要有钱，就到雨花台去买石头。到后来，就成了南京夫子庙、朝天宫、总统府、清凉山等雨花石市场的常客，六合、仪征等雨花石产地，也经常留下他的身影。遇上自己喜欢的石头，陈伟雄就忍不住出手，常常是工资到手不久，早早就花光了。一家人只好节衣缩食，艰难度日。好在妻子梅开云理解他、支持他，陈伟雄才得以在收藏之路上一路走下来。

从 20 世纪 60 年代中期起，除了干好工作，陈伟雄在业余时间里，两耳不闻窗外事，一心只玩雨花石，收了不少石头，交了不少朋友。1984 年 5 月，六合的王家干等人在南京大钟亭首次举办雨花石展，在石迷中引起巨大反响。陈伟雄带石友兼石商俞宝玺去看展，与大钟亭的负责人也是石友的吴嘉林以及严奎元、王方埙等，谈起雨花石的现状。陈伟雄说，邮票收藏，有个集邮协会，雨花石收藏为什么不能成立协会呢？此论一出，大家都觉得有道理。但谁也不知道，协会该怎么成立。他们想到了也是石迷的池澄，池澄在省作协工作，小有名气。陈伟雄找到池澄，把大家的意见告诉他。池澄也很兴奋，积极介入筹备。陈伟雄负责写雨花石协会章程，池澄负责找挂靠单位（主管部门），很快，全国第一个赏石组织——南京雨花石协会，在 1984 年 8 月 28 日正式成立了。作为第一位提议者和第一位章程撰写者，陈伟雄至今谈起这件往事，得意之情，依旧溢于言表。

陈伟雄还有一项创举，谈起来也是津津乐道——那是雨花石首次进入吉尼斯纪录。1998 年，陈伟雄从自己 1 万多枚雨花石中，精选出近千枚雨花石，和妻子梅开云、女儿陈湄一道编撰出版了画册《南京明珠——雨花石》。该画册以中国文化简史的系列故事为主题，以神形兼备的雨花石为表现，奇思妙想，让人叹为观止。1998 年 12 月，第一部中国文化简史雨花石画册获吉尼斯纪录批准，成为吉尼斯之最。评委袁裕陵说：“一部以雨花石收藏品为主题的，介绍雨花石历史及中国文化简史的画册，由雨花石收藏者陈伟雄先生个人独立而成。他既弘扬了雨花石文化，又对雨花石进行了更深层次的剖析，图文并茂，介绍详尽，内容丰富，可读性强，故事事件多，从盘古开天到唐宋元明清及近代文化简史，是一部具欣赏性、可读性的好作品。在吉尼斯项目中无此记录。” 评委裴国昌说：“《南京明珠——雨花石》，是一本高品位的巧夺天工的艺术精品，它融自然天象、山川风光于一体，可谓鬼斧神工，不费雕琢，特别是组字系列、故事系列，更是引人入胜，妙趣横生。它填补了雨花石系列故事艺术出版物的空白。”

陈伟雄喜欢写诗与词。画册获得吉尼斯纪录认证后，他曾作《破阵子》一词以纪之：“四十年来心血，三十五载神思。酸甜苦辣自尝试，春夏秋冬独迷痴，艰辛有谁知？今日得以露容，喜颜悦色欢时！最是大展宏图日，夙愿以偿慰乡祠，聊以表心诗。”

陈伟雄参加过多次国内外大小石展，其中包括 1994 年德国艺术节展、1990 年北京亚运会雨花石展和 1991 年在广州举办的“中华百绝”博览会雨花石展。他的展石，颇受观众好评和媒体青睐。2010 年，南京人民政府办公室和南京电视台制作了百集电视文化系列片《金陵文脉》，其中《雨花石》一集，就是以陈伟雄的雨花石和他写的解说词为主拍摄的。《金陵文脉》是近年来金陵文化的鸿篇巨制，南京雨花石藏家多多，大师辈出，独独选中了陈伟雄，这让他久久为之自豪。

陈伟雄说，归国 60 年，归侨只剩下一个身份了。由于选择了自己的路，他与柬埔寨的父母渐行渐远，早已失去经济上的援助。作为工薪一族，玩石受到了限制。他的收藏，靠的是起步早，靠的是勤奋，靠的是眼光。

我在《南京明珠——雨花石》上，看到一块“李时珍”，雨花石旁边有一枚我国 1955 年出版的《李时珍》邮票，石上的“李时珍”和邮票上的“李时珍”，神形兼肖，戴块方巾，留着翘胡，面目慈祥，神情专注，就像一个模子印出来的，令人拍案叫绝。旁边还有两枚石头，一枚上面有一根千年老人参，是“李时珍”在深山中采来的；一枚是玉瓶，是“李时珍”装药用的。三枚雨花石，组成一个“李时珍系列”，让人回味无穷。陈伟雄说，这块“李时珍”，是在 20 世纪 80 年代初，在鼓楼的石摊上买的，石主也是个老码头了，不知为何，仅 10 元就卖给他了。也许他没有看出，或者根本就不知道有李时珍其人。“李时珍”在北京亚运会石展上展出，获得好评。

陈伟雄的藏石中，最有特色的要数文字石了。他收藏的 7 枚“中国南京雨花石”，让人拍手称奇。“雨”字、“花”字、“石”字，这 3 块宝贝，说来还有故事。那是1994年初春的一天，陈伟雄到总统府边上的雨花石摊点上闲逛，就见几位石友正在议论一块粗石，摊主是位陌生的老者。他挤进去一看，这块粗石黑白分明，对比强烈，十分抢眼。他拿在手上仔细观赏、琢磨。不料旁边突然窜出一位中年男子，抢过他手中的石头，嚷着要买。陈伟雄一愣，说："你这人怎么这样？我正在看呢！"旁边的石友也纷纷指责中年人。可他就是抓住石头不放。此时，摊主发话了："把石头给我，我不卖了，留着自己玩。"中年人悻悻地放下石头，无趣地走了。陈伟雄也准备离开，摊主悄悄地把他拉到一旁，把粗石塞到他手上说："我看你诚心要，故意说的。"陈伟雄大喜过望，忙多给了摊主20元，一再感谢。到家一看，这粗石的黑白纹，正如江河飞瀑的狂草"雨"字石，差点失之交臂，想想真是缘分啊！

"雨"字石得到不久，陈伟雄又去一石友家玩，石友正把一大袋粗石往地上倒，他一眼看到一块石头，上面有字，抓过来一看，居然就是个中规中矩的隶书"石"字，石友就把"石"字送给他了。有"雨"又有"石"，再有"花"字，可就全啦！陈伟雄朝思暮想，有一天，他在睡梦中，迷迷糊糊见到一位姑娘，拿着一块石头给看，咦，这石头上不是"花"字吗？就听姑娘说："给你！"陈伟雄高兴得又蹦又跳，这一跳，却跳醒了。第二天起来，梦境犹在，陈伟雄总觉得奇巧，就在家里翻石头，结果很快就在石堆中找出了这枚"花"字石，与梦中所见一模一样！这种奇遇，陈伟雄至今无法解释。在雨花石协会成立10周年大展中，"雨""花""石"被媒体争相报道，堪称一绝。

陈伟雄说，与雨花石结缘60年，他还有一个雨花梦，至今难圆。那就是"申遗"。2004年8月，陈伟雄在《南京明珠——雨花石》第二部《南京颂》里提出，"南京明珠"要"申遗"。10多年来，他多次向相关部门提出呼吁，希望能重视雨花石文化的研究和弘扬，切实保护好这项宝贵的文化遗产。遗憾的是，他的呼吁收效甚微。他说："我已年逾古稀，人微言轻。但是，这个梦，我绝不会轻易放弃！精诚所至，金石为开。我相信，只要石友们共同努力，这个雨花梦终究会圆的！"

教授的石缘

——记陈育如

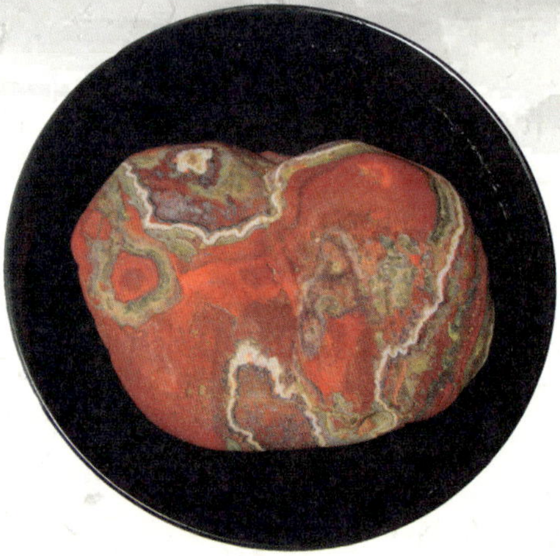

雨花石·醒狮

陈育如个子不高，身材瘦削，脸也瘦，皮稍黑，衣着朴素。往你跟前一站，你很难相信他是一位工学博士、生物学教授。他言语不多，近于木讷，见到熟人，才会露出一丝诚挚的微笑。最初给我的印象，是恂恂然君子也。

交往深了，我才知道，他不仅精力旺盛，热爱生活，而且兴趣广泛，才华横溢。他 1984 年毕业于南昌大学化工系，从事了 6 年环保工作之后，又考入南京工业大学，师从欧阳平凯教授，攻读生物化工硕士学位，毕业后留校任教。之后又到浙江大学攻读生物化工博士学位。毕业后来到南京师范大学，并得到国家留学基金委的资助，前往澳大利亚进行合作交流访问。从学士到硕士到博士，从南昌到南京到澳洲，一个人要花费多少时间、多少精力啊！陈育如一路走来，硕果累累，还在摄影、诗词创作、书画创作上取得成绩，真让人感觉不可思议。而他对石头的痴迷，更让我对他刮目相看。

我和陈育如最早的合作，在 2004 年。那年，南京市赏石协会主办的刊物《石头城》创刊，我是主编。我邀请陈育如担任头版编辑，创刊号的《发刊词》就出自陈育如手笔："澄江似练，翠峰如簇，星河鹭起，画图难足（王安石语）。让古城南京的赏石文化与其绮丽的风光一样，闪烁着更加夺目的光芒，是我辈共同的心愿。《石头城》的先期筑台，是为引凤；抛砖在前，旨在获玉；期许赐稿，所望方家。"写得文采斐然，让人眼前一亮。《石头城》是张小报，编辑又是义务的，本职工作已经够忙的大学教授，甘为这样的小报尽心尽力，作为主编，我至今对他心怀感激。

陈育如是清凉山奇石市场的常客，我常常在市场上，看到他来去匆匆的身影。他好像熟人不多，不大与人搭话，一个摊子一个摊子，默默地看，静静地拣，中意了，也不大还价，迅速成交。也许是事情太多，他在市场上逗留不会超过一个小时，几十个摊位，转完就匆匆走了。他说，他的石缘还不错，许多好石头，都是从清凉山奇石市场淘来的。

谈起自己喜爱的雨花石，陈育如仿佛换了一个人，兴意盎然，滔滔不绝。他拿出一块雨花石，将它放在盛有清水的瓷碗中。只见清波中，这枚雨花石变成了一条五彩溪流，溪中一尾金色的鱼儿，摆动着修长的尾巴，在溪流中溯流悠游。溪边清幽的山石，与溪水相映成趣。陈育如说，把此石放在案头，案读之余，与游鱼相对，很容易想起庄子与惠施关于游鱼的对话："子非鱼，安知鱼之乐?"他说，著名经济学家厉以宁，年轻时作了一首《鹧鸪天》的词，可作为此时的写照："溪水清清下石沟，千湾百折不回头，兼容并蓄始宽阔，若谷虚怀鱼自游。心寂寂，念休休，沉沙无意却成洲，一生治学当如此，只问耕耘莫问收。"他将此石命名为"彩溪游鱼"。

有一天，他将这枚雨花石翻到另一面，转至一定角度，突然有了新发现，一幅精美的山水画卷，突现眼前：在暖暖的红色基调中，一眼望去，水与山在霞光中按景深依次展开，近景是宽阔的大江，秋枫的劲枝，点染着江岸的秋趣，碧透的江水，映着天光，静静向东流去。江对岸，黛色的山景隐藏着一片秋的深沉，外缘是秋林如火，映照江流，不舍昼夜……再向画面远处望去，一片烟霭中的山巅，一方尖尖的宝塔，被霞光染成金色，成为画中一笔绝妙点缀。再向后展看，远处一层层山峰，浓浓淡淡，渐渐消失在画卷尽头……陈育如说，新发现让他得到意外的惊喜，深深感受到大自然的生花妙笔绘就的神奇！他给此石又起了一个名字——"燕矶夕照"。

陈育如拿出一块"古城春色"的雨花石来，只见画面上，一堵红白两色构成的城墙，断裂处嶙峋参差。城墙围成方形，规整而又恢宏。城门有野蕨与古藤点缀。城外白练缭绕，映日成虹。远处青山如黛，高耸入云。转眼望去，古城浓荫掩映，城中葱郁的茂林，泛出兼有水彩的明快与油画的厚重的黛绿。更远处，有遮天蔽日的桃花、樱花点染参差，汇成一抹红云，装点着天际。陈育如说，这样的景致，他在摄影中也是难得一见的。

这让他想起白居易的“绿影一千三百里”“柳色如烟絮如雪”，又让他想起作家单鹤写的“春回芳草，晴添千里春痕；春透幽花，香送一城春色”。这样的诗情画意，唯雨花石能出之。

陈育如有一块“洛神赋”雨花石，也是他的最爱。他说，这块石头妙在从画面到意境，与顾恺之的绘画《洛神赋图》及曹植的骈文《洛神赋》高度契合。曹植的《洛神赋》，是中国古代文学的不朽篇章，顾恺之的《洛神赋图》，是中国古代绘画名作，而雨花石“洛神赋”，则是大自然的杰作。《洛神赋》写曹植“精通谷，陵景山”，见到洛神“翩若惊鸿，宛若游龙。荣耀秋菊，华茂春松。仿佛兮若轻云之蔽月，飘飘兮若流风之回雪。远而望之，皎若太阳升朝霞，迫而察之，灼若芙蓉出绿波”。曹植借飘忽的梦境，将一点痴念，万缕相思，写成一篇千古不朽的作品。顾恺之用他的生花妙笔，将《洛神赋》绘成一幅流芳百世的名画，大自然将此情此景，凝成一块美轮美奂的雨花石！陈育如不禁慨叹，从三种《洛神赋》呈现在人们面前的时间顺序看，依次为文、画、石，从古代到现在，时空悠悠，已过千载。但是，追溯雨花石的形成年代，这是几千万甚至上亿年以前。与如此久远的历史相比，人类的历史不过是短暂的一瞬而已。而美的内在联系，竟可以跨越古今，绵延相继，流传久远！

从 2006 年起，陈育如多次到澳大利亚访问讲学，有时一去就是一年。讲学之余，陈育如把天赐国宝雨花石也带到澳大利亚，多次在澳大利亚布里斯班等地举办雨花石展，在当地引起很大反响。应澳大利亚布里斯班里迪玛学院的邀请，2006 年 7 月 22 日，陈育如携 200 多枚雨花石，在该学院举办展览。同时展出的还有来自香港画家的雨花石绘画以及来自台湾的画家杨德辉先生的精美风景画。精品雨花石上展示出来的春、夏、秋、冬四季风景，惟妙惟肖的灰姑娘与水晶鞋，玲珑可爱的小动物，让观众大开眼界，人们纷纷表示，真是令人难以置信！这些竟然是自然形成的石头！有观众说，这是大自然的微雕啊！

这是雨花石在澳大利亚的首次亮相，在当地得到热烈回应。展前，澳大利亚布里斯班的报纸在头版头条位置，对其进行了报道，当地华文报纸《一周报》《华商周报》等用中文进行了报道。皇家昆士兰艺术家协会会员、世界艺术联合总会澳大利亚分会会长孟刚（著名旅澳画家）赠送了书法作品《石缘》，并到现场参观。台湾著名画家杨德辉先生专门为展览作画，并送多副作品展出。著名作家洪丕柱，宝石与奇石专家韩宝林先生莅临参观，中国观赏协会石协会荣誉副会长、澳洲盆景园董事长林德赛•鲍勃先生赠送了采自南澳大利亚的红色火山岩，并留言："非常好的展览！谢谢！"

澳大利亚的学者约翰•马拉德在参观展览后，撰写了一篇长文《中国雨花石》，刊载在报纸上，详细介绍了雨花石生成、传说、产地、特点，并将雨花石与澳洲昆士兰北部产的玛瑙进行比较。约翰•马拉德先生在文章的最后，幽默地说："多数雨花石不需要切割、抛光、雕刻或者切片，在发现它们时，其美已经被揭示无遗。如果你从澳大利亚前去中国找雨花石，你将发现加工宝石的设备派不上用场，因为雨花石的表面已被自然界的水流，经几百万年的作用，变得光洁。观赏它们，只需放在盛有水的白色瓷碗中即可。当石头放入水中后，表面细微的孔穴，将被水分子充填，产生均匀而柔和的折光，从而将天然的颜色与图案，在你面前幻化，呈现出动物、植物、风景、人物、仙境等意境。"约翰•马拉德还说："我已经在澳大利亚维多利亚州和墨尔本附近的山溪冲积砾石层，看到了水冲的玛瑙石。读者推断出这些区域的水冲玛瑙能够与中国的雨花石相类比，也推测出倘若昆士兰北部的玛瑙溪（通常是干涸的），有类似于中国扬子江水量的话，昆士兰州可能也会有昆士兰版的雨花石。"

作为大学高级访问学者，陈育如教授带领的课题组，多年来致力于植物天然产物，特别是神奇植物甜叶菊保健功能方面的科研工作，并已取得15 项成果。科研、教学之余，陈育如在 10 年前就建了"石头城"网站，介绍奇石知识，交流赏石经验，发布赏石信息，展示各类奇石，并坚持至今，吸引了众多石友关注。他收藏的根艺和创作的竹笔书画作品，在澳大利亚展出时，引起惊叹。特别是他创造的竹笔书画，清新隽秀，让人耳目一新，被澳大利亚多家机构收藏。

陈育如喜欢诗词，也爱写诗词；喜欢散文，也爱写散文。奇妙的石头，往往会激起他丰富的想象，化为诗文。

这也许就是一位爱石者，对于奇石的深深眷恋，一份说不清道不明、斩不断理还乱的浓浓情愫！

池澄知石美

——记池澄

这个标题是借用来的。2016 年 3 月 2 日，北大著名教授谢冕在《新民晚报》的副刊《夜光杯》上，发表了一篇美文，标题是《池澄方知石美》。谢冕用诗一般的语言描绘了雨花石的成因，描写了他眼中的雨花石收藏鉴赏大家池澄先生。谢冕说："池澄，澄清的池塘。这名字不仅是诗意的，而且放到此刻我们的语境中来，也可称得上一个'绝'字。我读池澄，发现他不仅是石友，也不仅是石痴，他还是石师。……面对那些沉默无言的小圆石，池澄能读出雨花石的文化意蕴和内在精神。他不仅读，而且能发现；能在看似无生命的石头上发现生命，而且发现诗。"谢冕还说："池澄就是那盆清水，有了他，那些雨花石的潜在之美就无处可藏了。""发现石之美并不难，发现石之境则大难。这就是池澄的与众不同之处。"

2012 年 2 月 22 日，著名作家赵本夫在《扬子晚报》的副刊上，发表了一篇文章《池澄的世界》。他说："如果说当今古城金陵有大玩家，池澄绝对应当算一个。他在雨花石收藏研究领域，已属于教父级的人物。"

1996 年 10 月 29 日，时任江苏作协主席的著名作家艾煊，在《扬子晚报》上发表了一篇文章《藏石人的书》。文中说："雨花石是逗人爱的小妖精。成千累万的人玩出无穷趣味，玩得掷金忘食，玩得醉眼蒙眬。玩得痴迷者多矣，但玩出学问者有几？……池澄由石迷、石痴、石魅、石精，进而石觉、石慧、石悟。玩出诗情文心，玩出艺趣，玩出创见，玩出哲理。玩出一本雨花石大全、雨花石史志。书名《雨花石谱》，此书也如雨花石一般，色彩纷繁，结体奇诡。……池澄何人也？石精乎？石魅乎？石博士乎?”。

池澄说，他和雨花石结缘，是半个世纪之前的事。1964 年，他由靖江调入江苏省委组织部学习，到农村搞社教。1965 年，他任江浦大桥公社党委书记，初识雨花石。六合的王家干是池澄的老乡，也是雨花石迷，经常去看他，带雨花石给他玩。雨花石的五彩斑斓吸引了他，从此走入他的世界。1979 年，池澄调入《新华日报》当编辑，后又调入省作协工作。单位几经变换，雨花石却始终未变，成为他业余生活中的主色调。

在池澄的雨花石世界里，有几件事创造了历史。

1984 年 8 月，由池澄挑头组织的南京雨花石协会正式成立。池澄任会长，颜奎元任副会长，吴嘉林任秘书长，这是全国第一家经民政部门批准成立的赏石组织。30 多年后，池澄谈起当年的情景，依旧心情激动。他说，这事的动议要归功于归国华侨陈伟雄。1982 年，也是石迷的陈伟雄找到池澄，动员他挑头成立雨花石组织。池澄当时是江苏省文联委员，成立社会组织要有主管部门批准。池澄找省文联做主管部门，民政部门就顺利批准了。在当时雨花石界大佬贝芝泉、马文斌、王方埙等人的大力支持下，南京雨花石协会在石头城古金陵大地上精彩亮相，延续至今，成就斐然!

1986 年 10 月，池澄、颜奎元、贝芝泉、赵瑞民等 7 人，在北京故宫端门中国历史博物馆举办雨花石展。第二天，雨花石就上了中央电视台的《新闻联播》。这是雨花石第一次上央视。池澄送展的“东坡醉酒图”，在荧幕上精彩亮相，惊艳全国。

1994 年，中央新闻纪录电影制片厂以池澄独家收藏的 300 多枚雨花石，摄制成纪录片《雨花石趣话》发行。这是雨花石第一次作为 30 分钟的电影专题片，登上银幕。池澄说，这事要感谢中央新闻纪录电影制造厂驻南京站的编辑王道文。1993 年，王道文结识了池澄，认识了美丽的雨花石，才有了这个动议，请他写了脚本，才有了这部别开生面的纪录片。

1995 年 11 月，池澄的专著《雨花石谱》在南京出版社出版，这是 1949 年以来，出版的第一部雨花石专著。作家艾煊为之作序。在序言中，艾煊说：“此书搜罗宏富，考据千古源流，津津赏石轶事，咏石诗文、科学考察、美丽神话、荒诞鬼语。论石源，描石态，辨石性。细述自己藏石，纵议友人珍品。局局促促的碗底世界，衍化成浩浩荡荡的天上人间。”这本书在金陵石界流传甚广，成为金陵玩石人手中的雨花石石经。

1984年9月21日，池澄在《南京日报》上发表了一篇文章《“通灵宝玉”与雨花石》，从物证、时境之证、文证3个方面，首次提出雨花石是《红楼梦》中通灵宝玉的影子，是通灵宝玉的生活原型。此说在红学界引起极大反响。2007年，池澄在江苏观赏石协会主办的刊物《石典》上，发表《“通灵宝玉”的原型是南京雨花石——十证“通灵”似“雨花”》一文。文章从家世之证，曹家藏石之证，石形之证，质、色、纹、灿之证，“补天”之证，文字之证，含玉之证，演大荒之证，苏文之证，通灵之证10个方面，论证了通灵宝玉的原型即为雨花石。论之确确，言之凿凿，提升了雨花石的地位，扩大了雨花石的影响，成为红学考证之佳话。

2001年，池澄与《新华日报》文化记者赵文胜、书画家尹石联合发起成立南京雨花石研究所，池澄任所长。南京雨花石研究所挂靠南京市文化局，是登记注册的正式研究机构。据了解，这也是全国第一家石文化研究机构。多年来，南京雨花石研究所已在多家媒体上，发表了150多篇雨花石研究方面的论文。

2010年，池澄编著出版《中国雨花石图典》。年近80岁的池澄，在著名摄影艺术家、藏石家汤先锋的大力支持下，经过一年多的艰辛努力，在南京、扬州、仪征、上海、香港、北京、天津等地，从送选的2万多枚藏品中，挑选并拍摄8000余枚，又从8000余枚中选出1200余枚，编印成《中国雨花石图典》（分上、中、下3册）。池澄为每块石头都配以点评和诗作。全书一页一石，图文并茂。图典以“趣”为中心，上册分为天趣、像趣、雅趣、诗趣；中册分为游趣、物趣、古趣、宝趣、；下册分为稀形、稀色、稀纹、巧雕、奇配、清供，共14个章节，包罗宏宙，蔚为大观。池澄曾赠我一套《中国雨花石图典》，捧读之余，我对这位新闻界前辈，收藏界大亨的执着精神和渊博学识，不禁顶礼致敬！

池澄曾供职《新华日报》，我则长期在《南京日报》，作为媒体同仁，我们相识已久，但相交不深。对于他的认识，大多来自石界江湖的传闻。真正了解他的内心世界，是在阅读他的《雨花石谱》和《中国雨花石图典》以后，尤其是在采访他之后。采访池澄，就在他家中。他家在武定门内，离夫子庙不远，住的是五层顶楼。客厅正中挂着著名山水画家宋文治先生题写的“九石百权楼”横匾。87岁的池澄，背已微驼，但精神矍铄，思维清晰，手脚依然灵便。我刚落座，池澄就拿出一枚雨花石，把我拽到窗前，透过天光，让我欣赏。

这枚石子，一面平整，一面微凸，像个驼背，乍看并不出奇。但在日光之下，平整一面的正中位置，却透出一只活灵活现的鸟来。鸟头、鸟身、鸟尾，一一俱备，令人难以置信！池澄说，此石得之偶然。有一年夏天，他去六合长山一砂矿觅石，正值那位个体承包户的雨花石装箱待运。他就在即将封盖的箱子里选购石子。那天行色匆匆，随身只带了8元钱，按当时的价格，除去回程路费，只允许买两斤。他选了近20枚石子，随即过称。“多二两！”经销员老林报了重量。他在20枚石子中拣出一块，准备筛去，就是这枚驼背石。就在老林点火抽烟的一刹那，池澄又瞄了一眼驼背石，平整的一面突然伸出一个鸟头，炯炯有神的眸子正对着他翻眨，好像在说：“君何弃我！”池澄心里一咯噔，赶紧抓起这块石头，换掉另一块较大的石头，喜滋滋赶回家来。到家仔细一看，好家伙，得一罕见的奇品啊！他起初为其命名为“和平鸽”。不久，著名画家范曾光临九石斋，池澄拿出此石给范曾欣赏。范曾以“天鹅在蛋中”赐教。池澄仍不满意，最终定名为“孕鹏”。老诗人郭荦特为此石题诗一首：“玉色壶天本混成，卵中雏翼已初成。天风海水休相激，恐有惊雷起北溟。”

池澄还给我看了一块他很喜欢的石头——“东坡醉酒图”。这是一块雨花供石，长20多厘米，重约3公斤，在雨花石中，称得上是巨无霸了。此石红底黄纹，石上有个古人头像，峨冠高髻，旁有童子侍立，让人一下想起黄州赤壁，东坡醉酒高吟《赤壁赋》。池澄说，那是1985年，他去雨花台觅石。雨花台大门外，有3家雨花石店，还有几个零星摊位。其中一个摊子，摆在石库门边上，几十碗雨花石，小半放于门外，大半缩在门里。池澄平时不大逛这个石库门，那天逛来，已是傍晚，光线较暗。他边逛边自言自语点评：“哟！这块石头上面，好像是发明家爱迪生哦！”卖石头的女孩听见，凑上来说：“看你也是个玩石头的行家哦！”池澄微微一笑，点点头。女孩说：“我还有块大石头，让你看看。”她转身走进后院天井，从墙拐取出一块巨石来，正是这块“东坡醉酒图”。池澄先看一面，没看出名堂来；翻过来一看，转一圈倒过去再细看，古人与童子赫然现身石上。池澄抑制住激动的心，稍作还价，立马买下这石，急急归家，把石头洗净，然后拿出一个大脸盆，盛上清水，把石头放进去，在灯下仔细观赏。那赭红的底色犹如黄州赤壁，古人头像眉目口鼻俱现，童子侍立一旁。他脱口而出："这是东坡醉酒啊！"好友贝芝泉、姜平章先后来访，池澄将此石拿出给大家观赏，他们一致认同：石头不同凡响，名字起得确切！

池澄还有一块石头"人猿相揖别"，说来也有故事。2009年7月的一个周末，池澄与石友老陆到清凉山石市觅石，转了一圈，未见中意者。池澄说，我们到大盆的统货里，去碰碰运气吧。于是就到六合来的石贩摊前，蹲下身去，在盆里翻拣。突然，池澄眼前一亮，发现一枚石子上有个头像，炯炯的目光正瞅着他。他把石子捏在手里问价。石贩说，盆里的石头一颗20元，少一分不卖。池澄二话不说，立马付钱成交。俩人走出石市后，池澄对老陆说，今天拾到"麦子"了（意即捡漏）。他把手掌打开，给老陆看。只见这石直径约5.5厘米，是块白底黄金纹的玛瑙石，右上方凸现老猿头像，额头口鼻毕现，双眼放光，有浮雕感，又像一幅油画；左侧有一猴头，神态谦恭，似在听老猿絮叨。池澄笑说："就叫'双猴石'吧。"

"双猴石"在石友中几经传看，张说李说，取意不一，名字就多了起来。有说"猴山情侣"的，有说"古猿对话"的，有说"老猴照镜子"的。藏石家纪登龙先生说，应取名"北京猿人"。池澄觉得都有道理。石子内涵丰富，的确能让观者浮想联翩。石友马先生见到此石，认为石上左边是一老猿，左侧像人头。池澄再一细看，果然，左侧似人又似猿。准确地说，像类人猿。"人猿相揖别"，池澄灵光一闪，脑子里蹦出毛泽东词"贺新郎·读史"中的这句话。此石芳名遂定。

池澄别号为"金陵石痴"，藏石之室，曰"九石斋"，因此又号"九石斋主"。何为"九石"？原来，他自评藏石等级极严，要求极高。藏石万千，始终以九石为极品之冠。得一新极品之石，原九石中必有一石让贤退位。池澄说，这叫"冠军如江水，长流不滞，不搞终身制"。浩浩长江水，带来雨花石，带来雨花石冠军，也带来赏石者流水永动的情怀！

池澄是诗人。我看到了一颗赤子之心。

雨花石·伯牙抚琴　5.6厘米×4.9厘米

乐在石中求

——记戴康乐

约了三次，戴康乐终于坐到新海天茶社，接受我的采访。他还没退休，又是现任的南京雨花石协会会长，正在筹划在北京保利博物馆举办的中国雨花石北京精品大展，事务繁忙，可以理解。但他直白的开场，却有些出乎意料：“我玩雨花石，图的就是快乐。寻找快乐，发现快乐，得到快乐！所以，我为自己的藏石处取名‘乐石斋’。”

我和戴康乐有一石之缘。那是大约 20 年前，我到六合采访，认识了时任六合烟草局领导的戴康乐。初次见面，坐他的车子下乡。在车上，看到他手里拿着一块雨花石在把玩。此石鸭蛋大小，通体金黄，可能是把玩久了，石皮上泛出一道包浆，是一块典型的“手把件”。我要过来欣赏，这才发现，石纹清晰，有如鱼跃清波，不禁脱口称赞：“好石头！”戴康乐说：“你喜欢，送给你玩吧！”这便成了我得到的第一块雨花石，我也因此记住了这位雨花石迷、英俊潇洒的烟草局局长。

1959 年，戴康乐出生在六合，是地道的六合人。1983 年，戴康乐调到六合烟草公司工作，从此，在烟草行业一直干到现在。戴康乐说，他和雨花石的缘分，恐怕与这两点密切相关。身处雨花石之乡，戴康乐从 20 世纪 80 年代初，就爱上了雨花石；任职烟草行业，也给他觅石、藏石提供了便利。他最为得意的一件事，就是把自己的业余爱好和本职工作融合为一，创出“雨花石”香烟品牌，一时风光无限。

那是 1994 年，戴康乐任六合烟草公司负责人。当时，江苏烟草实行行业年产年销，下属公司可自创品牌、自主销售的制度。戴康乐想到雨花石。雨花石玉质天章，天赐国宝，是六合的名片，如果创出“雨花石”香烟品牌，既有特色，又具品位，何乐而不为？戴康乐的创意，得到了有关方面的大力支持。他们请香港嘉宾出版社设计烟标（1989 年，嘉宾出版社曾与江苏古籍出版社合作，出版了中国第一部雨花石图册《雨花石精品集》）。“雨花石”香烟一炮打响，被评为江苏省著名商标，包装设计荣获第一届中国烟标设计大奖，产品一年为公司赚得几千万的利润。

“雨花石”香烟烟标上，有一枚雨花石“花好月圆”，正是戴康乐的藏石。选哪块美石上烟标，是大家关注的焦点。戴康乐组织众多石友，推送美石参选，从中选出 15 块作为候选石。为公正起见，他们将 15 块候选石不标藏者姓名，送到嘉宾出版社，由设计人员定夺。结果，“花好月圆”入选。后来听设计人员讲，此石入选，一是石头好，二是画面好，三是名字起得好，团团圆圆、和和美美，是中国人心中永恒的梦想。雨花石香烟上市半年后，戴康乐忽然接到来自北京的电话：雨花石香烟的烟标设计，获首届中国烟标设计大奖！戴康乐将信将疑：莫非是诈骗？或者要公司掏钱？对方听出了戴康乐的疑虑，告诉他，此次评奖，是由专家公正评出的，不收任何费用。戴康乐这才放心地把大奖领回来。至今谈起此事，戴康乐依然难掩激动与开心：“这也是南京烟草行业获得的一项殊荣啊！”

说起雨花石香烟，和我还有过一段缘分。1995 年，我由《南京日报》采编部门临时调到《南京日报》广告部工作。其中接的一单整版广告，就是雨花石香烟。《广告法》有规定，香烟不准做广告。我们便以公益的形式，策划了这个整版广告，烟标上“雨花石”三个字和那块雨花石，出现在版面上，效果极佳。不料，市工商局认为此广告违反《广告法》，要给予处罚。我们据理力争，结果不了了之。戴康乐听了，笑着说：“这次广告策划非常成功！我至今记得。没想到还是你做的哦！”

2014 年，戴康乐从领导岗位上退下来，被选为南京雨花石协会第四任会长。如何传承雨花石协会的优良传统，如何在传承的基础上有所创新，成为他心中的头等大事。他提出 16 字办会理念：诚信尽责；包容共荣；崇文尚雅；快乐有为。诚信是根本，包容是心态，崇文是方向，快乐是目的。提倡玩石要有快乐的心态，协会要有快乐的氛围。这一办会理念，得到会员的赞同和支持。上任以来，他做了几件实事：雨花石赏石习俗获批江苏省非物质文化遗产；经他牵头，在六合横梁创建雨花石特色小镇，投资近

30亿的立项已经获批，集雨花石销售、欣赏、展览、研究为一体的宏大工程，已进入施工阶段；赴澳大利亚举办“中华宝石雨花石精品展”，展览在墨尔本国际会展中心举办，10多家媒体争相报道，获得巨大成功；与南京报业集团合作，共同主办《雨花石》杂志；首次举办“一石一画展”和“蛋白石展”，在石界引起很大反响；筹办“中国雨花石北京精品大展”。戴康乐说，搞活动、办展览，都是费心费力的事，但是，为了弘扬雨花石文化，扩大雨花石影响，让更多的人喜欢雨花石，从中得到快乐，作为会长，再多困难也要克服。

说到自己心爱的藏石，戴康乐精神抖擞，两眼放光。他的第一爱石，是“五彩寿桃”。他说，那是20年前，他偶然得到的。有一天，他和朋友到六合、仪征交界的石农老王家觅石。老王推荐一石：“鼋头览胜”，戴康乐很满意，成交了。正准备出门，打道回府，戴康乐回头一看，小方桌上有一个茶盘，茶盘上放了一堆石头，因为没有水，并不显眼。一块桃形石子，就在石堆顶上。戴康乐走过去，拿在手上一看，发现石质细腻，隐隐带彩，不觉心中一动，问老王：“桌上的石头卖吗?”老王说：“卖啊！都是熟人，你给个进货价就行了。”戴康乐就把这枚石子收下了。出门上车时，戴康乐就忍不住对同来的朋友说：“今天得了宝贝了！这是王母娘娘的寿桃啊！”回家把石头往碗里一放，注上水，一枚晶莹剔透的五彩寿桃，就放出光彩来，围观石友无不拍手称妙。

“五彩寿桃”在多次展会上获奖，成了南京石界公认的名石。著名作家贾平凹为此石做过点评：“石头能光洁如此，色彩能鲜艳如此，实在是罕见。你似乎能闻见香气，不敢用手摸，一不留神会弄破流出汁来。这样的桃子当然是只能做寿桃，可谁能享受了，在天上除了王母，人间就是那些德寿双高的人了”不少石友登门求观。戴康乐有时外出会友，也会带上，让人观赏。忽然一天，“五彩寿桃”找不到了！戴康乐好像丢了魂儿，夫妻俩在家里翻箱倒柜，没找到。难道被喜欢的石友摸走了？还是带身上外出时弄丢了？戴康乐那一阵茶饭不思、夜不能寐。3个月过去，一天夜里，戴康乐做了一个梦，梦中有人告诉他，“五彩寿桃”没丢，就在床下的一只塑料罐子里。戴康乐一惊，醒来，跳下床，就看到床下果然有只塑料罐子，倒出来一看，“五彩寿桃”滚了出来。宝贝失而复得，戴康乐欣喜若狂。后来，“五彩寿桃”成了他的微信头像，成了他的第一珍藏。

戴康乐有一块“乾隆下江南”，得来也是意外。大约15年前，他和一位朋友下乡办事，走错了路，来到一农户家问路，随口问了农户一句：“你家有石头吗?”农户说：“巧了，我刚捡到一块石头，上面好像有风景。”戴康乐接过一看，石质不错。再反复细看，赫然发现一幅画面：一艘龙舟上，有一气宇轩昂的人物，像皇帝，旁边一个低头弯腰的人物，像太监；龙舟前面的一艘画舫，也有人影晃动；天空中有一条龙在飞翔……这不就是乾隆爷下江南吗?戴康乐抑制住激动，不动声色地问价。农户开价300元。戴康乐二话不说，掏钱成交。回到家里，戴康乐饭也顾不上吃，立马把消息转告石友，开心得一夜没睡。

“烟雨楼台”也是戴康乐的爱石。那是20多年前了，腊月二十九，也就是除夕的前一天，朋友约他下乡觅石，说已到年关，农民要花钱，石头就肯出手了，机会多。戴康乐也正想去拜访一位相熟的石农朋友，就带上台历等小礼物，一道上路。石农朋友很开心，对戴康乐说：“我得到一块绿草花，老鲍等好几位石友都看过了，没看中。不知道你喜不喜欢。”戴康乐接过一看，这是一块白底透板，画面上错落有致地点缀着几座青山，若隐若现仿佛置于烟雨蒙蒙之中。整个画面，意境极好。唯一的瑕疵，是左侧一座青山上，有个淡黄色疤痕。石农朋友见戴康乐有些犹疑，慨然说：“你要喜欢，我低价让给你玩，略有小赚就行啦!”戴康乐于是将此石收下，可谓皆大欢喜！回到家里，戴康乐将此石放入碗里，细细欣赏，左琢磨右琢磨，一直看到半夜，忽然发现，那青山上的一块疤痕，竟然就是一座楼台啊！“烟雨楼台”四个字，一下就跳了出来。戴康乐连夜打电话，把同去的那位朋友从梦中叫醒：“我找到主题啦！我找到主题啦!”朋友听完，也为他高兴。戴康乐说，“烟雨楼台”让他开心了很长一段时间。“这可是老鲍看过的啊！老鲍是何等眼光?居然看漏,给我得到了。你说这能不高兴吗?”20多年后谈起来，戴康乐还是有点得意扬扬。

戴康乐有一块“惊鹅回首”，30年前得到的。得石过程他至今历历在目。有一天，一位石友在楼下喊他（那时家里还没有电话），他问：“什么事啊?”石友说：“有个朋友，有块石头想出手，你要不要?”于是一道找到石友的朋友。此人从口袋里掏出一块石头来，是块抛光石，但却红得喜人，光彩夺目。再一看，画面上有一只鹅，曲颈回顾，惟妙惟肖，神态生动。加之石品端庄，质地细腻，果然是块好石头。戴康乐问：“你打算卖给谁？”他说：“我原来是想让给你这位朋友的，他说你也喜欢。你们谁要都行。”问价，他开 70 元。戴康乐没还价，把这只“鹅”带回家了。他说，20 多年来，这只“鹅”一直是他非常喜欢的一块石头。

戴康乐说，他绝大多数的精品石，都不是高价买的，而是自己发现的。那块上了烟标的“花好月圆”，是 30 年前与朋友下乡淘石，石农将大盆一倒，各人分头去拣，他在石头堆里翻出来的。“黄河入海流”，滔滔黄水翻波卷浪，似从天上滚滚而来，也是从石头堆里捡的，只花了 20 元。此外，还有“百花争艳”“西子之春”“春到雨林”“大漠风光”“绝代佳人”“花开富贵”……都是精品，都没有花高价。发现的快乐，远远超过金钱购来的快乐！

有人说：“戴康乐”这名字起得好，玩石头既得健康又得快乐。与石有缘，天作之合！戴康乐笑着说：“美石能给人带来健康，带来快乐。我能与之结缘，是今生最大的幸运啊！”

雨花石·五彩寿桃

会长的魄力

——记戴宗宝

戴宗宝说，在以往的生命中，有两个“10 年”是最为难忘的：退休前从政，当过 10 年县委书记（涟水 3 年，江浦 7 年）；退休后玩石，当过 10 年协会会长（南京雨花石协会）。回首往事，10 年县委书记任上，还是为当地办了不少实事；10 年协会会长任上，也做了不少工作。如果说之所以能做出一些贡献，恐怕和自己的个性有关：贬之者呼为霸道，褒之者称为魄力。

采访戴宗宝，就在他位于朝天宫附近的家中，周德麟作陪。74 岁的戴宗宝一头黑发，腰板挺直，声如洪钟，依旧快人快语。他讲 10 年县委书记任上的种种轶事，颇为得意；他讲 10 年协会会长任上的桩桩作为，毫不谦虚。

2004 年，南京雨花石协会换届，要寻找新会长人选。周德麟是换届筹委会的负责人之一。当时的协会，无办公地点，无办公经费，无办公人员，开展活动很困难。大家希望能推出一个新的领头人来，改变这种状况，于是把目光瞄准了刚刚退休的戴宗宝，让周德麟去做戴宗宝的工作。戴宗宝经过慎重考虑，同意接手南京雨花石协会的会长职务，挑起这个重担来。他果然不负众望，发挥自身优势，调动人脉资源，找到了办公地点，申请到了办公经费，找到了办公人员，很快组织了首届“国土资源杯”雨花石精品展，在社会上引起巨大反响。

10 年（两届）会长任上，戴宗宝大刀阔斧，全力以赴做成了几件实事。

策划了两个活动。协助六合区委，区政府策划组织并成功举办“六合雨花石文化节”；协助六合区委、区政府策划组织并成功申报“中国观赏石之乡”。

组织各种规模的雨花石展 100 多次。不断组织境内外办展，宣传了雨花石文化，扩大了雨花石影响。其中反响最大的是 2011 年，组织 170 多人，包了一架专机，到台湾举办“雨花情缘——首届海峡两岸雨花石文化”联展，创造了两岸文化交流的成功范例。

创办了《雨花石》杂志。戴宗宝注重宣传，上任伊始就办了一份《雨花石报》，宣传雨花石文化，团结雨花石协会会员。2008 年，在《雨花石报》的基础上，创办了《雨花石》杂志，这份杂志，一直坚持到现在，已经成为全国雨花石爱好者的精神家园。

出版了几本有影响的图书。2011 年，出版图册《雨花情缘——首届海峡两岸雨花石文化联展》；2014 年，南京雨花石协会成立 30 周年，恰逢青奥会在南京举办，协会周密筹备，邀请 21 名专家和全国 400 多个石友，从 2 万多枚石头中，投票选出 300 多枚名石，出版了大型图册《中国南京雨花石——名石集萃》。图册的封面设计，采用了金陵三宝——金箔、云锦、雨花石 3 个元素，别出心裁，大气端庄。图册图文并茂，一石一诗一文一词，均出名家之手。这部图册，被评为南京市政府好图书三等奖。

做事不易，须要决断，须要担当。戴宗宝坦言，如果没有 10 年县委书记的经历，他这个雨花石协会会长，也是当不好的。当县委书记，人求他；当协会会长，他求人。他笑称：“会长就是和尚，得到处化缘”。10 年间，他为协会筹措到 240 多万元经费。这一件件实事的背后，有他的魄力，有他的担当，也有他放下架子、甘当“和尚”的付出。

戴宗宝说，这一切，他都是心甘情愿的，因为他从小就有雨花石情结。戴宗宝出生在六合灵岩乡灵岩山脚下，五六岁时，他到山上放牛、割草，就喜欢到沙石沟拣拾雨花石。那时候，灵岩山下，家家户户都有雨花石，有人把石子放水缸里净水；有人把石子放筷笼里爽水；有人把石子放玻璃瓶里观赏。“我从小与雨花石相知相识、相亲相爱、耳鬓厮磨、青梅竹马。雨花石是我的心结，是我的挚爱，是我生命的一部分！”戴宗宝讲到这些，动了感情，言语也带着诗一般的情调。

1964 年，戴宗宝考入南京工学院（现为东南大学）无线电系；1970

年毕业后分配到金湖无线电厂当技术员、广播站站长、公社党委副书记；1980 年调淮阴市轻工业公司任党委书记；1985 年任淮阴市乡镇工业局局长；1990 年调涟水县当县委书记；1993 年调回江浦当县委书记。离开家乡 23 年，其间职务变迁，工作繁忙，却从没淡化雨花石情结。每次回乡探亲，他都会到横梁乡下去觅石。家乡的朋友知道他爱石，到淮阴、涟水去探望他时，也会带雨花石给他。

南京的雨花石热，兴起于 20 世纪 80 年代。江浦紧邻六合，觅石方便，熟人更多。天时、地利、人和，三者一时齐备，戴宗宝放开手脚，把业余时间投入雨花石收藏中。

1997 年的一天，戴宗宝的侄子张宏民从横梁给他打电话，说徐云村的石农徐德田家有块好石头，可来看看。戴宗宝选了个周末，来到徐德田家。徐德田说："我这块石头，一般是不给人看的。张宏民是我的好朋友，石头可以给你看。"戴宗宝一看，这是一块大品松香玛瑙，乳黄的底色上，干干净净地映出一个淡绿色的少女头像。少女头戴少数民族的包巾，神情天真，端庄秀美。只看了一眼，戴宗宝就呆住了，仿佛见到了前世的情人，便让徐德田开价。徐德田说："我开价可以，不准还价！3000 元！"戴宗宝当时的月工资就 1000 元，当天身上也只带了 1000 元，他向张宏民借了 2000 元，二话不说，把"少女"带走了。

回到六合县城，戴宗宝兴冲冲地邀来六合的玩家王晓钟、吕晓红等人来看石头。徐德田也跟来了。这块石头，其实，不少人都看过的。徐德田说："这块石头在我手上捂了 4 年！价格从 400 元开始，1000 元、2000 元，直到现在的 3000 元！来看的人多了！没见过像你（指戴宗宝）这样下手狠的！"周德麟说，他和贝芝泉也看过这块石头，当时开价 1600 元。据说，鲍连发（老鲍）、朱言荣、戴康乐等也看过，都嫌价高，没敢下手。"还是戴书记下手狠啊！"戴宗宝笑着说："我干工作养成的这个习惯，看得准，下手狠！玩石也是这样！"

此石被命名为"阿诗玛"。2009 年，在第三届中国南京雨花石艺术节上，"阿诗玛"获"世纪之光大型雨花石精品展""最佳人物奖"。戴宗宝说："这是我心中的'阿诗玛'啊！"

2003 年 7 月的一个周日，是戴宗宝夫人林秀华的生日。家里准备了晚宴，请亲友来欢聚。戴宗宝听说曹玉村一曹姓石农家有块好石头，决定前往看看。谁知到了曹家一看，石头不咋地，怏怏离开。他有一个预感：今天一定能得块好石头。他走到付营村石农付光明家去寻觅。付光明，人称“付一刀”，有名的不还价的主。在付光明家，还是没有找到中意的石头。戴宗宝有些泄气。付光明说，他姐夫陈有福手里有块好石头，可去看看。陈有福才做石头生意不久，不认识戴宗宝，得块好石头就当宝了，担心要价高，生意做不成，不肯拿出来看。付光明说：“戴会长要，你拿出来！”陈有福只好拿出石头来。这是一块透板玛瑙，大片绿花间有几缕鲜艳的红彩，黄白相间的纹理像山形，中间露出一个洞口，犹如桃林竞艳，溪水淙淙，绿荫垂盖，幽境天成，洞中一日，世外千年。戴宗宝一看，名字都有了：这不是桃花源吗？他让陈有福开价，陈有福死活不肯开价。实在逼急了，陈有福开出5000元高价。戴宗宝几经还价，最终以2800元拿下。

戴宗宝回到家中，已是晚上8点多钟，一桌亲友都等得焦急了。戴宗宝乐呵呵地说：“不急吃饭，先看石头。”寻个大碗，注上清水，把“桃花源”放入水中，顿时艳光四射，大家拍手叫好！戴宗宝把石头捧给林秀华，说：“老太婆，这是给你的生日礼物哦！”相濡以沫几十年，同样也爱石的林秀华，激动得热泪盈眶。

后来，戴宗宝将此石重新命名为“世外桃源”。2004年5月，在中国第六届赏石展暨国际赏石展中，“世外桃源”荣获金奖。

石头要多读，深读出境界。戴宗宝的“灵岩山房”中藏有一石，猩红黛绿，鲜艳夺目，中有四道雪白水线，水线上立一白衣女子，女子身后，隐隐约约可见绿荫覆盖的浓密森林。此石下部微透，中部晶透，上部晶润如酥，质感灵动，层次感强。初名为“游仙”。有一天，戴宗宝取出欣赏，脑子里忽然跳出《诗经》中的“蒹葭苍苍，白露为霜。所谓伊人，在水一方”。遂更名为“在水一方”。此名一改，境界全出，让人产生了无限的遐想。

戴宗宝花20年时间，收集了一套“伟人石”，马、恩、列、斯、毛、刘、周、邓，都收齐了。石上现人像，并不难得，落实到像某个伟人，就难得了。其中既要有石缘，也要能舍得。2002年，戴宗宝听说六合一位收藏大家手中有一枚“邓小平”，便前往欣赏，求其转让。这位收藏家是位书法爱好者，尤喜林散之的字。他知道戴宗宝手中有林老的作品，便提出用林老的一幅字来换“邓小平”。林老的一幅字，在当时已逾数万元。戴宗宝也是书法家，当然知道林老字的价值。但为了得到“邓小平”，他还是忍痛割爱了。

有了邓、刘、周，还缺朱、毛。他听说一位藏石家手中有一块“朱毛合璧”，托周德麟去找对方，希望转让。藏石家也知道戴宗宝在收藏伟人系列，认为奇货可居，便开出 11000 元的天价。几经协商，都谈不下来。戴宗宝无奈，只好以 1 万元的高价，把“朱毛合璧”请了回来。2011 年，在一次红色文化石展上，“邓小平”和“朱毛合璧”获金奖。

“马克思”是最后得到的。2017 年 7 月，戴宗宝在西祠胡同雨花石网上，看到一块雨花石，名为“达摩面壁”。他仔细一看：这哪是达摩？分明是大胡子马克思嘛！不禁心中大喜。再一看，此石开价 200 元，石主夏存新也是熟人。戴宗宝赶紧告诉夏存新：“此石我要了。”夏存新见戴会长喜欢，说：“那就送给你啦！”不日就将“马克思”送到戴宗宝手上。真可谓：“踏破铁鞋无觅处，得来全不费工夫。”

2006 年 5 月，戴宗宝编辑出版了自己的藏石图册《中国南京雨花石（一）》。他在编者寄语中说：“我有四大爱好，藏石玩石、练习书法、打拳击剑、种草养花。雨花石是我的最爱。她是我的亲密伴侣。我们是老乡，从小就相爱，相处几十年，感情越处越深。与石相伴，就是与美相伴，与乐相伴。”“它是我的良师益友，以石为师，可以修身养性，启迪人生。以石为友，我悟出了人生的意义在于奉献的道理。”

玩石能达到这个境界，夫复何求！

雨花石·在水一方

卖房建石馆

——记狄晓明

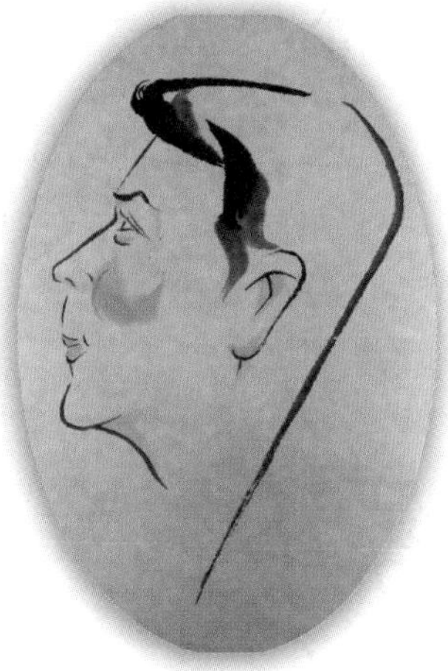

2001 年，狄晓明在江心洲拿了五亩地，建了一座石馆——江岛奇石馆。这是南京市第一座对外开放的私人奇石馆。江岛奇石馆很快成了江心洲旅游的一个亮点。

为了建江岛奇石馆，狄晓明把自己的两套住房卖了，钱不够；又把母亲的住房卖了，还是不够；又多方筹资几十万，好不容易才把石馆建起来，先后花去了 100 多万。真可谓：破釜沉舟，孤注一掷！玩石头玩到这个程度上，狄晓明近乎疯狂的举动，让很多朋友大惑不解，都为他捏了把汗。

狄晓明迷上奇石，和自己的工作有关。他是南京无线电厂职工，1993 年，厂里派他到宜昌去，负责熊猫电器的销售。这让他和宜昌结了缘。宜昌是三峡石的集散地。三峡素称“天然博物馆”，三峡奇石自古闻名，是这博物馆不可多得的一宝。当地收藏、玩赏三峡石的人很多，以至于“拣拾三峡奇石”还成了三峡旅游的一道“特色菜”。游客在欣赏秀丽的三峡风光时，可以舍舟登岸，到指定岸上挑拣三峡石。每年举办的三峡石展，都会吸引很多人参观。狄晓明在一次三峡石展上，见识了三峡石，也结识了宜昌文化局局长施兆淮。施兆淮是江苏淮安人，老乡见老乡，和狄晓明一见如故，成了朋友。狄晓明便经常到施兆淮家去玩。

施兆淮喜欢玩赏三峡石，是个石迷。家中藏石很多，精品不少。三峡石种类繁多，以图画石最为独特，或状人类物，惟妙惟肖；或色泽艳丽，自成画卷；或金光闪闪，令人目眩；或花纹交错，成为文字，兼有国画的墨韵和油画的质感，天工巧成，意境深远。狄晓明很快就被些这美丽的石头“俘虏”了，迷上了三峡石。得空就寻，见好就“收”，从此踏上了石迷之路。

谈起寻石趣事，狄晓明笑着说：“我还抢过省长的一块石头呢！”原来，狄晓明自打迷上三峡石后，每到一地，都会找石馆，觅奇石。有一次，他到武汉出差，在一家石馆看到一方彩陶石，色泽鲜艳，造型奇特，向石主问价。石主说：“这块石头关广富省长要了。不过，钱还没给。”湖北省省长关广富，也喜欢奇石，有次来到石馆，看中了这块石头。关广富出价300多元，石主嫌少，没谈拢。也许那天关广富钱没带够，也许还有其他事要办，就匆匆走了。狄晓明对石主说：“省长只是想要，生意不是没谈成嘛。我出600元，卖给我吧。”石主犹豫一阵，最终把石头卖给了狄晓明。

宜昌周边多大山，狄晓明的工作常常要下基层，进大山。有一次，狄晓明驾车进山，在大山深处，公路边有户农家。狄晓明下车休息，发现农户家有不少奇石待售。其中一块三峡石，直径有60多厘米，石面上有一只20多厘米高的小鹿，昂首挺立，顾盼生姿，神形俱肖。狄晓明心里一惊，给镇住了！户主是位老人，开价1500元，不还价。狄晓明嫌贵，钱也不够，就放弃了这块石头。

出差回来，这只“神鹿”（狄晓明心里已经为它取好了名字）仿佛已一头扎入狄晓明的心里，跟着他回来，在他眼前晃荡。他饭也不想吃，觉也睡不着，满脑子都是这只鹿。第二天是周日，狄晓明一大早爬起来，筹足钱，又驾车进山，直奔老农的石铺。

不料，老农不在家。老伴说，他去亲戚家奔丧去了，还不知何时能回来。这两个多小时的山路，不能白跑啊！狄晓明下定决心，一定要找到老人，提出要去亲戚家找他。老伴见他态度坚决，便决定带狄晓明前往。一路开车、坐船、走路，到了亲戚家。狄晓明自称是老人的朋友，前往吊唁，还出了份子钱。老人很感动，回去后，以1000元价格把“神鹿”转让给他，还送了一块石头给他。

狄晓明小心翼翼，把“神鹿”抱上汽车，心情大好，一路驾车回宜昌。“春风得意马蹄疾”，也许是过于兴奋，分神了，在一处拐弯处，汽车擦到一辆摩托车，差点酿成大祸！至今回想起来，狄晓明依然感到后怕。

“神鹿”在南京的石展上获得银奖。后来因为建石馆，资金缺口太大，他把“神鹿”以几万元的价格，转让给一位老板。“神鹿”走时，他落泪了。很长一段时间，他的心情都难以平复。

还有两块人物石，也是狄晓明的最爱。一块是位少女的背影，长发披肩，细腰款扭，步态轻盈，他命名为“少女”；另一块也是位年轻美女，戴顶轻便小帽，身着时装，款款而行，他命名为“女模特”。两块石头都送去参加南京的石展，“少女”获金奖。让他没想到的是，这位“少女”把南京有名的石痴王建平的魂儿给勾去了。托朋友几次三番来找他，要求转让。一则他当时确实缺钱，二则被王建平的诚意所感动，他把“少女”转让给了王建平。王建平改名为“女模特”，送展、写文章，广为宣传，成了一块名石。另外一块真正的“女模特”，最终也转让出去了。谈起这两位“美人”的离去，狄晓明感慨地说：“真像卖掉自己的女儿啊！”

2000年，家电行业不景气，狄晓明被召回南京。这家以熊猫电器闻名全国的国营大厂，日子也不好过了。开始“减员增效”，狄晓明决定提前办“内退”，一心玩石头、卖石头。此时的他，已玩石多年，收藏了大批三峡石。他把三峡石引入南京。三峡石本身就招人喜欢，又在石展上屡屡获奖，在南京石界，已经有了不少粉丝石友。这些，都为狄晓明的经营提供了良好的基础。

2001年，江心洲开发旅游，对外招商引资，要建旅游一条街。狄晓明看准这个机会，决定在江心洲建奇石馆，集观赏、经营为一体，让石头为更多的人喜爱和接受。他的决心也得到了家里人和亲朋好友的支持。我曾问狄晓明：“卖住房，建石馆，迈出这步不容易啊！你是怎么说服老婆和老妈的？”狄晓明笑笑说：“她们知道我喜欢石头；也看到了，做石头生意，其实也能赚钱的。何况，家里收了那么多石头，不建石馆怎么行呢？”就这样，狄晓明先后卖掉了自己的两套住房，又卖掉老妈的一套住房。丈母娘也伸出援手，自己忍痛割爱，又卖掉一些好石头，买地、建房、装修、一步一步，二层楼300平方米的江岛奇石馆终于建好了。作为旅游配套，他还建了个小旅馆和小饭馆，一家人就在江心洲安顿下来。既有一定的石种和数量，又有较高的品位保证，既能观赏，又兼经营，这样的私人奇石馆，在石头城南京，还是首次出现，很快成了江心洲旅游的一个亮点。学生春游时，石馆常常爆满。狄晓明的石头生意，也渐渐做出了名气，门票分成，也给他带来一份固定收入。他一有空，就四处觅石、收石，不断丰富馆藏内容，日子过得挺逸当的。

当年，“南京小狄”在宜昌石界名头响亮。狄晓明回到南京后，和宜昌的石友还保持联系。当地不少石友，因为单位效益不好，或内退，或下岗，都做起了石头生意。他们到了南京，就找小狄。狄晓明也总是热情接待，帮他们牵线搭桥，打开销路。

狄晓明跨入石界，是从三峡石起步的，在很长一段时间内，三峡石也是他收藏和经营的主打。渐渐地，他的目光就跨越三峡石了，灵璧石、水石，各类奇石，都进入了他的视野。最终，他选择将戈壁石作为主打。他眼光独到，出手果断。获得全国金奖的戈壁石“八王进见”，他以7万买入；获得全国银奖的戈壁石“苏武牧羊”，他以3万元收下。这种魄力，让不少石友暗暗佩服！

2015年，江心洲重新规划，总体开发，江岛奇石馆完成了自己的使命。狄晓明到江北买了两套房子，准备重建石馆。他说：“多亏了三峡石，把我引入石界；多亏了各类奇石，让我重新找到了生活的依靠，找到了生活的乐趣！这辈子，我和石头的缘分是割不断的了。”

戈壁石·彩俑　6厘米×3厘米×3厘米

痴石亦痴书

——记丁凤龙

“老丁，号石然；甲午年生，大学文化；自幼喜爱文学、音乐、绘画、工艺美术。解甲归“宁”后，由政而商。闲暇之时对石中皇后雨花石情有独钟，继而对大理石画亦珍爱有加。藏石标准：有展览效果，有收藏价值。藏石理念：精品路线，宁少毋滥。藏石格言：一目了然，雅俗共赏。”

以上是丁凤龙给自己的赏石经历画的“像”。其实，在我心目中，老丁痴石（雨花石、大理石）亦痴书（书法），是个性情中人。20多年前认识他时，请问他老家何处，他很自豪地说：“苏北涟水。北宋拜石的米芾，在我们老家，当过两年军使哦！”米芾呼石为丈，拜石为师，是历史上有名的石痴；不仅如此，米芾还是一个书痴，是北宋最有名的书法家之一。看来，米芾是老丁的偶像，他痴石痴书，由来有自。

我认识老丁时，他玩赏的重点，好像已由雨花石转为大理石。在清凉山奇石市场，他开了间“石头铺子”，专卖大理石。在我印象中，这是南京唯一一家大理石专卖店。他每年数次往返大理、南京之间，觅石、进石。他眼光好，所进大理石品位高，深受南京大理石爱好者的欢迎。我也喜欢大理石，他从大理回来，会早早通知我：“新货到了，过来看看啊。”我收藏的十几块大理石，大都是从他手上拿的。我几次对老丁说：“你把如诗如画的大理石引进南京，是做了一件功德无量的事啊！”

老丁是《宝藏》《中华奇石》杂志南京联络站站长和《雨花石》杂志专栏编辑，“石头铺子”也就成了联络站。石友们到了清凉山市场，都会来拿杂志、交稿子、喝茶、闲聊，一拨走了，一拨又到，常常是高朋满座。

我去清凉山觅石，老丁的石头铺子是必去的。看石、赏石、喝茶、聊天。经常是聊得高兴了，老丁就到旁边的小饭店，炒几个菜，一边吃，一边继续聊。石头铺子变成了石友们聚会的茶馆、信息交流的中心。

老丁说，他是1989年后才迷上雨花石的。一开始，经常和同事杨天鹏一块儿去六合砂矿淘石、拣石。那时候，交通也很不方便，得起早到南京中央门长途汽车站，乘天不亮的头班车，到六合县城下车，或乘到扬州的长途汽车，到仪征的青山等沿途下车，然后步行到砂矿和村庄。然后就走村串户，一家一家问："阿有活石啊？"活石，就是指玛瑙质地的雨花石。为了充分利用一天的时间，往往天不黑不往回赶。等回到公路边候车，天就很晚了，多数要拦车回南京。有时连拦几十辆，人家也不愿意停。

那时候，大家的工资多数一个月就几十元，几年后也就百八十元。雨花石价格也低，用于抛光的活石5~6元1斤，水石20~30元1斤。除特别精彩的尖子石会挑出来单卖，里面大大小小的蛋白、水晶、绿草花、油泥、色形纹都好的粗石都有。从中挑出来的石头，有的现在都升到几万甚至几十万的价位了。当时的好石头，也就几块、十几块钱一枚。如果有人拿几十块钱去买一块石头，就是特大新闻了，大伙都想去看看，到底好在哪里。我问老丁"这么多年下来，你收藏了多少宝贝呀？"老丁笑笑，说："不多不多，也就是绝品三两个，精品三二十，能展览的三二百。仅此而已。"

不过，说起自己喜欢的石头，老丁就没这么谦虚了，得意之情，溢于言表。他最得意的一块，是"金橘飘香"。这是一块典型的玛瑙质绿草花，5.6x4.6厘米，无疤，无裂，两面可看。主画面青枝绿叶，数十棵金橘点缀其间。蓝天白云倒映湖面，一派生机盎然的丰收景象。不少人看到此石，会问："如此逼真，莫非人工？"不少人看到石照，会问："何处橘园，有此美景？"老丁听了，心里暗暗得意。2014年1月，此石送美国洛杉矶艺博会展出，老丁赋诗一首："一湖烟云连天碧，三秋霜花凝翠枝。归雁声声落日早，又是金橘飘香时。"

2008年，《雨花石》杂志创刊，创刊号的封面，就是"金橘飘香"。此石三获金奖，2012年被评为"雨花石名石"。

一枚"荷塘月色"，是老丁1995年在六合秦营石农家得到的。主人开价100元，老丁弱弱地还个价，让了2元，算是不小的面子和交情。此石为细石英，半透明，5.5x4.2 厘米。石上的图就是一幅水墨画：柔和的月光下，是墨绿色的荷塘，田田荷叶下，是朦朦胧胧的水面，仿佛有鱼儿游过，漾起一圈一圈的涟漪。著名诗人丁芒为此石赋诗一首云：“柔媚的月光，自清穹之顶垂下，向一方荷塘临照，清风淡云似长袖缥缈，低拂水波摇曳不停。……像一支歌曲在月下婆娑，荷叶的旋律悄悄卷缩，荷梗扭腰，变成袅袅藤萝。”

一枚“百岁寿星”，老丁在《雨花石》杂志上写过关于此石的故事。有一年春天，老丁去六合乡间寻石，跑了一天，一无所获。傍晚时分，姗姗走上一座山岗，见一少年坐在突兀的石头上，悠然吹着口哨。“你家有活石吗？”老丁随口一问。“没得哦”。少年随口答道。意料之中的失望。“这儿有一个。”呵！原来他手里攥着一块石头，乌灰色，因手汗的浸润，隐约显出白色的纹理。第一感觉：平淡。第二感觉，还是平淡。可不买就没机会了，老丁心里想着，随口又问：“多少钱？”“我捡的。你要是喜欢，就送给你吧。”少年这么一说，老丁倒不好意思不买了。“哪能白要你的东西呢？” 他塞给少年 5 元钱（当月奖金的 1/3），抓起石头，匆匆返程。

晚上到家第一件事，就是把这方石头放水碗里观察，希望出现奇迹。奇迹果然出现了：随着水的侵入，石面的纹理清晰起来，一位白眉毛、白胡子的老头儿，浮出水面，映入眼帘。老头儿双目微闭，似在沉思；头顶部突起一块“疙瘩”。这不是年画上常见的老寿星吗？意外获得此“寿星”，丁凤龙激动得一夜未眠。他把“百岁寿星”的石照，放在他爷爷 100 岁生日的影集里。两位寿星，就像住在一起颐养天年的好朋友，从此不再寂寞。老丁在相片旁题了几句话：“谁说山中也有百年树，世上难遇百岁人？万古寿星今尚在，我祖笑谈方百年！”

因为经营之便，老丁收藏了几块精彩的大理石。“汉王刘邦”便是其一。那是 2004 年，在大理一位赵姓的白族汉子的店里得的。老赵说话结巴，却性格豪爽，开价实在，老丁也是他的客户。那次进店，老丁买了他不少石画，却未见有震撼效果的，心中不免遗憾。这里望望，那里看看，就是不想离开。终于发现二楼墙外，有个不起眼的小披子，还上着锁。他请老赵打开看看。就在老赵打开门，往边上一让的瞬间，一幅石画扑入眼帘，把老丁看呆了：画面正中偏右处，骇然立着一位彪形大汉，黑衣锦带，迎风而立，任发须飘扬，凛然有王者之气！这不是斩白蛇起义的汉高祖刘邦吗？老丁抑制住激动，对老赵说：“这块不错嘛！”老赵说：“这块不能给你。我下周要外出参展，已经许给一位老客户了。”老丁魂儿都给勾去了，哪里会善罢甘休？于是，使出浑身解数，晓之以理，动之以情，乃至把那边最好的几位朋友，搬到酒桌上，做老赵的“思想工作”。老赵挡不住轮番的攻势，终于松口了。也没有加价，让老丁把“刘邦”带回了南京。

还有一块“阿诗玛”，也是老丁最得意的两块大理石之一。那次去大理，他选了16万多元的大理石，“阿诗玛”是最主要的一块。此石长75厘米，宽45厘米。画面为黛色，正中一位妙龄少女，面右而立，从头前的刘海开始，眼睛、鼻子、嘴唇、下巴、颈部，胸前绣着花边的圆领衫，每个细节都交代得恰到好处，画面干净，人物传神，一个生气勃勃的阿诗玛，让人眼前一亮！“阿诗玛”来到南京，不少石友惊艳之余，希望收藏。老丁舍不得，说：“全家人都喜欢，不准我转让。好石难得啊！”

老丁写得一手好字，是南京市书法家协会会员。他说，从小以来，他最为迷恋的，其实就是书法。几十年如一日，他坚持临帖读谱，钻研书论，与书家交流学习，创作作品，从来没有懈怠过。他主攻汉隶简书和行草，作品多次获奖。在不少石友的斗室里、工作室里、石馆中，你都会看到他书写的、以石头为题材的书法作品。韩国、台湾的石友，也都纷纷向他讨要墨宝。韩国济州道寿石总会，收藏了他书写的长达5米的“灵石润”长卷汉简书法作品。大韩民国国家寿石馆，也藏有他3幅条幅作品。

赏石近禅，书法亦近禅，都是中华传统的高雅艺术。老丁痴石亦痴书，心跨两界，互融互通，都能达到较高境界，实属不易。

雨花石·金橘飘香

“贫穷的富翁”

——记高向耘

高向耘从警 38 年，官至江苏省公安厅副厅长、正厅级巡视员、国家一级警监，立过一等功，是刑侦方面的专家。2003 年退休后，高向耘爱上了奇石，广交石友，刻苦钻研，在老家横溪建了一座石馆——石头居，收奇石几千方，出了两本赏石方面的书，成了颇有影响的鉴石、赏石专家。在我认识的官员里，实现到这样华丽转身的，仅高向耘一人；在我认识的石友中，能在这么短的时间里，做到从外行到专家转变的，也只有高向耘一人。

我和高向耘相识 10 多年，也是因石结缘。他给我印象最深的是，没有官架子，热情朴实、平易近人；对奇石的投入，已达痴迷的地步！当了高官，能保持普通人的本色，不易；退休了，能全身心投入自己喜欢的爱好之中，做出成绩来，也不易。

采访高向耘，是在江苏路上的花港观鱼茶社，周德麟作陪。高向耘早早就到了，带来十几块雨花石和瓷碗，请我们帮他挑选 4 枚美石，到北京参加大展。很快，我们就选出“雨花魂”、“布达拉宫”、“天姿红唇”、“红喜蛋”4 枚，观点高度一致，英雄所见略同！

高向耘说，凡事讲缘。佛家主张随缘，可见缘可遇不可求。但缘深缘浅，全看各人的诚意与努力。1965 年，他毕业于徐州师范学院，本来应该是当老师，与教学结缘，却阴差阳错，被选调机关，干了一辈子公安工作。这就是缘。他说：“即将退休时，心中难免有些茫然。皆谓老有所好，老有所为，我有何好？我将安为？思之再三，决心与石结缘。开始，是钟情于供石，时不时地买回几块，终于累计逾百，轮流供于案头堂前。闲暇时与之对坐，如会故友，不觉心旷神怡，得失烦扰，一扫而空。供石品种多，产地遍布全国，收集难；供石体积较大，搬动不易，占用空间多，收藏不易。于是移情别恋，爱上了土生土长的雨花石。”

高向耘说，自己也没有想到，一旦迷上了雨花石，情笃更在供石之上，犹如阿里巴巴口念“芝麻开门”，一脚踏进神山宝库，一阵惊艳后，心更切，情更浓。每遇心爱的美石，常常是辗转反侧，寤寐思之，必欲购得而后安。10 多年来，他倾尽私囊，换回近 2000 块雨花石，已然成为“收藏大户”了。

与石结缘十几年，高向耘最大的感受是懂得石无言而人有情。缘是前提，情是基础。雨花石的内在之美，有待人去不断发现、挖掘与鉴赏。而鉴赏者自身的学识修养，才是打开雨花石宝库的钥匙。“石含乾坤秀，缘涵宇宙新”也罢，“人能悟得其中趣，确胜寻山万里游”也罢，赞的是石之秀、之雅、之奇、之美，若无高怀雅志、学识修养，一切的美都可能失之交臂；即便发现了，也不能与之结缘。

石缘的背后是人缘。高向耘说，以石交友，广结石缘，是他始终抱定的宗旨。说起那些引他走入石道的石友，高向耘如数家珍，至今心怀感激。贝芝泉是雨花石收藏鉴赏的前辈、大家，高向耘到贝老家登门拜访 10 多次，或看他家的藏石，或携石请教。每一次，贝老总是与他促膝交谈，有求必应，精心点评，耐心点拨。贝老身体不好，有好几次是由家人抱下床来，坐着轮椅来接待高向耘的。高向耘过意不去，有一次带了一瓶酒给贝老。贝老很生气，发火了，叫高向耘把酒带回去。高向耘也是南京雨花石协会创会会长池澄家的常客。池澄在雨花石研究上，功夫很深，让高向耘受益匪浅。此外，还有张国义、谢庭泽、周德麟、王建平、戴宗宝、骆家刚、邱信明等诸多石友，都给过他很大的帮助。高向耘说：“他们都是我的启蒙老师哦！”

高向耘是个肯动脑筋、爱学习的人。几十年的公安刑侦工作，让他养成了凡事爱琢磨的习惯。除了向前辈、大家虚心请教，他也与石商、石贩、石农交朋友。高向耘为人朴实无华、爽直大方，和不少石商、石贩、石农都成了好朋友。他们有了好石头，也会想着“高厅长”，让他先睹为快。看各类石头书籍、图册，也是高向耘的学习捷径，书中美石多多，让人大开眼界；书中好文篇篇，让人如饮醇醪。各类展馆、展会，高向耘也是必去的。机会也多，有时作为专家评委，有时作为颁奖嘉宾，有时就是普通观众，他都乐此不疲。他说，看展览最大的好处，是可以面对实物，细细观察；可以亲近石友，交流切磋。石友之间的交流，太重要了。“与君一席话，胜读十年书。”他常常有这样的感觉。

凭借着良好的人缘，凭借着执着的学习，高向耘很快就摆脱了初入石道时的懵懂状态，对奇石的认知、鉴赏能力迅速提高，如鸟归林，如鱼得水，进入了比较自由的状态。对奇石的认知愈深刻，对奇石的迷恋就愈甚，也就更敢于出手，更舍得投入了。

2005 年的一天，高向耘和张国义一大早就到总统府旁边的雨花石市场觅石，看到一个摊位上，有一块松香玛瑙，15.5 厘米 x11.5 厘米，属极大品，黑褐的底色上，有金黄色的斑纹，勾出了一只仰头回望的梅花鹿。张国义说：“好石头！”高向耘看了也喜欢，问价，1500 元。高向耘二话不说，掏钱拿下。后来才听说，这只“梅花鹿”此前已有几位资深石友看过了，讨价还价，没能还下来，就暂时走开，想等等再来砍价。不料却被后来的高向耘捷足先登了。

高向耘最为钟爱的一块雨花石“雨花魂”，也是高价从石商鲍连发手上拿的。先是周德麟在老鲍家看到了这块石头，向雨花石博物馆推荐，希望能收为馆藏。未果。周德麟就向高向耘推荐。高向耘一看到“雨花魂”，魂就给勾去了。这块玛瑙石呈鸡心形，整块石头上，赤、橙、黄、绿、青、蓝、紫，色彩靓丽，诸色调配均匀和谐，可谓大象无形、大美出彩，见之者无不怦然心动。高向耘毫不犹豫，掏钱收下。捧上此石，径直到贝芝泉家请教。贝老一看，连呼：“好石！好石！应是一级珍品！难得！难得！堪称‘雨花魂’也！”此石在上海一次大展中获得金奖。经周德麟建议，高向耘到苏州找到一位苏绣大师，把“雨花魂”制成双面绣雨花石作品，也在苏绣界引起轰动。有诗人赋诗赞云：“万象三光化一元，天公定格雨花魂。堪须藏石逢缘者，不惜千金买独尊。”

2003 年，夫子庙一石商为张国义留了两块好石头：“俄罗斯少女”、“天姿红唇”，开价很高。张国义带高向耘去看石，两块石头高向耘都看中了。张国义就把两块石头让给高向耘。这两块石头，便都成了高向耘的心爱之石。“俄罗斯少女”底色为白色，主体为黄褐色，石质温润如玉，石上伫立一位俄罗斯女郎，注目凝望远方。女郎秀发披肩，长裙垂地，风姿绰约，似在期盼远方的归人。高向耘出版第一本藏石选萃《石缘》，“俄罗斯少女”就荣登封面。“天姿红唇”不大，（4.8 厘米 x5.0 厘米），石面无一物，就是一张美女红唇，红唇鲜艳欲滴，微微开启，露出一排洁白的贝齿。2004 年在省花卉盆景赏石展上，“天姿红唇”引起轰动，几位外宾驻足凝望，久久不愿离去，又请求取出来观赏，一位男士还捧在嘴边狂吻。

高向耘藏有一块文字石，石形似圆似方，通体金黄，上有一墨书正楷“仁”字，无论从结构、笔力、墨韵任何一方看，都属上乘。高向耘取名“天下归仁”。有诗人作诗赞曰：“初观文字恐非真，细究先于孔圣人。造物天公心太善，殷期世上尽归仁。”高向耘受此启发，写了一首《雨花石十德歌》：“曰仁，温而润泽，至善无双；曰义，宁碎不折，绵浸沧桑；曰礼，丹青设色，仪态万方；曰智，蕴含哲理，智慧馨香；曰信，忠诚守信，地久天长；曰勇，乐于殿后，不露锋芒；曰坚，铿锵丽质，纹理天章；曰洁，冰肌玉骨，通透琳琅；曰乐，以石会友，同乐无疆；曰情，怡情悦性，人爱收藏。诗云：‘观赏雨花石，吟哦十德歌，老夫逢盛世，玩得乐呵呵。玩石宁吾狂，心声化十行。石和人合一，万古永流芳。’”高向耘请书法家许静书之以悬壁，观之者莫不拍手称妙。

高向耘玩石，乐与人分享。他常讲，独乐不如众乐，众乐才是大乐。10 多年前，他夙兴夜寐，两处奔波，积木累石，在老家横溪安山村建了一座石馆，取名石头居。一楼、二楼全部用来供养石头，四面墙上挂满了与藏石相关的诗词、楹联，充满石趣书香。一人所藏，众人共享。他已邀请数十批石友前往观赏，我也是较早受邀前往观赏者之一。高向耘还有个习惯，外出开会，随身带上十几块雨花石，带上瓷碗，会前会后，随时“办展”。五彩斑斓的雨花石，往往也就成了会上的谈资。他还多次在江苏省省级机关、南京雨花台中学等地举办雨花石精品展，为弘扬雨花石文化尽心尽力。

退休以来，高向耘把全部工资收入，都投入在雨花石、奇石收藏上。一开始，也曾引起妻儿的不满。老伴说：“上医院看病，递上一枚石头，给你看吗？捏枚石头上菜场，菜能买回来吗？”尤其让老伴恼火的是，家里堂前屋角、床上桌上，到处是石头，打扫卫生都困难。埋怨归埋怨，高向耘依然我行我素。渐渐地，看到高向耘整天伴着石头，乐乐呵呵，开开心心，“身体倍棒，吃嘛嘛香”，老伴也就习惯了，理解啦。高向耘笑着说：“我们家没有存款。我到现在，还是工资一分不交，月月花光。全部用来买石头。除了石头，我一无所有，是个地道的穷人哦！可我自己觉得，我其实是个实实在在的富翁啊！我学到这么多知识，交了这么多朋友，得到这么多快乐，这都是石头带给我的无价之宝啊！有位记者采访我，写了篇文章，称我是‘贫穷的富翁’，我觉得蛮贴切。”

高向耘有位朋友俞洪帆，在高向耘第二本石书《石中春秋》出版时，曾写过一篇“沁园春”词以贺，词曰：“石影翻飞，满卷流香，似临琼宫。谢天庭美意，九重花落，人间锦绣，七色晶溶。灵蕴乾坤，情含宇宙，万象迷蒙珠玉丛。添遐想，是江河万里，送宝吴中。读来胜饮千盅，赖爱石同人执着功。有高家神探，一身豪气，藏园逸士，皓首抒衷。跋涉寻宝，孤灯问祖，面石如会太史公。存高远，共米癫拜石，千古遗风。”为高向耘写照，颇为传神。

高向耘有一同窗好友钱孝华，是省级机关的才子。有一次，高向耘购得一枚精品石，图像是一地散落的铜钱，卖主取名“恭喜发财”。高向耘嫌其太俗，想重新命名，商之于钱孝华。钱孝华略一思索，起名为“铜钱眼里乾坤小”。高向耘拍手称好。钱孝华后来又凑成一联：“铜钱眼里乾坤小，石痴心底天地宽。”书赠高向耘共勉。高向耘把此联悬于厅堂，以作自励。

真正的石痴，无不是精神的富翁！

情系大理石

——记何前山

知道何前山，是因为大理石。20 世纪 80 年代中期，何前山收藏大理石，就已经闻名全国。他四处觅石，亲手创作，收藏办展，把一个在收藏界冷落了很久的石种，重新挖掘出来，把大理石的美展示在世人眼前。当时就有媒体，称他为“中国大理石收藏第一人”。

何前山的大理石收藏之路，发端于盆景制作。他是南京分析仪器厂的钣金工，文化程度不高，但人很聪明，有悟性，做事认真，有闯劲，很执着。他的父亲业余时间喜欢养花草，做盆景，有时也出售，贴补家用。1979 年，何前山回安徽和县老家做客。老家山很多，山上有一种砂积石，也叫吸水石，是一种吸水能力极强的石头。他曾听人说，砂积石是可以做盆景的。他灵机一动，便带上一些砂积石回南京，开始学习制作水石盆景。

20 世纪 80 年代初，南京制作盆景的人还很少，人们对于新生活充满了期待。何前山悟性高，虽然没有老师指点（他父亲也没做过水石盆景），却很快做得有模有样。他做的水石盆景，奇峰突起，错落有致，很具透视效果，传达出一种辽远、空阔的意境。父亲看他做盆景很用心，长进很快，就提出：可以拿到夫子庙去卖卖看。他心里没底，犹豫了几天，还是父亲把盆景拿去夫子庙卖。何前山心中打鼓，忐忑不安：会有人要吗？不料父亲很快就回来了，说蛮好卖的，都被人买走了。何前山这下放心了。初试身手，作品就被市场认可，何前山信心大增。接下来，他把所有业余时间，都投入水石盆景的创作构思和制作中。

何前山是一个爱动脑筋、肯钻研学习的人。他不满足于独自摸索，明白要上规矩，入门道，必须学习。他开始去书店寻找相关书籍。有一次，他路过一家个体书摊，无意中瞟了一眼，竟看到一本《盆景》。这本书是中国盆景艺术家协会会长徐晓白、副会长及扬州派水旱盆景创始人赵庆泉俩人合著的。何前山如获至宝，天天翻阅。1983 年，何前山又托人在上海买了一本《苏州盆景》，他把这本书放在厂里，工余时间就拿出来学习研究。后来，他又买了《中国山水画入门》学习。渐渐地，他的创作思路开阔了，石材也不再局限于砂积石，而是扩大到黄太湖、雨花石、千层石、钟乳石等 20 多个石种。不同石头制作出来的盆景，艺术效果也不一样，有的意境高远，有的奇巧精致。但是，都是立体的画、无声的诗。他用武进的斧劈石做的盆景，被澳大利亚的一位老华侨看中，托人向他购买。他送了两盆到澳大利亚，老华侨把盆景放置在院内，许多外国人看了都觉得新奇，纷纷在盆景前摄影留念。

至 1985 年，何前山已经制作了上千盆盆景。就在这一年，他参加了南京首届盆景展览，获得大奖。从此，他一发而不可收，参加了全国、省、市大大小小的各级展览，成了“获奖专业户”。

盆景界流行一句话：“一景二盆三几架。”意思是说，一个盆景作品成功的关键，首要的是创作的景致，第二是盆子，第三是放置盆景的几架。可见，用什么样的盆子是很有讲究的。何前山开始制作盆景时，用的是商店里的瓷盆子，用了一段时间，感觉瓷盆太贵，就自己制作水泥盆子，钱是省了，效果略逊了。

1982 年的一天，何前山到夫子庙花鸟市场闲逛，看到一位 40 多岁的中年汉子，在卖大理石盆。盆子做得很精致，用来装水石盆景，再好不过了。两个人聊起来，何前山知道了中年汉子来自镇江高资。高资产大理石，石质绵软，适合雕刻。何前山向他定了两只盆子，用以装斧劈石盆景。隔了一周多，盆子送来了。深色的斧劈石盆景配上雪白的大理石盆子，洁净高雅，反差强烈，效果极好！何前山一下子就感受到大理石的美妙，从此结缘。买卖双方也成为好友。

1983 年，镇江朋友又把在镇江大理石厂工作的朋友介绍给何前山。何前山前往镇江大理石厂，找到这位朋友的朋友，一下子踏入了大理石的世界。大理石多变的纹路、丰富的色彩、美妙的画面，让他脑洞大开，犹如石破天惊，一个大胆的构想闪现出来：水石盆景的材料可以是砂积石、斧劈石，为什么不能是大理石呢？很快，盆景史上前无古人的“大理石壁挂盆景”在何前山的手里诞生了。何前山精心挑选了一块大理石做背景，画面上层次分明，石面上有一块锈斑，恰似一朵乌云，围绕在山峰上，仿佛大雨将至。再把斧劈石胶合在石面上，栽上植物，作为近景。何前山命名为“山雨欲来”的这座大理石挂壁盆景，层次分明、立体感强，产生了奇特的效果。观者无不拍手叫绝！后来，何前山又创作了《江山如画》《黄山云海》《迎客松》等佳作，在金陵盆景精品展、江苏盆景大奖赛和中国盆景大赛上，分别斩获金奖和一等奖。大理石挂壁盆景，被称为“金陵一绝”，在盆景界独领风骚。何前山也因此成了盆景界的名人。

大理石作为一种观赏石，需要切割打磨，其画面方能显示出来。明、清以来，其形式多以围屏、插屏、挂屏出之，或镶嵌于家具桌面、椅背上。旧日之大理石，大半收藏于豪家。新政权建立以后，大理石市场急剧萎缩，大理石之美也渐渐被人们遗忘了。何前山在接触大理石的过程中，重新发现了这种美。他已经不满足于大理石壁挂盆景了。他萌生了一个强烈的愿望：收藏大理石，把大理石之美，呈现到更多的人面前。

可他只是一个普通工人，收入微薄。他对工作兢兢业业，几十年来一直是厂里的先进生产者，业余时间有限。好在他有一个聪明的脑袋、强健的体魄和坚强的毅力。正是这三大“法宝”，何前山克服了常人难以想象的困难，开始了四处找石头、艰苦搞创作、成功办展览的收藏大理石之路。

一次，他到安徽来安一个大理石矿找石。因为要赶早班车，干粮也忘带了。从石矿到车站，要走六七里路。他在大理石堆里转悠半天，没有中意的。到中午了，饥肠辘辘。矿上没有小吃店，赶到镇上，要多花两个小时的时间。何前山忍住饥饿，继续寻找，终于在傍晚时分，找到了一块中意的大理石。他赶到汽车站，匆匆买了两个苹果充饥。回到家中，天已黑透了。

他还有一段有趣的经历。有一次，他到镇江附近一个大理石矿寻觅石头。不知不觉，时间飞快过去，他欣喜地找到两块中意的石头，抬腕一看，时间不早了，赶紧背上石头赶往汽车站，可最后一班汽车已开走了。何前山只好背着几十斤重的大理石，沿着乡间小道，走了几十里路，赶到镇江火车站，准备乘车回家。没想到，列车员看他背着这么大块大理石，以为是做生意的，不让他上车。何前山无奈之下，只好掏出中国盆景协会金陵盆景研究会理事的证件给对方看，说自己是搞收藏的，年轻的列车员这才让他上车。车到南京，列车员又走过来，何前山心里一惊：是不是又有麻烦了？列车员笑了笑，说："搞收藏不容易啊！"帮何前山把大理石搬下车，送到出口处。何前山满心感激。

寻石不易，加工创作更难。大理石收集回家，还得把它锯成薄片。大理石石质坚硬，为防碎裂，锯的时候需要小心翼翼，速度很慢。锯开一块大理石，少则十几个小时，多则几十个小时，是件力气活儿，更是件细心的活儿。锯好片，还要一遍又一遍地加水打磨。为了突显作品的艺术感，还要在画面右上方或左下侧选择合适的地方题字落款，盖上红印。何前山创作的不少名石，如"春风又绿江南岸""钟山""游龙探海""猴子观海"……就是这样产生的。

大理石要想作为作品陈列出来，就必须配底座。好的大理石，一般都以紫檀、红木、花梨来配座。可是，这些木料十分昂贵，光配一个红木架子，也得一两千元。何前山配不起，便又动起了脑筋。他找到江宁一家仿红木家具厂，寻求帮助。家具厂同意帮忙做，但提出一个要求：所做底座的图纸，由何前山自己设计。何前山心里没底，但硬着头皮还是答应了。说干就干，他回到家里，开始构思、学习，几易其稿，一个个风格各异的大理石底座，终于设计出来了。这真是"世上无难事，只怕有心人。"

作品越来越精，也越来越多。何前山终于盼到了这一天：举办何前山大理石作品个展。1991 年 5 月，"何前山大理石艺术展"在夫子庙尊经阁揭幕。这是一次创历史的大理石艺术个展，市、区相关领导，省、市各家传媒，文化、艺术界名人，纷纷前来观赏。南京艺术学院著名教授、美学家张道一，观赏过百余方大理石后，感慨地说："大理石在旧时即为人所爱，嵌于椅背，制成石屏。但将大理石当作画作处理，题款钤印，至今还属首家。"艺术大师傅抱石之子、当代著名没骨人物画家傅小石看后，啧啧称赞，当场用左手写下"山石"二字，他的夫人还用摄像机摄下了全部作品，为傅小石艺术创作提供参考。中国第一位赴南极考察的著名女地质学家金庆民，也闻讯赶来参观，惊叹于大理石的美丽，赠予何前山"美的旋律"四个字。一些外国友人和华侨看了展览，大为赞叹，表示要购买何前山的作品，携回收藏。

此后，何前山在南京又多次举办大理石艺术展，反响强烈。1992 年，上海举办“名人名家藏石展”，何前山送去两块大理石分别获得银奖和铜奖。

何前山在登山寻石、发现大自然潜藏的美的同时，也爱上了根雕艺术。他的根雕作品，动手很少，自然天成，别具一格，充满了生活气息。在1991年举办的“第三届中国根艺展”上，何前山的作品《情侣》《寓言》分别获得银奖和铜奖。《米芾拜石》《金鸡报晓》，令人叹为观止。他的身上仿佛具有一种化腐朽为神奇的魔力！

何前山的一位朋友，10年前在安徽和县（何前山老家）拿了300亩地，建林海生态园，邀请何前山前往建奇石馆。何前山退休之后，便依约赴和县，筹建奇石馆。经过8年的努力，何前山的“林海奇石馆”终于建成了。奇石馆是两层建筑，面积800平方米，简朴大气。何前山的大理石作品、盆景作品、根雕作品，大多陈列于此。其中一幅挂壁盆景作品《江山如此多娇》，长12米，高2.8米，是何前山从近百块重20吨的斧劈石中，精心挑选创作的。观者无不惊叹。何前山的“林海奇石馆”已经成为林海生态园及和县旅游的一个极具特色的招牌景点了。

已经奔七的何前山，前不久从和县林海返回南京。他依旧停不下来，正在着手整理资料，打算把一生与石结缘的经历和心得写出来。他说：“我生长在石头城南京，名字里又有一个山字，天生与山石有缘，好像命中注定，就是要玩石头的。人总得有追求，在精神上有所寄托。虽然辛苦了一辈子，但是，每当在夜深人静之时，默默地欣赏着自己的作品，心里就有无尽的满足感。我没有虚度时光。我在为自己，也在为这个世界创造美。我陶醉在作品的艺术美之中，所有的辛劳、忧愁都烟消云散了！”

大理石·千峰竞秀

玩家是工匠

——记胡汉玉

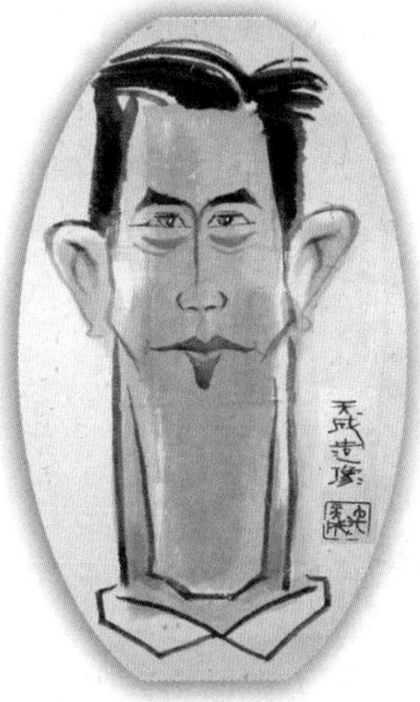

墙壁上挂着20多只大大小小的包包，大的如火柴盒，小的如硬币，方的、圆的、菱形的、椭圆的，千姿百态；粉红的、雪白的、杂花的、漆黑的，五彩缤纷。包带有细细的金属链条，有柔柔的皮线，有彩色的编织带。包面的花纹，更是千差万别，有的简约，有的繁杂，有的素面朝天，有的杂花生树。看着这一只只精美的包包，你以为自己走进了箱包作坊。可再细细端详，这些包包，原来都是一块块原汁原味的戈壁石啊！

这些包包的作者，就是胡汉玉。那天去位于夫子庙一个小区的胡汉玉家中采访，他的作品，看得我目瞪口呆！

手掌大小的一块长条形的大化石，皮色金黄，镶在红木做的一圈靠背上，就是一个高档的“真皮沙发”；一只拇指大小的“拉杆箱”，拉杆可伸可缩，配上两只精致的小轮子，拉起来满桌跑；两块金黄色的圆形沙漠漆摞在一起，配上红木的提手，就是一个古色古香的“提篮”。一块紫色的方形戈壁石，配上一排琴键，一架“手风琴”就展现在你的眼前……

更让人叫绝的，是他的“作坊”系列作品。

“豆腐坊”，磨盘是块圆形戈壁石，底座也是块戈壁石，恰好配对。吊架旁，是一块纱布，旁边的竹架上，两块雪白的戈壁石“豆腐”刚刚出笼，水缸旁的土灶，墙上挂着竹篮，木板墙斑斑驳驳，很有年代感。一个小小的豆腐作坊，活灵活现。

“裁缝铺”，一架迷你型缝纫机，工艺精湛。木板操作台上，一块石布、一把石尺，还配有一把剪刀；一张石桌上，一只石熨斗惟妙惟肖；另一只石熨斗正在“炉火”上加热，“炉子”就是戈壁石。更妙的是，旁边有个半身裸体模特，也是戈壁石，曲线凹凸有致；板墙木窗棂，也有年代了。这是20世纪四五十年代的裁缝铺呢！

“铁匠作坊”，石头炉子，炉火正旺；石头碾子，旁边有石头锤子、石头钳子；一边的破桌上，摆着几件锻好的成品；斑驳的墙上，挂满了锄头、镰刀、犁铧。

“木匠作坊”，一块长方形大石板，就是工作台，台上放着石头刨子，台旁靠着一把锯子；台下杂乱地堆着几根“木料”，也是戈壁石；一条石椅上，坐着一位石头人，神态自若；小炉灶上，正烧着一壶水；石桌上有一只“电炉”（这也是一块戈壁石），炉丝通红，炉子上放有一把石壶；地砖斑驳，门窗陈旧。胡汉玉说，他做木匠时，作坊就是这个模样。

胡汉玉的系列作品，只有“铁匠作坊”和部分“箱包”作品，拿出去参展过，在石友中引起一片惊呼：石头还能这样玩啊！

1956年出生的胡汉玉，1973年初中毕业后就不读书了，开始在家玩盆景，做木工，打家具。那年头，做这些事都是偷偷摸摸干的。1977年，胡汉玉到江宁湖熟插队，成了知青。胡汉玉的父亲胡锡衡是南京缝纫机厂的八级钳工，1979年，胡汉玉抵职，进了南京缝纫机厂，干的也是钳工。也许是家传，也许有勤奋和悟性，胡汉玉的钳工技术很快在厂里冒尖了。可惜，这家拥有近4000名职工的国营大厂，连同闻名一时的熊猫牌缝纫机（当时可是要凭票购买的啊），很快就风光不再，走下坡路了。到了1990年，南京缝纫机厂破产，胡汉玉下岗了。

下岗后自谋出路，胡汉玉重操旧业，做水石盆景，到夫子庙摆地摊。摆了3年地摊，维持不了生活，胡汉玉改做塑料玩具，在夫子庙大市场做批发。接着，他又到浙江义乌开玩具厂，做卡通塑料玩具。胡汉玉经营有方，生意越做越大，公司兴旺时，员工达到2000多人，2011年，胡汉玉把公司交给儿子打理，自己一心一意玩起了石头。

胡汉玉说，他和石头的缘分，其实从20世纪70年代就开始了。那时候，他玩的是盆景石。2007年，他到内蒙古阿拉善左旗旅游，接触到戈壁石，一下子就喜欢上了，买了不少戈壁石回来。不过，真正迷上戈壁石，想另辟蹊径，玩出名堂来，还是2010年以后。胡汉玉走这条崭新的、与众不同的玩石之路，是经过深思熟虑的。动手能力强是他的强项，再加上丰富的人生经历和对底层大众生活的熟悉，对作品的创新渴望特别强烈。

胡汉玉思路清晰：自己进入石界较迟，要想在这方面有所成就，必须独辟蹊径，扬长避短，敢于创新！为此，他跑遍国内各种石展，开阔眼界，广交朋友，了解行情。同时，到处觅石，潜心创作。他知道，最终是要靠作品说话的。这时候，他的玩具制作经验，他的木工本行、钳工技术，加上敏锐的艺术感觉以及工匠精神，融会贯通起来，就发挥作用了。

胡汉玉的重点是民俗文化系列。目前已经做好的组合，有澡堂、米行、古董店、水果铺、老酒馆、堂屋、老虎灶、茶馆、铁匠铺、豆腐坊、木工房、裁缝铺、箱包店、老厨房、卫生间、中药铺等 20 多组。他说，老南京有七十二坊，争取都要做全。不仅如此，还要做环境，把老房子做起来，把这些作坊放进老房子里去，做成南京的“清明上河图”，不是纸上的图，而是实体的图！这样的“清明上河图”，是别人永远无法模仿的！

除了外出参观石展，四处寻觅石头，胡汉玉整天猫在家里，潜心创作，乐此不疲。他说，石头是有灵魂的，你得和它交流，才能读懂它，才能把它安顿到合适的位置上，把它的灵魂体现出来。

胡汉玉说：“创作是艰辛的，一个‘包箱’，要做几天，一只‘沙发’，要做十几天。创作也是快乐的，休息时，坐下来喝杯茶，欣赏自己的作品，总也看不够，越看越开心，越做越上瘾！”

世上的奇石千姿百态，爱石者也是林林总总，玩石的方式更是层出不穷。无论怎么玩，从中得到快乐，则是共同的。这恐怕就是奇石最大的魅力所在吧！

戈壁石·铁匠铺

功在不言中

——记黄光玉

戈壁石·吉象如意

我平生所好，在读奇书、赏奇石、交奇友。在我的朋友中，黄光玉是个奇人。他不仅习武尚文，学法律当律师，还开画廊古董店，经营文房四宝，生意做得风生水起。他和雨花石结缘，起初不是为了玩赏，而是当生意做——他做的雨花石水晶画，作为高档礼品，进过中南海，跨过台湾海峡。渐渐地，他爱上了奇石收藏，痴迷之深，眼光之高，更是让我这个先他入石道者，大吃一惊！

初识黄光玉还是30多年前，那时，他在新街口新华书店办公室，分管宣传；我在《南京日报》当记者，我们就有了交集。20世纪80年代中期，新华书店每年都举办"读书节"，优惠出售图书。我是书痴，最爱淘书。这样接触得越发频繁，我们之间的友谊就更深了。那时，他给我印象最深的，是艺术天分极高。新华书店的大厅悬挂的丈八巨幅山水画，云山苍苍，古树交横，飞瀑流泉，气势磅礴，摄人心魄，就出自他的手笔。这幅让专业画家也为之赞叹的巨幅山水画，在新华书店挂了20多年。南来北往的人们曾出天价欲求购收藏，未允。

我后来才知道，黄光玉的艺术功底，由来有自，除了天分，也有家传。他祖上即为内画鼻烟壶的大家，绘画功力，得自家传。他自幼即师从众多大师级画家学画，几十年习画，加之悟性高，故功力深厚。与一般书画爱好者以及专业书画家相比，黄光玉还有一个特点：对中外艺术史了如指掌。他辨识书画、古玩杂件的眼力学识，让我特别钦佩、叹服。

也许正是具备了这样深厚的艺术功底和艺术修养，黄光玉和雨花石一结缘，就出手不凡：他让雨花石欣赏跳出水碗，寄身水晶胶；可供于桌案，可挂上墙壁，成为高档艺术品。南京尚珍堂文化艺术公司出品的雨花石水晶胶画，经过装饰，配以书法，命名题款，就成了一件完整的天人合一的艺术品，一经面世，大受欢迎，并成为省、市政府赠送贵宾的极具南京特色的高档礼品。2005 年 4 月，中国国民党主席连战应邀访问大陆，开启“破冰之旅”，在南京参观访问，拜谒中山陵，受到热烈欢迎。南京市领导送给连战的礼品，就是黄光玉制作的雨花石水晶胶画。

雨花石和金陵大地，有着割不断的缘分，是上苍赐予这块土地和人民的珍宝。1957 年，南京北阴阳营出土的 76 枚雨花石，说明 5000 多年前，南京的先民就把雨花石奉为神物。据史料记载，雨花石的玩赏，经历了把玩和雕琢的阶段，置清水中欣赏则始于宋代，一直延续至明、清乃至现代。清水的映析，可使雨花石的形、质、色、文、韵纤毫毕现，益增其美，是其优点；缺点是观赏受水碗限制，颇费周折，过于单调。黄光玉用水晶胶代替清水，不掩雨花石的形、质、色、纹、韵，且配以装帧、书法、题款，文化内涵增加了，艺术氛围更浓了。这就给雨花石的玩赏，拓展出一条新路。

2008 年，北京举办奥运会，吸引了全世界的目光。在北京奥组委收到的礼品中，有一件引人瞩目：用 888 枚雨花石精心拼制的艺术品——中国印·舞动的北京。它由“中国印”“BEIGING2008”“五环”三个部分组成，这件艺术品全部用晶莹剔透的玛瑙质雨花石拼成，色彩艳丽，形象生动，格外引人注目。这件由中国观赏石协会监制、江苏省观赏石协会赠送的艺术品，就是黄光玉的杰作！

江苏省观赏石协会是 2006 年 10 月成立的。筹备之初，正值全国各地都在迎奥运，江苏的石友们也在考虑，要为奥运做些什么。有石友提出，可以向奥组委赠送一份以奥运为主题的观赏石作为礼物。这个提议得到会员的一致赞同。江苏名石众多，选哪个石种合适？最初有人提出用传统的太湖石或昆石。可这两个石种资源已经枯竭，这个提议被淘汰出局。灵璧石的提议也被否定了，因为安徽才是灵璧石的故乡。结果只剩栖霞石和雨花石，最终石中皇后雨花石入选。雨花石色彩丰富，小巧玲珑，晶莹剔透，用来制作北京奥运会标“中国印”最为合适。

鉴于黄光玉在雨花石艺术品制作中的成就和影响，江苏省观赏石协会经过慎重考虑，把这个任务交给了他。这时，距礼品交付日期，只剩 3 个月了。要找到一两块好雨花石不难，但要在短时间内找到800多枚大小相近、色泽相同的玛瑙石，很难。这对黄光玉来说，无疑是个挑战。那段时间，黄光玉寝食难安，满脑子就是作品，就是找石头。多亏他储备丰厚，朋友众多，终于按质按期，出色地完成了任务。当作品交付给江苏省观赏石协会时，黄光玉感慨地说："这不仅是我本人的荣幸，也是天赐国宝雨花石的荣幸啊！"

黄光玉创制的雨花石水晶反笔画，在我看来，是雨花石艺术品中最为独特、最为耀眼的一朵奇葩。水晶反笔画突破了传统绘画的藩篱，以晶莹剔透的水晶胶代替宣纸，以类似于鼻烟壶内画的反笔工艺制作，层层点染，达到了立体画的效果。再选取恰当的雨花石与之相配，天人合一，相得益彰！中国观赏石协会副会长、南京戈壁石协会会长刘国强对雨花石水晶反笔画爱不释手，在首次拍卖中，以一幅数万元的价格全部拍下。他说："这是赏石界的一个创举。"中国旅游协会会长王平，见到雨花石水晶反笔画，眼前为之一亮，夸赞说："我早年在中国美术馆办过两次画展，与不少一流书画家交往很多，也算是见过世面的了。水晶反笔画与那些大家作品相比，毫不逊色啊！这种天人合一的艺术创作，也可看作是绘画界的一次革命。"中国观赏石协会创会会长寿嘉华，在刘国强家中看到那幅拍来的雨花石水晶反笔画"拜观音"，也给予高度评价。

这样的创新，有赖于三方面的支持：一是绘画艺术功力，特别是内画的功力；二是工艺的不断完善；三是奇石鉴赏家的眼光。黄光玉恰好具备了这样的条件。他有着深厚的绘画功底；经过十几年的艰苦探索，突破了数不清的技术难关，终于掌握了一整套水晶反笔画的工艺流程；十几年的觅石、藏石、赏石经历，使他练出敏锐的观察力！

赏石和绘画，是中国传统文化的两条河。黄光玉的雨花石水晶反笔画，把这两条河汇合起来了。我认为，他的这个创举，在中国赏石界和绘画界，都会留下浓墨重彩的一笔！

黄光玉是在我的影响下，踏上赏石之路的。虽然只有短短十几年的时间，但他眼光之高之锐，藏品之丰之精，在金陵石界，已卓然自成一家。这得益于他的艺术功底，得益于他的极高悟性，也得益于他的投入和痴迷。他的收藏中，有几块给我印象深刻。

一块是"吉象如意"。这是一块沙漠漆，一只小象，低着头，甩着长鼻，在快步前行。石皮光滑润泽，通体色泽金黄，有如一块极品田黄。形、色、质、纹、韵集于一身，实为难得！

黄光玉说，这只小象是找上门来的。在南京水木秦淮的一次石展中，他的一位新疆石友托他关照一位新疆石商罗先生。黄光玉在市场找到罗先生，俩人相谈甚欢。罗先生说，他觅石藏石近30年，这是第一次出远门卖石，因为家中遇到困难，孩子有病了。他对黄光玉说："我和你投缘。我有一块石头，自己珍藏20多年了，舍不得拿出来卖。这次带出来了，给你看看。要是喜欢，就让给你玩。"说完，便从箱子里掏出这只小象。黄光玉一看，眼都直了。二话不说，就收了下来。他和罗先生成了朋友，俩人经常联系交流。谈起这只小象，黄光玉很感慨："石头有灵性，会让两个互不相识的人，产生感情上的交流，成为好朋友。这就是石缘啊！"

一块是"朝如青丝暮成雪"。这是一块雨花石，色作黑白，形如一女性头像。脸部雪白，头部漆黑。奇的是一团银丝盘在头上，丝丝如缕，黑白分明，耀人眼目。这块石头，是10多年前，黄光玉从六合一砂矿上捡来的。当时就激动了很多天。2011年，在南京新庄江苏国展中心举办的石展上，此石大放光芒，引起轰动！签字本上，密密麻麻的留言，都是冲着此石的主人而来。有一次，我同黄光玉到征争的藏石馆赏石，征争还提到这块雨花石，说十几年前见过一面，至今难忘，可见此石的魅力。

一块是"一苇渡江"。这是块管状玛瑙。管状玛瑙产于印尼，本来就稀罕，能成人形，更为少见。此石一管如苇，苇上立有一人，身形挺拔，气宇轩昂，长袍飘动，在回首东望。这不正是一苇渡江的达摩吗？传说，菩提达摩在南朝梁时来东土弘扬佛法，声称要找到一个不受人惑之人，把禅宗传给他。后来在南京与梁武帝见了一面。梁武帝亦好佛，却与菩提达摩话不投机。达摩乃掉头北上，一苇渡江，去少林寺弘法了。一苇渡江的故事发生在南京，传颂千载。这块奇石，就与金陵结下了缘分。在我眼里，这是一块难得的绝品！

黄光玉为人低调，不喜张扬。话不多，腿很勤。只要知道哪里有石展，不论远近，总要千方百计跑去淘奇石、交朋友。他的藏品，大多是从市场上淘来的，也有不少是朋友转让的。朋友看中他的石头，他也舍得慨然相赠。

做事，要有功底；做人，又何尝不是如此呢？

四代缀石记

——记贾平

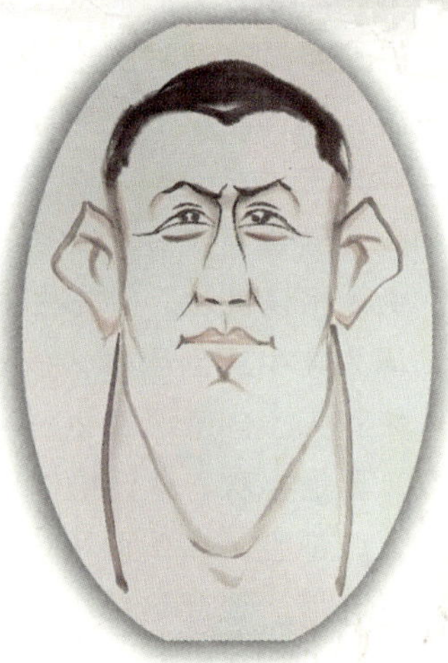

2017 年，贾平和女儿贾媛合作，出版了一本书——《缀石春秋》。2018 年 9 月的一个周六，我在清凉山奇石市场采访贾平时，他送了一本《缀石春秋》给我。回家展读，首先就被书名吸引了。

何谓“缀”？上百度一查，“缀”有四义：1.缝合，连缀；2.系结，连接；3.缀文，尤著作；4.装饰，点缀。何谓“缀石”？系指奇石的连接、传承，亦可指奇石的著作、装饰。联系到贾平四代玩石，传承有系，这书名可谓贴切中肯，别出心裁。难怪为此书作序的藏石赏石大家池澄先生也为之赞叹说：“缀石春秋”一书，书名典雅。

不仅书名典雅，内容也让我眼睛一亮：石之精彩自不必说，难得的是，每石均有古今诗人的诗作与之相配，且配得恰如其景，让人生出无限遐想。金陵石痴中，出书、出石集者不少，能融诗入石者并不多见；夫妻合著者，亦有几对，父女合著者，极为少见；玩石、赏石传至四代者，贾平父女为我所仅见。

贾平说，他的祖父知书识礼，曾有记述。贾平的先祖是安徽全椒人氏，明代迁至金陵府，住乌衣巷，世代经营洗染等店铺，家况富有。至祖父一代，在城南老门东边营 100 号经营织锦缎。织作坊帮工中，有不少是六合秦云庄人。六合多砂矿，盛产雨花石，帮工们会带些家乡的土特产——雨花石，来给贾家人玩赏。据祖父记述，他的先辈就有玩雨花石的传统，传到他手上，就有不少雨花石，其中一枚“取经路上”，据他的祖父说是清代中期的石头，他最为喜爱。

“取经路上”如今传到贾平手里，成了他最为珍爱的传家宝。他给我看“取经路上”石照，这是一块透板玛瑙石。画面上，孙悟空在前引路，回身挥手，招呼着紧随其后的师徒三人：唐僧、沙僧和猪八戒，历历如画。其形、色、质、纹、韵，即便放在现在，也堪称雨花石中的妙品。除了在南京北阴阳营出土、现藏于南京博物院的76枚雨花石，这枚200多年前即面世且一直流传至今的雨花石，是我所见到的最有历史的雨花石，弥足珍贵。

祖父的雨花石传到父亲手里，虽说没有发展，但也得以传承。父亲儿时最大的爱好是养信鸽，家中有一间房，专门给他养鸽子，养鸽数十只，经常参加信鸽比赛。父亲的第二爱好就是玩雨花石，他喜欢把五彩的雨花石放在喂鸽子的水槽中玩赏，一动一静，妙趣横生。祖父最喜欢的是儿时的叔叔，叔叔听话，脾气好，为人谦和，爱读书，喜收藏，对雨花石和邮票情有独钟。叔叔收藏的清代和民国、解放区、建国时期的邮票很多，可惜在“文革”中都不慎遗失了，唯独祖父传给他的雨花石，放置在一个盒子里，保存下来。

受父亲的影响，贾平耳濡目染，自小就喜欢雨花石。他家距雨花台仅一站之遥，课余他就会和小伙伴们结伴去觅石、捡石。祖辈传下来的几十枚雨花石，他更是视之为珍宝。1968年年底，他下乡插队前夕，特地把这几十枚雨花石埋到家中庭院的花坛之中，得以保存至今。20世纪70年代，贾平在扬州工作时，就去六合横梁及仪征月塘的砂矿捡雨花石。不少好石头，就是那时捡来的。调回南京工作后，六合、仪征去得就更频繁了，节假日只要得空，他就会和石友们下乡捡石、觅石、购石，乐此不疲。

除了祖上留下的雨花石，近50年来，贾平自己也捡、购、收藏了2000多枚雨花石，其中不乏精品、妙品、绝品。他在《缀石春秋》一书中择优做了展示，给我印象深刻的，有这么几枚：

一枚是“金陵御花园”。此石5.5厘米X4.5厘米，绿草花，心形，五色杂呈，下部宫墙蜿蜒，色泽金黄，流水潺潺，树石环峙；中部白云缭绕，亭台楼阁，若隐若现；上部则青山数叠，远岑如黛。整幅画面，幻如仙境，美不胜收，妙不可言。诗人王德安赋诗赞叹：

“六朝的宫廷后院，

大名的精致花园，

四时花卉姹紫嫣红，
曲径回廊天上人间。

碧溪弹奏无弦琴，
飞瀑垂下珠玉帘，
金陵御花园的缩略图，
要参观，
请出示梦的游园卷。”

一枚是“松林夕照”。椭圆形，橙红色的底板上，几棵墨色苍松，布满画面，虬枝如龙，斜杆似铁，晚霞如火，笔墨淋漓，气势磅礴，让我为之一震！此石配的是宋代诗人林逋的诗《松林夕照》：

“中峰一径分，
盘折上幽云。
夕照前村见，
秋涛隔岸闻。”

点出“夕照”，如雾“秋涛”，其意境也与此石的画面相契合。

一枚“似我非我”，圆形的透板玛瑙，白底上淡淡的墨纹，如水之波，环绕着一位端坐的古人，画面朴素淡雅，意境空灵神秘，耐人寻味，发人深思。著名诗人冯亦同配诗曰：

“实有还是虚无？
物象还是神图？
缥缈云烟里，
有一个人影端坐——
造物主将自己的形象放进了石头，
告诉世上过客：
这是你，
也是我……”

一枚是“彩峦福地。”这枚美石，也是祖上传下来的精品。石型椭圆，色彩斑斓，色调浓烈，犹如一幅油画，给人强烈的视觉冲击。诗人也是藏石家的吴嘉林，配诗一首云：

“晨曦初露照丹崖，

松林苍郁隐人家。

闲人野居清凉境，

彩峦福地好种花。”

可谓诗如其画，画如其石。

一枚是“青松傲雪。”这枚石头是贾平捡来的，那是20世纪70年代，一个夏日的午后，贾平去六合的砂矿捡石，突然狂风大作，雷鸣电闪，暴雨倾下，矿上的石子峥嵘毕露。他在洗矿槽口，幸遇“青松傲雪”。此石石形端正，红、绿、透三者兼备，翠绿的纹理如苍松屹立，数点殷红如点点红梅隐现其中，更妙的是，石中的白纹，如白云缭绕，又似雪原成片。赏石大家池澄，对此石也是赞不绝口，视为珍品。

贾平1951年生于南京。曾在镇江句容农村插队多年，后供职于东南大学江苏华宁工程咨询管理公司，任总监理，现任江苏省收藏家协会赏石专业委员会副主任、南京市雨花石协会副会长、海上藏石专家评估委员会专家组成员，创建石林七贤赏石沙龙，西祠中国南京雨花石俱乐部网站版主。退休后闲来无事，每逢周六，他也会去清凉山奇石市场摆个摊，卖石头、会石友。贾平待人谦和，人缘好，我每次去清凉山，常见他满脸笑容地在和石友们聊天，全然没有玩石大家的派头。

贾平热心公益，多次资助雨花石文化宣传活动，还不忘第二故乡，组织插友重返插队之地，给乡亲们捐钱捐物，把雨花石文化也带到乡下。2014年，青奥会在南京举行，吉祥物“砳砳”的原型就是雨花石。江苏电视台国际频道《第一收藏》栏目做了一个系列节目，宣传雨花石，主角就是贾平的藏石经历，包括其祖辈的藏石故事，播出之后，在观众中引起极大反响。

贾平的爱女贾媛，生于1980年，受他的影响，自小就喜爱五彩斑斓的雨花石。读大学时，赶上节假日，贾媛就跟着父亲去仪征月塘、六合横梁砂矿捡石，也跟着贾平到雨花石商家觅石，到石头市场买石。贾媛毕业于美术专业，就职于香港方久珠宝公司，无论专业还是职业，与美丽的雨花石都有交集，对雨花石的认知和喜爱，更是日胜一日，很早就走上了收藏之路。

也许是与性别相关，贾媛的收藏偏爱人物，尤其偏爱女性。她已经收藏了数十枚人物系列雨花石，其中几枚获奖的女性人物，更是她的最爱。

一枚“湘云醉卧”，石形如鸭蛋，色彩淡雅，下方杂树丛生，清泉流淌，湘云乌云堆鬟，娇憨地斜卧在石榻上，周边黄花满地，真是活色生香，活灵活现。一枚“穆桂英挂帅”，形如鸡心，雪白的透板上，彩妆的穆桂英立于石中，靠旗鲜艳，铠甲鲜明，神采飞扬，威风凛凛。此石画面干净，人物传神，堪称妙品。一枚“元妃省亲”，石形椭圆，是枚绿草花，走出皇宫、正在归家路上的元妃，身穿红衣，孤零零地踽踽而行，满腹心思，不知向谁倾诉。贾媛还收藏一枚蛋白石“禅心如莲”，淡绿的石晕里，一尊彩色观音颔首端坐如莲，神态安详，启人禅思。

贾平藏有一块文字石：面上一个草书“梦”字，色作金黄，笔势洒脱，奔放有力，宛如大家手笔。此石在北京保利博物馆展出时，受到高度评价，也是贾平最为珍视的爱石之一。贾平说，其实，他心中也藏着一个雨花石梦，那就是弘扬南京特有的雨花石文化，让更多的地球人了解南京雨花石。他还要把这个雨花石梦，传给女儿，传给下一代，一代一代传下去！

雨花石·取经在路上 4.8厘米×4厘米

总编的妙悟

——记姜平章

姜平章在新闻单位工作时，曾有个愿望，一辈子要做出三件事以慰平生：一件是精彩的事，一件是对自己有奠基性意义的事，一件是好玩的事。说过了，却总也没做成。后来，有一段时间他走入“背运期”，没料想，这三件事情居然做成了。一是领导让他去办一个每天5分钟的“社会新闻”，他兴趣盎然，把每日下午4点的“社会新闻”办得妙趣横生，这不起眼的5分钟，在全省居然有了广泛影响，成了新闻改革的一件开拓性的事件。后来出版成书，北京的一位名人还写了序。这算作是一件精彩的事。

省新闻界要进行一项“新闻调查”，别人不愿去，领导让姜平章去。这是一件跑腿的事，发问卷，收回来，再发，再收。他去了，扎扎实实去做了，关于广播，关于电视，关于传播方式，关于新闻来源，关于受众心理，掌握了大量数据和实例。根据调查写出的报告，先后被《中国新闻年鉴》和《中国广播年鉴》转载。他据此写成的论文《论真实》，被大学学报刊载。这是于他的新闻事业有奠基性意义的一件事。

“背运期”，自由时间多了，他有更多机会去了解、收集自己一向钟爱的雨花石，觅石、赏石、读石，成了他最大的爱好。这爱好结出的成果，就是1986年他与朋友合写的一本书——《雨花石》问世。这是历史上第一本从科学角度研究雨花石的书。他说，这是做了一件好玩的事。

采访姜平章，就在他家里。书房不到10平方米，一面书架，一面挂画，一面还是画，靠窗的一面着摆两台电脑，中间的书桌上，杂乱地摆着几块石头和一些书稿，活动只能侧身。年近八十的姜平章，身材瘦小，精神矍铄，讲起话来不紧不慢，条理清晰，让人忘记环境的逼仄，有一种海阔天空的舒畅。

姜平章的人生事业，其实是相当顺的。1963 年，他毕业于北京广播学院，分配到江苏人民广播电台，从编辑一直做到农村组副组长、播出部副主任、新闻部副主任，做了一件“精彩的事”，还做成一件“有奠基性意义的事”，是一个称职的新闻人。1986 年，姜平章调到《莫愁》杂志工作，历任副总编、总编兼社长，直至 2003 年退休。《莫愁》杂志在他手上，也是办得有声有色，当行出彩。人生事业如此，亦足堪慰平生。何况，他还有一件“好玩的事”——觅石、赏石、玩石、读石一直伴随着他。

姜平章说，他祖籍山东，从小就喜欢石头，见石就爱。但是，和雨花石结上这么深的缘分，与一个人有关——他叫忆明珠，著名的作家、诗人。20 世纪 60 年代后期，姜平章去仪征采访，结识了身处逆境的忆明珠，两个人成了莫逆之交。忆明珠喜欢雨花石，仪征也是雨花石产地，他得空就去捡石、觅石。那是一段非常时期，忆明珠遭遇非人待遇，他被斗被批，痛苦至极！这五彩斑斓的小石子，曾经给予他很大的安慰。姜平章与忆明珠相交日深，也爱上了美丽的雨花石。他也去捡，但更多的是别人送。仪征、六合一带的通讯员知道姜平章爱石，来省台送稿时，口袋里就会揣上几颗雨花石送给他。那时，雨花石也不值钱。他的不少好石头，就是仪征通讯员戴家红、王兆六送给他的。王兆六在砂矿工作，有更多机会得到好石头。20 世纪 80 年代，忆明珠已调回南京，在省作协当作家，姜平章与他交往更密，两个人见面就谈石、论石，乐此不疲。姜平章写《雨花石》一书，忆明珠是鼎力支持的。

20 世纪 80 年代中期，姜平章收藏的雨花石就在鼓楼展出，引来很多人观看。不料，他的两枚爱石“节日焰火”“春江水暖鸭先知”被人偷走了。“那真是好石头啊！那画面，我到现在还记得清清楚楚！我为此难过了很久很久！”姜平章谈起这事，依旧心意难平。说到这里，他又想起了忆明珠。他说，忆明珠爱石是“为而不据”，好石头慷慨送给朋友，从不吝啬。他的好友跟他索石，他把好石头统统拿出来，任人挑选，但以 10 分钟为限，时刻一到，立马收起来。姜平章谈到这点，笑着说：“玩石到了这种境界，忆明珠堪称‘石圣’！我可做不到这点啊！”

姜平章对雨花石的理解与众不同，听他娓娓道来，常有出人意料之思。

这让我想起著名美学家王朝闻说过的一句话："石在人外，人居石中。相击相和，创造对方。"我在王朝闻的《石道因缘》一书中看到这句话时，一直难以理解。听姜平章一席话，心中豁然开朗！

在姜平章眼里，雨花石不是外表美丽的冷冰冰的石子，而是有着温暖情感的灵物。他说："我总觉得雨花石是经过神仙点化过的，它是有灵迹的。所以，它才能具有奇妙、灵妙、精妙、神妙、莫名其妙的特征。我看雨花石，往往爱看它的妙藏，窥伺它的造化之功，体味它的灵气，揣摩它的仙迹。我往往是用放大镜来看，比看名画还仔细，去寻觅，琢磨它的微妙之处。"他有一块石头，是块不起眼的石头，起初真没拿它当回事，只喜欢背面有突兀巨石的画面。有一天在灯光下，灯光一闪，石面上突然显现出两只鸟来。它们好像在对话，一只在说，一只在听，附近好像还有鸟兽在倾听它们的对话。他一下就想起一句古诗："惊人时向晚，求友听应知。"真是妙极了！于是，他把这枚重新发现的石头，命名为"求友"。

他有一块从石摊上淘来的粗石，质地一般。可是，这却是他的手边石，平日里看到就高兴，百看不厌。石头上有一个人物，一脸调皮，好像在对另一个人说什么；另一个人好像也听出了什么，忍俊不禁，却又装得不怎么喜欢听的样子。这样生动的人物造型，莫非上帝在造这块石头时有什么样本？看着这块石头，他自己就忍不住想笑，仿佛石头已经参与他的生活中，成了他的朋友。他把这块石头命名为"讲个故事给你听"。他说："我不知道我是以石为友，还是以石头里的人为友。"

姜平章说得高兴，随手从桌上拿起一块乌黑光滑、鸡蛋般大小的卵石，说："这块石头差点被我扔掉。因其黑得发亮，没舍得扔。一日，写书累了，拿起来揣摩，忽然就发现上面有一个眯着眼、咧着嘴在笑的老头，笑得是那样天真，那样淳朴。这一发现，让我大吃一惊，开心得要命！我给它起了个名字，叫'八千万年的喜悦'。"他把石头递给我看。果然，这名字起得妙，让我一下就记住了。

姜平章又给我看一块石头，也是块粗石，石面上有只动物，像只灵兽，回头一望，很吃惊的样子。姜平章说："看看它的眼睛，是不是很有意思？谁也不知道它看到什么了，也不知道是什么惊动了它。说不定是看到我们才吃了一惊。它可能在问：'你们是怎么找到我的？'它在跟我们交流呢！我把它命名为"蓦然回首"。"我只细一看，最打动我的"细处"，就是那蓦然回首之间那吃惊的眼神。它眼睛里传达出来的丰富内容，让人遐想，令人回味。人与石，这一叩一击之间，便相融相生，“创造对方”了。

姜平章写过一篇文章《雨花之妙》。他认为，在中国的文化现象中，“雨花文化”当属精粹一类。这种文化特有的魅力，可用一个“妙”字来解释。雨花石是妙的，雨花石欣赏、雨花石研究、雨花石收藏都是妙的。连与雨花石有关的人际交往，也是妙的。“相与堪妙”，就是写与雨花石交往过程中特有的趣味。进入雨花石世界，人们的思维、人们的情感状态就充满了妙趣。雨花石的美不同于别的事物的美，它是一种琢磨不透的美，充满了神秘感。连它的名称和来历，都美得不可思议。迄今为止，所有关于它的传说，都在增添它的神秘感，无论是佛家的“天雨花”、地质学家的“热液说”、推理家的“电离聚合说”，都让人感到不可思议！

姜平章说，雨花石最大的特征就是符号。雨花石比任何一种宝石都丰富，因为它有无所不含的符号。雨花石上无穷尽的事物、无穷尽的故事、无穷尽的话语，都是用各种符号表示的。没有任何宝石是如此的存在。雨花石是以卵石为载体的符号世界。雨花石欣赏，实际上就是阅读雨花石上的符号。符号具有多样性，又有隐匿的性质。它显示了一点，但隐匿得更多。所以，要读懂雨花石，并非易事，即使是一枚石头，有时候也需要很长时间，甚至需要某种机缘，才能续懂它。也许它的魅力，也正在其中。由观得悟，由悟得妙，妙藏妙悟，此乐何极！

姜平章认为，雨花石的最大价值，不在于它的观赏性，而在于它具有影响人的心性、改变人的命运的力量。人在生命过程中遭受打击、跌入低谷，是常有的事。假如他有幸与雨花石结缘，雨花石往往能安慰他的心灵，拯救他的灵魂。他的好友忆明珠，就是最典型的实例。在那冰冷黑暗的日子里，雨花石点燃了他的生命，给他以安慰和希望。姜平章说，如果你有一枚石头，集质地美、色彩美、花纹美于一身，特别是有圣、灵形象，有福运、吉祥象征，其价值就不可估量了。那是上帝特意为你造的宝贝，拥有它，就拥有了上帝的祝福，拥有了世上独一无二的至宝！你就有了藐视王侯、蔑视富豪的底气。这样的宝贝，你有吗？

说到与雨花石的缘分，姜平章很感慨：当初只当作一件好玩的事，不料一玩几十年，越玩越入迷，越玩越开心。他说：“自从迷上雨花石，内心就经常处于一种微妙的、莫名的愉悦状态。它总是用一种美好的语言，对我说点什么。我仿佛在聆听一个神秘世界的语言，这个世界浩渺无际、丰富瑰丽。有位世界著名量子力学家说，世界有个‘明在系’，还有个‘暗在系’。这个‘暗在系’是我们看不见的。难道雨花石是‘暗在系’来的使者?”

退休后，姜平章除了觅石、赏石，还练字、作画、写书。他送给我一本 2017 年由江苏人民出版社出版的散文集《生命中的智慧》，这是他用笔记录下来的生活中的人与事，给予他生命的种种感悟，展读之下，深受启发。在封面的题记中，他写道："灵机一动，轻入妙境。由小入妙，由细入妙，往往如此。越小越妙，越细越妙，往往也如此。桃花源只有一个小口，里面却是仙境、避秦之地。只是灵机，来去无踪，难以捉摸。‘灵机’难道是说灵魂暗中突然解悟了什么?”

这题记，是一种妙悟，也是姜平章对雨花石的解读心得。

雨花石·南海观音

供石也出彩

——记蒋金山

到蒋金山家采访那天，天下大雨。他以为我们不会去了，没想到我们如约而至，很是高兴。他说，言而有信，是爱石者最为看中的品德。仅凭这点，我们之间，一下子就拉得很近。

蒋金山家住的是跃层，放下雨伞，他就带我们到楼上看石头。约 20 平方米的客厅，三面靠墙的玻璃橱柜，隔出几层，每层都摆满了各色各样的雨花供石。一块扇面大小的老树根，上面布满了大大小小的坑洞，每个坑洞里，蹲着一个红头小供石。这些红头小供石，活灵活现，像一尊尊佛。这件作品，就成了充满禅意的千佛洞。一只半透明的“知了”，趴在一片树叶形的粗石上，在唱着夏天的歌。4 块肥皂盒里，分别放着一黑、一白、一紫、一灰，洗用过的“肥皂”，几可乱真。红木雕就的古松之下，一左一右，蒲团上坐着两个人，一位脑门奇大，白胡子飘洒，像是寿星；一位坐姿安详，双眼眯缝，开口大笑，像是福星。十几块扁石，三角形、正方形、菱形、圆形、长方形、五边形，规规整整的几何图形，有黑色、有灰色、有粉色、有白色，透出一种工整而朴素的美，让人惊叹大自然的神奇。

更让我眼前一亮的，是几十个人物。人头都是直径 5 厘米左右的雨花供石，五官逼真，表情生动。红木雕就的身体，姿态各异，装束让人一眼就能看出其身份：有媒婆，有账房先生，有丫鬟，有算命先生，有舞枪弄棒者，有昭君出塞，有独行侠客，有扶杖的老者，有坐堂的学生……真可谓生龙活虎、栩栩如生！蒋金山说，这组人物，是他设计后，请木雕高手配制的，他也很满意。这样的人物，他说要争取配上 100 个。

我在他的展室里，没有看到一碗雨花活石，心中不免感到奇怪。因为我知道，他其实是收藏了不少雨花活石的。2005 年，广西柳州举办国际奇石展，邀请南京赏石协会送石参展。我和另一位同志代表南京赏石协会，携 40 枚雨花石参展。有两枚雨花石获得金奖，其中一枚，就是蒋金山送展的“蜡梅迎春”。蒋金山看出了我的疑惑，笑着解释：“活石展示要瓷碗，要清水，挺麻烦的。比较而言，我更喜欢雨花供石，既可把玩，又能装饰室内，给人一种安静感，有一种禅意。所以，我把活石都收藏起来了。你看看，供石不是也很出彩吗?”

1950 年出生的蒋金山，是老三届初中生，1968 年插队到江浦石桥。在农村，他埋头苦干，表现良好，1975 年首次招工，他被招到南京炼油厂干后勤。蒋金山从办事员做起，一直做到行政科长，直到退休。

南京炼油厂，靠近南京栖霞山。栖霞山出栖霞石、太湖石、锦纹石，炼油厂的一些职工爱上了石头。20 世纪 80 年代开始，就有人去附近的龙王山、东沟寨觅石。到 90 年代中期，蒋金山看到几个好朋友玩石玩得一头劲，也喜欢上了这些奇形怪状的石头，加入了玩石行列。这一玩就上瘾了。遇上休假日，啥事也不干，就开辆车子，到东郊句容一带的山中去觅石、购石。继而又多次跑到安徽灵璧县去购石，拖回一批大石头，很快就把院子里、地下室都摆满了。

蒋金山眼光不错。他说，从开始玩石头，他就确定一个目标：所收石头，象形度要高，必须是精而美的才行。只要看中的，价格再贵，也要设法拿下来。有一次，蒋金山一行人去灵璧寻石，在一家石馆里，看中了两块灵璧石，一块如凤凰回首，展翅欲飞，一块如乌龙腾跃，矫健灵动。轻轻一叩，其声清脆如钟，两块都是磬石。石主开出天价：每块 4000 元，少一分也不卖。同行的朋友都劝蒋金山不要买，太贵了，拉他走。蒋金山不肯走，一咬牙，掏出 8000 元，把两块石头拉回了南京。这两块灵璧石，他命名为“龙凤呈祥”，已经成为名石。

栖霞石，也是蒋金山的最爱。栖霞石变化大，孔洞多，造型奇特，耐人寻味。蒋金山收藏的几块山形栖霞石，屡次在石展中获奖，已经成为南京栖霞石的经典之作。后来，蒋金山又爱上了广西红水河出产的水石。2001 年，上海办石展，蒋金山花了十几万，把 7 块大化石带回了南京。

日积月累，大石头已经没地方摆了，蒋金山开始转向，玩起了雨花石，特别是雨花供石。他不再跑广西，不再跑灵璧，不再去栖霞山，得空就跑六合，跑仪征，到石农、石商家里去觅石、淘石。清凉山奇石市场，更是每周必去，因此也结识了许多玩雨花供石的新朋友。

蒋金山玩供石，特别重视配座。他说，只有把座配好了，供石的精彩，才能充分呈现出来。配座首先是构思，其次是雕工。每件作品，他都要反复斟酌，反复揣摩，选择最佳角度，确定主题和人物身份，务必做到恰如其分。他发现了一位雕功很好的师傅，两人精心合作，做出了一批高质量的作品。配座的材料，基本上选定红木。蒋金山说，红木配座，虽然代价高些，但这么精美的石头，不配好座，是对不起它的！蒋金山也有不少作品，是用自己寻来的石头配座的。雨花供石中，有一类平板石，很适宜配座。戈壁石中的玛瑙花，做配座也很精彩。他说，配座切忌千篇一律，一定要有变化，要吻合贴切，让人看了舒适美观。他说，他在配座的选择上所花的脑筋，一点儿不比觅石来得少。

退休以后，蒋金山在迈皋桥奇石市场，租了门面，开了间“开心石坊”，把收藏的一批精品石放在这里展示、出售。石友们来“开心石坊”品茗品石，谈天说地，开开心心。

蒋金山说，他最大的心愿，是能找个地方，建个石馆，把自己的好石头展示出来，与人分享。他说，能把自己满意的作品展示出来，让更多人分享石头的美，自己也有一种成就感！

栖霞石　石屏山　70 厘米×20 厘米×38 厘米

奶山捡石人

——记金守成

六合区东沟镇东南方，有两座圆突的小山，恰似少妇一对丰满的乳房，当地人便称之为奶山。奶山树木葱茏，满山青翠。山中和周边的地下，蕴藏着丰富的雨花砾石层。20 世纪 80 年代开始，奶山脚下便开了不少砂矿，这里也就成为爱石者拣石、觅石的乐园。

金守成家，就在奶山脚下的团结村。从 2001 年开始，金守成就开始了自己的拣石生涯，无论寒冬腊月，无论盛夏酷暑，无论刮风下雨，更没有节日假日，他天天都要骑上助力车，带上蛇皮袋，到奶山脚下的砂矿去拣石。这一拣，就是 17 年，年复一年，日复一日，从未间断！

1952 年出生的金守成，初中毕业后，做了几年木匠，就到仪征青山的一家建材店帮工。2001 年，建材店关门，金守成就回到团结村。金守成生在农村、长在农村，却从来没有种过田。已近 50 岁的他正为自己的未来犯愁时，一位朋友偶然到来，朋友的一句话，点拨到他的穴位，从此改变了他的人生。

这位朋友叫刘国强，是仪征一家石化企业的销售科长，喜欢雨花石、奇石、怪石。有一天，刘国强到奶山拣石，来到老金家吃饭。谈起雨花石，刘国强说：“你住在奶山脚下，天时地利人和，样样都占全了啊！为什么不去拣雨花石呢？”老金虽说年近半百，却身强力壮，浑身有使不完的力气。听刘国强说得有理，就决定到砂矿拣石。

一般人拣石，只拣细石、活石（玛瑙石），卵石（怪石、供石）是不要的。因为卵石不值钱，而且又大又重，没人要。老金拣石，却是卵石照拣，只要感觉有点怪，不论大小，都往蛇皮袋里装。装满两袋，驮回家往院子里一倒，再去拣。没几天，不小的院子里就堆满了卵石。老伴赵翠华本来就反对老金去拣石，认为太辛苦，辛苦也就罢了，拣的卵石谁会要呢？看到这满院的卵石，赵翠华气不打一处来，抄起铁锨，就把卵石往外铲。

当时玩石的风气，人们只玩细石、活石。卵石是粗石，玩的人少。卵石中也有一些石质细腻的，如油泥石、松香石，以及一些形态奇特的怪石，当地人称之为雨花供石，也有人把玩。六合城里的蔡康健，就是供石爱好者。一次，他从老金家门外经过，从卵石堆里，拣了六七块供石，丢下100块钱，喜滋滋地走了。过几天又来，又拣了六七块供石，丢下100块钱，又喜滋滋地走了。卵石也有人要，也能卖出钱来啊！赵翠华不再反对老金拣石了，也舍不得把卵石铲出门外了。任凭大小两个院子里，卵石越堆越高。

石头拣得多了，老金的眼光也越来越犀利。细石、活石自不必说，卵石堆里的好供石，老金也会先挑出来，待价而沽。好的供石，有时价格还能超过活石。可老金的卵石，拣的实在太多了。供石爱好者到老金这里挑石，总能发现自己喜欢的石头，价廉物美，满意而归。渐渐地，金守成在六合、在南京的供石爱好者中，名声越来越大，朋友越来越多。

《南京晨报》的摄影记者汤先锋，就是一个执着的供石迷。汤先锋对雨花供石情有独钟。针对人们把雨花细石称为美石，汤先锋把雨花供石称为“丑石”。他四处觅石，专挑丑石。老金的家，就成了汤先锋的拣石基地，得空就往东沟跑。奶山脚下，成了他觅石的乐园。几年下来，他在老金这里，挑走了1000多块供石。2006年，汤先锋在雨花台举办“华夏盛宴”石展，展出的“瓜果蔬菜”“鸡鸭鱼肉”“飞禽走兽”，林林总总，各类供石，栩栩如生，在石界中引起很大反响。其中80%以上的展品，都出自老金手中。2012年，汤先锋出版自己的藏石画册《丑石不丑》，其中的作品，也大多出自老金手中。汤先锋也是我的朋友，他在送我《丑石不丑》时，对我说：“没有老金，我这本石头册子是出不来的！”

徐铮是江苏广播电视总台的导演、喜剧作家、国家一级编导。他的作品曾获“电视金鹰奖”“电视星光奖”和“五个一工程奖”。退休以后，徐铮迷上了雨花石。徐铮玩雨花石，也与众不同，专玩黑白石，也就是雨花供石。短短5年时间，徐铮就收了上千块雨花供石，其中有几百块就是从老金手上拿的。老金为人忠厚，性格豪爽，和徐铮一见如故。徐铮很快就认下老金这位大哥。有时，一周要往老金家跑两三趟。2017 年 4 月，徐铮在南京市民俗博物馆举办“水墨金陵—— 徐铮黑白雨花石展”，专门把老金从六合请来做嘉宾。

10 多年前，我也爱上了雨花供石，通过朋友认识了老金，和老金也成了好朋友。只要去六合，我都会上老金家觅石。在老金家大院的卵石堆里，也找到过自己非常喜欢的供石，其中一块“孔夫子”，就是在老金家院子里的卵石堆里发现的，同时还找到一块“底座”。说来仿佛鬼使神差，我把“孔夫子”往“底座”上一放，竟然严丝合缝，浑然天成，稳稳当当放上去了！旁边的石友见此情景，也连呼：“奇了！奇了！真是奇缘啊！”两块雨花供石，经历亿万年的化育，经老金之手，终见天日，居然在我的手上走到一起，找到对方，组成了绝配！这位“孔夫子”（我命名为“孔子施教”）后来上了我写的《奇石雅记》一书中，一直放在我家橱柜的显眼处。

隔一段时间，老金就会打电话给我：“石头多了，快来拣啊！”我就去他家拣供石，然后一袋一袋背回家。他起先是坚决不肯收钱的，但我说，这是辛苦钱，不收，我就不能来拣了。于是，他才象征性地收点辛苦钱。老金对雨花石的执着、对石友的热情，令人感动。我给老金写过一篇人物通讯《奶山脚下的拣石人》，发表在《南京日报》上。我在他家的院子里，在他家附近的砂矿上，度过了许多愉快的时光。

10 多年来，老金交了几十位喜爱供石的朋友，也引起了媒体的关注。2006 年，经汤先锋牵头，《中国国家地理》杂志的记者，到奶山脚下采访老金，拍了照片，写了文章，发表在《中国国家地理》杂志第 26 期上。2007 年，东沟镇的通讯员陶文生牵线，江苏广播电台请老金做了一档直播节目，老金与主持人对话，讲述拣石故事，在当地引起反响。老金名气大了，石头的销路更广了。除了石友常来挑拣外，也有石商闻讯而来，一袋一袋买，一卡车一卡车拖，把老金院子里的卵石“一锅端”走。老金再拣，再堆，再拖走。老金没有后顾之忧，拣得更加起劲了。

在砂矿拣石，拣上 1000 块石头里，能有一块细石（活石）就算运气不错了。老金天天拣，自然机会多一些。他拣得最好的一块石头，是 2007 年在村边的红旗采石矿拣的。他去砂矿，池子里堆了许多大卵石，开机子的师傅叫他把卵石搬开，搬着搬着，他就发现一块白色的玛瑙石，像块石碑，长约 40 厘米，高约 30 厘米，有 40 斤重。此石质地虽未达到玉髓级别，但也超过松香玛瑙了。老金不禁大喜，把这块“玛瑙王”驮回了家，让亲戚帮他挂上网。很快，这块“玛瑙王”就被一个石友以 16 万元的价格买走了。

这些年来，雨花石名气越来越大，价格也水涨船高。老金拣到的蛋白石、绿草花、雨花宝玉石，一枚卖个大几千，甚至上万元，也不稀奇了。供石里挑出来的精品石，价格也常能达到万元。老金说，他每年的拣石收入，能达到六七万。这在当地，也是很不错的收入了。

如今，57 岁的老金，皮肤黑里透红，腰板挺直，行走如风，讲话中气十足。哪里像奔六之人？他依旧天天出去拣石，风雨无阻。他说：“我拣石不是为了钱，而是成了一种乐趣，成了生活中不能缺少的一部分了。我会一直拣下去，直到有一天，走不动为止。”

雨花石·师徒上路

石头是镜子

——记乐华川

20 年前，乐华川在清凉门大街外，开了个“乐斯根石坊”。我那时候刚入石界不久，和同样迷上奇石的《南京日报》副总编余安民先生，只要有空，就一道四处觅石。有一天，我们转到“乐斯根石坊”，和乐华川就聊上了。凭着记者的直觉，当时我觉得，这位从四川偏僻小城走出来，赤手空拳到南京来打拼的小伙子，魄力不小，见识非凡，很不一般。果然，他原本有过 10 年在苏南多个大城市的高档商场搞专柜营销的经历。1999 年的昆明世博会上，他第一次见到那么多美丽的奇根异石，瞬间像触电一样激动。于是，见到工作人员便打听这些东西卖不卖，到哪儿可以买，后来打听到在昆明市内的大的花卉市场有可能买到。第二天打的寻去，仅仅两个小时，乐华川几乎倾其身上所有的钱，买了一个一吨集装箱的根艺奇石发回了南京。

回宁后，面对这些精灵，越看越爱！他心里就憧憬着要是能给它们建个园造个馆，来摆放更多更美的这些大地精灵，该有多美呀！于是他一边谈项目，一边便开始四处寻觅收集起宝贝们来……

清凉山奇石市场开张后，乐华川拿了 3 间店面，把“乐斯根石坊”搬到了清凉山。在市场近百家奇石商铺中，“乐斯根石坊”犹如鹤立鸡群：有根有石，有书有画，陈设雅致，环境舒适。他以做广西水石为主，大小均备，品位极高。我每次去清凉山觅石，都会到他店里喝茶侃石，甚是投缘机。

“乐斯根石坊”内的石头，都不起名字。我问乐华川：“为什么不起名字呢？起个好名字，不是更好卖吗？”乐华川笑笑，说：“为什么要起名字呢？每块石头，在不同人眼里，都是不一样的。你一起名字，就把这块石头框死了，限制住了。既是对买家不尊重，也是对石头不尊重。再说，真正的买家，也不会因为你起了个好名字，就掏钱买下。他一定要对石头有了感觉，才会下手。”

乐华川的眼光和魄力，在南京石界是出了名的。他喜欢广西红水河出的水石，不顾行动不便，一有空就往柳州跑，交了不少石界的朋友。好几块出了名的水石，就是他花大价钱，从柳州买来的，最终，又以更大的价钱，给有缘人请走了。一来一去，就赚了大钱。我曾问他：“生意做得这么好，有什么诀窍吗？”乐华川笑一笑，说：“哪有什么诀窍，是石头教我的啊！石头是一面镜子，你把它琢磨透了，生意就好做了。我敢花大价钱拿下一块石头，因为我有这个自信。我也相信，一定会有爱石的人，能够读懂它，喜欢它。这就是缘。对一块石头的解读，不就反射出一个人的眼光、魄力和境界吗？”

有一次，我应邀去南京一位著名的藏石家的石馆去参观。这位藏石家资金雄厚，爱石成癖，出手大方。两屋子的各种奇石，让我大开眼界。其中给我印象最深的，是一块大化石的“天书”。和乐华川闲聊时，我谈到这块“天书”。乐华川笑了，说：“这块‘天书’，就是我转让给他的啊！”

有一块山形大化石，是乐华川的镇馆之宝。大化石以石皮的色彩和宝气取胜，出彩的不多。这块大化石却出落得群峰簇拥，参差错落，有一种磅礴的气势。这块山形大化石，乐华川给它取名“山魂”，给一位石迷老板看上了，几次三番找乐华川谈，要求转让。最终，乐华川忍痛割爱，以68万元的价格转让给他。至今说起这块“山魂”，乐华川还是百感交集，好像心被挖去一角一样。

乐华川的太太刘晓燕，和他一样，也是一位有情怀的人。她弹得一手好古琴，也爱石、迷石，常常到店里来坐班。刘晓燕眼光不错，做生意也是一位好帮手。她说，石头是有情感的。做生意，也要像石头一样，待人以诚，不能弄虚作假。两口子观点一致，夫唱妇随，回头客就多，生意越做越好。有一次，乐华川去柳州看石，发现一块水石，有1米多高，1米多宽，厚约30厘米，似圆似方，有如屏风。石色黄中带青，石皮光滑润泽。最奇的是，浑身上下布满大大小小的孔洞，就像一块太湖石。乐华川眼都看直了！石主开价近 7 位数，减不下来。乐华川当时手头剩下的钱，是准备给刘晓燕买车用的。他把石头拍下来，传给刘晓燕看，问她："要车，还是要石？你决定吧！"刘晓燕看了石头照片，立马表态："要石！"乐华川这才把这块"屏风"请回来，放在新馆"乐石山房"石馆的进门处，成了一座最为奇特的屏风，吸引着无数过路人好奇的目光。

乐石山房是乐华川建的一座私人石馆（此处不是老乐当年筑梦处，江心洲那 10 亩地，4 年等待，终因没争得过一官员，遗憾放手），坐落在清凉门大街 1 号的中海凤凰熙岸，是一座三层的门面房。整座石馆，是乐华川夫妇设计的，奇思妙想，出人意料，而又典雅朴素，亲切自然。石馆除了石头展示，书画展示，另外辟有琴房、书画室，备有茶桌。乐华川把"乐石山房"定位为"生活艺术馆"，而不仅仅是石馆。古琴爱好者来这里学琴听琴；书画爱好者来这里挥毫泼墨；石友们更喜欢来这里赏石论石，品茗交流。乐华川说，乐石山房生活艺术馆的定位是自然、文化、艺术、生活。他们提倡和向往"人诗意地栖居"。他们已经在这里举办过多次沙龙活动，听琴、朗诵、笔会、赏石，吸引了许多对生活有追求的朋友们的关注。他们还多次"走"出去，到学校里给孩子们讲雨花石，讲赏石文化，深受学生的欢迎。

石头是面镜子。乐石山房生活艺术馆，又何尝不是面镜子呢？

太古纹樽　广西·来宾石　66 厘米×45 厘米×51 厘米

外来的财神

——记李玉清

蛋白石

10多年来，李玉清一直是南京雨花石界的传奇。这位河北石家庄的一家公司的大老板，是个超级雨花石迷，每次来南京，都要丢下几十万，从商贩手中收购雨花石。江湖传说，这些年来，李玉清已经为雨花石砸下2000多万元，至今收起石头来，依旧眼都不眨一下。这位来无踪去无影的神秘人物，就成了石商贩们追踪的目标，成为他们心目中外来的财神。

李玉清的传奇，我早有耳闻，听得多了，也不禁好奇：他哪来那么多钱？一个外地人，又为何对雨花石情有独钟，痴迷若此？一直想解开这个谜团，心中便存了采访他的念头。2017年12月，扬州举办石展，与他相熟的周德麟得知他要来观展，就安排我顺便到六合采访他。

李玉清在六合石友的"美石轩"看石。他个头不高，穿着随意，其貌不扬，没有一点大老板的派头；谈吐也随意，并不做作。刚坐下来聊不久，一个电话来了，是石家庄公司的下属来请示工作的，关于德国一家大公司正在和他们合作的事。李玉清几句话，就把事情安排得妥妥帖帖，一副指挥若定的大将风度。

李玉清说，他出生在河北石家庄的一个农村，从小就是个苦孩子。1984年，他考入湖南湘潭的一所大专，学的是工科，1987年毕业后，回到石家庄的一家工厂工作。这是一家从事环保除尘机械制作的工厂。李玉清是个爱动脑筋的人，喜欢搞革新，搞发明，成了技术能手。然而，他却并没有受到重视。1993年，李玉清带着自己的专利，毅然下海，与一个村办企业合作办厂。不料产品刚成型，销路才打开，村办企业却背信弃义，抛开他单干了。李玉清一下子就陷入了窘境，借来的十几万元都打了水漂。

1994年年底，穷困潦倒的李玉清看到了一线生机——南京钢铁厂向他订了一台设备，并且给了他9000元的预付款。李玉清赶紧找了一家加工厂，提供技术，完成制作。时近年关，李玉清来南京交货时，连发了几天高烧，穿着件破军大衣，胳膊肿得老粗，真是惨不忍睹。“落难时刻，是南京人拉了我一把。他们热心地照料我，以最快的速度把汇票交给我。在银行放假之前，我终于拿到了几万块钱。数着数着，我的手都在抖。”李玉清说起当年的情景，仿佛还历历在目。

1995年，李玉清和唐山钢铁厂签订了50万元的合同订单，与一家工厂合作，把这笔生意做成了。从此生意越做越顺，越做越大。2000年，李玉清开始自己办厂，独立制造设备。2002年，李玉清在石家庄高新区征了50亩地，建起了自己的工厂。2012年，他又在河北元氏县租了100亩地，投资5亿多，建起了新厂。

李玉清说，他心中有很深很深的南京情结，不仅因为南京人在他最困难时帮过他，也因为南京有最美丽的石头——雨花石，让他牵挂，让他着迷，让他魂牵梦绕。当年因为业务的关系，他常来南京出差，到雨花台见到雨花石，也就喜欢上了。那时，他见到的还是30元一盒的抛光石。2006年，他来南京时，恰逢江苏省美术馆举办一场大规模的雨花石精品展，他去展厅一看，那一枚枚水石，艳丽的色彩、奇异的花纹、梦幻一般的图像，与抛光石迥然不同！他惊呆了！他说，正是这次展览，让他见识了雨花石的真面目。从此，雨花石就把他的魂给勾去了。

李玉清初入石道，热情高涨，但眼光一般，朋友不多。那时，清凉山是南京最大的雨花石市场。李玉清初去买石，石贩不认识，也不拿正眼看他。有一次，李玉清看中了清凉山某石贩的“龙鳞片羽”，某石贩开价6万元，还说不准还价。没想到李玉清很爽快，掏出6万元就把石头拿走了。这块石头，按当时的行情，也就是1万元。某石贩吃了一惊，就开始到处吹嘘。这样一来，石家庄大老板出手大方，在石贩中就哄传开来。不少石商、石贩便千方百计结交李玉清，以图高价将石头卖给他。李玉清说，头几年，他确实被石商、石贩牵着鼻子走，花高价买了不少石头。特别是那些参过展、获过奖、上过书的所谓“名石”。现在看来，名未必符实了。

我向李玉清求证：“外界传说，你为买雨花石，已经投入2000多万了，是真的吗？”李玉清笑着说：“没仔细算过。不过，10多年来，花在雨花石上的钱，肯定是超过 2000 万了。有人说，台商把雨花石从千字头抬到了万字头；李玉清把雨花石从万字头抬到了几十万。这个说法，基本上符合事实。”他说：“在这个过程中，开始因为眼光所限，被宰、上当、走眼，是在所难免的。当初高价收来的石子，不少只是二流货，很多我都送人了。有一枚小石子，指甲盖大小，花了近 13 万买来，现在看来，也就只值几千块钱。要搁别人，还不吐血啊！好在我心态还不错，承受力好。我就当买个教训吧。但是，也的确收到了不少好石头。不少人说，南京顶尖的雨花石，都被李玉清收走了。这倒未必。不过，我手中的确有很多一流的石头。所以，走点弯路吃点亏，也没什么好抱怨的了。”

有一枚雨花石，南京石界俗称为“大滚子”，石主也是我的朋友，曾经给我欣赏过，果然是块好石头，让人过目不忘。传闻李玉清与“大滚子”纠葛多年，终未得手。难得有机会当面澄清，我问他：“传闻属实吗?”李玉清笑着说：“基本属实。我为这块石头，费了多少心血啊！南京一趟又一趟跑，价格从 20 万升到 30 万、40 万、50 万，直到 60 万。当我捧了 60 万来找他时，他又升到 100 万。真的让我无语！黄金有价石无价。作为石主，定价再高，是他的权利，无可厚非。但是，奇石买卖，你要讲诚信啊！讲好的价格，怎么能随心所欲，说变就变呢？从那以后，我给自己定下一条规矩：说好的价，如果再变，我就永久不和他打交道了！

我问李玉清：“为什么对雨花石情有独钟呢?”他说：“雨花石有三个特点，一是色彩丰富，质地晶莹，太美了；二是纹理多变，包罗万象，有文化内涵；三是好石头产量稀少，有稀缺性。这是其他石种所没有的。雨花石就是天然的艺术品啊！我常常是，劳累一天，得空坐下来，泡杯茶，点支烟，捧块石头，细细地看，慢慢地品，就好像在和石头对话、交流。那样一种舒服畅快，真是难以言说啊！”

李玉清说，除了雨花石，他还有一个爱好，就是养锦鲤、金鱼，为此，他还专门辟出 20 亩地养鱼。“当然，最爱的还是雨花石。到我公司来，受到礼遇最高的是石友，住五星宾馆；其次是鱼友；再次才是客户，住快捷酒店。”李玉清笑着说。

李玉清坦言，现状是，雨花石只适宜收藏，不适合投资，这是雨花石很难走出南京的一个重要原因。雨花石没有标准，价格太乱。一块石头，几十块钱买的，可以炒到几十万；一块石头，几万块钱买的，可能几百块钱都卖不掉。谁敢投资呢？他说："我是只藏不卖的。雨花石到我这里，就是终点站。或者就是送人。可是，在雨花石界，像我这样的发烧友，能有几个呢？这次到扬州，有石商叫我买蛋白石，15 万一颗。我说我买不动了。到石农手上，也就 1 万块钱一颗。已经不是清凉山时代，不要把我再当傻子了。内行人，其实心里都有杆秤。但标准又确实难定。雨花石市场要想健康发展，恐怕还要认真解决标准问题，让资本放心进场。"

因为标准缺乏，炒作之风就盛行。李玉清反对炒作，认为那样背离实事求是，会扰乱正常的市场秩序，也不可能长久。有些人喜欢自标高帜，很一般的石头，也要高标个几万、几十万，明明知道这是有价无市，却乐此不疲。有一次，李玉清到清凉山市场觅石，大胡子给他看一张石照，是块丝纹石。李玉清想买，大胡子说，已经以 200 元卖给六合的一位石友了。李玉清认识这位石友，便去六合求他转让。这位石友说："咱兄弟关系不错。友谊价，5 万！" 李玉清只好作罢。据说，那块石头后来被炒成几十万了。他说："这样炒作，让我们喜欢收藏的人，情何以堪？"

李玉清认为，最有希望走出南京的，是雨花石雕件。雨花石中的蛋白石、玛瑙石、玉髓和细油泥，石质不亚于和田玉，细腻润泽，适宜雕刻。与和田玉相比，雨花石还有色彩、纹理、图案诸多优势，尤其适宜巧雕。遗憾的是，雨花石雕件存在两个问题：一是雕工欠缺，质量欠佳；二是千篇一律，缺乏创意。只会雕佛雕观音，巧雕艺术品难得一见。这两个问题一旦解决，雨花石雕件有望大放光彩！

前些年，企业效益好，李玉清购石很爽，夫人有时还会叨咕："已经买这么多了，每天看几块，一年不重样，也够你看多少年了。还要买！是不是贪得无厌啊？" 近几年，企业效益下滑，李玉清依旧不收手，夫人反而支持她买了："工作辛苦，压力很大。他又不喜欢应酬，就这点儿爱好，开心就好了！"李玉清谈起夫人对他的理解和支持，心中满是欣慰。

李玉清网名是"怀念从前"，隐隐透出他是一个念旧的人。在我的眼里，他不仅是一个外来的财神、一个一掷万金的雨花石痴迷者，更是一个雨花石市场的研究者、一个雨花石文化的推动者。

一位乡村少年，无依无傍，在工商界闯出了一片天地，李玉清创造了一个传奇。一位实业大佬，10 多年来投入巨资，在雨花石界掀起阵阵波澜，李玉清创造了又一个传奇。

传承更创新

——记李昱宁

认识李昱宁纯属偶然。2017 年 4 月 1 日，我和王建平相约，去南京民俗博物馆，看“水墨金陵”—— 徐铮雨花石精品展。徐铮是江苏电视台著名导演，玩石时间不长，却玩出了自己的风格。参观石展，往往就是石友聚会的契机，石友相见，和与奇石相见一样，都是令人愉快的事。李昱宁正好也来观展。他和王建平熟悉，经王建平介绍，我们就认识了。

当时，我们交谈的时间并不长，他因有事，匆匆先走了。我正在物色《金陵石痴录》的采访对象，记者的直觉告诉我：此人值得写。一是年轻，尽管也 40 多岁了，和大多数玩石者相比，仍属小字辈。年轻而能痴石，在我看来尤为可贵。石文化需要传承，需要发展，所谓薪火相传，都离不开年轻人的加入。二是有想法，肯创新，不落伍。他说，他正在用互联网收集雨花石资料，准备建个网站，为石友服务。这个想法，让我看到了年轻人玩石的新思路，的确不同凡响。此后，我和李昱宁做了一次长谈，后来又见了几面，不断交流。这才知道，李昱宁痴石，出自家传，由来有自。

李昱宁说，20 世纪 60 年代，在南京市法院工作的外公，被安排到六合横梁的五七干校劳动锻炼。横梁是雨花石之乡，晶莹剔透、五彩斑斓的雨花石，让外公着迷。劳动之余，外公四处觅石，收藏了三大玻璃瓶的雨花石。后来，外公主动申请，下放到苏北洪泽农村，三瓶雨花石也随身带到了洪泽。

李昱宁的母亲 1965 年考上南京师范学院，毕业后分配到六合八百农中当老师。八百也产雨花石，农中附近的山坡上，就有不少砂矿。那时当老师也是要参加劳动的，便有了与雨花石接触的机会。他母亲后来回忆说，不仅沙堆边上，公路边上有时也能捡到雨花石。她只要在路上，总是低头弯腰，用心去发现，每次总能捡到。回家洗净后，就放到玻璃罐头瓶里，装满水，石头就透出亮丽的色彩，给人一种沁人心脾的感觉，一天的劳累，全都消失了。有时公路上找不到，就到公路两边的树根周围找。同事和农民看到她这么喜欢雨花石，有时也会把他们捡到的石子送几颗给她。雨花石唤起她儿时的回忆，那时候，雨花台也有这样晶莹的雨花石。这时，父母远在洪泽，雨花石会勾起她对亲人深深的思念。

李昱宁是 1972 年在六合八百出生的。不久就被送到洪泽的外公外婆家。儿时的记忆中，雨花石是他人生的第一个玩具。他从外公的玻璃罐子里，把雨花石拿出来玩，外公从不阻拦；玩丢了，或是送给小伙伴们了，外公也从没说过他一句。农村的日子是那样平淡，只有这色彩斑斓的雨花石，照亮了他儿时那一段无忧无虑的快乐时光。1979 年，他随外公外婆返回南京时，三大罐雨花石，只剩下半罐了。李昱宁至今记得清清楚楚，外公一家是最后一个落实政策回到南京的，住在宁海路街道办事处门卫临时的房子里。外公常常将仅存的雨花石放在大碗的清水里，一坐好久，望着出神，手里的烟灰好长。问他在想什么，他说："我在石中游啊！"

回城没多久，外公提前退休了。有一次，外公去早年劳动锻炼的六合横梁住了几天。回来时，跟来一个短小精悍的中年男子，载有满满一三轮车大大小小的雨花石。外公帮他在三牌楼菜场找了个摊位，把雨花石分装在不同的容器里卖，很是惹眼。每次早晨买菜，李昱宁都会跟大人去，在摊位前流连。那卖石的汉子也大方，会送给他雨花石。他来者不拒，被人笑称是"小财迷"。好在父母也是石迷，家里石头很多，五光十色，感觉屋子都被照亮了。

在家里，父亲爱淘大石头，母亲爱淘花石头。两个人时常争论，谁的更有价值，让他评判。他说，不是一种类型，很难比较，各有千秋。大石头上有图案，或有意境，色彩虽不夺目，但值得让人回味、品味，给人印象深刻。花石头色彩斑斓，直击眼球，让人莫名兴奋。他都喜欢。父母依旧各玩各的。而他自己，则集二人之长，在质、色、形、纹、意上，总结出 16 个字：大美至奇，大巧至奇，兼收并蓄，唯奇而藏！

李昱宁的藏石中，有几枚心爱之石。"指上螺"即其一。他拿出手机，给我看一张照片。白纸上有一枚鲜红的指纹印，纹理一圈套一圈，很清晰，就像大拇指蘸上印泥，刚刚按上去的一样。我很诧异："这不是石头啊?"李昱宁笑了，说："这就是我那块雨花石，拓印在纸上的纹路。不就是活脱脱的指纹吗?"这枚雨花石是20世纪60年代，外公在六合横梁五七干校劳动锻炼时所得。有一天，外公在砂矿开山采砂，突然下起大雨。大雨过后，道路变得更加泥泞，外公挑着两筐砂石，吃力地走着。突然脚下一滑，摔了一跤，筐里的砂石撒了一半。可就是这么一撒，筐里的一块小石头引起了他的注意：一颗带着肉色螺纹的玛瑙石，仿佛在对他微笑。外公赶紧捡起来，当宝贝一样收着。

外公去世后，他收藏的宝贝被小辈们瓜分一空。李昱宁下手慢了，得到的都是比较素淡一点儿的石头，其中就包括这枚"指上螺"。一日，他在网上搜索赏石方面的文章，无意间看到了苏东坡的《怪石供》："今齐安江上，往往得美石，与玉无辨，多红黄白色，其纹如人指上螺，精明可爱,虽巧者以意绘画有不能及，岂古所谓怪石者耶?"李昱宁赶紧找出此石，与之对比，并将石纹拓印于纸上。如此逼真的指纹，石友见之，无不惊叹!

一枚"居无竹"，得来也有故事。这是一块椭圆形透板石，淡绿的底色上，小竹楼立在山坡上，竹竿尚带青色。楼边碧树摇曳，楼顶藤萝飘荡，好一幅淡雅的田园景致。李昱宁说，这是2016年5月的一天，朝天宫办石展，他去石友嘟嘟处喝茶。突然，嘟嘟激动地举起手机，给他看一颗石头，正是这枚"小竹楼"，石友发上微信群拍卖。群里人像炸了锅，都在问价。李昱宁一下就被画面吸引住了。但这么多人抢，看来是不可能抢到了。他辞别嘟嘟，去办事。一直到晚上，忙定了，坐在电脑前，登上QQ，才发现宜昌雨花石协会会长杜伟留言，正是这枚"小竹楼"。李昱宁心里一激灵：莫非石头是杜伟的?再一看留言时间，已经过去好久，心想，恐怕也早已给他人拍走了。抱着试试看的心情，他给杜伟回复："杜老师好给力!石头是你的?"杜伟立即回复："今天拍卖，好多人要。我知道你一定喜欢，兄弟我给你抢下来了!"李昱宁激动得说不出话来。

后来才知道，当一些石友得知这枚雨花石被杜伟会长买去后，立刻追去，电话打爆，价格也从2万升到了12万。杜伟却不为所动，一直在等他。石友之间多年交流的感情，早已超越金钱了！这枚"小竹楼"到李昱宁手上后，曾在《赏石大观》杂志上免费刊出，结果又引来不少石友电话询问，都被他一一谢绝了。他说，情谊无价！

李昱宁买过一颗蛋白石，也很得意，是从门口邻居大祥家买的。这是一颗内晕蛋白，晕由内向外透出，呈淡淡的乳白色，边缘是幽幽的淡黄绿色荧光，恍如梦境。如果逆光看，内晕又呈黄色，像一颗打开的鸡蛋，蛋清包裹着蛋黄，稍一晃动，晕也发生变化，仿佛活的一样。李昱宁说，这是他最为钟爱的一颗石头。后来，他把这颗蛋白镶嵌成首饰，送给夫人做项链了。我在茶馆采访他的那天，刚好他夫人也在场，摘下来给我看，果然妙极，比之高档玉石，有过之而无不及！

李昱宁自小喜爱绘画，又从事视频创作，他在雨花石上的小创新，让我眼前一亮。他拿出几个他制作的雨花石 GIF 小动画给我看。一枚“天女散花”，金色的天穹，彩色的大地，天地之间有白云缭绕，白云间一位红衣仙女，突然间飞动起来，两手挥动，撒下片片红花。一枚“金蟾”，右下一枚雨花石，画面中一只抬头蹲坐的金蟾，双眼圆突，瞪住左上方，颌下一吸一张。左上方有一枚乾隆通宝。只见那只金蟾突然口里吐出一条长长的红舌，只一卷，就把那枚铜钱卷到嘴里，衔住，再一吞，就到肚子里去了。真是太神奇了！看得我目瞪口呆！

李昱宁说，雨花石 GIF 动画，是他 2000 年摸索创制出来的，一经推出，深受石友喜爱。很多石友都拿来自己的石照，请他制作。动画制作程序复杂，费工费时，需小心翼翼，他常常要忙到深更半夜。由于工作太忙，轻易他不敢接这个活儿。不过，每当看到自己满意的雨花石动画时，他就会开心好多天。

雨花石上的画，画家也难画。李昱宁通过尝试电脑绘画技术，对雨花石天然不规则的画面进行补齐，再加工。他的一幅“银色的月光下”，就来源于雨花石，作品即忠于了原石画面风格，又补齐了画面，提升了观赏效果。

李昱宁现在的主要精力，都放在雨花石网站上。随着一年一年的积累，他家收藏的雨花石越来越多。2006 年，他花高价买了 yhs.cc 顶级国际域名，建立了个人雨花石收藏展示平台。随着眼界的开阔，他感到，仅仅展示个人藏品，是远远不够的。2014 年，他设计了雨花石官方网站。

工欲善其事，必先利其器。李昱宁对网络技术不了解，走了不少弯路。两年中，三次推倒重来，只为打造实用的雨花石网站平台。在各地雨花石协会的大力支持下，2017 年年初，雨花石官网建成，并推出雨花石专家顾问团队和雨花石档案。官网拥有电脑版、手机版，和雨花石官网微信平台绑定同步运行。网络版实行会员注册制，支持在线交流。注册成功后，即自动拥有二级域名网站，会员可自行管理，实现交流交易。

“雨花石档案”设立，为雨花石收藏交易、走向世界，打下了良好基础。档案记录每一块雨花石的品相特征、尺寸、材质、产地信息等数据，编码具有唯一性，提供查询入口。入档藏石，拥有了自己的身份证，专业、权威，对雨花石文化和传承保护，起到了正本清源的作用。雨花石档案一经推出，就受到广大藏家的追捧和好评。目前入档的，已有 2000 多枚雨花石。正式上线后，还准备向藏家广泛征集藏品。目前，档案数据的采集点，分别分布在南京夫子庙、六合横梁、湖北宜昌市、山东青岛 4 处。藏家带上雨花石，到就近采集点采集，由专人专业拍摄测量，生成档案编号，生成电子档案证书，手续简便易行。

李昱宁说，雨花石网站只是他的尝试。他最大的愿望，就是创办一个具有南京文化特色，基于赏石文化基础的综合性文化展馆。此展馆线上、线下一体，全力打造“雨花缘”文化交流品牌。为此，他将一往无前，以开拓创新的精神，为弘扬地域特色文化，奉献自己的一份心力！

雨花石·指上螺 3.9 厘米×3.8 厘米

玩石最益人

——记刘捷

刘捷说：“我业余时间就 3 个爱好：摄影、拍影视录像、玩石头。摄影玩了 10 年，影视录像拍了 10 年，结果，现在石头把这两个爱好都挤走了。你说石头厉害不厉害?”

刘捷玩摄影和影视录像，在南京也是小有名气的。20 多年前，他就创立了南京第一家个人影视工作室，承接专业摄影、专题片和广告片的制作。他的影视工作室和江苏电视台合作的一个栏目《我们的城市》，拍城市的建设、城市的环保、城市的变化，定期播出，影响颇大。我和刘捷，就是参加《我们的城市》专题组，赴安徽泾县拍摄时才认识的。这是十几年前的事了。这次拍摄，还留下一个故事：刘捷看中了桃花潭的美景，在桃花潭边上买下一栋老宅，拆掉，重建了一栋两层别墅——“金陵人家”。“金陵人家”由刘捷自己设计，构件都是老物件，刘捷花了两年时间，从皖南各地民居收集而来。以一己之力，花两年时间，在桃花潭畔建起这个风格独具的“金陵人家”，刘捷的实干精神，让朋友们啧啧称道！

自从迷上石头，跨入石界，刘捷的生活就发生了大改变。朋友圈里，石友多了，摄影和影视界的朋友则渐渐淡了，交往少了。他甚至把做得风生水起的影视工作室也关了。然后把影视工作室的房子，改为石馆，把从各地买来的各种奇石，陈列在馆里。

为了有时间外出觅石、参展，刘捷把工作岗位也换了。他原在国营的一个研究所里从事技术工作，他业务精通，工作认真，屡次获奖。因为性格耿直，得罪了所里的一位领导。该领导有意打压他，想把他排挤出技术岗位。他也正为没时间玩石头而烦心，于是，主动申请去当门卫——门卫上班的时间可灵活安排。这样，可以调剂出更多的时间，出去觅石、参展。刘捷干门卫，一干就是十几年，直至退休。同事都深感不解，甚至为他惋惜。刘捷却为自己的选择而感到欣慰：如果不是换个岗位，自己活得憋屈不说，他哪有这么多时间，去觅到这么多好石头？又哪里有这么多时间，为南京和江苏的赏石文化发展，做那么多扎扎实实的事情呢？

20 多年来，刘捷利用休假和调休的机会，去灵璧，下柳州，奔新疆，到宁夏，探山东，跑内蒙古，几乎把中国所有的奇石产地都跑了个遍。开眼界，交朋友，也收集了不少好石头。全国各地大大小小的石展，只要能挤出时间，他都会跑去参观、觅石。他也因此广交了不少石友。

刘捷没想到，他的摄影爱好和专长，在赏石的过程中，又帮助他开辟出一片新天地。江苏省观赏石协会办了个刊物——《石典》，南京市盆景赏石协会办了个刊物——《南京盆景赏石》，这两本刊物，都聘请刘捷担任编委，负责刊物石照的拍摄和组稿。这项工作，拍摄要求高、时间紧，几乎是义务劳动。刘捷却干得兢兢业业、漂漂亮亮，得到同仁们的一致称赞："刘捷真是一个实在人！"

刘捷不仅对两本刊物尽心尽力，朋友需要帮忙拍个石照，布置展览，他也总是招之即来，义务帮忙。2010 年，我应百花文艺出版社之约，出版《奇石雅记》一书，书中的 100 多块奇石的图片，就是刘捷帮忙，到我家里来了好几次，拍摄制作完成的。

玩石 20 多年，刘捷感触颇深。他给我讲了几个故事。

刘捷在华东文化市场租了几间店面，放石兼卖石。他立了一条规矩：凡是从他店里卖出的石头，无论过多久，一律可退可换。不仅不扣分文，超过一年的，每年还给 10%的利息！有位小老板，3 年前从他手里拿去一块象形石。此人好赌，有一次赌输了，拿这块石头来要退还。刘捷看这块石头是尊佛形，劝他最好不要退。此人坚决要退。刘捷依约退钱付息。一年后，此人彻底破产了。刘捷听说他的遭遇，心里难过了很久。

某人在城郊购得一别墅，托刘捷的一位朋友代购一奇石，置于院内，购石款却迟迟不付。这位朋友多次催要无果，只好自己掏钱付给石农。说来也巧，某人想要调整院景，想把奇石移到后院，叫来七八个人帮忙，这块奇石纹丝不动。无奈，又多叫几人前来，死拉硬拽，不料，刚移出一米，奇石轰然倒地，断为两截，所幸没伤到人。朋友把这个故事讲给刘捷听，刘捷叹道："石头也是有灵性的啊！"

刘捷在桃花潭有位农民朋友，一次骑电动车出门，不慎擦伤了一辆宝马车。宝马车车主是个包工头，向这位农民索赔3000元。农民朋友向刘捷求助。刘捷让他在家里备些酒菜，请包工头吃饭。席间，包工头诉苦，最近日子不好过，新工程接不到，老工程款难要，苦闷至极！言谈中，包工头对刘捷的石头产生兴趣，对玩石人表示敬意。刘捷看包工头人品不错，与石有缘，就送他一方手把件奇石，嘱咐他："一、此石可随身携带，常拿出来把玩，切不可送人或贱卖。实在没钱，可将此石退还，我会付你10000元救急。二、请回访你做过的工程，看还有什么需要修补或完善的，免费修缮。三、周围百姓贫困，做工程多出的水泥、黄沙、砖瓦，可免费把他们门前的地坪、漏水房屋修缮。"半年后，包工头请刘捷的农民朋友带信，要请刘捷吃饭。原来，他依嘱做了这些不起眼的小事，没想到影响却很大，不仅接到新工程，老工程的欠款也要回来了。真是"石"来运转啊！刘捷说，一方奇石，就是一面镜子。只要实实在在做人，实心实意去做事，总能够在这个社会上，有立足之地的！

刘捷有一位相交多年的好友，喜欢舞文弄墨，想要一方奇石。刘捷请他到店里来挑选。他看中一方武陵石。这块武陵石玲珑洞穿，层层相叠，形体长方，怡然可观。刘捷欣然相送。朋友大喜，说："回去把它雕成一方砚台，练字绘画！"刘捷听说，断然把此石收回，说："武陵石，质不坚，不宜做砚。另送一块给你吧。"朋友不解，以为刘捷舍不得。刘捷就把自己留下练字的一块金砖，连同红木座几，一并相送。刘捷谈起这件事，很感慨，说："石头与人是有缘分的。一方奇石，就是一本书，你要读懂它，珍惜它，才会善待它。我希望每方奇石，都能找到自己的有缘人。"

刘捷有一位同学，官至厅局级。身居权位，找他帮忙解决问题的人，自然就多。这位同学，做事光明磊落，帮人办事从不收人好处，且能不违章、不违纪、不违法。很多老同学对他赞赏有加，就托刘捷找方奇石送给他，以表老同学一片心意。一般当官的喜欢"步步高升""马上封侯""红运当头"之类的石头，刘捷却挑了一方灵璧石送他。此石形似古钟，叩之铿然有声。刘捷建议他放置在办公室的书架上。多年以后，这位老同学平安退休。在一次同学聚会上，谈到送给他的这方奇石，感慨地说："老同学，我知道你们送我这方奇石的一片心意，也知道你们的良苦用心。这方奇石，自从放到办公室，我天天看到它，就会时刻提醒自己：这是一座警钟啊！警钟长鸣，不忘初心！”

刘捷偏爱灵璧石和广西红水河出产的水石，这两个地方，不知跑了多少次了。有一次，我陪他去灵璧乡下觅石，在灵璧的石农、石贩中，他有不少朋友，相处融洽，让我感动。后来，他也喜欢上了内蒙古的戈壁石和新疆的风砺石，曾不畏艰险，横穿戈壁滩，深入沙漠险地觅石。他说：“有人把奇石当作奢侈品，有人把奇石当作艺术品。其实，玩石的最高境界，是读懂它、敬畏它、善待它，把它作为良师益友。古人说，石不能言最可人。我说，石不能言最益人！”

黄袈僧人　藏瓷　58 厘米×28 厘米×22 厘米

石坛一支笔

——记刘水

历数金陵石坛，刘水是一个绕不过去的人物，他因一支笔与石结缘；他以一支笔搅动金陵石坛30年；他用一支笔，把天赐国宝的雨花石带出南京，走向全国，推向世界！

我和刘水相识也有30多年了。20世纪80年代中期，我在《南京日报》当记者，刘水在江苏新华印刷厂当校对。业余时间他喜欢舞文弄墨，写东西给报纸、杂志投稿，成为《南京日报》的通讯员。那时候，能在报纸、杂志上露个脸，很不容易，在单位就是个人物了。刘水虽然只是个校对，在新华印刷厂却小有名气，是同事心目中的笔杆子。

南京人玩石头，最早是从雨花石开始的。80年代初，玩的人还不多，却已经有办展意识和组织意识了。1984年，池澄、薛勇干、张宪忠、喻宝玺等人在南京鼓楼大钟亭公园办雨花石展，随后成立了南京雨花石协会(那时候还没有社团登记一说)。之后，张宪忠、喻宝玺、薛勇干结伴到上海举办雨花石展，回来后，又在莫愁湖公园办展。玩雨花石，成了新生事物。有人为张宪忠写了一篇文章——《石头城里的石头明星》，发表在《江苏工人报》上。

喻宝玺是南京木材厂的工人，家住夫子庙，老婆在楼下摆摊卖雨花石，家中好石头多，也想在报纸上宣传宣传。恰好他有个亲戚在新华印刷厂工作，就找到了刘水。

刘水随这位同事来到喻宝玺家，喻宝玺端出一盆雨花石给他看。刘水是六合人，从小在六合长大，捡过雨花石，却不知道雨花石居然有这么漂亮！一下子，魂就给勾住了！回家后，刘水写了一篇《小楼有天地，风光蕴石中》的通讯，发表在1986年10月21日的《南京日报》上。也正是在这篇通讯中，刘水第一次提出“雨花石收藏家”的概念，从此，自己也迷上了雨花石。

通讯发表后，喻宝玺很开心，成了刘水的朋友，也成了刘水结交的第一位石友。以后但凡办展，喻宝玺都会把这篇文章展示出来。刘水刚入石坛，劲头十足，心想，这么美轮美奂的雨花石，要是能出一本图集，该多好啊。他把想法告诉喻宝玺，喻宝玺求之不得。

俩人说干就干。刘水找到会摄影的朋友——南京电影制片厂的戴崇民，为喻宝玺拍了100多张雨花石彩照，分为人物、动物、风景、花卉，起上名字，插入相册。当年的江苏科技出版社，就在江苏新华印刷厂内，刘水为出版社校对书稿，熟人多。他把相册带给科技出版社的科普编辑看，提议出版一本雨花石图集，作为科普读物。编辑看到这么多精美的雨花石，很感兴趣，答应报告领导，再做定夺。

很快，江苏科技出版社就给刘水答复了：“1.同意出书；2.出一个人的雨花石，数量、质量均不够，至少要增加到7~8人，总数约200枚；3.雨花石图集过去没有出过，新华书店可能不会订购，你们自己包销。”

对出版社的答复，俩人很快统一意见，把池澄、贝芝泉、严奎元、姚安和薛勇干扩充进来。6个人碰头开会，对出版雨花石图集都表示赞成和支持，并表示分头征订，促成此书出版。就在刘水以为一切顺利时，事情出现了变化。后来扩充进来的5个人让喻宝玺转达他们的意见：编印前，征订数的事，他们不过问；出书后，可以协助推销。也就是说，出版社要求包销的条件，无法兑现。科技出版社出书计划就此流产。

计划泡汤，刘水心里实在难过。科普编辑陈乃祥提醒他：“老刘，不要灰心。你不是认识江苏古籍出版社的高社长吗？你拿去请他看看。”江苏古籍出版社社长高纪言，是一位老干部，在江苏出版界享有盛誉，和刘水60年代就有交往。可古籍出版社以出版古籍书为主，会对雨花石图集感兴趣么？刘水抱着试试看的心情，找到高社长。高纪言看了彩照，两眼放光，对刘水说：“你把照片留下，下星期给你答复。”

1987年8月4日，刘水永远记得这个日子。他应约来到高社长办公室，古籍出版社的美术编辑章耀达和郭宝林，已经坐在办公室了。高纪言社长开门见山宣布：1.古籍出版社决定出雨花石图集，暂定名为《雨花石珍品集》; 2. 聘请刘水同志为特邀编辑，负责征石、拍照，参与编辑工作; 3.要把南京玩雨花石人的70%的石头征集拍照，出一本高档艺术类图集，中英文对照，国内外发行，别的出版社如出版同类图书，至少在20年内超不过此书。前期费用由出版社支付。会后，古籍出版社通知江苏新华印刷厂，借调刘水到出版社工作。

刘水当时可能没有意识到，正是高纪言社长的这个决定，改变了他一生的命运，把他和雨花石文化紧紧地捆在了一起。

出版社决心大、要求高。负责征石、拍照、参与编辑的刘水，压力巨大。出版社要求征集70%南京玩石人的石头，刘水刚入石坛不久，大多数玩家都不认识。他找到贝芝泉，贝芝泉告诉他几位石友的名字和单位，他持出版社介绍信，逐个登门拜访。当年没装电话，更没有手机，他儿子结婚买了辆自行车，却被他骑坏了。石友们听说雨花石能上书，都很开心，坚决支持，征集任务总算完成了。

拍照也是个麻烦事。把雨花石放在盛水的塑料盆里，拍出的石照有底色，有阴影，不符合出版社的要求。刘水请照相馆的摄影师、图片社的摄影师，甚至肿瘤医院的摄影师，都没能解决阴影问题。最后，戴崇民找来同事常小杨，回去想了很多方法，做实验，终于成功了！

刘水拟定了拍石时间表，骑车登门通知石友送石到他家拍照。一个多月的时间里，刘水并不宽敞的家，就成了拍照的接待处。戴崇民、卞明、常小杨三位摄影师从早忙到晚。刘水的妻子李菊荣负责烧饭烧菜，端茶递水，从无怨言。2000多张彩照终于拍出来了。三位摄影师不提条件，不提报酬，认真负责的工作精神，刘水至今心存感激。

选片采用无记名方式，除了出版社两位美编，参加选片的还有江苏文艺出版社编辑、诗人陈咏华，《南京日报》副刊编辑、诗人叶庆瑞，前线歌舞团创作员邓海南、任红举。最终选出600多张照片。这几位诗人、作家还为入选石头题名、配诗; 美学泰斗王朝闻作为本书艺术顾问，写了序文《似与不似》; 江苏省作协主席艾煊作为文学顾问，写了序文《石趣》; 南师地理系教授李立文作为科学顾问，与刘水合写了一篇序文《雨花石——从神话到科学》; 著名画家李可染为珍品集题写书名。

克服了重重困难，经过了两年的努力，1989年8月，由江苏古籍出版社和香港嘉宾出版社联合出版的《雨花石精品集》终于面世了！香港嘉宾出版社负责海外总经销。这本书，在香港出版界获得一致好评，获香港最佳印刷书籍奖。在国内获得华东地区版面设计奖以及江苏省优秀图书奖。在刘水的努力下，文化部一下就订购了 1500 本，送给中国各驻外使馆，做礼品用。雨花石首次走出国门，就惊艳亮相，一炮而红！作为主要策划者和操作者，刘水感慨万千，其间，凝聚了多少人的心血啊！

刘水为此也一发而不可收，一头扎入赏石界。他恶补赏石知识，广交各界朋友，四处策划石展，提笔著书立说。短短几年间，他的影响就走出南京，成为中国赏石界一位举足轻重的活动家了。

20 世纪 90 年代以后，我和刘水联系就少了，他忙，我也忙。但是，我始终还在关注他的动静。特别是 90 年代后期，我也迷上了奇石。他著的《美哉雨花石》《自然·天趣·神韵——石中皇后雨花石》《雨花石鉴赏》《燕子矶史话》《观赏石概论》等，都会签名赠我，让我感受到他的勤奋和执着。他提出的雨花石“六美”“三胜”“十德”，倡导的“雨花石文化”“雨花石文化节”，在南京，在石界，都产生了很大影响。他编导的《雨花石》电影，被翻译成十国文字，由文化部牵头，发行到海外。

刘水最让我感动的一件事，发生在 2006 年。当时，我任南京市赏石协会秘书长，协会想把赏石文化引入中学课堂。时任玄武区教育局党委书记的吴伯辉先生，恰好也是位石友。我们一拍即合，选择南京市第十三中学作为试点，动员石友捐出石头，在该校办起了奇石馆，还把奇石欣赏作为业余指定的课目。这就需要编写一本通俗易懂的观赏石课外读物。我想到了刘水。但是，刘水 2004 年 8 月突发中风，半身偏瘫，此时正在燕子矶头台洞养病。他肯编吗？他还能编吗？我和吴伯辉前往燕子矶看望刘水，说了我们的想法。出乎意料，走路还需要人扶的刘水一口答应，说这是一件好事，他义不容辞！果然，刘水用他尚未残废的左手，一笔一画，写出了《观赏石文化与中学生》一书。2008 年，刘水在此书基础上扩写，写出了《观赏石概论》一书，由中国大地出版社出版。

刘水与美学泰斗王朝闻，因石结缘，成了忘年交。只要到北京，刘水就会去王老家登门拜访，谈石论美，乐此不疲。王老写的《石道因缘》一书中，不少命题，曾和刘水探讨过。1991 年 10 月，王老把自己的著作《美学概论》送给刘水，并在扉页上用毛笔题写了一段话：“梦石君（刘水笔名刘梦石）从爱石的经验出发，从而认识自然美与社会美的相互依赖，可能对美学提供新贡献。”

刘水爱石，痴石，对雨花石有一种直觉的敏感。20 世纪 80 年代后期，有一次，刘水在雨花台觅石，听说一个石贩手中有一块雨花石，有一个“老太婆”的图案。刘水找到石贩，拿来一看，“这不是祥林嫂吗?”石贩开价 100 元，刘水二话不说，掏钱成交。当时，他一个月的工资也就几十元。此石后来成为名石。一次，刘水到六合乡下一位石农家买雨花石，石农端出一盆好石头给他挑，却没有中意的。问：“还有吗?”答：“没有啦!”刘水发现屋角的破篮里还有一些石头，主人说：“这是下脚货，准备扔掉的。”刘水随手拿来挑拣，突然发现一枚石头，灰白的底色上，有几根粗细、弯曲、交叉的枯树枝，树枝间映出一轮皎洁的明月，不禁大喜。主人说：“你喜欢，就拿去吧!”刘水持归后，命名为“寒月”，后来屡次获奖，成了名石，还上了《雨花石鉴赏》一书的封面。

刘水为人耿直，疾恶如仇，因为出书，因为办展，因为对一些事情的处理观念不同，也得罪了一些资深石友，以至于很长一段时间，一直在赏石组织外徘徊。但是，这并没有影响他对雨花石和雨花石文化的痴迷与执着。这次，因为要写《金陵石痴录》，我两次前去采访刘水，并请他推荐石痴。他所推荐的石痴中，有几位就是长期和他意见不同的。这种胸怀，让我敬佩!

雨花石·残荷听雨

恋石五十年

——记陆志强

“润石轩主，陆志强；网名：润石人。 本人1965年与雨花石结缘，五十年来不断搜寻，获得精品雨花石数百枚。藏石多次参加南京、北京、上海、台湾等地展览。其中，‘福娃’荣获中国观赏石博览会2007走进奥运北京邀请展金奖；‘鹏程万里’荣获中国南京精品雨花石邀请展铜奖。有些藏品被《雨花石志》《雨花石精品集》等杂志、报刊、网站录用。2007年，被六合区人民政府授予‘雨花石收藏鉴赏家’称号。”以上这段引文，出自2014年9月28日至10月28日，庆祝国庆65周年，陆志强在六合凤凰山艺术馆举办“润石轩雨花石精品展”的宣传册页。

2017年5月18日，我在六合老干部局一间活动室里采访陆志强时，他先拿出一枚大红色玛瑙质雨花石给我看。这枚雨花石，石形扁平椭圆，表皮洁净无瑕，石质通透玉润，深红色的底板上，有乳白色和金黄色的珠状纹理。最为奇特的是，从四个不同角度看，竟然呈现出四条形态各异却栩栩如生的大鱼！陆志强将此石命名为“一石四看”，分别题名：鱼跃龙门；鲸鱼闹海；鲨巡海底；吉庆有鱼。陆志强说，这块石头是1965年，他在六合大河口青山砂矿，花一元钱买来的，至今已经珍藏52年了，却依然是他所藏珍品石中的最爱之石！

1948年，陆志强出生在六合西门，1964年初中毕业。他有个伯父在南京水产公司六合站工作，1965年，伯父推荐他到六合站做合同工，到大河口（滁河入江口）水上站收刀鱼。大河口旁，有个仪征青山砂矿。大河口周边的百姓，都吃砂矿饭，年轻人挑河沙，老的、小的就拣石头卖。一担一担挑回来，再分拣粗石和细石（活石）。陆志强闲暇就去拣石、觅石，也购石。那时活石很便宜，一元五角钱就可以买上一斤。

1970 年，水产公司六合站并入六合供销社农副产品收购站，陆志强对雨花石已经比较内行，仍分配在大河口，负责给省外贸公司代购雨花石。那时候，南京已经有石贩住到大河口收雨花石了。陆志强在大河口一蹲就是 10 年。直到 1975 年，调到六合供销社当会计，后又调供销总社当财务科长。1998 年，陆志强调到人民银行当会计，后来当上国库科长。人民银行奖金高，陆志强手头钱多了，买石头就更来劲了。

陆志强说，他玩石头 50 多年，一直坚持“三不买”原则：品相不好不买；质地不好不买；色彩不艳不买。他说，雨花石作为美石，主要欣赏美。选择雨花石，如同人物选美，首先看外貌，然后看品质，最后看特色。雨花石外貌包含石形和表层。外形扁平、圆润、端正；表皮细腻、洁净，无裂痕，是理想的选择。雨花石能给人灵透的感觉，来自于雨花石的内在品质。玉髓、蛋白石、玛瑙、水晶质的雨花石，因其质地细腻，有透明感，给人温润亮丽的感觉，故称“细石”。明代文人叶誉咏雨花石：“玉盘捧出灵岩石，石石晶莹炫目光。” 指的就是细石。玉以质胜，雨花石的质地是决定其价值的重要因素。雨花石美，主要来自天然的色彩。著名雨花石鉴赏家王猩酋先生说过：“石以色胜为第一要点。” 故美石有“不似玉胜似玉”之说。雨花石色彩十分丰富，郝经在《江石子记》中称：“奇润可爱，诸色皆备。” 在众多色彩中，大红色、绿色、金黄色、紫色的玛瑙质雨花石较少，十分难得，尤为可贵。一块色彩艳丽的雨花石，能使满碗清水变色生辉！

陆志强对雨花石的纹，也很看重。他说，纹理是雨花石的重要特征。古称玛瑙雨花石为“纹石”。雨花石纹理种类繁多，有直线纹、曲线纹、珠子纹、回形纹等。细纹石在水中能折射出光芒，给人灵动的感觉，故民间称之为“活石”。

陆志强人缘好，石缘也好。2013 年 9 月 8 日，著名藏石家邱信明先生在六合凤凰山公园艺术馆举办个人雨花石精品展。应馆主邀请，陆志强早早来到展馆，打算帮帮忙，顺便到展厅前的路边雨花石摊上看看。他往常购石，习惯先走马观花地将各摊主的石头过目一遍，然后再有重点地细细品赏。这次刚到，他立刻被一块石头勾住魂了，赶紧蹲下身来握在手中，生怕被别人抢走似的。

这块石头品相较大，石形饱满（6.4 厘米 x5.5 厘米 x2.2 厘米），色彩深重古朴，白色的纹理在石中央凹现出一位古人形象，呈像完整，一目了然，在深色背景的衬映下，人物线条特别醒目。卖石人是六合城里人，陆志强认识，但交往不多，人热情实在。见陆志强把石头拿在手中观赏，石主说："这块石头是我的镇店之石哦，平时不上市场，家中来客时才拿出来品赏。今天，邱先生石展开幕，各地重要来宾多，赏石界专家多，雨花石藏家多，拿出来亮亮。"陆志强问："多少钱愿意出手？"石主答："3000 元。"陆志强心中暗喜，此价比他想象的要低得多！又问："2000 元是否可以？"石主说："有人出过 2000 元，不卖。"又问："取个中间价 2500 元可行？"

这时，旁观者越来越多，一位南京石友接过话头说："都是玩石头的，'二百五'难听，给 2600 元吧？" 石主迟疑一会儿，终于同意。陆志强身上钱不够，赶紧从朋友处借钱，做成了这笔交易。

回到家中，陆志强迫不及待地把石头放入清水之中，置于茶几之上，泡杯绿茶，静心品赏。从画面上看，人物头戴高冠，胡须飘洒，是位古人；从构图上看，人物居于石中，端坐于高山之巅、云雾之中，仪态从容，目光高远，气势不凡，是一位古之伟人。秦皇、汉武、曹操、孔子、老子、李白……这些人物——在他脑中闪过，最终，他决定命名为"老子问天"。此石也成为陆志强最为得意的藏品之一。

陆志强说,他的藏石，冥冥之中，好像与奥运有着一种深深的情缘。2007 年，在中国观赏石博览会走进奥运北京邀请展上，他的"福娃"荣获金奖。2014 年，青奥会在石城南京举办，青奥会的吉祥物"砳砳"，就是以含有深厚文化底蕴的雨花石为原型设计的。吉祥物"砳砳"外表呆萌，动作可爱，一下子就在网上火了起来，备受网友青睐，连带着雨花石也因此而火了一把。

陆志强想，"砳砳"是艺术家创意的产物，如果能从雨花石中，发现"砳砳"的图像，岂不是天作之合吗？陆志强怀揣这个梦想，上矿山，下乡村，跑农户，逛市场，开始了漫长的苦苦搜寻。功夫不负有心人，经过几个月的不懈寻觅，陆志强终于在一户石农家里，找到一枚近似"砳砳"的雨花石，梦想成真！

此石玛瑙质，椭圆形，品饱满，色彩丰富。其色以大红为主，辅之以纯白、金黄、粉红，层次清晰，对比强烈，鲜艳亮丽，耀人眼目。此石纹理精妙奇特，圆中有圈，圈外有圈，圈圈相连，神奇般地构成了“砽砽”的形象，一个呆萌的娃娃，圆瞪双眼，张口呐喊！陆志强寻得此石，喜出望外！

陆志强的藏品中，有一枚“梦中情人”，也是他的珍品之一。此石形椭圆，色暗绿，正中位置是一位金色少女的背影。少女一头短发，脖颈细长，身材窈窕，姿态优雅。整个画面以黄绿为主，色调柔和。陆志强为此写了一首诗，与石头一起刊登在《雨花石》杂志上：

金色的阳光，透过晨雾山林，洒在少女身上。
她天仙般的身姿，亭亭玉立、楚楚动人。
她给人以美好的遐想，
让生活更加绚丽多彩。
她诞生于方寸石中，传颂在博大人间，有缘才能与她相见。
她无声与你私语，共度幸福时光。
她不能与你同床共枕，却愿与你地久天长。
啊！石中皇后，梦中的情人。

陆志强退休以后，在淘宝上开了个网店，把不想收藏的石头，拿到网上卖，以石养石。每年也能卖个几万元，基本上能正常运转。他还在新浪网上开了博客，赏石、读石、悟石、写石，宣传雨花石和雨花石文化。他说，他最大的心愿，是能办一个个人的雨花石博物馆，把自己半个世纪以来收藏的石头，展示出来，与更多的同好分享雨花石的美丽与神奇！

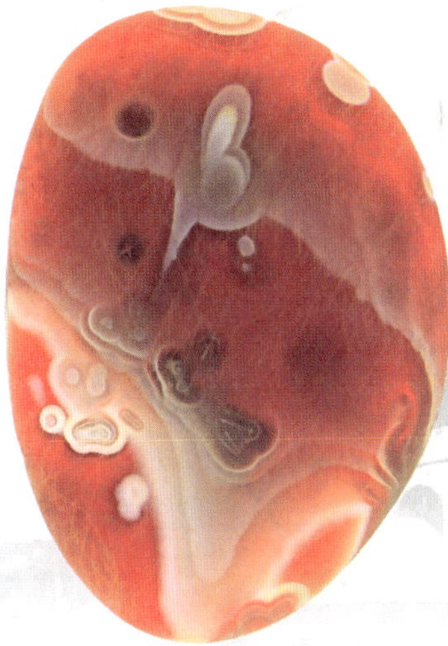

雨花石·鲸鱼闹海

石文化推手

——记骆嘉刚

金陵石痴中，痴迷于雨花石者，估计要超过一半。这并不奇怪。一者，雨花石是本地石种，天生丽质，有“石中皇后”“天赐国宝”之誉；二者，欣赏雨花石有历史传承，千百年来，文人雅士趋之若鹜，有诗文为证；三者，早在20世纪六七十年代，雨花石热就已经在金陵大地上涌动，出现多处雨花石市场；至80年代，雨花石展兴起，在民间激起一股赏石浪潮。在其他石种尚未登台时，金陵石痴，几乎全都是雨花石迷。

放眼全国，赏石作为一种文化现象，被社会各界首肯，雨花石一马当先；雨花石赏石习俗，被批准为省、市非物质文化遗产，在全国也是独此一家。在我看来，雨花石文化之形成和弘扬，得益于广大石友的共同努力，更得益于南京雨花石协会和《雨花石》杂志。正是这一会一刊的持之以恒的推动，成就了雨花石文化的独领风骚！

骆嘉刚，作为南京雨花石协会连续三届的常务副会长和《雨花石》杂志的执行主编，无疑便成了雨花石文化发展的重要推手。

我认识骆嘉刚，也有20多年了，那是20世纪90年代初，他在雨花台区任文化局局长。1991年，雨花台区文化局与南京雨花石博物馆联合主办南京首届雨花石文化交流会。骆嘉刚说，这是首次把雨花石上升到文化层面。当初，还引起争论。有石友认为，雨花石不就是玩赏吗？怎么能算是文化呢？但是，更多的人都认同骆嘉刚的观点。雨花石鉴赏、收藏，作为一种文化现象，从此被社会接受和肯定了。

1995年，骆嘉刚作为领队，代表南京市政府，组团到新加坡，参加亚太地区第三届雅石盆景展览会 。南京参展团带去的60枚雨花石，在展会上引起轰动。印尼司法部部长看到雨花石，连连竖起大拇指，惊呼："世界上竟然有这样的美石！"欧洲赏石协会会长威廉·本茨，在雨花石展台旁，用相机整整拍了一天。他说，要把这作为资料，带回欧洲去宣传。新加坡著名书法家何业波老先生，对雨花石更是推崇备至，邀请众多同行和亲友，前往参观。

2006 年 6 月 25 日，首个中国国土资源日，骆嘉刚挑头，在江苏省美术馆组织了一场雨花石精品展，100 多位石友送展 1018 枚精品雨花石。此展规模空前，档次极高，影响巨大。不少后来的玩家和大家，都是通过此展，跨入石界的。

2012 年，骆嘉刚参与制定了《雨花石鉴赏标准》，这是全国第一个地方石种的鉴赏标准。2015 年，南京雨花石协会牵头，组织了 20 人的工作团队，奋战半年，将雨花石鉴赏习俗，成功申报为江苏省非物质文化遗产。骆嘉刚是专家咨询委员会的主要答辩人。全国上千个地方石种，雨花石是第一个，到目前为止，也是唯一一个进入非遗的地方石种。

20 多年来，骆嘉刚给大、中、小学生，南京市市民，甚至幼儿园的小朋友，举办了 20 多场讲座，普及和宣传雨花石文化。他 4 次接受央视采访，数十次被媒体报道，目的只有一个：普及雨花石知识，宣传雨花石文化。在不少石友眼中，骆嘉刚已成为雨花石文化的代言人。

骆嘉刚说，他之所以持久而努力地弘扬雨花石文化，并不仅仅是因为职务和职责的关系，他本身就是一个石痴。从小，他就有收藏的爱好。1952 年出生的他，从幼儿园、小学开始，就喜欢集糖纸、烟标、小人书。到了中学，受姐夫的影响，爱上了集邮。1969 年当兵，直到 1982 年转业，集邮爱好一直坚持下来。转业后，他被分配到雨花台区政府工作。仿佛冥冥之中有一根线，把他和雨花石牵在一起。1987 年的一天，母亲身体不好，他便带母亲去雨花台去散心，恰遇雨花台西园有一个雨花石展。骆嘉刚就带母亲一块儿去看展。这一看，雨花石的精彩和美丽，一下就把他震住了。30 年后的今天，他依然能够记得当时展会上的两块雨花石的图案，一块"白发魔女"，一块"淝水之战"。画面栩栩如生，仿佛就在昨天。

1988 年，骆嘉刚带雨花台区江东乡铜管乐队，应邀参加"大连首届国际服装节"，顺便带了 30 枚雨花石，到大连展览。那时，带去展出的还是抛光石。即便如此，雨花石的美丽和神奇，还是让参观者大开眼界。1990

年，骆嘉刚就任雨花台区文化局局长，组织了一次雨花石巡展，在珠海、深圳、海口，引起轰动。也是这一年，骆嘉刚正式开始收藏水石。他还清楚地记得收藏的第一枚水石，是一枚“迎客松”，从六合的石贩孙龙手上拿的，100元，正好是当时一个月的工资。从此，他便走上了觅石、藏石之路，一发而不可收。

骆嘉刚最为钟爱的一枚雨花石，是“皖南民居”。谈起这块雨花石，骆嘉刚禁不住喜形于色。他说，那是1999年年底，雨花台区政府和雨花台园陵管理局联合举办首届雨花石艺术节，评出“十佳”雨花石，《皖南民居》位列其中。这是一块粗石，体形略圆，个头特大（10.5x8.6厘米）。最出彩的是画面：黛瓦、粉墙、曲径、回廊，一组皖南民居，依山傍水，错落有致地蜿蜒在碧青的山坡上；浓绿的底色上方，有一块扇形的浅黄，就像初升的朝阳，把阳光投射到皖南的山村上。色彩明快，格调古朴。骆嘉刚看呆了。隔了几个月，他打听到，此石是仪征科委办公室主任刘久伟先生送展的，决定去拜访刘先生。说来也巧，骆嘉刚有一位老战友，在六合东沟工作，认识刘久伟。老战友带骆嘉刚来到刘久伟家看石头。刘久伟很热情，拿出几十枚雨花石，给他们欣赏，其中就有“皖南民居”。骆嘉刚不敢贸然行事，请老战友问刘久伟，“皖南民居”是否可以转让。刘久伟说：“可以考虑。”骆嘉刚一听，有戏，问价。刘久伟开价8000元。经老战友从中协调，最终以4500元成交。这是他当时两个月的工资。

骆嘉刚说，那天携“皖南民居”归家，他彻夜难眠！喜悦之情，难以言表。不仅因为石头本身，更因为他有皖南情结，石头圆了他的皖南梦。他的母亲是皖南人，他对皖南，便怀有一份特殊情感。他与泾县等地有过文化交流合作，对皖南民居情有独钟。当时的建设部部长侯捷曾经说过：“皖南民居是东方建筑的活化石。”他印象特深。能得到石上的“皖南民居”，怎能不满心欢喜？

2005年秋，柳州举办第三届国际赏石节。我当时任南京市赏石协会秘书长，应邀代表南京市携60枚雨花石参展。向石友征石时，有的石友舍不得把好石头拿出来。唯独骆嘉刚大气，把他所有的精品石拿出来，任我们挑。这是一次高规格的国际石展，南京市代表团参展的雨花石，最终获得二金、三银、五铜的好成绩，“皖南民居”便是金奖之一。

“皖南民居”后来又获得一次金奖，名声大噪，成了名石。有石友出高价，希望骆嘉刚转让，都被婉言谢绝了。骆嘉刚说，他们全家都喜欢这块石头，已经开过家庭会议了：这是传世之石，一定要把它作为传家宝，一代一代传下去！

骆嘉刚偶得一块“荆轲刺秦”，也让他喜不自禁。那是2009年的一天，他去姚庄觅石，在一个大盆里，一块色彩艳丽的石头跳入眼帘。当时他也没在意画面，就凭抢眼的色彩，把石头拿下了。回到家里，把石头拿出来给家里人欣赏，夫人和大学刚毕业的儿子，一块儿过来看。看到此石，儿子脱口而出：“爸爸，这是图穷匕首见啊！”骆嘉刚再一细看，可不是吗？画面上，身着红袍的荆轲，手握匕首，奋力刺向秦王。秦王头上的王冠被震飞了，看得出他内心的恐惧和震撼。两个历史人物近距离对峙，形态生动，场面气氛激烈，让人过目不忘。在2005年柳州第三届国际奇石节上，此石获得银奖。

骆嘉刚喜欢石雕，看好雨花石雕件，尤其是蛋白石雕件。2000年，他花2000元买了一块蛋白石，此石形好体大，他很喜欢。2007年，他将此石交给六合的雕刻师蔡春华，雕出“和合双童”。这个雕件成了骆嘉刚的最爱。在2014年的一次拍卖会上，此雕件拍出18万元的高价，骆嘉刚仍不愿意出手。

我曾经听石友讲过，前几年，骆嘉刚不慎卷入一场经济纠纷中，几近倾家荡产。2017年10月3日，我到位于明发国际大酒店的骆嘉刚石馆采访他。未待我开口，他就主动把这起经济纠纷的来龙去脉，详细地告诉了我。原来如此！这场大变故，真的让他倾家荡产。几年来，这种一般人难以承受的巨大压力，始终伴随着他。他顶住了，没有趴下！他宁愿把房子卖了还债（不少债，都是道义上的，而不是法律上的），自己心爱的石头，却一块也舍不得卖！即使在最困难的时候，骆嘉刚对协会的工作和《雨花石》杂志的编辑出版，依然全力以赴，丝毫不受影响。这让我对他心生敬意。

骆嘉刚谈到夫人对他的支持和理解，怀有深深的感激。夫人是教师，知书明理，豁达贤惠。在他的影响下，她也喜欢上了石头。夫妻一块儿赏石，相互探讨，相互启发，其乐融融。大变故突然降临后，夫人没有一句怨言，与他同心协力，共渡难关。骆嘉刚经常会去六合，或是开讲座，或是看展览，或是主持拍卖。夫人知道了，会把身上仅有的钱掏出来，交给他。她知道，爱石人看到好石头，总是手痒的。骆嘉刚讲到动情处，眼睛湿润了。

骆嘉刚说，石头是有灵性的，是可以和人交流的。每天读石，如面对好友，相看两不厌。艰难的日子，恐怕还会持续一段时间。但有了亲人的理解，有了美石的相伴，他坚信，生活依旧充满阳光！

雨花石·皖南民居

要带大家玩

——吕晓红

吕晓红这个人性格反差挺大：他是南京市雨花石协会副会长，六合雨花石收藏家协会会长，却为人低调，不事张扬，甘于寂寞；他外表偏于拘谨，不善言辞，沉稳内敛，收藏雨花石却激情洋溢，充满诗意和浪漫情怀；他眼光独特，收藏有很多极品石，却从不炫耀，仿佛泯然一众人。

他的低调，我是领会过的。第一次采访他，就被他婉言拒绝了："我的藏品一般。六合玩石头好的人多了，你还是写他们吧。"当初决定写金陵石痴，我是立下几条标准的：人品好，故事好，石头好，贡献大。吕晓红是符合这几条标准的。我请他的几位朋友做工作，他才终于同意接受采访。

他的低调，是一贯的，这是他的做人风格。他是会长，《雨花石》杂志却很少上他的石头，很少有他的介绍。我问他为什么，他说，六合雨花石收藏家有 100 多人，上杂志的机会非常少。机会还是让给会员吧。2009 年，六合评选三十大雨花石收藏家，他是主持评选活动的，却把自己摒除在三十大收藏家之外。他说，他不要这些浮名，当会长就要做一些实实在在的事，要带大家玩。

他也确实做了几件实实在在的大事。在他的策划和组织下，2008 年，六合被评为"中国观赏石之乡"。"六合人收藏与欣赏雨花石习俗"，2008 年被批准为南京市非物质文化遗产，2014 年被批准为江苏省非物质文化遗产；2003 年，雨花石邮票和明信片首次推出；2008 年，携手奥运，六合区人民政府首次组团赴京参展，170 枚雨花石珍品惊艳亮相，一举拿下组织奖、展示艺术奖和 3 枚奥运之星奖；获奖之多，在参展众多团队中首屈一指；策划组织“雨花石艺术节”，在雨花石艺术节上，做了5件事：举行大型雨花石展览；开展雨花石拍卖和展销活动；举办雨花石文化论坛；举办中小学生欣赏花石作文比赛；授予有成就的雨花石收藏家“雨花石收藏鉴赏大家”称号。在六合区政府的大力支持下，雨花石产业和雨花石文化，已经成为六合的一张亮丽的金名片，有力助推了六合的飞速发展。

1955年出生的吕晓红，是扬州泰兴人，1966年组建六合专区，吕晓红父亲调任地委组织部长，他就随父亲来到六合读小学、中学，分到化肥厂工作，后来担任六合区科技局副局长，直到退休，成了地道的六合人。

命运让他与雨花石结缘。吕晓红说，读小学时，春游或秋游就去附近的灵岩山、玛瑙涧里，就能捡到雨花石。地委大院去小学的路，是卵石铺就的，上学、放学时，有时就能捡到好石头。同学们有时也结伙去砂矿捡石。捡多了，就用大玻璃瓶装起来，时不时拿出来赏玩。

不过，那时候，他最痴迷的还不是石头，而是邮票。他从小学三年级开始集邮，是一个执着的小邮迷。新中国发行的第一套邮票，他都收有。至今半个多世纪过去了，集邮他一直没丢，还是六合集邮协会副会长。后来，他认识了六合文工团的王家干和六合文化旅游局的王晓钟，开始跟着他们玩雨花石。真正迷上雨花石，是1996年之后，六合成立了雨花石协会，逐渐开辟了雨花石市场。他参加了协会，从此就迷上了石头。

自从迷上雨花石，几乎所有的节假日，吕晓红都要下乡淘石头。走进石农家里，石农会倒上一大盆雨花石，让他挑选。往往一天能跑上几十户人家，上万枚雨花石，要从手上过一遍。下雨天，是去砂矿捡石的好时机。吕晓红会抓紧时机，去一个个砂矿翻拣雨花石。发现一块中意的石头，心中就会一惊一喜。他外出淘石、拣石，很少有空手而归的时候，收获的不仅仅是石头，更有满心的喜悦。吕晓红说，发现带给他无穷的乐趣，有时候会超过石头本身。

这时候，集邮的功底就发挥作用了。长期集邮，让吕晓红对于画面的艺术把握极为敏感，独到的审美眼光让他往往在一瞬之间，就能判断出一块石头的优劣。纯正、洁净、娟秀、明快、空灵、研美、细腻、精到、雄浑、拙朴，这些美的要素，他了然于胸，一旦和石头对上眼，高下立判，一览无遗！

吕晓红说，他收藏雨花石，有两条原则，一是主观性强，强调喜欢，偏好美石；二是讲缘分，遇上自己喜欢的石头，绝不放过。他喜欢质地好的透板石，喜欢有意境的雨花石。喜好，反映了追求，也反映了一个人的精神气质。我看了吕晓红收藏的一些雨花石，印象最深的是，都具有一种温润感。温润，是一种有触摸感的审美，细腻、饱满、润泽、丰厚。温润需要经过时间的打磨，是一种消除了躁动和火气之后的安然、平静的境界。中国流传几千年的玉文化，最大的特质就是温润，所谓“珠圆玉润”“君子比德于玉”。温润同样也是一种哲学，中国人的哲学，朴素中有华贵，安静中有律动，含蓄中有力量，温和中有原则。我也因此理解了现实中的吕晓红，做人的低调，不事张扬；做事的坚韧，那样执着；待人的温和而包容，总是先人后己，要带大家玩。藏品和人品，其实是统一的。

最能体现温润特质的，是吕晓红的蛋白石收藏。蛋白石是雨花石中的一种玉质宝石，石质细腻温润，呈透明或半透明状，淡淡的色彩，单一而柔和。蛋白石一般不会呈现出奇异的花纹和图案，很长一段时间，都不为收藏家看重。吕晓红却对蛋白石情有独钟，在别人不看好时，就开始收藏蛋白石。他收藏的蛋白石，不少送给了朋友，至今手头上仍藏有100多枚。2009年六合举办“茉莉花雨花石艺术节”，吕晓红送了10枚蛋白石参展。中国观赏石协会会长寿嘉华前来参观，被吕晓红的蛋白石惊呆了。离开了又返回来，往返三次观赏蛋白石，恋恋不舍之情溢于言表。如今，蛋白石已经成为雨花石中的顶级珍品，价格一路飙升，已是一石难求。

吕晓红有一枚雨花石，石径5.4x4.7厘米，石面以黑为主，黄红相配，一轮皓月当空，点点繁星相配。他取名为“海上明月共潮生”。《春江花月夜》诗云：“滟滟随波千万里，何处春江无月明?”滟滟，指水波动荡闪烁、连绵不断的样子。这块石头上的黄、红、黑三色线条，缠绵交织，动感强烈，激荡的江水与海上初升的明月，阴阳开合，气韵回旋，波光云影，水月交辉。动中有静，静中有动。画面所形成的开阔境界，给观者以强烈的震撼。

吕晓红藏有一枚“霜叶红于二月花”，被也爱奇石的著名作家贾平凹称为“浪漫得令人心醉的石头”。贾平凹说，霜叶像花一样红，但从未见过红得这般艳！

吕晓红收藏的一枚象形石，也堪称绝品，他命名为“猪八戒照镜子”，淡绿鹅黄的底色上，画面正中，是一个胖胖的猪八戒，头戴黑色僧帽，深红的肚兜外面，罩着一领黑色的直缀。面前斜立着一面巨大的镜子。猪八戒两臂微抬，好像在对镜整装。五官毕现，神态逼真！此石是他从六合龙海市场上淘来的。石主自视甚高，开口要换一套房子，遂无问津者。吕晓红见到后，几经商谈，最终以数千元的价格收下。石主还送给他一枚石头。吕晓红说，这也许就是缘分吧。

一块叫“苏堤春晓”的绿草花，也是吕晓红的最爱。此石 6.8 厘米 x4.1 厘米，椭圆形，下方有一条白色的堤岸，赭色的堤脚；堤上有游人行走，堤外是一泓碧蓝的湖水。湖上的天空，有一抹黄白相间的亮色。一丛浓绿的柳丝，瀑布一般倾泻下来，占据了大半个画面。波光粼粼的水面，纯净清白的天空，摇曳生姿的翠柳，画面精致，层次分明。一个周日，一位南京石商打电话给吕晓红，说得了一块绿草花，让他看看。吕晓红赶到南京，和石头刚一照面，10 秒钟不到，就拍板成交了。此石在江苏省赏石展上，获得金奖；在南京市赏石展上，又获金奖；在 2009 年中石协台湾交流展上，再获金奖。有人开价 50 万，吕晓红舍不得出手。

我认识不少赏石组织的领导，像吕晓红这样，把出头露面的机会让给会员，愿意带大家一块玩儿的会长，还真不多。

雨花石·苏堤春晓

挑剔的眼光

——记倪传明

采访倪传明，是在他的家里。他家在江宁百家湖畔一幢高层住宅楼的顶层。拉开南面的窗帘，百家湖宛如巨大的盆景尽入眼底，一览无遗；北面远眺，一抹小山遥遥在望，烟岚清苍，平林漠漠，气象开阔。我禁不住赞叹："倪总好眼光！湖光山色让你占全了！湖畔的别墅，也不如你这楼顶啊！"

倪传明笑着说："这套房是朋友转让的，我是坐享其成，算是捡了个皮夹子！"原来，他的一位朋友买下此房，装修好后，因故并未入住，就转让给倪传明了。倪传明说："我是做企业、搞投资的。无论是办企业、买房子、玩石头，都会有一个投资理念，眼光比较挑剔。"当天，从上午 9 点半到傍晚 5 点半，整整 8 个小时，我们一边喝茶，一边看石头，一边听他讲故事。一块块出神入化的绿草花、一块块晶莹圆润的手把石、一件件精彩绝伦的蛋白石雕件、一块块原汁原味的雨花宝玉石，让我大饱眼福、大开眼界，真的是目不暇接！也让我真正领略了他那"挑剔的眼光"！

倪传明是一家国企公司的总经理，与石头的缘分起源于一场官司。20 世纪 90 年代末，他的公司因一笔贷款纠纷，与一家银行对簿公堂。没想到，一场官司打下来，他和这家银行行长成了朋友。行长喜欢玩雨花供石，没事就跑到六合乡下去拣石头。一来二去，倪传明也爱上石头。只要有空，几个石友就会带上黄瓜、矿泉水、馒头、猪头肉、老鹅，开车去六合砂矿拣石头。初入石道，惊喜不断。倪传明说，那也是一段快乐的时光！

"我买的第一块供石，还和你有关系哦！"倪传明笑着说。原来，有一次，他在六合的石农朋友端木的家里，发现一块供石，乌黑发亮，20 多厘米高，活脱脱就像断臂维纳斯。他立刻要买。端木告诉他："这块石头，是专为《南京日报》王记者（即本人）留的，我答应过他，好石给他留着。"倪传明那时他还不认识我，问端木："记者给过你钱啦？"答："没有！""那你告诉他有这块石头啦？"答："也没有"。"那你就当没这回事好啦！"就这样，他以 150 元的价格，带走了这位"东方维纳斯"。

倪传明把我带到楼上（跃层），从架子上拿下"维纳斯"来给我看。果然是一块好石头！倪传明说："物归原主！这块石头就送给你玩吧！"我一口谢绝："那不行！这块石头是你买的第一块供石，和你缘分更深！还是让它留在你这里更合适！"倪传明听听有理，就不再坚持了。

倪传明买石头，目光犀利、出手快捷，绝不拖泥带水。他拿出一块"桃花源"给我看，说："这是我第一块超过 2000 元买的石头。是从清凉山市场的石商大邱手上拿的。当时也算高价了。我拿给大邱的弟弟二邱看，二邱大吃一惊：'这种石头多难得啊，怎么能卖呢！'这块石头，本来先我已有两位资深玩家看中，还想等等降价，没想到被我拿来了。两位资深玩家后悔莫及！千载难逢的石头，眼睛一眨，就没机会了。怎么能轻易放过去呢？"清凉山市场的石贩，都知道倪传明出手大方，有好石头，也会给他留着。"九寨五花雨""乡恋""空山新雨后""西天取经"等名石，都是他从清凉山淘来的。

不过，倪传明也坦言，他最好的石头，还是在六合石农手上拿的。"真正的好石头，很难到市场。"他拿出"御花园""秦皇岛外打鱼船""神仙岛""通灵宝玉""中国神话故事""金菊花"……一枚一枚品鉴，都是从石农手上得的。其中一块"张家界风情"，是倪传明花 4 万元从六合一位傅姓石农手上拿的。石农也识货，捏着这块极品石，死活不肯卖。倪传明带上与这位石农相熟的朋友，一趟又一趟地跑。倪夫人何立平，也看上了这块极品石，跟着先生，背着一包现钞，到石农家做工作。何立平在卫生部门工作，说来也巧，这位石农的岳父，治疗遇到问题，何立平很快帮他解决了。最终，石农被他们的诚意感动，便把这块"张家界风情"让给了他。

有一块石头，"金陵春梦"，倪传明忘不掉。2013 年的一天，倪传明在外地出差，在网上看到马文斌老师挂出一块石头，就是"金陵春梦"，把他看呆了，立马打电话给马老。马老说："这不是我的石头，是朱连捷的。"朱连捷也是倪传明的好朋友，他立马打电话给朱连捷："你托马老师挂上网的那块石头，我要了。你出个价吧。马上把它撤下来。"倪传明如愿得到"金陵春梦"。

到此，故事才开始。就在"金陵春梦"刚刚挂上网时，石迷J就一眼相中了。正准备联系购买，石照突然撤下，把他急坏了。一打听，原来自己看中的石头已经"名花有主"，大为懊恼！J是个有身份的人，知道倪传明，但不熟悉。他请马文斌老师及倪传明的一位朋友引见，隆重登门拜访，想看看"金陵春梦"。倪传明已心中有数，把"金陵春梦"拿出来给他看。J翻来覆去，左看右看，舍不得丢手，有点失魂落魄的样子。回去就请朋友带话，希望倪传明能把"金陵春梦"转让给他，价钱随便出。倪传明笑笑，婉拒了。

得不到"金陵春梦"，J寝食难安。他找到倪传明的几位好朋友，几次三番，上门游说。其中一位也是颇有身份的朋友，甚至拿出自己珍爱的一块好石头，要赠送给倪传明。倪传明知道他的用意，谢绝了。即便如此，J的"攻势"有增无减。倪传明最后也被J的执着感动了，忍痛割爱，慨然把"金陵春梦"转让给J。J大喜过望，感激不尽。他为"金陵春梦"吟诗作赋，并友好地把"金陵春梦"做成大照片，放在镜框里，送给倪传明留作纪念。目前这块石头仍是南京的一块名石。

倪传明是雨花石手把件玩法的引领者。传统玩法，雨花石离不开水。他发现，雨花石中，有一类丝纹石，鸭蛋大小，置于手中，刚好一握，很适合拿在手中把玩。把玩手把件，既可健身，所玩之石也渐有包浆，格外温润可爱。这种玩法，很快在石迷中流行开来，手把件的价格，也与日俱增。他把几十块的手把件摊在桌上，果然别具风采。我也喜欢玩雨花供石，看到这些手把件，感觉格外亲切可爱。

雨花石中，有一种蛋白石，石质细腻如玉，色彩温柔内敛，一般没有丝纹，也不见图景，又不是很透。长期以来，蛋白石都被玩家所忽视，石农、石贩也不看好。倪传明拿出一块鸡蛋大小的蛋白石，说是若干年前，他花2000元买石农的一块"绿草花"时，石农顺带送给他的。前些年，有人拿蛋白石和另一种石质细腻的松香玛瑙做雕件，市场上也能看到这些雕件。我所见到的雨花石雕件，大多雕工粗放，殊无美感。我觉得，做雕件，把好石头糟蹋了，不应提倡。可是，我看了倪传明拿出来的雕件，一下就把我原来的观念推翻了！这些雕件，石质细腻温润，比和田玉毫不逊色，柔柔的五彩如梦如幻，让人沉醉。苏州玉雕大师的雕工，让人物栩栩如生，使我看得目瞪口呆！

倪传明说，和田玉，几千年来一直是中国人心目中的宝贝，近来爆红的南红玛瑙和黄龙玉，也被炒得沸沸扬扬，价格扶摇直上！其实，雨花石中有一些宝石，例如蛋白石、红玛瑙、玉髓、类田黄、类鸡血甚至比绿松、碧玉等更好的石头，其石质完全能与和田玉、南红玛瑙相媲美，更是远远超过黄龙玉等。可惜，由于无知和偏见，以及过多囿于对于雨花石石头属性的局限，使我们对身边的宝贝视而不见，成了灯下黑。“我想用更多的雨花石雕件，来打破人们传统的偏见来展示雨花石大家园中不一样的艺术奇葩！我们要不断挖掘精彩的故事，研究雨花石的质地构造和色泽、硬度、折光率等物理化学指标，加大宣传雨花石的宝玉石属性。”

倪传明行事低调，他的宝贝“藏在深闺人未识”，只要见过的人，没有不惊叹的。书画家尹石，也是资深雨花石收藏家，看过倪传明的部分藏石后，大为惊叹，对倪传明说：“你的绿草花，在南京无人可比，堪称一绝！你的雨花石原石玉料，质量之高，堪称一绝！你的雨花石雕件，更是一绝！我来给你写个斋名，就称‘三绝石屋’吧！”倪传明笑笑说：“三绝不敢当！我还是叫我的‘留石居’。我希望能把这些美石，留下来，传下去，让更多的人，能够感受和欣赏石头的美！”

宫墙苑柳

千里莺啼绿映红，
水村山郭酒旗风。
南朝四百八十寺，
多少楼台烟雨中。
江南春 杜牧

雨花石·留石居藏石 3厘米×2.6厘米

乔姐的“足球”

——记乔秀兰

雨花石·足球

乔姐大名乔秀兰，是南京雨花石协会的副秘书长。在南京雨花石界，石友们大多不称她的官名，也不叫她的大名，而称她为“乔大姐”“乔姐”。仅这一称呼，即可看出乔秀兰在石界的品性和影响。

我认识乔秀兰，也有10多年了。她给我印象最深的，是“摄影人”和“足球”石。省、市赏石协会开会、办活动，或在石展现场，都会看到她高高大大、风风火火的身影，端着照相机在拍照，拍场面、拍人物、拍特写。她收藏的那枚“足球”石，给我留下极深印象。在雨花供石里，这样象形逼真、活灵活现的“足球”，堪称绝品！这仅仅是印象。真正对乔秀兰有所了解，是2017年9月27日，在河西大世界茶城，丁凤龙的“石头铺子”里，面对面采访她之后。那天下着大雨，乔秀兰娓娓诉说她的人生经历和藏石之路，几次哽咽落泪。一个有血有肉、有情有义、有追求有故事的乔秀兰，清晰地展现出来。

乔秀兰生于1949年，父母都是工人。1965年，乔秀兰考入南京地质学校地质勘探专业。1970年分配到南京白云石矿。1985年，乔秀兰调到江苏省机械进出口公司。1996年，省外贸组建江苏舜天国际集团，乔秀兰调到舜天集团当工会副主席，直到退休。

乔秀兰说，调到“舜天”当工会副主席，是她人生的一个转折点。她是工作狂，此前，既没有业余时间，也没有机会与石结缘。调到“舜天”后，工作相对单一轻松，机缘也出现了。她说，是两条“金鱼”，把她引上了玩石之路。那是1996年春天的一个傍晚，乔秀兰下班回家，途经夫子庙瞻园一个收藏品小店的门口，地上摆放着数十个小碗的雨花石，两枚雨花石吸引了她的目光：这不是两条栩栩如生的金鱼吗？一条是橘红色的金鱼头，一条是灰色的金鱼，真是绝了！乔秀兰心动了，怯怯地问价，老板报出一枚 150 元的价格，乔秀兰吓了一跳，赶紧离开了小店。谁知，这两条“金鱼”，却已经游到她心里去了，总是浮现在她的脑子里，夜里醒来还惦记着它们。乔秀兰想，自己年近 50 了，一辈子也没有什么嗜好，这两枚雨花石这样诱人，还是买回来吧。于是，带上钱，兴冲冲赶到小店。谁知，灰色的金鱼已经被人买走了。乔秀兰好后悔呀，赶紧掏钱，把橘红色的“金鱼头”买了下来。后来在收藏家的建议下改名为“太阳公公”。这是她收藏的第一枚雨花石，至今还当宝贝，时不时还拿出来玩赏。

从此，乔秀兰迷上了雨花石，走上了一条艰辛而又快乐的觅石、藏石之路。有空就去雨花石市场转悠，认识的石友也越来越多。一到节假日，她就会跟着石友，去六合、仪征的月塘、横梁、姚庄等石乡淘石。那时候，交通不便，下乡觅石，是要吃不少苦的。有一次，他和丁凤龙、杨天鹏一块去姚庄、青山淘石，一户户石农家跑下来，包里早已是沉甸甸的了。待傍晚赶到汽车站，最后一趟班车也开走了。三人只好抄近路，背着沉沉的一大包石头往回赶。丁、杨两位几次要帮她背，都被她谢绝了。她不想成为别人的包袱，咬紧牙关，坚持再坚持！路遇一处铁丝网，她实在爬不过去了。丁凤龙和杨天鹏找当地一户农家借张凳子，这边一个扶着，那边一个接着，好不容易才翻过铁丝网，在路边拦了一辆车，很晚才赶回南京。

在乔秀兰的上千枚藏石中，有一块“足球”石，成了她的品牌，是她的最爱。这块足球石得来不易，乔秀兰回想起来，依旧很感慨。江苏足球队那段时间是舜天国际集团冠名的，乔秀兰分管舜天足球俱乐部球迷会工作，自己也成了球迷。2001 年夏季的一天，石友许先生向她提供重要“情报”：六合有家雨花石经营户，手中有一枚“足球”石。乔秀兰一听，大喜过望：如果能收得这枚足球石，作为舜天的球迷，岂不是太有意义了吗？她赶紧拜托许先生，无论如何要帮他购回这枚奇石。然而，几天后，许先生去六合购石，却空手而归：无论他怎么劝说，对方坚决不愿出售。

两个月后，又有石友告诉乔秀兰，那枚“足球”石，已经被仪征雨花石经营户王立兵收购了。不少藏家找过王立兵，都被他开出天价，拒之门外了。乔秀兰心想，看来购到足球石，是不可能了。如果能看上一眼，也是好的啊！于是，她利用双休日，约上几位石友，找到王立兵家，想看一看“足球”石。王立兵不愿意拿出来让他们看。一行人只好怏怏而归。

乔秀兰说，没想到一场意外摔伤，却让她喜得“足球”石，圆了“足球梦”。2001 年 9 月 27 日，江苏舜天足球队与长春亚泰足球队比赛，她率领舜天球迷去现场加油助威，不慎脚受了伤。回到南京后，赶紧到医院治疗。可她还是放不下那块“足球”石。国庆假期，她约了几位石友，再去仪征找王立兵。王立兵看到乔秀兰一瘸一拐的来到他家，又听石友介绍了她受伤的原因以及她对这块“足球”石的一片痴心。在刘云海、杨天鹏等石友的帮助下，王立兵感动了。他取出“足球”石，让大家欣赏，又以一个非常吉利的数目，将“足球”石转让给乔秀兰。

“足球”石规格 8.0 厘米 X8.2 厘米，呈球状，是粗细石夹玛瑙的雨花供石，色泽和纹路，活脱脱就是一枚真实的足球，放在地上就能踢！舜天国际集团球迷会会员得知乔秀兰经历周折，终于喜得“足球”石，都为她感到高兴。外甥张卫国花了整整一夜时间为“足球”石拍摄照片。后来，乔秀兰去意大利，在比萨斜塔旁拍下了一片绿草坪，请摄影师刘汉作将草坪作为“足球”的背景图，这样呈现出一个绿茵场上的“足球”。后来，乔秀兰又冲印了很多“足球”石的照片，赠送给球迷和石友，让大家分享喜悦。让乔秀兰更为兴奋的是，3 天后，中国国家足球队首次出线，冲进世界杯决赛！球迷们奔走相告，举国狂欢！乔秀兰和球迷会的代表，应邀参加全国 16 家电视台联合制作的现场直播庆祝活动。在江苏电视台演播大厅内，这枚神奇的“足球”石，就放在主持人何涛面前。何涛满怀激情地向全国观众介绍这枚雨花奇石的有趣故事，又展示了百岁老人、著名书法家袁晓园书写的“圆梦”两个大字，给全国观众留下了深刻印象。

16 年后，乔秀兰谈起这段往事，还是忍不住潸然泪下！2005 年，“足球”石参加“中国南京雨花石艺术节”展，荣获一等奖。“足球”石的故事，登上了《扬子晚报》《现代快报》《南京日报》《金陵晚报》以及《雨花石》杂志等 20 多家媒体，成了名石。

乔秀兰还有两枚奇石，也与足球相关。一枚是“大力神杯”雨花石，紫红的底色，衬映着一座金黄色的大力神杯图案。杯的边缘，天然形成的虚化，就像大力神杯在闪闪发光。一枚取名为“角逐”的雨花石，画面上，两位足球队员在奔跑，一攻一防，动感十足。身后有一道横杠，就像球门。此石得来也有趣。有一次，乔秀兰和石友杨先生到六合姚庄淘石。杨先生抓起这枚雨花石，左看右看，不像文字“玖”，就扔下了。乔秀兰顺手捡起一看，这不是足球场上的情景吗？大喜，收下。乔秀兰笑着说，也许是与足球缘分深，与足球有关的美石，自己就找上门来了。

乔秀兰拿出一张石照，给我看她的“红玫瑰”。这是一枚规格为 4.7 厘米 X3.4 厘米的蛋白石，画面干净，晶莹剔透，正中立着一朵红艳艳的玫瑰花。花瓣浅浅重重，红得如火，花蕊淡黄，仿佛散发着迷人的芳香。她还清楚地记得，那是 2000 年 10 月 7 日，国庆长假最后一天。她从爱涛艺术馆出来，途经夫子庙时，听一位石友说，某店老板黎书豪手中有一枚好石头，是一朵红花。她禁不住立刻想去看。可下午要加班，得先回家吃饭。到家后，却是百爪挠心一般，想着这朵花。饭也顾不上吃了，赶到店里去。老板小心翼翼地把石头放进碗里时，她顿时就看呆了！店老板说，此石已“名花有主”了。她哪里肯放弃？好在她在圈子里的人缘不错，经不住再三恳求，店主终于松口。她一路小跑，回家取钱，再一阵风跑回店里，一手交钱，一手取石，把这朵“红玫瑰”带回家了。

第二年春天，“红玫瑰”受邀参加“花之韵”雨花石精品展，大放光彩。很多观者想要购买。其中一位从北方来南京旅游的青年，出万元高价想购此石，送给女友，被乔秀兰婉言谢绝了。在南京第三届雨花石艺术节“世纪之光”大型雨花石精品展上，“红玫瑰”获“最佳花卉奖”。这朵怒放在石中、永不凋谢的红玫瑰，已深深印在雨花石迷的记忆中。

2007 年，乔秀兰不幸被查出乳腺癌。她说，打击来得太突然，她仿佛一下跌入万丈深渊。关键时刻，是丈夫、女儿女婿、儿子和妹妹给了她巨大的关爱和支持！是单位领导、同事、朋友以及雨花石协会的领导和众多石友，给了她温暖和力量！是身边五彩斑斓的神奇雨花石，给了她温馨和安慰！经过 6 次化疗，经历了种种痛苦，乔秀兰战胜病魔，神奇地康复了。

康复之后，乔秀兰又活跃在收藏之路上。为了提高摄影技术，她专门到老年大学上了两年课。一有活动，她便是专职摄影师，用心拍摄每张照片，留下了活动精彩的瞬间，留下了石友们的风采，为《雨花石》杂志和雨花石申遗，留下了宝贵的资料。她依旧四处觅石，把老伴和儿子也带上了赏石之路。如今，她已收藏几千枚雨花石，其中不乏精品和名石。

乔秀兰说：“藏石、赏石 21 年，这些成绩，其实都不算什么。雨花石给我带来的最大收获，是对生活和生命有了感悟，对友情和亲情懂得感恩。这是拥有再多再好的石头，也无法相比的啊！”

台商邱先生

——记邱信明

邱先生大名邱信明，在金陵石界，名气不小，人缘特好。石友们都称他为“邱先生”，大名反而没几人记得了。

邱先生1953年出生于台湾屏中，因太太是高雄人，就随太太到高雄安家落户了。1989年，邱先生被公司派驻南京，任南京分公司经理。这一来，在南京就待了近30年。人生最宝贵的30年，就在这饱含六朝烟水气的古都度过。他常常笑称：“我就是地道的南京人啦！”

我和邱先生认识10多年了，不过没有深交。每星期去清凉山奇石市场，基本上都能见到邱先生的身影，不是在地摊上觅石，就是在石友开的石铺里喝茶聊天。约过几次到他家赏石，却都没有成行。直到这次采访他，才去他家，一睹他的宝贝真容。

邱先生的家在新街口附近的一个小区里。两室一厅，好像没怎么装修，出乎我意料的简陋。橱架上全是石头，桌子上堆满石头，地上也是石头，床底下大箱小盒，装的也是石头。这些石头，都没有整理过，显得很凌乱。看得出来，这个“快乐的单身汉”，在生活上是要求不高的，置身于石头的世界中，仿佛就心满意足了。

邱先生给我介绍了几块自己很喜欢的石头。一块绿松石，乒乓球大小，通体青绿，表面沟纹纵横，犹如人的大脑。邱先生命名为“绿色思维”。这样润泽光滑而又完整的绿松石，是我所仅见的，的确让人爱不释手。邱先生说，此石是十几年前，他在朝天宫一地摊上得到的。此前一年多，他就在夫子庙古玩市场，见到这块绿松石，一看也就喜欢上了。因为石主开价过高，他略一犹豫，没有拿下。回家还是心心念念，想着这块石头。忽然想起：这不就是绿色的大脑——绿色思维吗？过几天，他又返回夫子庙，找到石主。石主说："已经给人买走啦！"邱先生失之交臂，为此懊恼了很久。不料，一年多后，他在朝天宫附近一个地摊上，又见到了这块绿松石。一问，果然是从夫子庙那家石馆拿的。邱先生二话不说，就把这块"绿色思维"带回家了。失而复得，还真是与此石有缘。

一只"黑天鹅"，也没配座，就这么光秃秃地蹲伏在书架上，曲项向天，蓄势待飞。此石通体墨黑，乌得发亮。邱先生说，这是韩国产的面条石，是石友张忠到韩国济州岛参加赏石活动时，买回来的。韩国石友回访南京，张忠就把"黑天鹅"拿出来展示，邱先生一见就走不动了，要张忠让给他玩。张忠也是非常喜欢这只"黑天鹅"。但是，看到邱先生这么喜欢，也就忍痛割爱了。张忠说，好几位石友都看中了"黑天鹅"，提出转让，都被他拒绝了。但对邱先生，他无法拒绝。邱先生的好朋友，著名的制砚大师葛志文也看上了"黑天鹅"，对邱先生说："哪天你要回台湾了，这只'黑天鹅'留下来，给我玩好吧？"

一块幽兰石，巴掌大小，邱先生命名为"希腊神殿"。几根柱子，一座拱门，像极了希腊神殿遗址。磅礴的气势中，透出一种悲凉的气氛。幽兰石产于广西，通体墨黑，造型奇特，山形尤佳。但，像这种高度逼真建筑遗址的幽兰石，的确给人一种震撼感。邱先生说，这块幽兰石是石友王建平送给他的。那一年，王建平赴柳州，从一位朋友手中买回 10 多块幽兰石，也送了一块给我。邱先生那天恰好去王建平家看石头。王建平说："你挑一块拿去吧。"邱先生一眼就看中了"希腊神殿"。"在我的心中，这块最好！"捧得宝贝归来，邱先生高兴了很久，对王建平的慷慨大度，心存感激。

邱先生收藏的两块"秦砖""汉瓦"，也有故事。"汉瓦"是一块南京栖霞山出的钟乳石，粉红色，圆筒状，一端有圆饼状的，像极了一块汉代的瓦当。此石是邱先生的好朋友葛志文送给他的。葛志文在栖霞山一石农家，发现两块钟乳石，"汉瓦"即其中之一。葛很喜欢，提出要买。石农却死活不肯卖。葛怏怏而归，却忘不掉这两块石头。说来也巧，葛的一位朋友认识这位石农，关系非同一般。这位朋友就跑到石农家，把两块钟乳石给拿来，送给葛志文了。邱先生有一次到葛志文家玩，看到这钟乳石，很喜欢。葛志文说："你喜欢，都拿去吧！"邱先生说："那不行！你也喜欢，你也留一块玩玩吧。"就这样，"汉瓦"就成了邱先生的宝贝了。

有一次，邱先生在南艺后街觅石，坐在石友许文明的石铺里闲聊。许文明的一位石友恰好买了块石头，过来喝茶，同时让许看看他买的这块大化石。这块大化石,恰似一块砖头，石皮青绿，包浆浓厚。邱先生眼前一亮：这不是一块“秦砖”吗？和“汉瓦”是绝配啊！邱先生不认识这位朋友，但，又实在不愿意错过这个机会，就问：“这块石头能让我玩玩吗？价格都好说，可以双倍给你！”这位朋友拒绝了，说自己也喜欢这块古砖。说完，他把“秦砖”放下，又去逛市场了。许文明看出了邱先生的心思，说：“不急，我再去找他做做工作。”果然，许文明不久就回来，兴冲冲地对邱先生说：“讲好啦，‘秦砖’你就原价拿走吧！”邱先生谈起此事，对石友的理解和支持，至今念念不忘！

人缘好，石缘才会好！邱先生对此深信不疑。他说，他的很多好石头，都是石友们赠送或转让给他的。邱先生买石头，从来不还价。他也交了很多石商、石贩朋友，他们有好石头，也会给他留着。2017 年“五一”期间，南京水木秦淮举办奇石展销会，邱先生从新疆石商陈氏兄弟处，购得几块奇石。一枚“古钱币”，几可乱真。一头“骆驼”，活灵活现。一块托铂石，极为罕见。邱先生为表示感谢，请陈氏兄弟吃饭。陈氏兄弟也盛情邀请邱先生去哈密赏石。

2015 年，邱先生出版了自己的藏石画册——《天藏机锋——雨花石》。他在自序中说：“缘于工作，处古都金陵 20 余载。早年慕名于秦淮河畔的夫子庙，偶然结识了绚烂斑斓的六合石子，从此闲暇之余无意地走进一个小小石子的大千世界，踏上一程既崭新又陌生的爱好之旅。……于南京期间，受益于多方石友，逐渐对美丽幻色、如诗如画的雨花石，开始有些许的了解，又承蒙同好及商贾长期之照顾，慢慢积累了一些自赏自宜的小石。近年来在石友的鼓励中，萌生了出本画册之构想，同时也想在借石玩赏之余，于熙熙攘攘的生活中，将 20 余年的古都日子，化作一个印记，留在心中！”

这画册是在台湾出版的，无意之中，又促成一段两岸文化交流的佳话。有一天，邱先生的妹妹从台湾打来电话，嘱他带些好石头回台湾，她的一个朋友很喜欢。妹妹的朋友叫魏瑛慧，是台湾光喆策展艺术有限公司的老板，也是台湾著名的策展人。魏瑛慧到邱先生的妹妹家去玩，看到了雨花石，大吃一惊：居然有这么美丽的石子！邱先生妹妹说：“这是我哥哥给我的啦，不算最好的。最好的还在南京哦。”邱先生休假时，就带上光盘和几枚雨花石返回台湾，给魏瑛慧看看。魏瑛慧瑛慧看了之后，感觉太不可思议了！邱先生说，自己正准备出书。魏一听来了兴趣，说：“你如果相信我，我可以在台湾给你出一本很好的画册！”邱先生了解了魏瑛慧的背景和公司的实力，放心地把出画册的事委托给她做。

2015 年画册出版了。图像的清晰、印刷的精良，自不必说；美编的设计也别出心裁。大幅留白，精彩处放大，极尽变化，而又显得大气端庄。最让邱先生满意的，是每块石头都配有一首短短的新诗。写诗者，是台湾成功大学文学博士李友煌。李友煌当过记者，做过助理教授，出版过《水上十行纸》《蓝染——海岛身世》等诗集，是台湾多项文学奖的获得者。李友煌曾赴南京旅游，初窥雨花石风采，惊羡赞叹！魏瑛慧请他为雨花石题诗，他一口答应，精心构思，果然出手不凡！有几颗石头的题诗，我印象深刻。螺纹石“上帝的指纹”，题的是：“雨花石美得/上帝想捡回去/不小心留下指纹”；绿草花“锦绣”题的是：“那些繁花似锦的岁月啊/绣上心头便不再褪色。”“鹦鹉螺化石”题的是：“你蜗居的地方/还可以听到遥远的波涛吗/古老的海洋记忆全封印在这/小小的耳朵中了。”

台湾画家陈正治，看到邱先生送他的画册《天藏机锋——雨花石》，兴奋地对邱先生说：“我正愁找不到艺术上的突破口，雨花石丰富的色彩对我启发太大啦！今后你要是搞雨花石展，我创作一批画，与石联展！”

谈起石头，邱先生很感慨：“20 多年来，远离故土，远离亲人，多亏了这些石子，与我做伴，给我温暖，给我快乐！有石的日子，生活就多了一份海阔天空般的自在！”

雨花石·紫金钻

大师亦痴石

——记芮新华

芮新华是中国盆景艺术大师，中国盆景艺术家协会常务副会长。1999年，他被中国盆景艺术家协会授予“跨世纪中国杰出盆景艺术家”称号。芮新华也是南京职工盆景协会的创会者，自1987年至今，他一直担任南京职工盆景协会会长，创造了一个奇迹！毫无疑问，他是现代金陵盆景的领军人物，在中国盆景界大名鼎鼎。这位中国盆景大师，其实也是一位金陵石痴，是南京最早的一批玩石者之一。然而，知道这点的人却并不多。

芮新华的家在城南文安里小区，靠节制闸不远。一座大铁门后面，是一个数百平方米的大院子。芮新华把这里称为“金陵半亩园”，他是园主。到他家去采访，真是一种享受。院内几丛修竹，秀出三四米，随风摇曳。一株葡萄，攀墙而上，硕果累累。40多盆大型树栽盆景，错落有致地摆放在院内，访客沿着曲曲弯弯的小道，可以细细观赏品味。这些盆景有真柏、黑松、罗汉松、马尾松、五针松，还有白絮、赤松、黄杨、刺柏，虬干灵动，翠枝层生，每一盆都充满生气和灵气，仿佛一幅幅动人的画卷，引人遐想。沿墙而放的是几座大型水石盆景，但见奇峰突起、重峦叠嶂中，绿树丛丛，石山下水波荡漾，虽是微缩山水，却能致人千里之思！二楼的大平台上，摆的也全是盆景。金陵半亩园，不愧是盆景大师的盆景园啊！

跨入屋内，又是一番景象。这里是奇石的世界，四间房子，柜架上放的、地上摆的，全是大大小小的各类奇石，让喜欢石头的我，目不暇接，大开眼界！

1953年出生的芮新华，是老三届里最小一届的学生，也赶上了“文化大革命”和“上山下乡”。插队10年，1979年，芮新华才上调回城，分配到南京针织内衣厂当工人。20世纪80年代初，在解放思想的大潮下，社会生活渐渐松动，变得丰富多彩起来。人们开始种花养草，盆景、赏石也流行起来。芮新华是个不安分的人，打小就喜欢花花草草，业余时间就玩上了盆景。自己做些水石盆景，拿到夫子庙去卖。他说，那时做水石盆景，要找各式各类的山形石，同时就喜欢上了奇石。

芮新华说，在南京，他玩红太湖石是最早的。他指着一块状如猛狮回首、身上布满孔洞的红太湖石说，这是80年代初的作品，只留下这一块了。此石高约40厘米，长约60厘米，暗红的色泽显得古朴，灵动的身姿透出一股神韵，果然是块好石头！他说，他是南京石迷中到灵璧购石的第一人！那是1983年年初，他借辆车，开到灵璧渔沟觅石。那时农村很穷，村民开始偷偷摸摸挖灵璧石卖，家家都有些原石（那时还不兴造假）。他买了几块灵璧石，最满意的是一条乌黑的“腾龙”。他带我看配好底座的“腾龙”，果然看到一条两尺多长的墨龙，昂首奋爪做腾飞状。以手轻叩，发出铮铮声，是块难得的磬石。这条“龙”，当时花了1200元，可谓天价了。“腾龙”在南京一次石展中获金奖，有人提出以10万元的价格收藏，被芮新华婉拒了。

芮新华说，对他玩盆景，收藏、制作、销售，都有兴趣；玩石头，却是只收不卖。他玩石头有两条原则，一是不论石种，只买自己喜欢的，看中的石头，再贵也舍得买。架子上有一块巴掌大小的栖霞石，状如奔马回首，马头、马耳、马鼻、马嘴，马头上还挂着一根缰绳，比例适中，历历如画。20年前，芮新华在夫子庙的市场里看到这匹马，就走不动了，毫不犹豫掏出2000元，高价买了回来。看到就是缘分，贵些就贵些吧。芮新华有过教训。那是10多年前，他在广州一个石头市场，看中一块雪花石的“老鹰”。这只“老鹰”蹲在一棵老杜鹃树根座上，两翅张开，头勾着，似在觅食，形神俱肖。店主开价8000元。芮新华嫌贵，出价4000元，店主不肯让。加上飞机快到点了，只好匆匆离开。坐上飞机，他就后悔了。这么好的“老鹰”，失之交臂，太可惜了。半年后，再去广州，芮新华又去那石头市场，想看看“老鹰”还在不在。结果，市场已拆迁了！看来真的和“老鹰”无缘了。谁知，在另一处石头市场，又见到了拆迁搬过来的店老板，“老鹰”居然还在！芮新华如见故友，欣喜万分，赶紧把“老鹰”带回了南京。

二是石头要有内容。没内容，没玩头。芮新华强调的内容，就是石头要有主题，要有意境。他有一组作品“战争与和平”，最先得到的是一只展翅欲飞的“和平鸽”，活灵活现，是块栖霞石，只花了 10 块钱。寻觅很久，有一天，终于在市场上发现一顶“钢盔”，是一块灰黑色的水冲石，极为逼真，开价 300 元。芮新华果断拿下。接着，又寻得一支“步枪”，灵璧石。三石搭配起来，“战争与和平”的主题就突显出来了。他有一对组石“陈氏父子”，先是得一卵石，是个大鼻子人像，一看，像陈佩斯，心里就留意了。果然功夫不负有心人，在市场上又觅得一块卵石，大小相当，鼻子也大，秃头广额，活脱脱就是陈佩斯老子，表演艺术家陈强！芮新华说，肖形的孤石已经很神奇，再找到与之配对的石头，真是太难了！

芮新华偏爱传统主题的石头，有几块石头，给我留下了深刻印象。一块黄太湖“济公活佛”，头上歪戴僧帽，手上捧着酒葫芦，弓着背，哈着腰，好像在笑嘻嘻地唱“鞋儿破，帽儿破……”一块灵璧石，近一人高，像一条巨龙盘在柱上，取名“龙柱”，石皮光滑润泽，乌黑发亮。一块白蛐蟮石（灵璧石之一种），1 米多长，状如一只大海龟在伸头探海。这两块灵璧石，是十几年前花重金，在徐州市场上觅得的，芮新华很是珍爱。一块栖霞石“大象吉祥”，长约 80 厘米，高约 50 厘米，厚约 40 厘米，是一头从容的大象，在缓步向前，大大的象耳低垂，长长的象鼻前伸。这是我所见过的象形石中，最为神形兼具的一块石头。芮新华说，此石得之偶然。15 年前，他去栖霞山找配座的姜广军，准备为自己的几块石头配座，恰遇姜广军拖了 5 块栖霞石回来。几块石头刚刚出土，灰头土脸，没个看相。芮新华说：“我缺块大的栖霞石，能让一块给我玩玩吗?”姜广军很胎气（南京方言，很大方），说：“600 元一块，你自己挑吧。”芮新华一眼看中了这块" 大象 ",掏了 1000 元给姜广军，接着又给了 3000 元，让姜广军给这石头清洗配座。这头吉祥的“大象”，就在金陵半亩园安家落户了。

有一次，《中国盆景赏石》杂志的主编采访芮新华，问他对哪类盆景最情有独钟。芮新华说，他对盆景类别没有偏好，只要有个性的盆景他都喜欢，不论山水盆景还是树桩盆景。个性就是不随波逐流，不屈从大众审美，而是另辟蹊径，独树一帜。对奇石，他也是取这种观点。他喜欢有个性的、独特的奇石。他收藏有一块菊花石，画面上呈陈现出来的却不是

“菊花”，而是一丛竹子，竹叶纷披，姿态万方。他说，这太难得了。所以，一见之下，当即拿下。他有一块白灵璧，高约 40 厘米，宽约 20 厘米，一株古梅桩，粗壮奇崛，树皮斑驳，几枝红梅，旁逸斜出，一幅古意盎然的红梅图，呼之欲出。白灵璧上有这样的图画，极其罕见。芮新华对此石也是珍爱有加。

芮新华说，在他心目中，事业是第二位的，玩才是第一位的。无论玩盆景还是玩石头，他追求的，都是创作的快乐、发现的快乐、欣赏的快乐。盆景和奇石，他玩了 30 多年，最大的获益，是年轻时暴躁的性格改掉了，身心得到健康成长，活得自在、悠然、随性、洒脱。另一个大收获，是玩盆景、玩奇石，让他结识了很多朋友。这些盆友、石友，遍及全国各地。他说，半个月不出去会朋友，心里就憋得慌。家里更是高朋满座，我在金陵半亩园采访，短短半天，就来了四拨共十几位朋友，找他谈事、聊天，有 80 多岁老盆友，也有二十出头的小盆友，还有通过朋友找他帮忙的规划乡村景点的公司老板。芮新华说，退休了，有盆景、奇石朝夕相伴，有远朋近友时常往来，这样的生活，不要太幸福哦！

灵璧石·红梅　40 厘米×20 厘米

专注抽象美

——记石泉

石泉是中国观赏石协会科学与艺术顾问、江苏省观赏石协会副秘书长、首批中国观赏石鉴评师、江苏省地标《雨花石鉴评规范》的主要编制者,在金陵石界乃至全国石界，颇有名气。石泉本名叫卢开刚，是一位资深警官，但在石界，石友们只知石泉，本名几乎无人知道。

我是少数几个认识石泉就知道他本名的人。那是 2004 年，江苏省地矿局和南京日报社发起，筹备成立江苏省观赏石协会，我和石泉都是发起人，也是筹备组工作人员，具体负责协会章程的起草、协调各方关系、跑民政部门办理登记手续。他是警官，我是记者，都是忙人，所有筹备工作，都是挤出时间来跑、来完成的。经过大半年的努力，江苏省观赏石协会成立了，我和他也成了好朋友。石泉做事认真踏实，任劳任怨，给我留下了深刻印象。

出生于苏北泰州水乡的石泉，在水文化的氤氲中长大，养成了温和的个性。自幼受舅舅的影响，喜欢文学艺术的他，有着一颗敏感的心灵。1984 年，石泉考入南京一所公安院校，来到了古都石头城。学校就在雨花台附近，闲暇时，他去那里的山间小路散步，常常能看到色彩斑斓的雨花石，就拣几颗回去把玩。一次偶然的机会，他读到著名作家海笑的小说《红红的雨花石》，海笑笔下的雨花石，不仅精美绝伦，而且是被无数革命先烈的鲜血染红的，寓有一种别样的崇高的含义。这让年轻的石泉，对雨花石产生了一种特别的感觉，一下就喜欢上了。

20 世纪 80 年代，正是雨花石热在南京兴起之时。一批最早的爱石者，成立了南京雨花石协会，在南京的公园里、闹市区，举办一系列的雨花石珍品展。池澄、刘水等人还为雨花石著书立说，媒体上也常见雨花石展的消息。张亚夫、姚大奎等人，则携雨花石漂洋过海，到美国办展。南京的雨花石文化如火如荼、方兴未艾。在这样的氛围中，石泉逐渐领略到南京雨花石的无限韵味。他开始踏上寻石、觅石之路。每逢休息日，他就会独自一人，或者约上三五好友，背上一个背包，拎上一壶水，带两个馒头烧饼，乘公共汽车来到六合，再转乘中巴到乡下，再步行，翻山越岭、走村串户，去找石头。

那时候，六合、仪征一带的砂矿很多，不少农民从中发现了商机，拣石、卖石，成了石农。石泉几乎走遍了六合所有砂矿，认识了很多石农朋友。他待人诚恳，出手大方，石农手上有好石头，也愿意给他留着。那时候，石价也便宜，十几块、几十块，就能买到一颗很不错的雨花石。石泉谈起这一段觅石经历时，感慨地说："幸亏结缘早！虽然吃了不少苦，却也落了不少好石头。真是幸运啊！"

雨花石还给石泉带来了一段甜蜜的爱情，成就了一段美满的姻缘。石泉谈恋爱时，发现女友也喜欢雨花石，这让他喜出望外！在女友过生日时，他精心挑拣出一枚雨花石，作为生日礼物，送给女友。这枚雨花石外形如一颗心脏，石质细腻润滑，白底上，浓墨勾出一间房屋，屋边是淡墨勾出的层层叠叠的波纹，波纹荡漾开去。屋顶上，有一颗鲜红的心形，又像一团火苗，在跳动。乍一看，好像一支正在燃烧的蜡烛。女友在生日之夜，捧着这枚雨花石，心里乐开了花。

石泉说，玩石、赏石，重在读石。一块石头，能不能读懂它、读透它，把它最本质的内涵读出来，取决于读石者的眼光和修养。石泉收藏了一块粗石，他命名为"八大花鸟"。因为是块粗石，石农捡来时，也没当个好东西，50 元就卖给了一个石贩。石贩看出石头上有只小鸟，以为捡个漏，满心欢喜。看看又觉得小鸟不够清晰，就以 200 元卖给一位雨花石爱好者。爱好者拿回去研究，觉得石头开裂处（有玛瑙充填），可以看作树枝，正好小鸟在枝头，不禁暗自得意，捡漏了！他以"喜鹊登枝"出售，被一位资深收藏者以 2000 元购得。这位资深收藏者认为，这不是"喜鹊登枝"，更像齐白石的写意梅枝，梅枝应是欣赏重点，取名齐白石的"高枝图"，待价而沽。当石泉走进这位收藏者的石斋时，一见此石，顿觉眼前一亮，被镇住了！这块雨花石虽然品形不够规则，但块头大，长宽近9厘米，属于大品。粗碧玉夹带玛瑙脉，坚硬细密，皮色包浆润滑，色调呈米黄和灰白两套色，淡墨团块晕染而成的写意小鸟，置于石面顶部，神采生动；裂隙处填置的玛瑙脉，犹如一株老梅，粗干细枝，小枝上还有一只小鸟，与枝顶的小鸟遥相呼应。这不是一幅八大山人朱耷笔下的花鸟图吗？从命名看，收藏者显然没有读出八大山人的意趣来。石泉不动声色，几番商谈，将此石收入囊中，喜笑颜开地离去。现在，这块“八大花鸟”已成石泉的镇馆之石，再也舍不得卖了。

石泉还收有一枚心爱的雨花石，命名为“血染的风采”，又名为“抽象的艺术”。这块石头是他从六合一位藏家手中淘来的，藏家取名为“小红旗”。这块石头是玛瑙质，体形端正，饱满圆润，皮色金黄带包浆，中间嵌入3块几何形包块，鲜红透亮，耀人眼目。这三块红几何形包块，呈矩形、三角形和长方形，错落有致，嵌为一体。画面干净，没有干扰，结构严谨、简约，让人感觉到一种张力，是一幅典型的抽象画。石泉以600元购得，他说，现在给他20万，他也舍不得卖了。

我能够体会石泉的心情。这块“血染的风采”，最能体现出石泉倾力研究、倾心发扬的雨花石抽象美的精髓。长期以来，金陵雨花石界，在欣赏雨花石时，往往专注于它的具象美。一块雨花石，如果画面呈现出来的图像，肖形逼真，如人物，如动物，如山川，如植物，如文字，如器物，则奉之为珍品。反之，如无肖形者，则往往不被赏石者看中。这种偏于具象的审美观，自有其道理，符合人们一般的审美取向。但是，过于专注于具象，人们想象的空间就会受到局限，就难以发现雨花石本身所具有的抽象之美。

雨花石界的这种审美偏颇，引起了好学的石泉的深思。他熟知雨花石观赏史，从苏东坡到米万钟，从张伦远到王猩酋，古人和前人眼中的雨花石，最引起他们关注的，是晶莹的质地，是五彩的斑斓，是灵动的纹理。这不正是雨花石的抽象美最有说服力的证据吗？

石泉说，他并不是雨花石抽象美的发现者和最早的研究者。早在1989年，江苏古籍出版社和香港嘉宾出版社共同出版的大型画册《雨花石精品集》一书，编者就将不属于山水、动物、花鸟、人物等类雨花石，归到抽象和奇巧类。1994年，北京燕山出版社出版的由刘水撰写的《雨花石鉴赏》一书，就专论了雨花石的抽象美。这是他最早见到的资料。他认为，刘水是雨花石抽象美的最早研究者。1995 年，南京出版社出版了池澄先生写的《雨花石谱》一书，书中也认为“抽象雨花石，妙不可言”。1996 年，东南大学出版社出版了贝芝泉先生的《雨花石珍品赏析》，书中专门谈到抽象雨花石，认为和具象石同等重要，抽象石充满律动，妙在天然。遗憾的是，这几位先行者对雨花石的抽象美，浅尝辄止，未做深入的探究。

有鉴于此，石泉决定，把雨花石的抽象美作为自己研究雨花石审美的主要方向。他找来东方和西方的美学经典，认真研读，努力领会美的本质属性、艺术欣赏的审美过程以及艺术美的要素。经过几年的研读，终于厚积薄发，于 2003 年写出一篇论文《论雨花石的抽象美》，发表在《东南文化》杂志上。此论文一出，在国内外赏石界引起很大反响，被国际盆栽赏石协会会刊等各类专业杂志网站转载。中国观赏石协会成立大会，特邀他作为江苏代表参会。全国设计艺术论坛邀请他出席，第七届全国美学大会、第 18 届世界美学大会，邀请他前往演讲。他把赏石提升到艺术鉴赏和美学的高度来认识，这是对赏石界的一种贡献。

《论雨花石的抽象美》，除了对研究现状的关照、抽象美概念的论述、表现形式的判断，我以为最有价值的部分，是对抽象美内涵的概括：情感、节奏、章法、境界。“人禀七情，应物斯感”，情感是建立在感知和联想的基础上的。只有联想才能唤起心灵深处的记忆，引发情感的波浪，获得美妙的感受。王朝闻先生在《石道因缘》中说：“石在人外，人居石中。相击相和，创造对方。”说的就是要带着感情读石，引发联想，才能相互感知，创造对方。换言之，一个情感冷漠、学养不深的人，是无法欣赏抽象美的。

我在报社当记者，长期跑政法口，深知警察这个职业的繁忙和不易。作为资深警官的石泉，怎么会在和职业不搭界的赏石美学界，取得开创性的研究成果呢？石泉笑着说，除了从小就喜欢文学艺术，和警察这个职业也是有关系的。1987 年，他从公安院校毕业，分配到宁海路派出所当片警，江苏省国画院和南京艺术学院正好在辖区内。因为工作的关系，他和省画院的亚明、董欣宾以及南艺的毛焰、张友宪等人，交上了朋友。通过他们，又和南京博物院的许莘龙、郑奇等文博专家交上了朋友。与这些专家艺术家交往，打开了他生活中的另一番天地，天长日久，耳濡目染，受益匪浅。

石泉说：“继承和创新雨花石审美文化，是我们这一代南京人义不容辞的责任。如果有越来越多的人，能够以喜悦、欢愉之情，领略和感悟雨花石之美，那么，雨花石也必将走向全国，走向世界！”

雨花石·抽象艺术 3.0 厘米×3.4 厘米

甘做铺路石

——记史凤琴

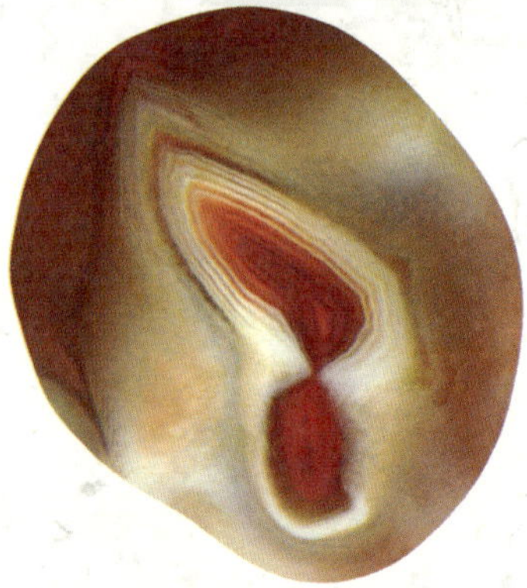

雨花石·烛影摇红

认识史凤琴，是在2004年。那一年，南京市赏石协会决定办一张会刊《石头城》，我任主编。我请好友丁凤龙帮忙找几位编辑，每人负责一个版面（一共4个版面），其中就有史凤琴。协会没钱，付给他们的编辑费，少得可怜，实际上，他们就是义工。即便如此，编辑们却都兢兢业业，每期都高质量地完成任务。我和他们，也因此成了好朋友。

后来才知道，史凤琴当过南京雨花石博物馆馆长，新馆的设计和改造，也是出自她的手笔，不禁对她刮目相看。南京雨花石博物馆，始建于1989年，1990年正式对外开放，是我国第一座奇石文化博物馆。1996年，史凤琴任雨花台旅游广告公司经理，承接了南京雨花石博物馆陈列改造项目。为了编制方案，她多次拜访南京师范大学的李立文教授以及南京雨花石收藏、鉴赏的前辈刘水、池澄、贝芝泉等，虚心求教学习，精心组织设计施工。新馆共800平方米，分5个展厅，重点介绍雨花石的来源和成因、历史与文化、审美特征与馆藏珍品，集中展示雨花石的收藏与研究成果。1997年9月，改造后的新馆正式对外开放，受到社会各界的一致好评。

项目做成后，社会上好评如潮。局领导看中了史凤琴的能干，调她到新建成的南京雨花石博物馆当馆长。史凤琴说，新官上任，其实心里是忐忑的。雨花石博物馆不仅要有公益展出，还要有经营指标，有创收压力。好在她做过经营，有这方面的资源和经验。但是，既然是中国第一家奇石文化博物馆，主业绝不能丢。史凤琴着重抓好三件事。

第一，精心组织，办好展览。博物馆是窗口，也是平台，办展是职责所在。组织办展，是件费神费力的事。史凤琴至今还记得，1999年南京首届雨花石艺术节，南京雨花石博物馆是主会场、主展区。征集展石时，遇到了麻烦：南京市雨花石协会会长张国义提出，要给送展的雨花石做保险。保费怎么定？没有标准。这笔费用怎么出？也无先例。史凤琴请张国义到博物馆来现场查看，几经交流，最终得到张国义的大力支持，问题顺利解决。南京首届雨花石艺术节，获得很大成功，雨花石博物馆也由此名声大振。

第二，争取经费，扩充馆藏。史凤琴深知，作为雨花石博物馆，除了要有丰富的资料，馆藏雨花石的数量和品位，也相当重要。要去寻觅、购买、收藏雨花石，就得有钱。此前，馆里没有专用经费。史凤琴利用一切机会，多次找雨花台风景区管理局的领导申请。这位领导有一次开玩笑说：“你就会从我口袋里掏钱！”史凤琴笑着说：“这叫左口袋出，右口袋进。馆里买来雨花石，只会增值。局里不亏啊！”史凤琴的执着，终于有了回报：管理局召开职工代表大会，决定每年拨 5 万元经费，专门用于购买雨花石，充实馆藏。

有了钱，还得会买。史凤琴的办法是，请资深雨花石收藏家掌眼、把关。她给我讲了一个“红樱桃”的故事。那是 1998 年秋天，博物馆邀请著名雨花石收藏家贝芝泉先生，一同去六合石乡考察雨花石资源及交易现状，同时也找机会征集一些雨花石。一行人随贝芝泉先生走村串户，去碰一碰淘石的运气。当他们来到徐营村一户人家时，主人从屋里拿出一块雨花石，让贝芝泉先生看。贝先生看过后问价，主人说：“要是别人拿，至少 500 元，你拿，300 元。都是老熟人了。”贝先生随手将石头递给史凤琴：“石头还可以，价格也可以，你们再看看。”史凤琴看此石，形如心状，绿影婆娑，果红枝绿，质润如酥，白云缠绕其间。的确是一块好石头。她与同事郭春生商量过后，便把这石头收下了。这枚石头被命名为“红樱桃”，成为博物馆很不错的藏石。在他们的帮助下，史凤琴为博物馆收藏了 100 多枚雨花石，其中不乏精品石。

第三，热情接待，扩大影响。雨花石是南京一张名片，雨花石博物馆就是一个窗口，常常引来媒体和外界的关注。接受采访，接待参观，就成了馆长的工作。史凤琴说，这是政治任务，事关重大，一点儿也不敢懈怠。节假日，甚至晚上，任务来了，就得全力以赴。国务院外办的人来做过节目，那是要发给驻外使馆的宣传资料；央视、省、市电视台来采访，那是要面对千万观众做宣传的。辛苦归辛苦，可她知道，这是宣传雨花石、弘扬雨花石文化的契机。抓住机会，扩大影响，不正是她的初衷吗？

2005 年，55 岁的史凤琴正式退休了。说来令人难以置信：那么喜欢雨花石，有这么多机会接触雨花石的史凤琴，此前，自己竟然没有收藏过一块雨花石！她说，在职时，一门心思全在工作上，发现好石头，首先想到的就是充实馆藏，从没想过自己收藏。退休了，可以放开手脚，来收藏自己心爱的雨花石了。史凤琴信心满满。她说，虽然错过了很多机会，石价涨了，但是，这些年的学习和历练，眼光和鉴赏能力都提高了。史凤琴笑称："起步虽然迟，至少可以少交学费，少走弯路。可谓失之东隅、收之桑榆。"她至今记得，退休后，她在雨花台下的雨花石市场买的第一枚雨花石"陕北老汉"：一个裹着羊肚毛巾的老汉，坐在黄土高坡上，不远处，有羊群在吃草。虽是粗石，人物形象却栩栩如生。第一次拥有自己的石头，史凤琴带回家，放在水碗里，翻来覆去，仔细欣赏，喜不自禁。

从此，史凤琴尝到了雨花石收藏的另一种乐趣。雨花台北门对面的雨花石市场，是她经常路过的地方。骑车回家路过时，她总要下车挨摊挨户看看，有入眼的，再从水中捞出来细观。得知哪位刚从六合采货回来，马上就跑去看看，一大袋石头倒在地上，挨个挑选。不少好石头，就是这样收来的。她也喜欢跟石友去六合、仪征乡下觅石、淘石。有一次，在石农家的大盆里淘到一枚小石子，放在桌上，几位石友凑过来欣赏。丁凤龙一眼看出石头上有一支红烛，在风中摇曳。杨天鹏脱口而出："这是烛影摇红啊！"史凤琴连声夸奖："借词牌以会意，恰如其状。这个名字起得好！"这块石头，就成了史凤琴的宝贝，她也以此石作为自己的微信图标。著名诗人丁芒为"烛影摇红" 配诗云："中秋玉宵，人间喜气高。何妨蜡渐尽，泪长抛，我也要捧出蕊儿熊熊地耗，把那红艳一朵向人摇！（南曲《黄钟·赏宫花》）"史凤琴很喜欢这块石，也很喜欢这首诗。她说，石和诗给予她自励自勉的力量，人生暮年，亦可有光有热尽风华。

史凤琴说，收藏是一个不断发现的过程。有一天，她弟弟带她去一户人家看石头，看过来看过去，没什么入眼的。再倒一袋在地上，一枚红红的小石子就蹦到眼前，她一看就怔住了：石头上，一行行红色斑纹排列有序，犹如文字一般。史凤琴喜而携归，命名为"朱批"。过几天，翻来覆去再看，感觉"朱批"不够准确，更名为"天书"。"天书"在十三中展出时，同学们无不啧啧称奇。她还藏有一块“雨打芭蕉”石，想借古人诗句以增色，就是集不到合适的，于是就暂时搁置了。后上网百度，李清照的一首词：“窗前谁种芭蕉树，阴满中庭。阴满中庭，叶叶心心，舒卷有馀清。伤心枕上三更雨，点滴霖霪。点滴霖霪，愁损北人，不惯起来听。”感觉很有意境，如果石上有人物，就贴切了。因未有发现，又放下了。过了几日，再把此石拿出来仔细看，芭蕉树旁居然立着一位古代女子！真正是“千呼万唤始出来”。史凤琴哑然失笑，不断自责：那天左看右看，怎么就没发现呢？她以李清照的词，配这枚“雨打芭蕉”，石友见之，称为绝配！

退休后，史凤琴的雨花石博物馆情结丝毫未减。雨花石博物馆办展，还会找她帮忙，设计、布展，她总是全力以赴。

2006 年 8 月 12 日至 9 月 6 日，史凤琴牵头，发起“向南京雨花石博物馆捐赠雨花石活动”，她自己带头捐出“松云图”“花港观鱼”“凤自东方来”3 枚精品雨花石。南京雨花石收藏界的大腕池澄、刘水、马文斌、程宝堂、高向耘、骆嘉刚、乔秀兰、姚大奎、贾美孙、王建平、周德麟、柏贵宝、曹炳南、杨文宁等 19 人，捐出 34 枚自己心爱的美石。这一盛举，在当时的雨花石界，传为美谈。

2008 年，《雨花石》杂志创刊，史凤琴任副主编，分管编辑部工作。她说，一直到现在，她的主要精力，就扑到这本杂志上。《雨花石》的宗旨很明确：把当代雨花石名石留住；把当代的雨花石名人留住；把当代的赏石审美经验留住；把当代以石为师的哲人，以石会友的情愫留住。史凤琴说，只有这样，才能把弘扬雨花石文化，切切实实落到实处。自己即便付出再多，也是心甘情愿的。

40 年前，史凤琴曾与著名书法家萧娴的儿子是同事。萧老曾给她提过两个字：莲叶。史凤琴说，当她看到这两个字时，内心无比震撼。出淤泥而不染，做绿叶而不妖。冥冥之中，萧老仿佛读出了她的性格，引导着她的追求。史凤琴把萧老的墨宝裱好珍藏。现在又拿出来，标以“莲叶无陈香”，作为自己第二个微信图标。

28 年前，史凤琴在《南京日报》上发表了一篇文章——《甘做铺路雨花石》，获得优秀征文奖。她说，无论是“红烛”还是“莲叶”，追求的都是奉献。她的追求，就像“红烛”“莲叶”一样，做一块石文化铺路石。

孙克的追求

孙克从 2012 年开始玩雨花石，到现在短短 6 年时间，投入几百万元，收藏有品位的雨花石 1 万多枚！这样的效率，这样的速度，这样的追求，让我对他刮目相看。

孙克是雨花女王邵萍向我推荐的。她说："有一位年轻人，玩雨花石的投入和执着，让我们这些石界前辈也深为感动和钦佩。我在他身上，看到了观赏石界的未来和希望。你一定要写写他！" 2018 年 5 月初的一天，我在王邵萍家里采访了孙克。

1977 年出生的孙克，刚过不惑之年，个子稍高，身材偏瘦，皮肤稍黑，戴副眼镜，文质彬彬，质朴中显出精干。他说，自己是扬州人，在南京读的大学，毕业以后选择自主创业，做过广告，干过外贸，比较顺利就收获了人生的"第一桶金"。孙克说，他对美石有一种天然的情结，先是爱上翡翠，时间不长又迷上了和田玉。去新疆、去台湾、去苏州，只要有和田玉的消息，就会追过去探看、寻觅。在和田玉上，他也投入了约几百万元。但是，和田玉的水还是很深的，山料、籽料、烧皮、假皮，投入很大的精力和资金，依然探不到底。自己不在和田当地，怎么也玩不到最好的，而且彼时和田玉市场价格已经达到高峰，以自己当时的实力，是玩不出什么名堂来的。孙克毅然决定：断掉玉瘾！

2012 年，雨花石代替和田玉，进入了孙克的视野。他说，上学期间和工作以后，常常往返南京、扬州之间，看到六合 328 国道边有不少雨花石厂，一直很好奇。断掉玉瘾后，雨花石自然而然就成了替代品，因为是当地的，因为不可再生，因为美丽动人，更因为没有真假之说。大多数雨花活石都是玛瑙质地，是不是真品，有没有打磨抛光，从表面的风化纹和内在纹路上，一眼就能看出来。与和田玉相比，雨花石玩起来更放心，也更舒心。

孙克玩雨花石 6 年，经历过“三级跳”的转变。一开始是到砂矿拣，到砂矿买，到处打听哪里有砂矿，因为一手，因为便宜，玩得也是一头劲。但，毕竟精力有限，到砂矿去拣石、买石，得到好石头的概率太低。孙克开始把目光转向石农，尤其是大的石贩，在姚庄、在月塘，找到那些小有名气的石贩，他们手上果然有不少好石头，虽然价格贵了一些，但质量有保证，得到好石头的概率大大提高了。孙克如鱼得水，收得很猛。他手头的大部分石头，都是从石农、石贩手上收来的。每周的雨花石市场，他当然也不会放过。就这样，走得多，看得多，买得也多，孙克对雨花石，对雨花石市场，认识一天比一天深入，痴迷也一天比一天加深。

但是，从 2015 年开始，六合、仪征的砂矿陆续关闭，雨花石资源开始枯竭，石农、石贩手上的好石头不多了。市场上也难得一见好石头。正在兴头上的孙克突然发现，藏家市场很大啊！他把目光转向藏家。20 世纪 80 年代开始，南京兴起雨花石收藏热。几十年来，办会办展，出书出刊，带动了市场的兴起，发现了数千名石，涌现出数百藏家。这些藏家，入道早，得天时地利之便，手中有不少好石头。随着年龄的增大，或者情况的变化，有些藏家希望自己手中的宝贝能流动起来。但他们爱石一辈子，每颗石头，就像自己的子女，即便出让，也希望把自己的爱石交到懂他们、喜欢它们的人手里。孙克就成了他们最好的转让人选。从 2016 年开始，孙克交上了很多雨花石藏家朋友，承他们惠让，让他的雨花石收藏完成了质的飞跃。孙克说，如果说自己的收藏品位还说得过去，那是因为，他是在这些藏家朋友的肩膀上起飞的啊！对这些藏家朋友，他心存感激！

孙克说，这些藏家朋友中，对他影响最大的是张婉瑜老师。张老师因为身体不好，选择接触美丽的雨花石，不料渐迷渐痴，身体居然就康复了，同时还收获了大量美石。孙克在张老师家看石、赏石，整整 3 天！这么多好石头，让他目不暇接，大开眼界，叹为观止！也让他的雨花石收藏，从量到质，发生了巨变。孙克说，人的一生中，能遇上贵人，是最大的福气！张婉瑜老师就是他藏石、赏石路上，遇到的一位贵人。还有乔秀兰老师。

孙克说："乔老师爱美石，爱雨花石拼盘，手中的几块名石，享誉石界。我们总是亲切地称她为'乔大姐'。乔大姐是我的老乡，也是我加入雨花石协会的引路人。和乔姐在一起，你总能感受到她对晚辈的关爱。我至今还记得乔姐送我的那个自己编的灯笼结。"

孙克说，藏家朋友大多是石界前辈，不仅石头好，人品也好，和他们交往，能学到很多东西，感悟到很多道理。在与他们的交往中，他感到有一种精神，那是爱石为志的感动。感谢他们的引导，让他在玩石路上有了方向。同时，作为后生晚辈，看到渐渐老去的前辈，看看石界的现状，他也产生了沉甸甸的责任感。不少前辈年逾古稀，依然在发挥余热，作为年轻一代的赏石人、爱石者，难道不应该更加努力，为弘扬赏石文化出力吗？

谈得兴起，孙克打开手机，给我看他的宝贝石头。一块名为"取经西回"。这是一块粗石，画面层次分明：唐僧骑着龙头龟（应该叫鼋吧，龙的一种），取经归来，返回东土，下面是通天河水，水上有山，山外是辽阔的天空，犹如一幅古画，栩栩如生，意境悠远。果然是块好石头。孙克说，这块石头是从乡下石农手上买的。那天，石农拿出两块石头，都是粗石，一块是黑白石，上面有个人物；另一块就是这块"取经西回"。他看到这块石头，立马就心怦怦跳起来，浑身的血都在往上涌。他抑制住激动，先问几块自己不喜欢的石头，石农报价几万。他说："太贵太贵。"然后才漫不经心地转问这块石头，石农报价几千。他不禁心中窃喜，又问："能不能便宜一些？"结果价没还成。孙克赶紧付钱，取石。回来的路上，他几乎是目不离石，那种喜悦的心情，至今历历在目。2018 年春，孙克携此石赴太原参加石展，获得金奖！

一块取名为"燕子呢喃"，这是一块活石，整体通透，犹如一幅中国写意画：流水潺潺，落花如雨，微风阵阵，柳枝飘摇，一只燕子轻盈地掠过。灵动的画面，让我想起杜甫的一句诗："细雨鱼儿出，微风燕子斜。"我对孙克说，此石最好改名"微风燕子斜"，才能体现出这画面如诗的意境。"燕子呢喃"，显得过于静态了。孙克说，这块石头，是著名玩石人、台商邱信明收藏的，他刚玩雨花石时，就知道了。真正见到这块石头，则是在 2018 年年初，乍一照面，他就决心要拿下。最终以 6 位数，承邱先生惠让。拿到这颗石头，孙克和邱先生去德基广场吃饭，孙克问邱信明："邱先生，你怎么会舍得把这颗石头让给我？"邱先生回答："它在我身边已经很多年了，已经带给我很多快乐。我们每个人都只是照看它。我们都是它的过客。”孙克说，邱先生的那份豁达，让他深为感动。

说起雨花石，孙克滔滔不绝。他说，每一颗雨花石，都是经历千百万年磨炼，千里迢迢奔波，与水结缘，打磨冲刷，一路坎坷而来，最终落脚于南京这块文化积淀深厚的历史名城。其实它们何尝不是一颗颗舍利子，晶莹剔透，五彩斑斓！作为玩石人，最大的遗憾是，这么美的石头，为什么没有走出南京，至今还只是观赏石界的一个小品种？他是曾经痴迷过和田玉的，与和田玉相比，雨花玛瑙质、形毫不逊色，色、纹更胜一筹，其画面的意境和韵味，更是和田玉不能相提并论的。和田玉名满天下，经久不衰，自有它历史和文化的因素，后来在赏石界声名鹊起的水冲石（大化石、彩陶石、三江卵石、大湾石、摩尔石等）、戈壁石，其影响和价值直追甚至超过和田玉，其间又有何经验可资借鉴呢？孙克说，在藏石、赏石之余，这是经常缠绕在他心头的一个问题。因为懂它，才会如此不甘心。这是他以前玩和田玉时，从来不会有的情结。他说：“于我而言，我继承了一部分美石，也同时承接了一份责任。”

辛弃疾说：“我看青山多妩媚，料青山看我应如是。”王朝闻说：“人在石中，石在人外。相击相和，创造对方。”赏石能达到这种境界，已属不易。孙克在此之外，还有一份追求，他意识到自己有一份责任在，这格外难得。

雨花女王邵萍说得对：“我在孙克身上，看到了观赏石界的希望和未来！”

雨花石·再渡通天河

诗人的眼光

——记孙友田

同样一块石头，在不同的人眼里，呈现出来的东西是不一样的。诗人富于想象，富于激情，本身就给人一种神秘感。诗人爱石，该是一种怎样的眼光呢？我一直很好奇。当我在寻找金陵石痴的采访对象时，王建平向我推荐诗人孙友田，一下就激起我强烈的期待。

孙友田是矿工出身的著名诗人，我是知道的，20世纪70年代，他就在诗坛冒尖了。他不仅是国家一级作家，也是全国劳动模范，享受国务院特殊津贴。他的电视诗《煤海欢歌》，获得中央电视台“星光奖”，他的《抒情诗选》获得第二届全国煤矿文学作品“乌金奖”和第五届“金陵文学奖”，他的诗歌《去打开大自然绿色的课本》、散文《月光启蒙》，被选入江苏省小学语文课本。我在《雨花石》杂志上，经常能看到他为石头配的诗和小文。对他，我是久仰大名，却缘悭一面。没想到，他也爱石如命，赏石入痴！能找到一个诗人石友，真让我心生欢喜！

王建平安排，在莫愁湖畔的“清园春·雪”茶社，我和孙友田见了面。孙友田皮肤黝黑，短发斑白，个子不高，长得敦敦实实，乍一看，像个北方老农民，很难和诗人联系起来。脸上挂着憨憨的笑容，看起来精神，笑起来爽朗，讲话中气十足，一点也不像80多岁的人。没有客套寒暄，我们一见如故。孙友田一落座，他就从布袋里掏出一块卵石，递给我看。

这是一块比鸡蛋略小的扁扁的卵石，黑色背景上有块白色斑纹，恰似一个人的头像，鼻子大而尖，鼻尖略略上翘，眼窝略陷而圆突，头戴方格巾。我眼前一亮：“这不是阿拉法特吗？”孙友田微微一笑，说：“正是阿拉法特！”他说，这块卵石就是在路边捡的。那是2004年11月，他到江苏省作协查资料，回家时，在作协门口等3路公交车，等了好一会，车还不来，等累了，就蹲下来，不经意间，就看到脚下的这块小卵石有点异样。喜欢收藏石头的他随手捡起来，擦去表面的泥土，这一看，不得了，黑白相间中，“阿拉法特”赫然在石头上！他急忙找水清洗，公交车到站也不上了。待清洗过后，“阿拉法特”就安详地坐在那里，无拘无束地和他对话了。那一年，离阿拉法特去世不久。孙友田心生感慨，写了篇短文《石头上的阿拉法特》，发表在《扬子晚报》上。他在文中说：“阿拉法特的音容笑貌，永远留在这块石头上，也永远留在世界人民的心中！”

孙友田说，他是退休之后，有了闲情逸致，才迷上石头的。他也说不清，为什么年龄大了，忽然就对奇石、美石情有独钟，把晚年生活的大部分，都交付给了觅石、藏石、赏石、写石。他对晶莹剔透、意蕴万千的雨花石尤为钟爱。夫子庙、清凉山、雨花台都辟有奇石市场，每逢双休日，这三个地方就特别热闹。一有闲暇，他就去淘石，热天一瓶水，雨天一把伞，穿梭于五光十色之间，靠知性，靠眼力和缘分，去发现蕴含意境和奥妙的石头。每有所得，如获至宝，回家品鉴，写文写诗，乐此不疲。

孙友田觅石、藏石，不以石头本身的价值为追求，更看中发现的乐趣。他收藏的石头，大多是自己去产地拣来，或是从“统货”里淘来的，超过上千元的石头，他是不买的。有一次在清凉山，大盆里盛着的“统货”10元5粒。他蹲在盆边扒拉，挑到第五粒时，奇迹出现了：这块通体透明的石英石，露出两只黑黑的眼睛和一张黑嘴巴，竟然是一只憨态可掬的熊猫！他把“熊猫”拿给摊主看，摊主看呆了，提出要用100元买回去。孙友田笑笑，摇摇头：“熊猫看到我来才露相，是和我有缘啊！” 真可谓“众里寻他千百度，蓦然回首，那人却在灯火阑珊处。”

有一次，孙友田应六合诗友之邀，赴六合觅石。在山坡下休息时，无意间，他一脚踢翻了一枚鹅卵石，一只猛兽的形象竟然呈现出来。这只猛兽做卧状，大鼻子，小眼睛，嘴微张，露出一排牙齿。此兽体形流畅，好像随时准备出击。憨态中透出精明，休闲中不忘警惕。孙友田满心欢喜，携归，置于书架上，伴读伴写，作为看家守宅的吉祥物。

一次，孙友田跟朋友去安徽金寨县白马大峡谷游玩。别人只顾观景，他却只顾觅石。皇天不负有心人，他果然发现了一块大别山石头：一片深灰色的石面上，浮雕般突出一个白色的戴着军帽的侧面头像，表情深沉凝重，眼睛注视前方。同去的朋友争相传看，拍手叫好。金寨县是红军的故乡、将军的摇篮，从这里走出来59位将军。一位画家接过石头，看得仔细，说："你们看，这位红军战士，头上戴的帽子分明是八角形的呢！"

孙友田掏出一块卵石给我看，说这是从夫子庙的地摊上淘到的。这是一块黑白相间的卵石，一只白天鹅昂首问天，振翅欲飞，黑白分明，画面干净，形象生动，意蕴无穷。他说，当时淘到这只"白天鹅"，真是欣喜若狂，感觉一条街的雨花石都黯然失色了！回家的路上，一首诗的开头就酝酿出来了："猎枪射杀了它的美梦，罗网破灭了它的家庭，一只黑夜里的白天鹅，昂首发出凄厉的哀声。"它的丈夫和儿女都被偷猎者捕杀，"它要飞走了，湖面上再也看不到它那翩翩舞姿、款款倩影。只留下几滴哀伤的眼泪，滴在不平静的天鹅湖上，为人类敲响苦涩的警钟！"

孙友田说，关心国家命运，同情百姓疾苦，自古以来的诗人，心中都装着这两点信念。他作为诗人，在觅石、赏石中，也总是把诗人的想象、诗人的深情、诗人的眼光、投注到石头的意境之中，从中读出丰富的内涵来。许多石友都喜欢山明水秀的风景石，喜欢艳丽和晶莹。石摊上，一块表面布满白色沙尘的松香石无人问津。沙尘中有一棵树，虽黄叶落尽，仍傲然屹立。这块石头因其苍凉而被冷落。孙友田看到了，立即买下。他说，这是一块诗石，那棵树，是诗的纪念碑。他凝视着、思考着，高原大漠的风是怎样卷走了它最后一片黄叶。它伸出枯枝，不是乞求怜悯，而是在书写无声的抗争。"它的故乡在秀丽的江南，同来的春枝绿叶——你的兄弟姐妹，为了改变气候，都被气候恶劣地绞杀，只有你活了过来，活成一缕高原的春光。"在夜深人静时，他面对这块石头，怀着满腔激情，写下了一棵高原大树的赞歌，"仰望西部，怀念着天边的兄弟，因为你站立着，坚韧地抗争着，高原显得更高……"

孙友田讲得高兴，嘿嘿地笑着，从布袋里又掏出两枚卵石给我看。两枚都是粗石，不是晶莹剔透的玛瑙。一枚深灰底色上有一块黄色斑纹。摊主对他说："这是高跟鞋。"他一看，也有点像。换个角度再看，却是一位少女在仰头观望。他为之取名为"盼望"。他说，这分明是一位山村少女在苦苦期盼，公路什么时候能修到家门口，山沟里什么时候能建起美丽的校园，什么时候才能去山外，看外面精彩的世界。经他这样一看，石头的内涵和意境，全升华了。

听孙友田读石，常常为他的意外之思而感到吃惊。他给我看一块螺化石，说，这块石头，让他想起年轻时的矿工生涯。煤矿里也是能发现化石的。他把这块螺化石命名为“生命之外的美丽”。海螺活着时，自己背着房子，绝不麻烦人家，在大海里自由自在地漫游。死了，变为美丽的化石，依然让人欣赏到它美丽的外壳！失去生命，还在贡献自己！这样的美丽，让有生命的人，怎能不为之感叹，为之浮想联翩呢？

孙友田在雨花台下，得到一块晶莹剔透的雨花石，大自然的妙手竟然在那上面，端端正正地写下一个金色的“回”字。其实，有“回”字的雨花纹石，并不特别罕见，只是这块纹石上的“回”字特别规整，纹理特别精致，确有独到之处。孙友田为之写了一篇散文诗《金色的“回”字》，一个“回”字，勾起游子多少乡愁，“举头望明月，低头思故乡”“少小离家老大回，乡音无改鬓毛衰”“即从巴峡穿巫峡，便下襄阳向洛阳”“近乡情更怯，不敢问来人”，有余光中的乡愁，有费翔的《故乡的云》，有香港回归和澳门回归，有台湾老兵40多年期盼的目光……石头上的一个“回”字，演绎出世间多少悲欢离合，充满了多少亲情和友爱！

孙友田有一块雨花石，画面上是一片鲜红的枫叶。他为此写了一篇短文《红叶如诗》，照抄如下：

一片红叶落在雨花石上。

看到它，就想起全家人坐在电视机前，共同欣赏以红叶为题的诗歌朗诵会。

红叶如诗。

在一阵掌声中，走出一位老演员，他声情并茂地朗诵爱情诗《红叶》：

“秋风漂白了我们的双鬓，染红了丛林。一片片欢笑的红叶，恰似我们逝去的青春——我的爱人。”

小儿子在一旁插话：“爱人过时了，叫太太——我的太太。”

全家笑。

老演员继续朗诵：“时光如梭，岁月如歌，风风雨雨，悲欢离合，都在面前走过。呵，在这丛林尽染的季节，我送你一片红叶。”

小儿子又插话：“呵，我不要红叶，我要红包。”

全家大笑。

一块石头，一片红叶，被诗人演绎出这样一篇妙文，看得我也禁不住大笑！

孙友田痴石，不仅觅石、藏石、赏石，更喜欢读石、写石。他已经给自己的石头和别人的石头，配了几百篇诗、文，并发表在报刊上。2007年，他在《南京作家》上发表了一篇散文《晚年的风景》，讲述他晚年对奇石的痴迷。其中写道："一块美石，放在案头，或者置于书橱，它仍然是一块美石。如果让它走进文学艺术，它就变成了有生命的精灵，正如美女走进艺术经典，变成女神一样。"说得真好啊！把一块美石的内涵，用诗意的文字挖掘出来，展示出来，就给予这块美石崭新的生命，变成"有生命的精灵"，与天地共存，供人们共享！这才是对美石最深的爱、最大的敬啊！

今年81岁的孙友田，与老伴住在城东的一个小套公寓里，儿女都已成家单过。老伴宽厚、贤惠，虽不爱石，也不懂石，对他不断把石头带来家却也充满理解，并不阻挠。他每天除了觅石、赏石，就是读书、摘书，读报、剪报，兴趣依然广泛，感觉相当敏锐，诗文不辍。他说："年轻时在煤矿，与石头打交道，炸碎它，夺取乌金墨玉。现在老了，又与石头打交道，寻觅它，欣赏它，捧读它，展示它。到老了，还让我能看到一道美丽的风景。我这辈子，真是与石有缘啊！"

雨花石·红叶

野性的汤达

雨花石·溏心蛋

2017 年 8 月，汤达在南京城南老门东的古天放楼，举办个展——清欢·汤达的夜宴。展览分墨荷、赤壁、茶壶、瓶梅、桃源、背影、蓝色七大系列，以夜宴的形式展示，引起轰动。腾讯网、中江网现场直播，“今日头条”“一点资讯”连续报道，展期 12 天，几十万人欣赏，97 幅作品被人收购。汤达一时间成了“网红画家”。

汤达在《丁酉画展自序》中说：“汤达，号大野，古蜀筠州人。生肖野马，水墨素人，自由画家；诗歌乃古风派，时代之穿越者，家族有武人血统，奇哉怪也，长成于山野乡村，恍兮惚兮；童年嬉戏于竹林花海，少年拜师习诗书水墨。一度有些叛逆，也曾暂入商贾。平生已经两大梦，广陵一梦十年，先营花道，后攻草书。初尝爱情之甜蜜，稍具事业之规模。狂草确为魔道，无怪赵一非之；我以败家为验，老庄真藏至理；素仰七贤超逸，奉作精神旨归。〇三年梦破，情感失托，〇五年惊魂，经济归零。其时身在蜀中，乃买舟顺江而下，于中山陵梅花谷中，赏绿萼而得句云：一蝶飞来越巴蜀，吴山楚水又销魂。遂有我金陵之梦也。出龚贤之故居半亩园，有清凉门外之西花市，题诗诸江之石骨，参悟老庄之玄理。余乃闭关十载，研习水墨之道，时亦看花煮茗，与客谈闲，偶尔吟风弄月，自书虫二。微微获许于前辈先贤，感恩指点，受益良多；稍稍结交于同道精英，颇蒙推誉，铭心不忘。更感政界之好官，多加缪许，平添身价；亦蒙商界之贵人，厚赐金帛，得以养成。美人赐临草堂，使我春心荡漾；高士重访茅舍，顿觉蓬荜生辉。自许体物精微，状松荷竹梅之属，略能不失古文人士夫之风骨；又加玩物娱志，取奇石茗壶鱼蝶诸妙，期可创自家些许之特色……”洋洋洒洒，以骈文出之，其才气可见一斑。

10 多年前，我初识汤达时，他刚刚经历妻离、子夭、经济归零之痛，在清凉门外的花卉市场，帮友人经营根艺奇石。那时，他写狂草，我看不懂，但偶见其吟诗作赋，却才气逼人，给我留下深刻印象。没想到他闭关 10 年，专攻水墨，已形成自己独特的风格了。

汤达爱石、痴石，我是知道的。当初，我就是在他的奇石店里购石，而与他相识的。后来在清凉山石头市场以及石展现场，也总能看到他的身影。他身着对襟中衫，长发披肩，鼻梁挺直，鼻端略尖，脸上总带笑意，一副艺术家的随意样子，在市场里颇为醒目。我们往往相视一笑，略作寒暄，就各自觅石去了。直到这次到清凉门外他的竹间语阁采访他，才对他有了较为深入的了解。

竹间语阁已不是当年的石店，成了汤达的工作室，桌上堆满文玩、奇石，墙上挂满他的书画作品，笔墨狂放，雅气盈室。我问汤达："以'大野'为号，有何深意?"汤达笑着说："大字是从一个中心点向五个方向伸展，就像艺术从心源自多方面的开拓；而野字，则体现自己是民间身份、山野之人和疏狂散漫的野逸的风格。我喜欢自由自在，无论在艺术上，还是在生活中，都不喜欢受到拘束。"

汤达说，他自小就喜欢石头，老家蜀南筠连县，古称筠洲，有山有水，有竹有石，很小的时候，他就会去河中拣石，上山拣石，甚至还跑到山洞里，去敲过钟乳石。他家对面，有一座营盘山，老师曾给他起过"营石"的笔名。有一次，他拣到一块太湖石，孔洞相连，玲珑剔透，他很喜欢。一支地质勘探队正在乡间作业，一位队员看中了他的太湖石，用几本画册，把石头换走了。那石头的模样，他至今还能记得。我一抬头，看到柜上也有一块黄太湖石，也是孔洞相连，玲珑剔透，原汁原味，古意盎然。问汤达，他说是在网上看到，花 2000 元买来的。莫非他从中看到了当年那块太湖石的模样了?

汤达和雨花石的缘分，起始于扬州，那时，他在扬州开花艺公司。忽一日，他走在街上，看有人在摆摊卖雨花石，就蹲下来看。有块石头，墨绿的底色上，开出一朵雪白的花，好漂亮！他心中欢喜，掏钱买下。从此，就爱上了雨花石。不久来到南京，南京的雨花石，可比扬州要多很多啊！汤达初入石道，如鱼得水，很快就成为石头市场上的常客。

汤达作画，狂放不羁，野趣横生。他有一幅六尺横幅《赤壁放舟图》：右侧崖壁耸立，怪石嶙峋，苍松怪柏，枝干虬屈；左侧是浩浩江水，滔滔东去，横无际涯；中间一叶扁舟上，苏东坡与友人在谈天说地。画上题诗一首："以吾狂笔挥赤壁，似听当时江水声。除却眉山苏学士，如斯风月与谁论？"

他玩石头，也是野路子，不像一般石痴循规蹈矩。他的很多石头，买回来随手一丢，毫不在意，常常也就忘记了。他说："我玩的是过程，是买石时发现的激动，是石头的美给我的感动。"所以，他拿不出自己特别喜欢的石头给我欣赏。只记得有一块"红玫瑰"。那是 10 年前，他在清凉山奇石市场的一个地摊上买的，只花了几十块钱。摊主只知道是一朵花，却不知道是一朵红得艳目的玫瑰花，没开高价。这块"红玫瑰"，上过好几本雨花石画册。后来，汤达把"红玫瑰"送给相恋 8 年的前女友了。从他娓娓的叙述中，我能感受到这位狂放野逸的石痴和画者，心中也有着款款深情。

汤达的绘画和书法，在南京几次影响很大的雨花石展中，曾以配角出现，一展风采。他和金陵玩石大家征争因石结缘，成为朋友。征争也擅书法，两个人遂成莫逆之交。近几年，征争在明孝陵明文化馆举办梅花·雨花石精品展，在金陵中学河西分校举办雨花石展，在中石化楼顶上征争雨花石藏石艺术馆举办雨花石展，在南京博物院举办乱坠天花——雨花石与金陵风韵特展，在清凉山李剑晨艺术馆举办清凉秋韵雨花石精品展。这几次石展，格调高、反响大，展会上都能看到汤达的手笔。他那一幅幅意境悠远、清新脱俗的小画，似与美石遥相呼应，相得益彰，给观者留下深深的印象。汤达说："我本身就爱石、玩石，对石头的理解自然不一样，画起来就比较贴切。当然，画是配角，不能抢石头的主题，只能增加石头的文化内涵。水墨功力，对延伸审美，应该能起些作用。征争每次办展，都邀我作画，我再忙，也一定全力以赴配合。我本就爱石，何况展会还给我的作品提供了一个亮相的平台。征争不仅是我的挚友，也是我的贵人哦！"汤达此言实在，我就是在这几次展会上，见识和记住汤达绘画的独到之处的。

竹间语阁不大，外间有一张大画桌，我到之前，汤达正在教两位美女弟子作画。里间的一张茶桌上，茶壶、茶盏、奇石、文玩，错杂陈放，显得凌乱。桌上有两块石头特别跳眼。一块状如圆钵，比拳头略大，白底上，浓墨画出一块山形巨石，石中有一洞，洞中坐着一位身着红袈裟的僧人，似在沉思，又似静观。奇石灵动，人物传神，令人拍案叫绝。汤达说，这是一块岷江石，是他从网上购来的。画面上的山形奇石出自天然，僧人的头也出自天然，他只是用笔点出五官，勾出身形，染红袈裟，如此而已。它为其命名为“静观”。这块石头，画面奇特，构思奇巧，堪称天作之合。

另一块体量较大，呈椭圆状，底稍平，通体墨黑，上部一条白带横贯石面，中部一块白斑，如云似雾，下部是一堆乱石垒出的一座小岛，岛上有一座楼阁，四周粉红的桃花盛开。诗情画意，让人浮想联翩。汤达说，这也是一块从网上购来的岷江石，如练的江水、如絮的白云以及嵯峨巨石垒就的荒岛，均出自天然，唯楼阁与桃花，是他画上去的。构图贴切，妙不可言。汤达把此石命名为“桃花岛”。

把奇石与绘画结合起来，发挥自己独特的优势，奇思妙想，相得益彰。汤达创作的石头画，别有韵味，堪称一绝。他说，只要看到合适的石头，就会激起他创作的欲望。循规蹈矩的画家，恐怕不会想到这样的野路子吧？

竹间语阁在清凉门外西花市的一隅，隐秘而不好寻。汤达整日就在这里绘画、赏石、品茗、聊天。有友人说，他有一种“大隐于市的温柔”。汤达说：“大野虽然狂放，却并不清高。我的朋友很多，石友是一个圈子，画友是一个圈子，政界是一个圈子，商界也是一个圈子，还有一个美女粉丝圈（大笑）。竹间语阁，经常是高朋满座，笑语欢声。”这我相信，采访期间就遇上两拨人，一拨是学画的美女弟子，一拨是《读者》杂志派来拍画的摄影师。《读者》杂志上，经常能看到他的大作。

汤达爱画赤壁，爱画桃花源。看得出来，苏东坡（他常在题画中称之为“坡仙”）和陶渊明，是他心中的偶像。他爱他们的豁达和潇洒，爱他们的率真和才气。他在一幅《桃花春水》的画上题诗：“心中若有桃花源，何处不是水云间。晋太元中武陵客，至今怀想梦魂牵。”心中的企慕，可见一斑。与偶像相比，汤达也颇自负。他说：“我希望做一个自由创作的艺术家，我希望自己拥有自由创作的心态，我希望通过自己的努力，以我的作品来打动别人。我认为我已经是一个鲜明的存在。为此，我很自豪。”

汤达用自己的坚持保留身上的自由与浪漫，用笔尖留下他对世间美好的刻画，用赤子之心追逐艺术，用禅味体验人生百态。自然、自由、不受约束、特立独行——在我眼中，是一个诗性的汤达、野性的汤达。

棠城一只虎

——记唐志虎

2017 年 9 月 7 日，南京六合区南化四小的师生们刚刚开学一周，就迎来了一场文化盛宴。六合雨花石收藏家唐志虎雨花石珍品展，在该校怡然赏石馆展出。100 多枚人物石、生肖石、风景石，争奇斗艳，栩栩如生，让孩子们大开眼界。这是唐志虎收藏雨花石 20 多年来，首次办展。藏家重视首展，首展选择在小学，显示出唐志虎别样的情怀。

唐志虎自号" 棠城石痴"。六合古称棠邑，据考证，这里早就有原始氏族村落。西周灵王元年（公元前 571 年）置棠邑，是中国最早建成的城邑之一，比楚威王于公元前 333 年建的金陵邑（南京的古称），还要早 100 多年。六合素有“京畿之屏障，冀鲁之通道，军事之要地，江北之重镇”之称。唐志虎以此自号，足见他对家乡悠久历史的尊重与自豪。

我先后两次，在六合横梁和六合雨花石收藏家协会办公室采访唐志虎，给我印象最深的，还不是他收藏的雨花石，而是他身上那一股执着的虎劲：为雨花石产业的创立和发展，排除万难、奋力拼搏的精神。

唐志虎 1958 年生于六合马集，1978 年入伍当工程兵，1982 年退伍后，分到六合马鞍乡，先后担任武装部长、副乡长。2000 年，调六合横梁镇当党委副书记；2003 年，任横梁镇人大主席团主席；2010 年改制后任，任横梁街道人大工委主任。横梁境内有灵岩山、方山、奶山，是六合雨花石的主产地。调到横梁工作，与雨花石零距离接触，唐志虎爱上了晶莹剔透的雨花石，同时也深深地认识到，雨花石是上苍给横梁百姓的厚赐，是让他们走向富裕之路的宝贵资源；把雨花石产业做大做强，是横梁执政者的分内职责。

做产业，就得做市场。2006 年左右，六合横梁出现了一批自发的雨花石交易市场，吸引了大批雨花石爱好者前来觅石。分管雨花石文化产业的唐志虎，萌生了办一个正规市场的想法。他的想法得到了横梁镇领导的大力支持。2008 年年底，镇里与宇扬公司合作，开始组建宇扬雨花石文化园，建成 1500 平方米的交易大厅和 2000 平方米的室外交易场地。这是南京和六合第一个建成的正规雨花石市场，在南京石界引起很大反响。

好事多磨。仅仅过了两年多，宇扬公司破产，宇扬雨花石文化园失去了支撑，陷入困境。经营户人心浮动，爱石者忧心忡忡。唐志虎没有退缩，他与法院等相关部门多方协调，又做好经营户的思想工作，硬是把雨花石市场撑下来两年。2014 年，金荣置业公司在六合横梁要建一座菜市场。唐志虎与开发商协商，新楼一楼做菜市，二楼做超市，三楼做石头市场。新的雨花石市场，终于找到了落脚之地。在横梁街道的大力支持下，2015 年 7 月，面积 4000 多平方米，包含石农交易，展示大厅，奇石经营、雕刻，摄影，包装设计，工艺品制作等众多内容的新市场，焕然开业。

市场有规律，只有按市场规律办，市场才能持久兴旺。新市场开业一年多后，新的矛盾又出现了，不少经营者以各种理由，不想承担自己的责任。同时，市场的管理和经营，也缺少主心骨。唐志虎此时虽然已退居二线，但他却比谁都更着急。经过多方努力，唐志虎找到横梁出生的青年企业家叶谋，动员他回乡发展。2016 年年底，叶谋回到六合横梁，接手新市场。他投入几百万元，更新展厅，建立了雨花石博物馆、雨花石图书馆、雨花石拍卖中心，新市场面目一新，人气更旺。

为了办好市场，唐志虎两手抓，一是“走”出去，一是“请”进来。横梁街道为进一步做大做强雨花石文化产业，先后举办了 4 届雨花石论坛、5 届石乡雨花石精品展和雨花石交易会，组织雨花石先后到无锡、安徽灵璧、宁夏、内蒙古等地办展。横梁把雨花石作为幸运石，接待了 8 省 16 县(市) 人大工作交流会的领导,还邀请了日本、美国、韩国、澳洲、北美、台湾等地区的赏石团体，前来交流参观。北美赏石协会会长汤姆•伊莱亚斯参观了横梁雨花石市场后，感慨地说：“横梁是世界玛瑙之都啊!”

置身观赏石之乡，唐志虎也成了石痴。他说，他现在是石不离身，思不离石。他给我看，手上戴的是雨花玛瑙雕的“八仙”手串；脖子上挂的是蛋白石雕的“观音”；腰上挂着一只“虎”、一只“童子献寿”。这几件随身挂件，经日日搓摩，包浆浓厚，玉润珠圆，煞是可爱。

唐志虎收藏的雨花石有几百枚，说起来津津乐道，如数家珍。给我印象比较深的有 3 块。一块是“我的少年”，一位戴帽少年的黑色剪影，在白板上清晰呈现。画面干净，对比强烈。少年脸庞清秀，稚气未脱，十分可爱。唐志虎说，这枚石头是 2017 年 1 月的一个周日，他在横梁雨花石交易大厅西南角的一个店铺发现的。这个画面一下子就打动了他，让他想到自己的童年和少年。他毫不犹豫地就把这石收下了。在雨花石上，竟然找到了少年的自己，真是神奇啊！

一块是“金婚”。2010 年盛夏的一个周日，唐志虎在宇扬雨花石市场觅石，在一个地摊上，一块石头映入眼帘：画面上有两位老人，一位上身前倾，面目慈祥，似在倾听；另一位扎块头巾，仰头相望，似在讲述，两个人均着红装，恰似情侣。这不是相濡以沫、相敬如宾的一对老夫妻吗？唐志虎立即想到自己的父母和岳父母。这个画面，仿佛就是长辈的生动再现！他价也不还，立马掏钱买下。中午吃饭时，石友们交流所得，南京雨花石协会戴宗宝会长想用“黄河母亲”石与他交换，唐志虎没舍得。这块石头的内涵太丰富了。他取名“金婚”，就是希望弘扬中华优良传统文化。

一块是“虎啸九州”。这是一块燧石与玛瑙共生的粗石，椭圆形，长 9 厘米，宽 7 厘米，主色调为红与黑交织，辅以白与黄，可谓品大而形端，色艳而饱满。最为出彩的是，画面正中，有一只矫健的猛虎，登上山坡，张开巨口，仰天长啸！此虎，虎头、虎身、虎尾，历历如画，锦毛团身，霸气十足。比起画虎名家张善仔笔下的猛虎来，此虎更为逼真。那一声声长啸，仿佛就在耳边炸响！唐志虎说，此石是 2008 年金秋的一个周末，在六合横梁市场上的一个地摊上发现的，乍一见面，就把他惊呆了。卖石者也很诧异，说：“此石在这地摊上摆了几个月了，无人过问。居然一眼就被你相中了。看来，这只猛虎真的是与你有缘啊！”

唐志虎将此石命名为“虎啸九州”，2011 年，此石参加镇江市博物馆雨花石巡展，引起轰动。2011 年年底，在台湾新北市举办的“雨花情缘——海峡两岸首届雨花石文化联展”上，“虎啸九州”以其逼真的造型、生动的画面和震撼人心的意境，受到参观者一致好评！

2013 年，唐志虎退居二线，转为调研员。工作责任轻了，对雨花石文化产业的关注，却依然那样强烈。2014 年，南京举办青奥会，六合产雨花石的砂矿全部关停，留下了46处废弃宕口。雨花石是砂矿的副产品，砂矿停采，必然导致雨花石资源市场供给中断，严重影响雨花石文化产业的发展壮大。凡是产砂、产雨花石的地方，都是荒岗薄地，既长不了庄稼，连树都难以成活。现在这种一刀切的做法，显然是不妥的。为此，唐志虎忧心如焚，做了大量调查。

在多年调研的基础上，唐志虎写成一篇论文——《论雨花石产地资源保护与开发利用》，发表在《雨花石》刊物上。论文从六合横梁雨花石的发展优势、雨花石文化产业存在的问题与不足、加强雨花石产地资源的保护与开发等3个方面，有针对性地提出了解决雨花石文化产业发展中的建议与对策，引起有关方面的重视。

唐志虎说，闲时淘石，乐时赏石，时时思石，已经成为他的人生格言与生活现状。他正在与相关方面筹划，争取在六合横梁举办全国性的赏石节，把六合横梁打造成具有全国影响力的赏石基地。六合雨花石收藏家协会会长吕晓红谈起唐志虎，竖起大拇指夸道："唐主席对六合的雨花石文化产业，做出了重大贡献！他不愧是棠城一只虎啊！"

雨花石·虎啸九州

趣人王家干

2017 年，在江苏省第二届优秀文化老人评选中，王家干是江北新区（含六合区）唯一入选的百强优秀文化老人。南京电视台 18 频道做了一档专题节目《王家干的人生三趣》，做得妙趣横生，给我留下了深刻印象。这位在音乐演奏、文学创作和雨花石收藏方面都有着不俗成就的跨界奇人，一下子激起我强烈的采访欲望。

我久闻王家干大名，缘于两件事：一是他研究出六合是天赐国宝雨花石的故乡，二是他考证出六合是经典民歌《茉莉花》的源头。早在 1984 年 6 月 9 日，他就在《新华日报》上发表了《雨花石的故乡在哪里》，又在媒体上发表了有关民歌《茉莉花》改编经过的文章。他曾率领六合的 12 名民歌手在央视音乐台做过民歌节目。雨花石和《茉莉花》，后来都成了六合的文化名片，可见王家干功不可没。南京市文联原副主席孙尔台说过一句趣话："六合有三宝：雨花石、茉莉花、王家干。"虽说是朋友之间的评价，我以为倒也大体符合实情。

采访王家干，是在 2018 年 4 月的一个星期五，就在他现在任教的六合老年大学。六合凤凰山公园，每逢周五就有雨花石集市（南京的雨花石集市，周六在清凉山公园，周日在六合横梁镇，约定俗成）。那天一早，我到六合，先逛集市。不久，王家干也赶到集市来接我。我这才有幸一睹这位奇人的真容：身材中等，短发略稀且已斑白，说话中气颇足，神态安详自然，带副老花眼镜，一位朴实的老艺人。一见面，他就把手中的一枚雨花石递给我看。这是一块粗石，白底上，一位黑衣少女，姿态婀娜，神形俱肖。果然好眼光！王家干说，这是他刚才从一位熟悉的女摊主手上拿的，80块钱。他笑着补充道："这可是我买得最贵的一块石头哦！我从没有花大价钱买过一颗雨花石，也没有卖过一颗雨花石。"

六合老年大学距凤凰山公园不远，走一会儿就到了。已经73岁的王家干在这里教二胡。学校给了他一间琴房，不大不小，一桌两椅，陈设简单。左手的一面白墙上，是一幅彩墨画人像：王家干在拉胡琴，神情专注，颇见精神；人像两边是一副王家干撰写、著名书画家萧平题写的对联："追日追月追真谛，觅石觅诗觅知音。"旁边还挂着8把各式胡琴。右边的白墙上，是3幅书画作品：一幅萧平写的"造化神奇雨花瑰宝"，一幅著名胡琴演奏家陈耀星写给他的书法"驰张天岸马，奇人艺中龙"，一幅"雪雁图"：数枝枯苇，两只寒雁，水墨淋漓，意境清绝。墙角有一架书橱，橱内三套线装《六合县志》，特别醒目。置身其间，如沐春风。

王家干1945年出生于江苏靖江农村一个生活简朴的"富农"家庭。5岁入学，10岁习琴，13岁（读初二）被特招入江苏靖江师范艺术班，16岁提前毕业，转入靖江歌舞团，由主胡而指挥，由指挥而作曲，由作曲而作词，由作词而作诗，由作诗而作文。琴艺日精，文艺日进。1971年调六合县筹建文工团，依旧是拉琴并兼任乐队指挥。10年后文工团撤销后，在六合教师进修学校当了两年音乐教师，1983年调六合县文化馆，翌年任分管文艺的副馆长。在副馆长位置上20年，没有"进步"，未能"转正"，对此王家干毫不在意。拉琴原来是他的工作，后来成了爱好；写作原来是他的爱好，后来成了他的工作；而藏石、赏石，则是他几十年来持之以恒的癖好。他戏称自己是"末流诗人、三流作家、二流演奏家、一流雨花石收藏家、超一流社会活动家"。他的音乐、文学、收藏"三趣"，让生活变得丰富多彩，犹如晶莹剔透、色彩斑斓的雨花石，放射出耀眼的光芒来。

王家干说，1971年，他刚调到六合工作，发现雨花石是六合这里独有的特产，他一下子就被这"狐狸精"一样的雨花石迷住了。只要得空，他就到砂矿觅石，在砂矿工人师傅的点拨下，他很快就找到了觅石窍门。回忆起当时的情景，73岁的王家干依旧像孩子一般心情激动："一旦发现活石，那电光火花般闪亮的瞬间，心灵震撼，热血沸腾，过瘾极了！"

王家干随六合文工团经常下乡演出，业余时间几乎跑遍六合的所有砂矿，拣到好石头的机会很多。他人缘好，朋友多，有人请他到家中做客，当地人并不把雨花石看成贵重的宝贝，看他并不贪杯，却专注于美丽的石头，便说："你要是喜欢的话就挑几颗去玩吧！"他的一些好石头，就是这样得来的。渐渐地，"王家干爱石"就名声在外了。

因为爱石，因为爱写作，王家干结识了不少诗人、画家、剧作家朋友，其中对他影响最大的，是池澄和忆明珠。忆明珠当时已经是全国知名的大诗人，在《上海文学》上发表了写雨花石的散文，影响很大。池澄在靖江县政府当秘书科长时，王家干就读过他写的诗歌。当时朋友圈流传这样一个说法："王家干写诗靠池澄；池澄写诗靠忆明珠；忆明珠玩石靠池澄，池澄玩石靠王家干。"王家干拿出一封忆明珠写给他的信给我看，信上说："爱石，不一定要攫为己有，就像爱山爱水，谁又能把偌大的一条长江、一座黄山，装进自己的口袋里去呢？"受此启发，他萌生了办石展的念头：把自己的美石拿出来展示，让更多人认识雨花石，一睹雨花石的风采，从而爱上美石，更爱家乡。这是一个前无古人的想法。1983 年 9 月 30 日，王家干牵头，邀集六合的两位爱石者蔡明义、卢盛林，在六城镇会堂举办"雨花石展"，引起很大反响，《新华日报》对此做了报道。

1984 年清明节，江苏省作家协会来六合祭扫桂子山烈士墓。事前，作家协会的领导和王家干落实行程安排时提出，希望在午休时能看一看雨花石家乡的雨花石珍品。王家干作为东道主，义不容辞。当时他突发灵感：作家们见多识广，脑子灵光，能不能搞一个"有奖征名"的游戏呢？他拿出一块红底白纹的玛瑙石，画面简洁清晰，两个人物一站一坐，一男一女，一胖一瘦，一高一矮。石的上方有一白点，犹如皓月当空。王家干请作家们为此石赐名，并当场悬赏：命名得最好的两位，可获雨花石一碟。诗人孙友田思维最为敏捷，第一个交卷："生死恋"；黄东成不甘落后，一口气写了两张卡片："月下西厢"、"阿诗玛与阿黑"；姜敏紧紧跟着："此情难与君说"；山谷、孙家玉联袂合作："月上柳梢头，人约黄昏后"；老诗人沙白想起了唐明皇和杨贵妃的故事："夜半无人私语时"；严旭俨然李白口吻："明月何时有？"；池澄大笔一挥："但愿人长久，千里共婵娟"；缪汝康不愧是学戏剧的："第二次握手"；几员大将老谋深算，处心积虑，后发制人。艾煊平中见奇："无语黯黄昏"；叶至诚写月不点月，道情不说情："破云而出"；顾尔谭言简意赅："梦幻"；海笑独辟蹊径："魂断蓝桥"；魏毓庆是唯一女将，自始至终在擂台边鼓劲，她除了写出"去年元夜时”，还一再叮嘱王家干：“今天这题材，可以写一篇极好的散文哦！”

作家们文思泉涌，踊跃题名，谁高谁低，很难评说。王家干给所有参与者都赠送了石头，既算奖品，也算是对自己“投石问路，有奖征名”创意的一个纪念。后来，他又办雨花石展，继续为这颗石头征名。日积月累，居然获得近千个芳名。其中文化艺术界的知名人士，就有近百人参与题名。王家干自己也没有想到，“一石激起千层浪”，一个灵感，一个创意，居然成就了文坛的一段趣话、石坛的一段佳话。

两次雨花石小型展览影响不小，王家干受到鼓舞，提出一个响亮的口号：“打过长江去，推向全中国！”1984年夏，他被任命为六合文化馆副馆长，立即抓住“主持工作”的机会，加快实施到南京展览雨花石的计划，派出石友卢盛林去南京联系。在谈判展览收入分配比例争论相持不下时，王家干给经办人交底：“我们不是商人，就是倒贴，也要把展览的大事办成。”当年8月16日，南京花木公司和六合县文化馆联合在大钟亭举办“雨花石展销”。这是南京地区乃至全国第一次举办奇石展销会。展销会后，诗人兼收藏家池澄等人牵头，发动南京市的众多雨花石收藏家拿出精品，办了更大规模的展览，向南京市民展示了天赐国宝的绝代光华。趁着这股势头，几十位爱石者发起成立了南京雨花石协会。池澄任会长，严奎元、贝芝泉、王家干等人任副会长。这是有史以来第一个经民政部门批准成立的民间赏石组织，开中国赏石界先河。

在此以前，池澄、姜平章有意写一本关于雨花石的书，曾委托王家干在六合收集有关雨花石的资料。王家干本人对此也兴趣盎然，便想到六合县档案馆去查阅历史档案。当时有规定，查阅任何档案必须是中共党员，王家干不是党员，无法进档案馆。正好六合档案馆老资格职工、民间书法家张世明也对雨花石资料感兴趣，便带王家干去档案馆里查了好多个版本的《六合县志》，但凡有记载与雨花石相关的诗词、文章、人物传记，全都梳理一通，他掌握了大量宝贵资料。1984年，中国作家协会的高行健（后来移民法国获诺贝尔文学奖，也是笔者南京十中的学长）来六合参观雨花石，看到王家干的雨花石和收集的雨花石资料后，对他说：“这些资料实在宝贵！不要给人，你留着可以出一本书的！”

王家干当然清楚这些辛苦收集来的资料的分量。但，受人之托，忠人之事。最终，他毫不犹豫地把这些资料全部交给池澄、姜平章。一个意外的收获是，他由此确切地发现，雨花石的源头原来是在江北的六合，而不是江南的雨花台。1982 年 7 月 31 日，王家干在南京《周末》报上发表《明代的雨花石热》一文。两年后，他又写出《雨花石的故乡在哪里》，发表在 1984 年 6 月 9 日的《新华日报》上，为雨花石故乡六合正名。他的观点有如石破天惊，在当时引起巨大反响，很快就成了石界的共识。

采访结束，王家干意犹未尽，说："我胡琴还没丢哦，拉几支我近年来得奖的曲子给你听听吧！"他把墙上的二胡、高胡、中胡、板胡、京胡和自创的三胡，一把接一把拿下来，各奏一支名曲。那样熟练，那样投入，仿佛与琴融为一体，我也不禁沉浸在悠扬的旋律之中。

王家干一生以"手艺人"自居，自称是"不甘寂寞的小人物，不肯盲从的老百姓"。"不信天命信拼命"是其座右铭。信奉"精诚所至，金石为开"，坚持"不吹牛，不拍马，不投井下石、不墙倒众人推"，极力"与人为善，成人之美"，但也"疾恶如仇，针锋相对"。因为直言和敢言，得罪了不少头面人物。但他不以为意，依然我行我素。我看他送给我的《弦外集》，写林散之，写王少堂，写季之光（扬州九怪，火花大王），活灵活现，生动有趣。真是"文如其人"啊！

一个有趣的人，他的人生一定精彩！

王家干藏

雨花石·无名石　4.5 厘米×2.8 厘米

石农王立兵

雨花石·喜蛋　5.6 厘米×4.5 厘米

在我采访的过程中，不少石痴都提及仪征石农王立兵。戴宗宝、戴康乐、周德麟、王建平等更是向我隆重推荐王立兵，说他“人品好，故事多，南京雨花石界的不少名石，都是从他手里出来的。此人值得一写”。于是决定采访王立兵。

初冬的一个周六，王立兵到清凉山奇石市场摆摊，我闻讯后前往采访。王立兵又瘦又黑，皱巴巴的脸上，露出诚挚的笑容，头发浓黑，看起来不像 70 岁的人。那天早上，阳光软软的，没有力气，初冬的寒意弥散在空气中。几十家地摊已经铺开，市场上有不少石迷正在流连观看，精挑细拣。我怕耽误他做生意，就在他摊子旁边和他聊起来。他只带了 30 只小碗、两个大盘，摊子不大。一个多小时过去，他已成交十几颗石头。这个成绩，在摆摊的商贩中，是相当不错了。他看我一直站着，又不好记录，就提前收摊了，说：“我们找个茶馆，坐下来聊吧。”我不想让他破费，把他请到市场旁边的南京市盆景赏石协会办公室，继续采访。

王立兵是仪征市青山镇长山村卢庄人，1948 年出生。他说，父母都是老实巴交的农民。兄弟姐妹八人，他排行老三，上有一哥一姐，下有仨妹俩弟。大哥读到小学毕业，他只读了 3 个月的书，其余兄弟姐妹都没上过学。父母把 8 个子女养大不易，就差点要饭了。1959 年还差点饿死。他从小放鹅、放鸭、放羊，长大在生产队种田，生产队一个劳力一天就挣几分钱，过日子全靠吃国家救济粮。陪伴他长大的，就是一个字：穷！

在灰暗的日子里，是雨花石给他的生活带来一丝亮光。青山镇紧邻六合，一脚踏过去就是横梁。这一带砂矿多，是雨花石的主产区。王立兵说，他从 20 岁不到，就开始到砂矿拣雨花石了。那时候，也没有什么“颗子石”、象形石，都是论斤卖的。南京的雨花石，已经有了雨花石市场。他就把拣来的雨花石，送到雨花台，论斤卖给石德彪、老鲍等石贩。得个三块两块钱，就欢天喜地了。他至今还记得，有一次，他卖了 3 斤多重、整整一大碗的石子给石德彪，得到一块五毛钱，高兴得不得了。

渐渐地，王立兵发现，石子堆里，有的石子或是通透，或是鲜艳，或有图像，或有花纹，格外出彩，便留个心，把这些石子挑出来单卖。他称之为“颗子石”。现在看来，从“论斤卖”到“颗子石”，是雨花石交易中的一大飞跃，王立兵发明的“颗子石”，是应该记上一功的。好石子是挑出来了，可都还没有名称，他没文化，不会起名。他知道，有名字的石头卖得好。他就到处请教，学着给石头起名。他还记得，自己第一次给起的石头名是“鹊桥相会”。那是一块透版绿草花，画面上有座桥，一头站着一个人。他喜欢看电影，刚刚看过《天仙配》，一下激起灵感，就“胡乱起了这个名字”，心里惴惴的，怕别人笑话他。上海有个企业老总叫王维扬，老家在扬州，喜欢雨花石，经常会到仪征一带找石头。王维扬看中王立兵的“鹊桥相会”，花 5 角钱买走了。王立兵因为自己第一个石头命名得到肯定，心里乐滋滋的。

王立兵虽然没有文化，但为人忠厚老实，经常到南京卖石头，也算见过世面的能人。他当过村委会副主任、砂矿矿长。天有不测风云，四十刚出头的他，在矿长任上，不幸罹患胃癌。到上海做了一次手术，就回家休养。王立兵说，这场重病，改变了他的人生。回到家，也没有钱继续治疗，他反而把一切都放下了。从此一门心思玩石头，做起了雨花石生意——四处觅石、收石、购石，坐家卖石，外出摆摊，成了地地道道的石农。不知不觉间，癌症居然完全康复了。亲友们都说，这也是玩石创造的一个奇迹啊！

从论斤卖，到“颗子石”；从几毛钱一块，到几十块钱、几百块钱、几千块钱，乃至上万块钱一枚，雨花石行情看涨，推动市场的发展，也为六合、仪征一带产地的农民，找到了一条致富新路，越来越多的农民成了石农。在众多石农中，文化不高的王立兵名气最大，无疑是佼佼者。我问他：“除了入行早，你还有什么秘诀啊?”王立兵憨憨地笑了，说：“哪有什么秘诀！也就是做人实在一点，眼光挑剔一点，胆子要大一点。还有，就是我徒弟很多，渠道就多啊。”

王立兵为人诚恳、豪爽大方，在石友中是出了名的。他说，20 世纪 70 年代，他以拣石为主，没事就跑砂矿去拣石头。那时候买石子，也就一分、两分钱一块，五分钱一块的，就不得了了。他家用一口大缸养石头。南京经常有人来，挑过了，随他们给多少钱，石头不值钱。南京不少早期雨花石玩家，都知道王立兵的为人，喜欢到他家去觅石、淘石。后来他专做雨花石生意了，以买为主，四处去收石、买石。石友来买他的石头，他也是薄利多销，赚得很少。我采访乔秀兰时得知，她的“足球”名石，就是从王立兵手上拿的。王立兵说，这枚“足球”，是他从王一刀（王长明）手上拿的，当时花了 500 块钱，很贵。乔秀兰到他家几次要买，他看她心诚，腿伤没好，一瘸一拐来看石头，很感动，就 500 块钱让给她了，一分钱没赚。他说：“南京来的不少石友，也是靠工资吃饭，从嘴里省出来的钱，拿来买雨花石，不容易啊！”

即便是石商，王立兵也是以诚相待，从不乱开价。鲍连发（老鲍）是他的老主顾，从他手上拿过不少石头，后来很多成了名石。他至今还记得清清楚楚，“金瓶梅”是 500 块钱拿的，“一品梅”是 150 块钱拿的，最贵的一块“寒月”，是 5000 块卖给他的。王立兵后来知道，老鲍把这几块雨花石卖给了一位台商，得了 70 万元。王立兵并不后悔，也不嫉妒，淡淡地说：“那是人家的本事！何况，老鲍他们经常光顾，我的生意也兴旺。我不识字，不能不识理啊！”

有两次交易，王立兵记忆犹新，说：“这是我卖的最贵的石头了。”一块是“金元宝”，2.5 万元卖给了清凉山奇石市场的石商朱某。“金元宝”是王立兵从另一位石农手上拿的，只花了 1000 元。这石头实在太好了。他打算留给孙子，不想卖。不料朱某看到后，三番五次到他家来，要他转让，还把矿石专家也请去把关。王立兵只好让给他了。还有两块指甲大小的蛋白石，那润、晕、色、质，也是难得一见，王立兵最为宝贵，也是一心留给孙子玩的。好友杨天鹏想给这两块小蛋白石拍照，以便刊出，让人欣赏。王立兵携石到横梁拍照时，被一位石迷看中了，要买。王立兵说，这是留给孙子玩的，不卖。石迷开价 3 万！这个价一下把王立兵惊呆了。挡不住高价诱惑，王立兵忍痛割爱。

古人说“观千剑而后识器”，见得多了，眼光自然就好。关于收石、买石，王立兵总结出 5 条标准。一是品，品相要好，或圆或椭圆，才是上品；二是质，石质要好，玛瑙、玉髓、蛋白，拥有上乘的质量；三是色，色要艳，越艳越好，色彩越丰富越好；四是景，画面成景，价值倍增；五是形，画面上若能象形肖物，更要珍惜。大小不问，有这5条，就是好石头，好石头容易出手。

王立兵胆子大，看到好石头敢出手，敢“撂价”。他说，“撂价”是他的一个发明。遇到好石头，石主惜售，他就撂一个高价，对石主说：“有超过这个价的，你尽管卖给他。”

结果是，往往没有一个买主，出价会高于他的撂价。好石头也就归到他手上了。有时撂价过高，也会吃亏。他有一块石头，750元买的，500元卖给人家，亏了250元。他说，这也正常。撂价的好处是，四方石农，都知道王立兵肯出高价买石头，好石头就给他留着了。王立兵说到撂价，有些得意。我想，这恐怕也是实践中历练出来的一种智慧吧。

正说着，进来一个中年女子，朝王立兵说：“师父，我也收摊啦。”我一看，正是王立兵相邻地摊的女摊主。王立兵笑着介绍：“这是我的关门徒弟，叫李娟，是仪征月塘的石农。”李娟开口就笑，快人快语：“师父是20多年前，到我们村收石头认识的。他人好，经验丰富，就拜他为师了。这些年来，跟他学习买石头、卖石头，对我的帮助真是太大了。”

王立兵说，他的徒弟少说也有七八十个，有本村的，也有外村的。王立兵对徒弟，可谓有求必应、有问必答，把自己的经验悉心传授。除了5条标准，他更强调碰到好石头要敢于出手。他对徒弟说：“你们只要碰上符合标准的石头，给我看过，高价也拿！卖不掉不要担心，我来兜底！”王立兵说，徒弟既是对手，也是帮手。徒弟多，信息就多，遇到好石头的机会就多。他的很多好石头，就是从徒弟的手上收来的。

王立兵说：“这辈子最懊悔的事，是不识字，没文化。多少好石头从手上过，不会起名，又看不出文化内容来，少卖多少钱哦！”他有一块石头，没名字时，200块钱没人要，后来请刘水帮忙，起了个“雨过天晴”的名，500块钱就卖掉了。他还有一块圆形石，中间是一团极为罕见的金黄色，他胡乱起了个“蛋黄”的名，300块钱卖给老鲍。老鲍请人起了个雅名，7万元卖给台商了。好在他心态好，流转的石头只要有的赚，他也就心满意足了。

金陵雨花石界，以往有个说法：石商是石农的财神爷。我对这个说法，也是认可的。采访了王立兵和李娟，我觉得，这个说法有些偏颇了——石农又何尝不是石商的财神爷呢？

阿洲的故事

——记王如洲

阿洲大名王如洲，是南京市警务干部。王如洲真正玩上石头，是 2006 年以后，时间不长。但他却玩出了自己的特色。在石界，王如洲以热情、谦和出名。石友们亲切地称呼他为“阿洲”。

1964 年出生的阿洲，毕业于南京某警校，一直从事警务工作。他说，收藏雨花石时间不算长，接触雨花石，却有 30 多年了。因为工作的关系，从 20 世纪 80 年代中期开始，他就经常作为向导，陪同亲戚、同学、朋友、同行下乡淘石，尽地主之谊。去得多了，就结识了一大批石农、石贩、石商和砂矿老板，见识了雨花石的美丽和珍贵。直到有一天，阿洲终于醒悟过来：作为雨花石之乡的一位成员，如果不收藏一些好石头，岂不是太可惜了吗？2006 年，阿洲决心加入收藏雨花石的行列，只要有空，就去砂矿，找农户，蹲塘口，逛石市，一心扑在石头上了。

爱石者都有过这样的经历：玩石是会上瘾的，几天不去觅石，心里就痒痒的，像有只虫子在咬。阿洲很快就上瘾了，心里总惦记着石市、石农、石商，看到喜欢的石头，立马收下。那时，他收入不高，工资全部上交给老婆管理。就靠着加班费、稿费、考核奖之类的一点儿小钱玩石头。有时遇上心仪的石头，却囊中羞涩，捉襟见肘。这种感觉很难受。阿洲盯上了老婆手中的工资卡，要想多收好石头，就得先过老婆这一关，得到老婆的支持。有一次，他在家整理石头，老婆也过来欣赏。阿洲问：“我们家之前赚过钱吗？”老婆想了想，说：“1993 年，好像也发过一次财啊！那年，南京发行了两只股票，南京新百和南京天龙。你把全部存款取出来，排队购买了两元一张的申请单，后来中签买了原始股，一下子赚了几万，发大财了！”阿洲笑了，说：“你说得对！买了原始股，肯定赚大钱！现在的雨花石，就是原始股啊！这么美的石头，是稀缺性资源，不可再生。随着人们生活条件越来越好，喜欢玩的人越来越多，未来保值升值的空间大得很哦！”老婆一听，觉得有道理，说：“那你就多买点，放着呗！”阿洲见老婆中计，心中窃喜：“好吧，带你玩。”

从此以后，王如洲外出淘石，不再是孤家寡人，经常是夫唱妇随。到石市、石农、石商那里觅石，不用再愁钱不够了。他说，也多亏了老婆的理解和支持，让他得以在不长的时间里，收藏到不少好石头。王如洲有两个石友，因为买石，经常遭到老婆的强烈反对。矛盾不断，弄得苦恼不堪。王如洲夫妻俩就上门去朋友家现身说法。朋友的老婆转变了观点和态度。矛盾解决了，对阿洲夫妻两人，感激不尽。

阿洲待人真诚，热心正直，乐于助人，在圈内口碑很好。他喜欢收藏文字石，聚齐了“六合人家”文字组合，为了匹配到满意的“合”字，等待了好多年。说来也巧，有一次，他参加六合雨花石协会的展览征石，一石商送来“六”“合”两枚文字石参展。“合”字很到位，“六”字逊色太多。协会领导不满意，准备拒绝入选。这位石商很沮丧。阿洲见状，说：“我有一枚和你匹配到位的‘六´字，随即打开手机中的图片，在场石友一致惊呼：“天生一对啊！”阿洲把“六”字石交给石商参展。展览结束后，石商想买“六”字石，阿洲说：“我是玩石头的，只进不出。我这组‘六合人家’，也是花了几年时间，才慢慢聚集起来的。你那枚‘合’字，的确比我这枚好。我也不夺你所爱。”两个月后，他已淡忘了此事。一天，六合雨花石藏石家中的老前辈朱言荣老师给阿洲打电话，说那位石商了解到阿洲的为人后，乐意把“合”字转让给他。阿洲很开心，请了一桌酒席，把朱老等石友请来欢聚，和那位石商也成了好朋友。

君子成人之美。阿洲说，他收藏了一套“人民币”文字组合，“民”字有些牵强。朱言荣老师发现后，送给他一枚“民”字石，恰好般配。阿洲大喜过望，拿出一沓百元大钞，硬要塞给朱老。朱老执意不收，说：“我也是玩石头的，谈钱的话，怎么可能卖给你呢？我是看你为人忠厚、诚恳，做人到位，对石头的追求又这么执着，才送给你的。”阿洲说，朱老的这枚“民”字石，给他的教育很深：玩石和做人，是不能分开的。石友相处，既要相互琢磨，也要惺惺相惜。缘分和情分，是比金钱更有分量的。

阿洲“玩石拜师”，在圈内也被传为美谈。玩石人大都有个性，或各玩各的，独来独往；或三五成群，时相切磋。很少听说有拜师的。阿洲感觉自己入行较迟，理论知识有限，要想在雨花石收藏上，做出一点名堂来，就一定要拜位老师，传道、授业、解惑。他看中了六合雨花石收藏名家蔡老师。蔡老师为人忠厚，和蔼可亲，谦虚谨慎，眼光犀利。在朋友的引见下，阿洲提出要拜蔡老为师。蔡老一开始执意不肯收他为徒。阿洲就隔三岔五地上门讨教，和师娘拉近关系，留个好印象。有一段时间，每到周末，他都会开车接上蔡老师，一同到市场，到石农家淘石、觅石。他还经常拿各类雨花石标本，请蔡老师指点、讲解。阿洲的真诚，打动了蔡老师，蔡老终于答应，收他为徒。多年来，蔡老师不厌其烦地把他数十年从事雨花石产业收藏、雕刻的理论和实践知识，毫无保留地传授给他。

阿洲说，正式拜的虽然只有蔡老师，其他不少著名的收藏家，其实都是他的老师。阿洲勤奋好学，名声传出去，不少收藏大咖对他也赞赏有加。著名的雨花石理论家、收藏家池澄老先生，专门送给他一本自己签名的《雨花石谱》。台商邱先生、收藏名家蒋金山老师，都专门让他去他们家中观赏各类奇石，教他如何“上手”，注重发现雨花石观赏、艺术、美学价值和文化内涵。阿洲谈起这些老师，至今心存感激。

10多年来的玩石、品石、藏石，阿洲逐步形成了自己的风格，那就是以奇巧、文字、供石组合见长。阿洲收藏了100多枚“帽子”系列雨花石，各式帽子，千奇百状，争奇斗艳，蔚为大观，被石友们戏称为“帽子”大王。为什么喜欢上“帽子”呢？也有一个故事。2006年的冬天，石商王老板的儿子从部队回家探亲，带城里的女朋友初次上门。王老板是阿洲的朋友，特地邀请阿洲上门看石头，其实是想让阿洲帮他儿子“掌掌眼”。到了王老板家，先看石头。这时，他的城里来的准儿媳也凑过来看石头。准儿媳头戴一顶时装帽，白色毛线卷边，粉红为主，帽顶由深玫瑰红圈圈点缀，非常时尚。王老板讲：“就这么多石头了，你看这枚巧石怎么样？”阿洲眼睛一亮：不正是王老板准儿媳的时装淑女帽吗？阿洲大喜，将此石命名为“淑女帽”。“淑女帽”在当年六合雨花石艺术展览中引起轰动，获得大奖，深受好评。后来，阿洲就特别留意收藏各类雨花石帽子，终于形成一个独特的系列，成为自己收藏中颇具特色的品牌。

阿洲收藏了不少文字组合石，最神奇的是，他在雨花石中找到了自己—— 一块写有“洲”字的雨花石！2007年春节刚过，听说横梁开了一家雨花石馆，苦于种种原因，阿洲一直未能去看。五月的一个周末，阿洲接到一个电话，是和他交往20多年的六合新篁石商卢老板打来的，问他有没有去过六合横梁雨花石馆，他正想去，于是约定周日石馆见。周日上午，阿洲如约来到雨花石馆。石馆熙熙攘攘，人气很旺，不知不觉，两个多小时过去。这天天气闷热，阿洲额头上汗水直滴，衣服湿透，却没有淘到一枚石头。卢老板见状，说：“你眼界太高，难入法眼。要不下周再来吧？”阿洲心有不甘，走到最后一个摊位前。摊主是位50多岁的农妇，正准备收摊。阿洲随意地在统货盆里翻了几把，正准备抬腿走人，突然，一枚绛红色的玛瑙石，上面有一个金色的文字，跃入眼帘。阿洲眼光一扫，压抑住心中的狂喜，装作不经意地问一句：“这盆里的石头怎么卖呀？”农妇说：“真想要，随便挑，5~10元一颗，你看着办。”阿洲随手又拿了两块石头，递给农妇25元。农妇连说“谢谢！谢谢！”阿洲拉着卢老板，快步离开了石馆。

卢老板是老把式，一出门就说：“你肯定发现了新大陆，快给我看看！”两个人直接来到一家酒店，没顾得上点菜，赶忙让服务员拿来一只碗，盛上水，放入石头。卢老板眼睛都直了：“这不是金灿灿的‘洲’字吗？！”“是啊！这正是我自己的名字啊！”如今，这块“洲”字石，已成为阿洲的镇馆之石。

阿洲有两个头衔：六合雨花石收藏家协会副秘书长和六合区政府授予的“雨花石收藏家”。可我认识的阿洲，还是那个不善言辞、行事低调的阿洲，那个热心公益、虚心问学的阿洲。这样的阿洲，让我感觉很亲切。

雨花石·淑女帽

才子王晓钟

早就听石友说，六合雨花石收藏家中，有一个王晓钟，文笔了得，是个才子，却一直无缘相见。在《雨花石》杂志上看过他的文章，也见过他的照片，脑子里有个模糊的印象。直到 2017 年 9 月 12 日，到六合采访他，才得见真容。他个头不高，圆圆的脸上绽露出诚挚的笑容。我们一见如故。

同心相应，同气相求。人与人之间的这种亲近感，细究起来，其实是有基础的。我和王晓钟同龄，都到农村插过队，都爱读书，同样是性格开朗。我们都会在对方身上，看到自己年轻时的影子。

王晓钟祖籍六合，祖上出过多位名医。他的爷爷也是医生，可惜，在民国时期，当过国民党下关党部的书记。这段历史，就成了王晓钟生命中的梦魇。尽管他小学、中学成绩都是名列前茅，作文更是常常成为范文，却因为政审不合格，无缘进入六合一中，只能读六合二中。后来，就早早到六合长山乡插队了。

王晓钟谈起插队时挑灯夜读的细节，让我心生感慨。那时候，农村没有电灯，阅读全靠煤油灯。在六合，煤油是限量供应的，每个农户每月供应二两煤油。二两煤油，只能点 3 小时 15 分钟，找煤油，成了王晓钟的头等大事。大队代销点的一位老者，知道王晓钟爱读书，对他说，如果有农户不买煤油，我就把指标给你。就这样，王晓钟每晚都会拿煤油灯去代销点打煤油。每天晚上，一灯油烧完，才睡觉。两个大队的煤油指标，被他用了不少。王晓钟谈起来，对代销店的那位老者，依然心存感激。因为有了在乡下 6 年多的自学累积，1983 年，国家实施自学考试制度，王晓钟顺利获得大学专科文凭，圆了大学梦。

王晓钟的写作才能，让他的命运发生了改变。县里抽调他去写批判文章，参加巡回演讲。1970 年上调到六合商业饮食服务公司后，很快成了公司的秀才，受到重用，当文书、当总务、当秘书，直到当上了公司名店"大华饭店"的主任。1983 年，全县提拔年轻干部，他当上了公司经理。1984 年，他在饮食服务公司搞改革，效益大增。1985 年，他被调到县委招待所当所长。1998 年，王晓钟调任六合文化旅游局任副局长，分管旅游和文物，直到退休。王晓钟说，正是这最后 10 年的工作岗位，让他与雨花石和雨花石文化有了零距离的接触，有机会参与雨花石文化的推广和弘扬，是他一生的最大幸运。

王晓钟自小就与雨花石有缘。他家在六合冶浦桥，就在灵岩山脚下。父母和姑妈都喜欢雨花石，经常到玛瑙涧去拣石子。读小学时，春游、秋游都去灵岩山。只要有空，他就会跟大人去拣石，或者和小伙伴们结伴去拣石。捡来一大盆石头，放在家里把玩。王晓钟对自己收藏的第一块雨花石，记忆犹新。那是 1964 年的一天，一场大雨过后，他和几个同伴去山上拣石。远远地，他就看到一块石头很特别，跑过去抓起来，抹去上面的浮泥，是块玛瑙石，画面上，孙悟空头上箍着金箍，毛茸茸的猴脸，灵动的大眼睛，在云端上眺望。王晓钟大喜过望，赶紧收起来。他把这块石头命名为"美猴王"，带回家，交给母亲保管，说："这块石头无论谁也不能给！千万给我保管好！"母亲也知道，家里亲戚爱石人多，为避免矛盾，母亲把这块"美猴王"放在水缸里，谁也看不见。王晓钟每次回家，都会把"美猴王"拿出来欣赏。几年以后，街巷装上自来水，水缸不用了。他母亲就把"美猴王"拿出来，放在一个瓶子里。结果，被王晓钟的叔叔发现，拿去玩了。王晓钟回家看不到"美猴王"，万分懊恼！多年后，他试探着问叔叔，这块"美猴王"在哪里？叔叔一头雾水，说："我也不知道啊！"从此，"美猴王"就失去踪迹。近 50 年后，王晓钟对此石依然念念不忘，写了一篇散文《"美猴王"你在哪里?》记载此石此事，感动了很多读者。

雨花石是宝贝，需要宣传。这个观念，王晓钟在当县委招待所所长时就有了。1985 年，王晓钟刚当上所长第二年，胡耀邦总书记的夫人李昭女士，到六合调研县属服装厂的情况，李昭指定王晓钟负责接待。临走时，县领导为送礼品犯愁。王晓钟说："李昭肯定不会收礼的。这样吧，我去同她说说，送几盒雨花石给她，仅一二块钱一盒，不值钱，又是我们独一无二的当地特产。希望她回北京能帮着宣传一下。"果然，李昭听王晓钟一说，欣然笑纳，还多要了几盒，说回去送给中央领导，让他们也帮着做做宣传。我不知道，这是不是雨花石首次走进中央高层，但，王晓钟的这个建议，受到了县领导的夸奖。

当上六合县文化旅游局副局长，分管旅游、文物，宣传弘扬雨花石文化，王晓钟更是责无旁贷。2008 年，六合申报"中国观赏石之乡"，几万字的"综合报告"和附件、拍摄 DVD《走进中国雨花石之乡——南京市六合区》的脚本，都出自王晓钟之手。当年全国有 13 家单位申报，批准了 7 家。六合县的申报综合报告，受到评审专家的高度评价，被评为总分第一名。

2007 年，六合区文化旅游局申报"雨花石收藏与鉴赏习俗"为南京市非物质文化遗产名录，申请报告是王晓钟执笔的。评出的 10 名代表性传承人中，王晓钟名列第一。申请报告提出的保护计划包括："1.进一步搞清雨花石在六合物产的主要分布区域、火山口及山涧的位置，主要砂矿、工艺玛瑙厂、工艺制作及经营情况；2.进一步了解收集有关雨花石鉴赏习俗和历史渊源文字记载，包括文字史料、人文典故、文化内涵；3.做好调研，基本掌握有关六合雨花石收藏、鉴赏、工艺制作、开发、经营状况，建立有影响的人员名册；4. 运用摄影摄像手段，拍摄下雨花石珍品和有关雨花石文化活动的图片，记录下有关雨花石文化活动的实况场景，并制作成光盘；5.在此基础上，建雨花石鉴赏习俗的档案数据资料；6.保护、调动六合雨花石收藏、鉴赏、工艺制作、开发、经营人员的积极性，做好传承培养工作；7.筹建雨花石文化产业园和雨花石鉴赏展览馆；8.引导雨花石艺人走好产业化道路，将雨花石事业做大做强；9.积极开展雨花石文化系列活动。"2008 年，市级申遗获批准；2014 年，省级申遗获批准。这个计划，对于六合的雨花石文化发展和推进，起到了积极的作用。

2006 年，王晓钟、丁凤龙为电视专题片《石中皇后——雨花石》撰写了文学脚本；接待央视拍片的方案，起草、定稿均由王晓钟执笔；2008 年，央视 10 频道《走遍中国》栏目组来六合拍《寻找通灵宝玉》，脚本是王晓钟写的；2010 年，央视《地理中国》栏目组来六合拍《奇幻雨花石》

专辑，要点是王晓钟写的；2014 年，央视旅游频道《第一收藏》栏目组来六合拍片，关于六合古代雨花石的收藏史，也是由王晓钟介绍的；2008 年，六合出版《雨花石志》和《雨花石珍品集》，王晓钟作为策划、组织、主编之一，也撰写了大量文章，付出许多心血。

我看过几篇王晓钟写的有关雨花石的论文。2007 年发表在《赏石》杂志上的《求美、求真、求新——雨花石赏石主旋律》，阐述了六合人多年来玩赏雨花石习俗的传承和创新；《雨花石图案美要素初探》，从雨花石上点的运用、线的作用、色的效果，阐述了雨花石丝纹、珠子、色块在组成图案中的美学作用；2008 年发表在《宝藏》杂志上的《试论雨花石形成过程中的地域因素》，以六合“三群（火山群、雨花石生成剖面群、雨花石群）一湖”（金牛湖）的地址调查为证据，提出雨花石生成的崭新观点；《开采一片荒岗沙地　再造一片秀美河山》，在大量调查的基础上，提出合理开采雨花石的建议。这些论文，观点新颖、见解独到、论据充分、论证扎实，给我留下了深刻印象。

近 50 年来，王晓钟收藏了上万枚雨花石，其中精品石有 1000 多枚。无论是量还是质，在雨花石收藏界都是少见的。其中一枚“蜃楼幻境”，入选著作名家贾平凹主编的《百石欣赏》一书。贾平凹在点评中说：“蜃楼是光线经不同密度的空气层发生折射，把远处景物显示在空中或地面的奇异幻景。古人误以为蜃吐气而成，所以《本草纲目》有蜃能吁气成楼台城郭之状。此石为雨花石，遂起名‘蜃楼幻境’。之所以收雨花石进此书，是雨花石为名石一种，但这块石头更能体现雨花石的特点，即质地细腻，光滑圆润，图文丰富，色彩艳丽。奇石都是孕璜之璞，如果说女娲补天，它们都是多余遗留下来的。也是因为它们都有天心，人们才视之为宝，珍藏不遗余力。”

王晓钟爱读《红楼梦》，对书中的“通灵宝玉”实为雨花石之说，深以为然。这个说法，经南京的雨花石收藏家池澄、红学专家严中论证，已经为众多红学研究者普遍接受。书中对“通灵宝玉”的描述“大如雀卵，灿若明霞，莹润如酥、五色花纹缠护”，的确就是雨花石的特质。不过，王晓钟在书中还发现另外一处细节：“通灵宝玉”是天然带有孔眼的，所以，贾宝玉含石生下来，家人直接可以用丝线串起来，挂在脖子上。雨花石能生成天然孔眼吗？如果能寻找到有天然孔眼的雨花石，“通灵宝玉”即雨花石，不更是铁证无疑了吗？

王晓钟决心寻觅带天然孔眼的雨花石。功夫不负有心人！10多年来，王晓钟真的寻到6块带天然孔眼的雨花石。他从身上掏出一块雨花石给我看。这是一块暗红色的玛瑙石，大如雀卵，莹润如酥，偏上方有一个天然孔眼，孔眼的周边，有花纹缠护。最为奇特的是，画面上呈现出一个和尚的背影，好像出家后的贾宝玉，毅然决然，缓步走向远方。这不正是“通灵宝玉”吗？这块石头是前不久，王晓钟在六合横梁市场一位石友的店里发现的，石友答应转让，开价500元，王晓钟给了他800元。他知道，这是一块真正的宝贝，不是钱可以衡量的。他把这块“通灵宝玉”随身携带，时时摩挲，爱不释手，激动了很长一段时间。

王晓钟说，雨花石给了他太多的快乐、太多的收获，今生能与雨花石结缘，为弘扬雨花石文化尽些微薄之力，是他最大的幸运。

雨花石·宾虹大师

品石识演化

——记王永豪

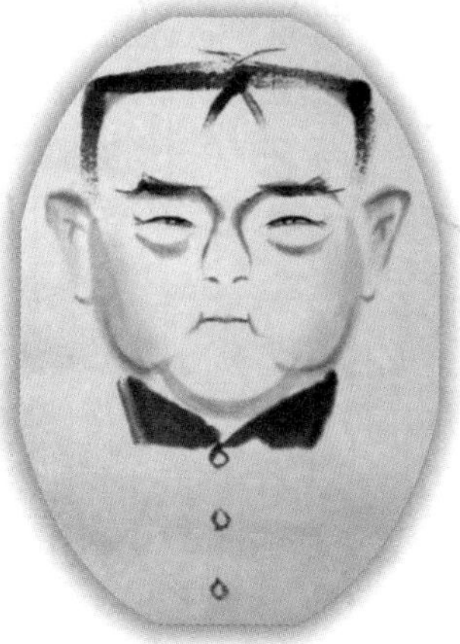

在我采访过的金陵石痴中，王永豪是一个另类。他的赏石之路与众不同，买石、卖石、品石，最终建成一座奇石博物馆，成了反映地球演化史的博物馆。

王永豪说，他自幼酷爱美术，有一段时间里，发挥特长，画了不少伟人像和工农兵。30 岁那年，一次偶然的机会，他看到一个奇石展，展出的石头千奇百怪，自然天成，就像是一个个的天然艺术品，一下就打动了他，从此爱上了奇石。一有机会出差或外出旅游，他就到处寻觅好看的石头。一次，在山东边远地区出差，看到石店里有一块不大的孔雀石，很像一只小猫。孔雀石象形者极少，王永豪爱不释手。可当时身上的钱所剩不多，谈好价格，还缺 200 元。王永豪把手上戴的价值 2000 元的手表摘下来，抵 200 元的差额，终于如愿，把孔雀石小猫带回家了。

在相当一段时间里，王永豪对奇石已到痴迷的地步，看到喜欢的石头，就走不动路，千方百计地也要买回来。有一次，他出差到河南，在一个石店里看到两块钟乳石，造型独特，难得一见。王永豪欣然拿下。这两块钟乳石体积大，重达 1000 多斤。当时已是下午，一时找不到车辆运输，而他第二天又必须赶回南京，参加省政府召开的一个会议。情急之中，忽然看到一辆小货车，拖着一车大白菜。王永豪拦下车主商量，把 1000 多斤大白菜全部买下，把钟乳石安放在车上，再加付运费，开回了南京。谁知小货车开得慢，只能开 50 码，一直开到第二天早上，天亮了，才到南京。随车而行的王永豪一夜未眠，累得够呛，但看到这两块钟乳石安然无恙，心里却是乐滋滋的。

王永豪赏石，不分石种，但凡奇特可爱者，看中就收。10 年下来，他买来的灵璧石、太湖石、广西水石、硅化木、钟乳石、各种化石、英石、摩尔石、孔雀石等各类奇石，已达 1000 多块，重量加起来也有几十吨了。家里厅堂上、公司仓库里，到处是石头。王永豪萌生了一个念头：为什么不能让这些奇石流通起来，与大家分享呢？他想到开店卖石头。2004 年 5 月，他在南京太平南路珠宝一条街上，开了家奇石店。珠宝街上卖奇石，这在石头城南京，也是第一个吃螃蟹的事。开业当天，就有 7 家媒体争相报道。我也是在这个奇石店里觅石，因而认识王永豪的。此后，我们成了好朋友，可谓因石结缘。

太平南路奇石店开张后，人流不断，生意兴隆。王永豪一下来了兴致，几个月内，接连又在中央路时代超市（当时南京最大的超市）、光华门石林建材广场开了两家奇石店。3 家奇石店位置不同，各有特色，每个店每个月的营业额，都在 10 万元左右，吸引了不少本地的和外地的石迷前往观赏、购买。有些岁数大些的，还带着板凳，坐着轮椅，三天两头来看。有来店里拍照的，有大人带小孩来进行讲解的。有一次，北京大学一位老师来南京出差，在店里买过石头，还不肯走，一定要见见石头的主人。王永豪听营业员说顾客要见石主，从老远赶到店里来。这位老师拉着手对王永豪说："石头我拿走了，又好又便宜，非常难得。你什么时候想看它，随时到北京来，我去接你。我一定替你将它保存好。"说完，把电话、地址留了下来。这事，让王永豪深受感动，久久难忘。

不到两年时间，王永豪花 10 年时间收来的各类奇石，基本售罄。身为公司董事长兼总经理的他，业务繁忙，无暇顾及。3 家奇石店货源枯竭，先后关门。但是，这短短两年开店卖石头的经历，却让王永豪难以忘怀。他因此结识了不少石友，结交了很多朋友，对各类奇石的认识，不断加深，投入产出的收益，还倒在其次了。他店里的石头，质量好，卖得都便宜。他说："我不靠做石头生意赚钱过日子。我图的是喜欢。石头能有个好去处，我就开心、安心。"

石头店虽然关门，外出看到好石头，王永豪依旧不会放过。50 岁过后，王永豪的收藏方向，起了大变化：他开始收藏矿物晶体和各类化石。收藏兴趣，从东方赏石领域转向西方赏石领域。他开始学习岩石知识，了解地壳的形成和演化过程以及动植物生命的形态、年代以及其规律，进而对地球生命的起源，兴趣盎然。

王永豪赏石方向的转移，和他的经历密切相关。他 1952 年年底出生在南京，1970 年分配到南京针织总厂当工人。他从小就喜欢画画，喜欢学习，爱动脑筋。没机会上大学，他就白天上班，晚上上夜校，后来在南京工学院（东南大学）进修了两门大专课程（电子和机械）。他在厂里搞技术改造，成了颇有名气的技术革新能手。1978 年，王永豪被调到江苏省地质矿产局，从事仪器设备的维护管理工作。在此期间，他不负重望，发挥特长，对仪器设备改革创新，提高工效，提高精度，提高自动化程度，成了新单位的革新能手。恰遇江苏省地质陈列馆要重新设计升级，王永豪被抽调去做陈列馆声、光、电及自动化控制的设计、制作，并且出色地完成了任务。陈列馆丰富的矿物晶体和化石收藏，给他留下了极深印象，不仅学习到不少相关知识，也让他对矿物晶体和生物化石产生了浓厚的兴趣，成为他日后收藏矿物晶体和化石的最初动因。

江苏地质陈列馆的成功改造，让王永豪在业内声名鹊起。1985 年，他被调到江苏省贸促会旗下的江苏国际展览公司，从事来华国际展览和江苏出国展览会的设计和布置工作，正好发挥了他美术设计和电子、机械的综合特长。很快，他就成为会展方面的行家里手，成了展览公司的台柱子。1993 年，中央出台政策，鼓励发展民营企业，王永豪毅然下海，创建江苏王朝国际展览公司。在此后的 20 年里，王朝国际多次获得国际国内各种大型展览会、博览会的最佳设计装修奖、最佳设计创意奖，先后获得国家发明专利 3 项、实用新型专利 20 多项。到 20 世纪 90 年代末，王朝国际展览公司已经成为会展行业中的领军企业，王永豪也成了会展界名声显赫的领军人物。

在业界打拼几十年，王永豪功成名就，心中的爱石情结却愈来愈浓。2012 年，王永豪急流勇退，把公司交给年轻人打理，自己一门心思玩石头、建石馆。他在溧水天生桥边买了一栋别墅，历经 5 年，建成了别具一格的奇石博物馆。

奇石馆的设计和制作，都是王永豪亲力亲为。这是他的本行，他又是行家里手，可谓驾轻就熟。几百块奇石、200 多块矿物晶体、几百种海洋贝类化石及标本，分门别类，在玻璃展架上排列有序，在灯光的辉映下，洋溢出勃勃生气。其中几块格外醒目。一块大如磨盘的鹦鹉螺化石，每个细节都清晰可见，好像能听到海洋的声音。王永豪说，这是从东海奇石市场买来的，店家把它置于店堂正中的最高处，作为镇店之宝，不肯卖的。架不住王永豪千求万应，最终以高价转让给他了。这也是我见过的最大、形最完整的鹦鹉螺化石。一块长约 1 米的状如宝剑的震旦角石，也非常罕见。20 世纪 90 年代初，乌龙潭公园曾展出过一块震旦角石，《南京日报》记者做过报道，引起了轰动。一串鸮头贝化石，高约 90 厘米，30 多颗拳头大小的鸮头贝，犹如一串葡萄挂满树枝。还有巴拉圭产的紫水晶（石界又称紫金包）、造型奇特的辉锑矿、色彩艳丽的雄黄……品种之多、形状之奇，让人叹为观止！

墙上图文并茂、制作精美的一块块展板，配以实物化石，生动地向人们介绍着地球生命演化的进程。从地球生命的起源和演化，到海洋的形成，大气的形成，岩石、矿物的形成，海底的地形、河流、湖泊、冰川、湿地的形成，彗星、陨石与生命，火山与生命，到我国著名的化石产地介绍，古无脊椎动物进化历程、古植物、木化石的形成，贝类栖息地……林林总总，把地球生命的演化历程，清晰地展现给你看，令观者为之惊叹、为之动容。

我见过不少奇石馆，大多很难留下深刻的印象。王永豪的这座奇石馆，我受邀去看过不下 5 次，每一次，都让我有新的发现，每一次，都让我欲罢不能。它向人展示的，不是一块块互不相干的石头，而是用奇石、矿物、化石串起来的生命之链，是一部清晰的地球生命亿万年演化历史。

说起建馆的历程，王永豪感慨万分。矿石、化石、标本，这些年他收了不少，分门别类，相对好办。但是，要把地球生命的演化史与之相融合，条分缕析地展示出来，却很难。他说："这是一个挑战。在很长一段时间里，买了很多专业书籍，夜以继日地啃读学习。从宇宙大爆炸产生地球，到已知的距今 35 亿年的原核生物化石，及其生物与地球环境相适应协同演化的过程；从地球早期生命起源的客观条件、发展规律到寒武纪生命大爆发，从恐龙在地球上生活 2 亿年，到小行星撞击地球毁灭生命……这些地质年代、自然环境的演变发展过程，都可以从石头、矿物晶体、古生物化石的形态、品种、质地中得到佐证，找到答案。石头、矿物晶体、古生物化石，是打开地球生命起源的钥匙。"

由爱石而读石，由读石而读史，读地球生命演化史，王永豪走出一条与众不同的赏石之路。他说，一路走来，付出很多，但收获更多。有辛劳、有辛苦、有欢乐、有感悟。“赏石，能从石头背后，从石头以外的很多方面，学习到非常丰富的自然历史知识。从地球生命的演变和发展，透出一个深深的道理：在自然面前，人类是渺小的，人类必须尊重自然、顺应自然、保护自然。良好的自然生态，是人类取之不尽、用之不竭的宝贵资源。但人类若倒行逆施，不遵循自然规律，必将自食恶果，受到大自然的惩罚！”

天生桥畔的奇石博物馆建成后，王永豪隔三岔五便会邀朋友、石友前往相聚交流、品茗赏石。近些年来，他石头买得少了。但遇到心仪的石头，还是会心痒，还是要出手。他说，这辈子，注定是要与石相伴终生了。

雨花石·海螺化石　56厘米×45厘米×24厘米

雕件的价值

——记王玉山

到六合采访王玉山，一见面他就捧出两件雨花石雕件给我欣赏。一件是“北京猿人”，材质是雨花玛瑙中的一种松香石，颜色深沉，质地细腻，北京猿人雕得惟妙惟肖。王玉山说，2000 年的一天，他到六合长山乡觅石，在石农赵大家看到一枚雨花石，石头上有一个北京猿人头像，很精彩。他越看越喜欢，就花 300 元买下了。2003 年，他到六合做雕件的王文林家玩，一眼看到他家的“北京猿人”雕件，和他那枚“北京猿人”雨花石几乎一模一样，不禁大喜，花 1000 元买了下来。一水石，一雕件，两个“北京猿人”，成了他的最爱。2005 年，六合著名的雨花石收藏家朱言荣先生，应邀到宁夏银川水洞沟公园办雨花石展，水洞沟公园内，有个猿人遗址。朱言荣把王玉山的两个“北京猿人”借去展出，在当地引起轰动。

一件是蛋白石雕件《弥勒佛》。这块蛋白石，重约 6 千克，是我见到的最大的一块蛋白石，相当罕见。王玉山说，这块石头外表并不出奇，是 2007 年 5 月，从长山赵三家拿的，只花了 100 元。赵三说，这块石头最早是被六合的夏来兴拿去的，讲好 100 元。夏来信迟迟不给钱，看样子也是没看中，赵三就到夏来兴家，从他家墙拐角把这块石头拿回去。结果给王玉山看中了。王玉山是学过雕刻的，一眼看出是块罕见的蛋白石，满皮的指甲纹，质地肯定不差。六合人不雕大件，他把这块蛋白石送到玉雕之乡河南镇平，花 600 元，请老师傅雕了一座“弥勒佛”，又花 1000 元配了个红木座子。这座“弥勒佛”雕件，雕工精致，石质不输和田玉籽料，细腻、润泽，让人爱不释手。

“玉不琢，不成器。”我国的玉文化，其实就是玉雕文化。不经雕琢的玉，是不能成器的。玉文化已有6000多年历史。雨花石雕件始于何时？未经认真的考察，一般认为是起源于20世纪80年代。王玉山说，讲起来，他和雨花石雕件还真是有缘分。1962年出生于六合南门的王玉山，1980年初中毕业后，被分配到六合雨花玛瑙工艺厂当学徒。当时厂里的雕刻师傅，有陈孟林、胡家驹、葛孝林、蔡康麟，徒弟包括他在内，也就五六个。可惜，他当学徒不久，就被厂里推荐到六合教师进修学校学习半年，回厂后到职工夜校去当教师，改行了。1984年，王玉山当上了厂办主任。

王玉山说，他在任厂办主任期间做了一件事，让他至今感到自豪。那是1984年10月1日，六合雨花石玛瑙雕刻厂送了300枚雨花石，到南京工人文化宫举办了一次“迎国庆”雨花石展，著名书法家陈慎之为展会题词“玉质天章”；著名书法家刘浚川题了一副对联：“玛瑙浮来山水趣，琉璃映出锦鱼鲜。”国庆期间，南京工人文化宫游人如织，精美的雨花石让观众大开眼界。以单位名义举办这么大规模的雨花石展，在南京是第一次，况且还取得这么大的成功，作为领队的王玉山，至今谈起来还是眉飞色舞！

1988年，王玉山被任命为六合雨花石玛瑙雕刻厂厂长。全厂近百职工，主要做外贸生意。除了整箱出口的抛光石，重点产品就是雨花石雕件。与玉雕相比，雨花石雕件的最大特点，就是“俏雕”，即利用雨花石丰富的纹路、色彩，进行设计和雕刻。好的产品，就成了作品，成了艺术品，身价倍增。春、秋两季广交会，雨花石雕件深受外商和港台澳地区客商的喜爱。他至今记得，有3件俏雕精品，一件蛋白石“枇杷”，一件盘龙图章，一件“荷叶青蛙”，被台湾麒麟山庄的父子俩人以3000美金（折合两万多人民币）收购。那时候，全厂职工一个月的工资也就1万多元。3件雕件，够发全厂两个月的工资啊！

在六合，雨花石玛瑙雕刻厂算不上大厂，但效益却是最好的，工人年年涨工资。每次到六合县工业局开会，他这个厂长的风头最劲，被人称为“小而圆”。他知道，这都是拜雨花石和雨花石雕件所赐啊！可惜，到20世纪90年代初，外贸生意不好做了，雨花石玛瑙雕刻厂风光不再，走到了尽头。1996年，王玉山自己创业，办了家雨花石厂，做五彩石生意。这一做，就是20年。直到2016年，六合砂矿封停，雨花石资源枯竭，他才收手。

王玉山说，他个人的雨花石收藏，是1996年之后的事。此前，他也有过不少好石头，大都送人了。他给我看一块最喜爱的藏石“通灵宝玉”。石形呈圆，品相端庄，满底的中国红，耀人眼目；中间偏右处，有几丛浓绿点缀，似山似树，一条白纹从山顶蜿蜒而下，如飞瀑从天而降；左侧上方，一块圆圆的白班，如一轮悬在天空的明月；左侧中部，有一位古人，足踏祥云，仰头上望，似在观月。这块藏石色彩明丽，成景度高，让我眼前一亮。王玉山说，2001 年 8 月，石友在六合招商市场聚餐，石贩李二告诉他，得到一块美石，就是这块“通灵宝玉”。王玉山与李二约好，第二天上午去他家看石。谁知李二酒喝多了，忘了承诺，把“通灵宝玉”以 8000 元卖给另一个石贩小滕了。第二天上午，王玉山给李二打电话，李二这才想起来与王玉山有约在先，赶紧找到小滕，说明情况。小滕死活不肯退还。李二买上老鹅、猪头肉，上门请小滕喝酒，好说歹说，总算把石头要回来了。第二天下午，王玉山赶到李二家，掏出 1 万元，把“通灵宝玉”请回家，这才安心。

“通灵宝玉”先后在仪征、扬州、南京博物院展出，均获好评。2016 年 5 月 1 日，在六合万寿宫欢庆非遗申请成功的雨花石展上，此石再次惊艳亮相，有石友出价 10 万，希望王玉山转让，被他婉拒了。他说：“人与石头，是有感情的。金钱在感情面前，就显得无力了！”

2002 年的一天，六合马鞍的石商曹老板打电话给王玉山，说得了一块数字石，中间有个“一”字，要他去看看。王玉山立即开车赶到曹老板家。曹老板拿出“一”字石给他看。王玉山只看了一眼，二话不说，价也不还，掏出 100 元，拿起石头就走了。原来，他早已看出，这个“一”字，掉个角度，就是一尊立佛啊！这是一块透板玛瑙，正中由红线勾勒出的立佛的周身，有柔柔的金光射出，金光外面有一层银光，光芒四射！人物到位，层次分明，色彩鲜艳，真是一枚难得的精品，王玉山命名为“活佛灵光”。2007 年，此石被送到南京雨花石博物馆展出，被评为精品石。

王玉山有一块蛋白石“寿桃”，现在已经成为他的微信图标了。这是 2001 年，他从六合长山西河一王姓石农家得到的。此石外表看不出精彩，他凭直觉，感觉有戏。拿到阳光下一照，里面有一团暗影。他学过雕刻，估计这团暗影，应该是色块。他决心赌一把，花 900 元把此石拿下。再把面皮一去，一枚胭脂红的寿桃，赫然显现。蛋白石很少成景，石面正中这颗硕大的寿桃，形到位，色喜气，真是太难得了。

觅石、藏石、赏石 20 多年，王玉山的体会是，搞收藏，一要有眼力，二要有财力，三要有魄力，四要有闲时，五要有石缘。此外，还要多交流、多学习。他说，只要有机会，他就会去找池澄、张亚夫等雨花石收藏鉴赏大家去学习、请教，获益匪浅。在石界，他起步算迟的，但进步算快的。2007 年，他被六合县人民政府授予“雨花石收藏鉴赏家”称号。

王玉山依旧难忘雨花石雕件。让他感到高兴的是，近几年，雨花石雕件受到许多藏家的重视，精品雕件，价值得到认可，价格直线上升。之前，雨花石雕刻手艺濒临失传，曾引起媒体的关注和呼吁。2010 年，六合中等专科学校，这座以机械电子工业和传统服务业学科为主的学校，首次开设了“雨花石雕刻工艺”学科，作为在校生的爱好选择，并开始招生。很多学生闻讯而来。“雨花石俏雕”专业的学生，除了学习“采石”“问石”“刻石”的基本功，还要学习美学理论，涉猎古诗词。雨花石和玉不同，有色彩纹路，需要文化底蕴，古诗词就是最好的灵感源泉。几年来，100 多位学员走上社会，自主创业，已经成为雨花石俏雕的生力军。

精品雨花石雕件中有“三绝”：一是俏色创意，二是精工细作，三是料质色美。精妙地运用俏色，可以起到画龙点睛、化腐朽为神奇的功效。这是玉雕所无法相比的。我见过几位藏家的精品雨花石雕件，令人叹为观止！

王玉山说，他坚信，在不久的将来，精品雨花石雕件作为艺术花园里的一朵奇葩，必定能实现价值回归！

名医的雅趣

——记夏光亚

1999 年，年届花甲的夏光亚被评为“南京名中医”。这一年，他已从医 35 年。

2017 年，我去六合采访夏光亚，被告知，夏老还在六合中医院坐堂，等下班了，才能过来接受采访。这一年，他已年近 80 岁了。

这位名中医面色红润，精神矍铄，步履沉稳，言语温和，一点也不像年届八旬的老人。他说：“当了一辈子医生，也还算用心用力。其实，我这辈子最大的兴趣，还是书画啊！”

夏光亚祖籍六合，爷爷夏延年，父亲夏博儒，哥哥夏光中，侄子夏祖荫，均为中医名家。儿子学的是西医，儿媳学的是中医，孙子正在南医学习。在六合，夏家称得上杏林世家。夏光亚说，即便如此，他自小的兴趣却不在医，而在艺——书画艺术。他自小胆子就大，不安分，读小学时，他就喜欢楮墨涂鸦。读中学时，他就常常往来于金陵前辈画家李诚斋、赵枕云、李味青等家中，观摩学习，甚至携画至陈之佛、傅抱石家中请教。回想起来，夏光亚依旧感慨：如果没有艺坛前辈奖掖后生的大度和境界，自己胆子再大，也是无济于事的啊！

有先天的悟性，有后天的努力，有名家的指点，夏光亚书画技艺突飞猛进。1959 年，他考入南京艺术学院，后又被举荐到江苏省国画院进修班学习。他至今依旧感到遗憾的是父亲反对他以书画为业。“画饼不能充饥呀！”这是他父亲的口头禅。在父亲的坚持下，夏光亚回到六合，跟父亲学中医。父亲有个学生叫李康，在北京中医学院当教授。1963 年，夏光亚到北京中医学院进修，跟李康教授学中医。他学习刻苦，博览医书，临床见习，结交名医。北京有个秦伯未，是中医泰斗，看到夏光亚字写得不错，很喜欢他，常常叫他帮着抄方子。秦伯未也擅书画，送一幅《芙蓉花》给夏光亚。50 多年过去，夏光亚还记得画上的题词："瓣瓣心红透，叶叶体玲珑。花开君独艳，全铺皆光荣。"

在北京学医之余，夏光亚仍丢不下书画。他最崇拜的是北京中国画院院长陈半丁。读中学时，他就多次给陈半丁写信求教。陈半丁给中学生夏光亚回过好几封信。夏光亚拿着陈老回信的信封，找到陈半丁家，登门求见。门卫问陈老："南京来的夏光亚，见不见啊？"陈老还记得这个中学生，让他进去。夏光亚很乖巧，进门三鞠躬。刚刚坐下，就对陈老说："您的画，有吴昌硕的气派，有任伯年的清秀，我很喜欢。特来求教！"陈半丁也出生在中医世家，跟吴昌硕学画。见到这位晚辈颇有灵气，也就喜欢上了。从此，88 岁的陈半丁和 24 岁的夏光亚，成了忘年交。

1964 年 3 月，夏光亚离开北京，回到六合，把肄业证书交给六合卫生局，等待分配。1965 年年初，夏光亚被分配到六城医院当中医师，一直干到退休，退休后继续返聘，一直干到现在。50 多年来，他主业专精，艺兼书画，乐此不疲。

夏光亚说，书画之外，他还有一个雅趣，就是赏石，尤爱雨花石，可以说，也是到了痴迷的地步。

夏光亚自小喜欢书画，对色彩斑斓、晶莹剔透的雨花石情有独钟，是顺理成章的事。他的父亲也喜欢雨花石，收藏有几百颗雨花活石，耳濡目染，出自家传。他从小就喜欢到岩灵山下拣石、觅石、藏石。父亲去世后，大部分的雨花石都传给他了。几十年下来，夏光亚的雨花石收藏，无论从质还是从量上，在六合的收藏家中，都是数得上的。

夏光亚笑着说，医生的职业，让他在雨花石收藏上讨了不少巧。原来，雨花石养眼养神，夏光亚痴迷日甚，须臾难离，在医院坐堂的案头，便放着一只大碗，注上清水，放入几块美石。来看病的人，便都知道，夏医生喜欢雨花石。他医德高尚，医术精湛，病愈的患者都心存感激。加上那时候，雨花石也是寻常之物，并不贵。不少病人得到好石，就送给他玩。夏光亚说，他有不少藏石，都是病人或朋友送的。

在六合，夏光亚的书画名气之大，可与医术并称。六合街头，不少单位的名匾，是他题写的。有书画爱好者知道他爱石，就用美石来换他的书画。1988年，夏光亚到东沟镇孙营村一位老师家觅石，看到一块雨花石，就像触电一样，浑身为之一震！ 这是一块透板草花，品大而形端，左侧及下方，绿树葱茏；树梢处，黄、橙、红、紫，好像围一圈珊瑚；中部水光闪烁，白茫茫一片；正中顶部一团鲜红，犹如旭日初升。夏光亚看得呆住了，一把抓在手上，再不肯丢下。孙老师说，这石也是他的最爱，要留给自己玩的。夏光亚哪肯松手？那架势，就是要动手抢了一般。孙老师见状，笑了，说：“老弟，既然你这么喜欢，就送给你玩吧。不要钱了，要钱歹怪。可你得给我画一幅中堂。行不行?”夏光亚大喜，一口应承。回去就给孙老师画了一幅中堂《国色天香图》。孙老师也十分欢喜。

夏光亚将此石命名为“丽日东升”，视之为自己最心爱的藏石。2008年，六合区被授予“中国观赏石之乡”荣誉称号，六合区委、区政府出版了一本大型画册《玉质天章——南京六合雨花石精品集》，“丽日东升”是唯一一块置诸封面的美石。

20世纪80年代初，金陵大地卷起一股雨花石热潮，南京的许多爱石者，纷纷到六合、仪征一带觅石、拣石、购石。夏光亚作为六合有名的藏石家，首先被他的书画、文学界朋友瞩目。那时，忆明珠、孙友田、池澄等著名作家、诗人兼爱石者，都喜欢到夏光亚家赏石。夏光亚生性豪爽，送了不少好石头给他们。由此，也让他感受到，雨花石不仅仅有审美价值，同时还具有收藏价值。他开始主动出击，只要有空，就骑上自行车，下乡拣石、觅石、购石。他收藏的不少精品石，就是从乡下、市场，拣来、买来的。

1990年春的一天，夏光亚骑车去长山乡找石头，那天细雨蒙蒙，乡路难行，转了一天，一无所得。在返程路上，自行车突然被一块石子硌了一下。夏光亚停下一看，是一块油泥石。抹去泥水，露出牙黄色的底子，朱红色的图案。拿到水沟里洗净，画面上的两只鸳鸯出来了。一条树枝垂下来，红斑点点，酷似桃花。夏光亚不禁心花怒放，如获至宝。“这块石头分明是来找我的啊！真是缘分！”夏光亚将此石命名为“桃花鸳鸯图”，说起当时的情景，还是掩饰不住激动。

夏光亚有多块石头入选《玉质天章——南京六合雨花石精品集》。其中一块“桥头话别”，极为精彩。这是一块绿草花，7.3厘米x5.2厘米，鸭蛋形，底色为鹅黄。画面右侧，一块巨石上，一棵古松枝干遒劲，石旁一座拱桥，桥头立着两位古人，一男一女，女子云鬓高耸，体态婀娜，右手半举，依依惜别。男子头戴乌巾，弯腰恭立。整幅画面，人物到位，如诗如画，满是别情，让人过目难忘。一块“瓜埠观潮”，此石下部是赭褐色的大地，地上几块淡黄色，犹如油菜花开。上部云水相激，犹如大江东去，白浪滔天，滚滚波涛中，有两艘飞舟在逆流而上。磅礴的气势令人魂飞魄动！有人配诗云：“种瓜仙去埠留名，纵目高岗白浪生。南岸遥遥飞雪影，中流隐隐送雷声。”一块“冶浦归舟”，也是一块绿草花，黄底如江水，墨迹似归舟，画面简洁，充满诗意。有人配诗云：“一江浩渺向天涯，片片归帆日望家。欣借长风如使马，愁看落日已啼鸦。”

夏光亚说，这些入选的精品，当初得来，其实价格并不高。他买得最贵的一块石头，也就1000元。那是2007年，他从六合石商张勇手上买的“西塞山前白鹭飞”。白底、绿树，枝枝挂挂，一只白鹭悠然飞过。这样的石头，现在恐怕要值几万块钱了。对于雨花石价格近年来的暴涨，夏光亚一则以喜，一则以忧。喜的是国赐天宝的价值，终于得到市场的认可；忧的是，好石头不敢问津了。

夏光亚兴趣广泛，除了书画、赏石，他还喜欢养兰花，玩紫藤、梅花盆景，养百灵鸟。他的家，就是一个艺术的世界，生机勃勃，美不胜收！退休20年了，他天天还要坐堂，每周还要去老年大学授课，忙得不亦乐乎。

也许，这就是名医的养生之道吧！

雨花石·桥头话别　7.3厘米×5.2厘米

具象蕴大美

——记谢庭泽

“雨花石的美，有具象，有抽象。有人提倡抽象美，我不反对。各人的欣赏角度、欣赏习惯不一样，很正常。但是，就我而言，我更喜欢具象美。我认为，雨花石的神奇，就在于它呈现出来的惟妙惟肖的具象之中。”那天，我在新海天茶社采访谢庭泽，他开门见山，直截了当地宣布自己的赏石观。

谢庭泽 1963 年毕业于江苏教育学院，本来应该当教师的他，却被分配到南京市公安局，从交警干起，到副科长、副处长、第一任交警支队队长、第一任交管局局长，一直做到南京市公安局副局长。我当记者时，跑的是政法口，谢庭泽思想的前卫、做事的踏实，给我留下深刻印象。在他任上，有两件事情是影响全国的。1986 年，南京成立了全国首家交通指挥中心，这是公安部的试点项目，谢庭泽是负责人之一。同时成立了交通科研所和交通科技开发公司，项目获南京市政府一等奖，受到国家科委表彰。交通指挥中心六楼顶上，建有直升飞机停机坪，这在当时也是非常超前、引人瞩目的。1990 年，南京自适应机动车、非机动车混合整治城市交通控制系统建成，这是国家“七五”攻关项目，谢庭泽是该项目的负责人。一位老公安，工作之余，迷上了雨花石，成了收藏家，这是我当记者时，还不知道的事。

听谢庭泽讲他的童年往事，我这才理解，他喜欢雨花石，偏爱具象美，由来有自。谢庭泽 1940 年出生于江阴青阳镇。家门口就是大运河，支流张塘浜曲曲弯弯，绕村而行。村里石板桥、拱桥比比皆是，风景优美。祖父谢逸臣擅书画，喜篆刻，青阳镇上的店招，大多出自谢逸臣手笔。父亲是教师，也爱书画。受家风熏染，谢庭泽自幼即爱上书画，中学时写文章，起的笔名是“石水”，仿佛注定他这辈子会与石、水结下深深的缘分。

谢庭泽说，迷上雨花石，缘于一件事、两个人。南京交通指挥中心也是公安部的项目，他常常要到北京去，与部里的人沟通、汇报。那时候还不时兴送礼，可也不能空着手去吧，有人便提出，送南京土特产雨花石，既不花大钱，又拿得出手。这是雨花石和谢庭泽的首次邂逅。谢庭泽分管交通科研所，所里有一位干警叫张国义，收藏的雨花石又多又好，他后来当上了南京雨花石协会第二任会长。在张国义的影响下，谢庭泽走上了收藏雨花石之路。1990 年，谢庭泽调任秦淮区公安分局局长。辖区内的夫子庙，就有雨花石市场，大名鼎鼎的石商鲍连发，就在大成殿里卖雨花石。一来二去，老鲍也成了谢庭泽的朋友。老鲍眼界高收藏的石头好。谢廷泽从他手上买了不少好石头，也学到不少鉴石本领。谢庭泽说：“这两个人，都是我的老师哦。”

谢庭泽的夫人周佩玲采访时也在座，听到这里，笑着补充道：“老谢最早喜欢玩古董，但古董假货太多，尽上当。后来就转玩雨花石啦。雨花石是天然的，没有假货，不会骗人。他的工资上交，其他收入，我也不知道到底多少，全都拿去买石头了。开始我也有意见，家务事一点儿不问，周末就往石市跑，也不知他花了多少钱。后来想想，他喜欢，开心就好啦！”谢庭泽在一旁听着，只是笑。我对周佩玲说：“和高向耘厅长比起来，谢局长就是模范丈夫啦！高厅长连工资都不上交，全部拿去买石头！”谢庭泽听了大笑，对周佩玲说：“这下你知道我的好了吧。”

有人说，玩石头是会上瘾的。这话不假。谢庭泽说，自从迷上雨花石，满脑子除了工作，就是石头。有空就骑上车，往石头市场跑。夫子庙、总统府、中山陵、雨花台、清凉山、乌龙潭，每星期都要跑上一趟。“乌龙潭周六开市，每次我都是第一个到。我住新街口，走到乌龙潭不远。一圈转下来，摊主们从乡下收来的好石头，尽入眼底。我的不少好石头，就是在乌龙潭市场捷足先登，被我收入囊中的。”

除了跑得勤快，人缘好也重要。谢庭泽说：“我买石头，爽快，舍得出价。也因此交了不少石农、石商、石贩朋友。他们得到好石头，会打电话给我，约我上门去看，或者干脆就送石上门，给我看。我的很多好石头，也是这样得来的。比如石贩徐文义，就卖了不少好石头给我。他卖石头也爽快，一盆一盆卖，从不乱要价。我的“中国地图”“蓬莱仙境”，都是从徐文义手上拿的。价格都不贵。”

人眼是杆秤，在石界，捡漏的事情虽然有，但毕竟不是太多。很多好石头，都是一眼货，要价自然就高。谢庭泽只要看中，也舍得出手。他有一块招牌石“齐天大圣”，此石通体墨黑，身着红袍的齐天大圣孙悟空，好像刚刚反下天庭，脚踏紫祥云，手舞金箍棒，左上方，一条金龙在仓皇回首。画面干净利索，人物生动传神。那是1998年，他从夫子庙的石商老董手上收来的。此前，张国义、王方陨都看过此石，都想买。老董捂着，没卖。后来给谢庭泽看。谢庭泽一看，抓在手上就不放了。老董开价2500元，谢庭泽没还价，掏钱成交。将此石卖给老董的，是仪征一位石农，听说“孙大圣”归了谢局长，专门带两块石头来，在大成殿门口找到谢庭泽，仿佛找到了知己。此石成了金陵石界公认的名石，在展会上获一等奖，多次被媒体报道。谢庭泽也格外珍爱，放在银行的保险箱里珍藏。

跑得勤快，捡漏的机会相对也多一些。谢庭泽有一块“锦绣河山”，就是捡漏得到的。此石长宽均为5.1厘米，呈圆形。画面上，红叶满枝，秋意正浓。一片磅礴的瀑布似从天而降，从山顶直流而下。山腰杂树丛生，山下巨石纵横，那溅起的巨浪，打在树枝后，又缓缓回归溪流，蜿蜒流向远方。那水流动中有静，静中有动，忽缓忽急，真是一幅天成的锦绣山河图。谢庭泽说，此石是从总统府的石贩曹胖子手上拿的。曹胖子只开价300元，显然对这块美石认识不足。此石也成了谢庭泽最心爱的风景石。

也有擦肩而过、失之交臂的遗憾。那块叫“玉猫”的雨花石，让谢庭泽至今回想起来，心中犹痛。这只“玉猫”，几经辗转，落到了清凉山奇石市场石商朱某的手上。这是一只纯种波斯猫，那双似睁似闭、似醒似梦的眼睛，有一种摄人心魄的魔力。看的人多了，价格一路上涨。到谢庭泽看到时，价格已升到1万。谢庭泽同意成交，不料朱某又说：“还要回去和老婆商量一下。明天给你回话。”第二天，朱某打电话给谢庭泽，说老婆也同意1万元成交了。谢庭泽接电话时，夫人周佩玲正在身旁。他怕夫人得知实情，不敢正面回应，只是哦哦啊啊地应承着，打马虎眼，心想，第二天就带钱过去拿石。谁知第二天找到朱某，朱某说：“听你在电话里含含糊糊的，好像不想要。今天一早，已经让给六合的王某了。”

后来得知，王某是以 1.2 万元拿走“玉猫”的。后来，“玉猫”成了名石，王某声称：200 万也不卖！谢庭泽对周佩玲笑着说：“你看，你看，就怪你。你那天要不在，“玉猫”不就是我的了吗?”周佩玲笑着回他：“石头讲缘分！那块石头就不该是你的！”说得我也笑了起来。

谢庭泽说，他赏石最大的乐趣，还不在觅石、购石，而在把玩和发现。新石到家，他总要一块一块过目，颠过来倒过去看，不断地琢磨，希望能发现最贴切的某种具象。有时夜里睡不着，就爬起来看石头，一块石头能看半天。周佩玲说，看他那痴迷的劲头，真是不可理解！谢廷泽却乐此不疲。让他最得意的是，有一块石头，他居然在上面找出了十二生肖。他有一块通体黝黑的大品玛瑙，（9.5 厘米 x6.2 厘米)，画面上有一块黄色斑块，斑纹里有一只昂首翘尾的神兽，别人说是“麒麟”。谢庭泽爱不释手，反复揣摩，发现更像是南京市市标“辟邪”，于是改名为“辟邪”。看到这昂首挺胸、吞云吐雾的“辟邪”，石友都说：真神了！

有一次，谢庭泽闲来无聊，在石头堆里翻拣，忽然发现一块纽扣大小的玛瑙石上有个人物，细一看，酷似年幼时的伊丽莎白女王，不禁大喜。后来，他与夫人去美国阿拉斯加旅游，在路边店里买了一块玛瑙，上面也有一个人像，正是成年的伊丽莎白女王！一大一小，两个“伊丽莎白”，放在一起，让人想起岁月的沧桑。有一块文字石，谢庭泽从朝天宫在石贩唐守谷手上拿的，横看是个“山”字，“山”外有一黄圈。谢庭泽回家，颠倒审视，竖过来看，发现居然是一个标准的“国”字。后来，一个石农得知谢庭泽有个“国”字，主动送来一块“中”字给他，配成“中国”两个字，加上那块“中国地图”，这 3 块石头，就成了绝配。展出时，观众无不啧啧称奇。

到目前为止，谢庭泽已出版了 5 册雨花石藏石图集，分别是第一辑《天赐国宝》；第二辑《天降雨花》；第三辑《天之骄子》；第四辑《庆国庆精选版》；第五辑《天成之美》。谢庭泽在自序中谦虚地说：“我只是一个简单的收藏者，仅被雨花石的灵动可爱深深地吸引着，始终沉浸在对雨花石美的追求和享受之中。雨花石浑然天成，无须雕琢，质朴自然，然而又华丽动人，其色、质、形、纹等综合特点，与自然界的一切相呼应，包罗万象，应有尽有。她的天成之美，不可思议，令人拍案叫绝。”他还说，他出版雨花石藏石图集，一是为了建档，自娱自乐；二是赠送石友和爱石之人，分享快乐。怀有这样的初心，正和雨花石一样，质朴自然，让人感动。

谢庭泽说，很长一段时间，夫人周佩玲都不理解他收藏雨花石。他收藏的大几千枚雨花石，也不敢拿回家，就放在办公室里。退休了，几十个大罐子、大抽屉，好几个大木箱，满满当当装的全是雨花石。搬回家中，把周佩玲看得目瞪口呆！好在两个人都退休了，在谢庭泽的感染下，周佩玲也爱上了雨花石。如今子女在外，孙辈也进入校园，赏石，就成了老两口颐养天年的赏心乐事。采访中，周佩玲一边笑吟吟地听，一边也不时插话，看得出来，老两口心心相印、琴瑟和鸣。谢庭泽说，没有周佩玲对他的包容、忍让、支持，他就不会有今天。所以，每出画册，他都会配上夫人的照片或夫妻二人的合影，以示感激和尊重。

迟暮之年，茶余饭后，两个人同在小小的雨花石里寻找奇妙之美，不喧不闹，意静情深，用心去发现、创造这个世界中的另一种美——这真是一种难得的幸福！

雨花石·辟 邪

文明的执着

——记许文明

许文明在金陵石界，小有名气。我认识他也有不少年了，不过，只是“点头之交”。真正对他有所了解，是 2017 年后的两件事。一件小事，一件“大事”。

一件小事，是在采访台商邱先生时，听邱先生讲述的。邱先生的朋友，制砚大师葛志文，送给邱先生一块南京栖霞山出的钟乳石，粉红色，一头呈圆饼状，像极了一块汉代的瓦当。邱先生很喜欢这块“汉瓦”，当宝贝一样收着。心里同时存了一份期盼：哪天能配上一块“秦砖”，就圆满了。有一次，邱先生在南艺后街觅石，累了，坐在许文明的石铺里闲聊。许文明的一位石友，恰好买了一块石头，过来喝茶，也让许文明看看他买的一块石头。这是一块大化石，石皮青绿，包浆浓厚，方方正正，恰似一块古砖。邱先生眼前一亮，这不是一块“秦砖”吗？和“汉瓦”是绝配啊！邱先生不认识这位石友，但，爱石心切，实在不肯错过这个机会，就问：“这块石头能让我玩吗？价格都好说，可以双倍给你！”这位石友拒绝了，说自己也喜欢这块“古砖”。说完，放下“古砖”，又去逛市场了。

许文明看出了邱先生的失落，安慰邱先生说：“不急。我再去做做他的工作。”即刻去市场寻他的这位石友。果然，许文明过了不久就回来了，兴冲冲地对邱先生说：“讲好啦！‘秦砖’你就原价拿走吧！”邱先生大喜过望！得了一件宝贝，了了一桩心愿。说者无意，听者有心。许文明的这件小事，深深地印在我的脑子里。能够这样深刻理解一位爱石者的心情，助其圆梦者，必定也是一位执着的石痴！

一件“大事”，是2017年5月、6月，许文明在当代南京万国府项目体验中心分别举办“许文明雨花石创意组合展”和“许文明雨花石精品展”。两个展览，历时两个月，在金陵石界引起不小的反响。创意组合展上，展出的创意作品“锣”“鼓”“日晷”“知足常乐”“一叶小舟”“一帆风顺”，可谓别寻蹊径、不落窠臼，让人眼睛一亮。这些以石为创作素材及灵感，辅以金石之工，佐以雕刻之巧的创意作品，栩栩如生，犹如画龙点睛，观者纷纷留言，拍案叫绝！

精品展展出的几百块雨花石，是许文明10多年来藏品的一部分。“万山红遍”“丹凤朝阳”“丝绸之路”“有礼了”“海鸥飞翔”“翩翩起舞”“风雪高原”“巍巍太行”……每块精品，把雨花石的精彩展露无遗，让人见识了许文明的眼光和心血。

这一件小事和一件“大事”，让我对许文明刮目相看。

许文明说，他玩石头，其实还不到20年。2000年前，他爱好的是书法、篆刻、绘画，收藏的是邮票、钱币、粮票，自诩为“杂家”。2000年10月的一天，秋高气爽，他应朋友之邀，去六合砂矿玩。在一个石农家的灶台上，无意间发现了一块雨花石，酷似一只“脚”。出于好玩，他当即花5元钱买下，并取名为“一步一脚印”。没想到，这只“脚”，从此让他踏上了玩石之路，一发不可收拾，其他爱好都黯然失色。

许文明说，自从迷上石头，他的魂，就被石头勾住了。每到双休日，他都会骑上摩托车，下乡觅石。2003年冬，一个星期日，天空飘着雨雪，寒风扑面。许文明站在阳台上，犹豫着是否出门觅石。“忍不住石瘾发作”，他毅然决然骑上摩托车，冲入风雪之中，前往六合觅石。到中午，他啃着自带的干粮，一边看着越下越大的雪，一边盘点着拣来的石子，心里美滋滋的。回到家时，他冻得瑟瑟发抖，连钥匙都插不准锁孔了。

2004年6月的一天，许文明和石友骑车去安徽乌江找石。在上山时，许文明不慎一脚踏空，摔倒在地，顿觉痛彻心扉。在石友的帮助下，他赶紧上车赶路回家。在妻子的陪同下，去医院检查，结果是左肋骨三根骨裂，左臂夹骨骨折，当时就打上了石膏。妻子对他一到双休日就外出觅石，早就积了一肚子怨气，看他摔成这样，又是心疼，又是生气，数落他说：“这下跑不了了吧？你有本事接着跑啊！”许文明自知理亏，一声不吭。都说“伤筋动骨一百天”，许文明哪里熬得住？只过了一个星期，许文明就偷偷地扒掉身上的石膏，自己解放自己，又骑车去六合觅石了。背后传来妻子焦急的呼叫："你疯啦！疯啦！"

日积月累，许文明家里到处都是石头。三面墙壁，博古架上放满了太湖石、黄蜡石、栖霞石、戈壁石，茶几上常年放着色彩斑斓的雨花石，沙发下，柜子里，床底下，阳台上，一个一个纸箱，都被石头塞得满满的。这还不算，好石配好座，动手是许文明的强项，他又瞄上了树根，拣来枯木朽枝配座。一到双休日，不是外出觅石，就是闭门创作，锯、刨、凿、刻、磨，忙得不亦乐乎。妻子不乐意了。她是个爱干净的人，家里的卫生全是她打扫，看着家中到处是石头、树根，气不打一处来。两个人为此经常争吵。有时气急了，她会发狠话要把他的石头都砸了。

许文明其实是个好脾气，家务事也愿意承包，夫妻吵架也往往是他先让步。他说，砸彩电、砸冰箱，他都不在意，砸石头可不行！那是他的心肝宝贝，是他的命根子啊！许文明深知：家和万事兴的重要性，这石头要玩下去，还真得过好妻子这一关。经过几次耐心的"谈判"，最后还是妻子出钱，给他租了一间工作室，让他放心去玩。这下好了，一到双休日，许文明就泡在工作室里，锯、凿、磨、刨、刻，放开手脚搞创作。

许文明有书法、绘画、篆刻的功底，动手能力强，想象丰富。他说，收藏一块奇石，作为欣赏对象，仅有天然美，显然是远远不够的，还得通过包装、配座，赋予其文化内涵，奇石才能呈现出更高的审美价值。因此，为自己收藏的石头配座，乃至组合，就成为许文明创作的重点。他收有一块雨花罗盘粗石，石头虽然不大，却很精致，包浆也好。为给这块罗盘石配座，许文明苦思冥想一年多，未能如愿。有一次，他进山找树根，突然发现一根朽木，树心纹理美极了，一道道自然放射的裂纹，像极了计时仪器的影子，配上罗盘石，不就是一座日晷吗？一件漂亮的作品，终于制作成功了！许文明为此激动了很长一段时间。

雨花石有多种玩法，可水玩，可手玩，可供玩，可组合玩。一次，许文明买了一块红色的富贵石，没什么主题，放在水里，只能看到红色；做手玩，又太小。思来想去，许文明找到块木料，雕了8只脚，把石头安上去，一只活灵活现的"红蜘蛛 "就爬出来了。许文明又找来一块朽木，雕了一张"蛛网"，把红蜘蛛放到网上，再放上几粒小石子，作为"虫子"，一件作品就出现了，许文明为其命名为"知足常乐"。这件作品，在创意组合展上，成为亮点，许多观众啧啧称奇！有观众留言说："这是赋予雨花石第二次生命！""让雨花石带着新的灵魂，走得更远！""这是点石成金啊！"

许文明玩创意组合，越玩越上瘾，越玩越有成就感。他把一件件创意组合作品带回家，给妻子看。妻子看到"红蜘蛛""贝叶小虫""鼓""锣""出淤泥而不染""日晷"，也不禁呆住了。许文明略带得意地问道："怎么样？"妻子笑了，说："没想到雨花石还能这样玩啊！"能得到妻子的理解和认同，许文明特别开心！

许文明是南钢信息公司的通信维修工，日常工作就是负责全厂话机的拆、装和维护保养。他工作兢兢业业，深受单位领导和同事的好评。再过3年就要退休了的他，对未来充满向往。他说，这些年来，他只能利用节假日外出觅石，潜心创作，感觉时间实在不够用。为了寻找石头，自己已走过了大半个中国，足迹遍及新疆、宁夏、内蒙古、广西，在河床、在大漠、在砂矿、在草原牧民家、在石农家，寻觅心中的奇石。大自然给了他太多的惊喜、太多的感悟，也更加坚定了他对奇石的执着追求。

一位执着的石痴，要付出很多常人难以想象的辛苦和心血，但是，也能体验到常人难以体会的快乐与幸福！

雨花石·日晷

夫妻俩石迷

——记杨启顺、徐立梅

大凡玩石，一要有点儿闲钱，买石头；二要有点儿闲空，寻石头；三要有点儿闲地，放石头。这三样东西，都和生活密切相关，更和一块生活中的另一半密切相关。此中甘苦，石痴们心里都有一本账。一般逃不脱四种情形：一是不理解，这最为糟糕，往往生出许多闲气来，玩得不尽兴、不开心；二是理解，这已经不容易，不干涉，不阻挠，不给脸色看，玩得心安理得；三是支持，这更难得，要钱给钱，要时间给自由，哪怕斗室蜗居，石头乱放，也无怨言；四是同乐，夫妻都迷石头，乐此不疲。第四种情形极少，可谓前世修来的石缘，羡煞了多少石迷！

杨启顺、徐立梅夫妇，就是这样一对“执子之手，与石同乐”的夫妻石迷。徐立梅是我大学同学，毕业后，各奔东西。再次相见，是十年前的一次石展上，我看到徐立梅在一个地摊上埋头挑戈壁石，有点意外：“你也喜欢石头啊？” 徐立梅笑着说：“喜欢啊！”又指着坐在对面的一位男士说，“这是我先生，杨启顺。也喜欢石头。”杨启顺人很朴实，话不多。打过招呼，又埋头挑石了。我在市场上转了 4 个小时，要走了，发现徐立梅、杨启顺还蹲在石铺里，专心挑石，没有一点疲倦之态，心中不禁暗暗钦佩：好一对专注的石迷夫妻啊！

谈起当初迷上石头。徐立梅笑称：“老杨是被我拉下石海的哦！”2007 年，杨启顺面临退休。徐立梅就寻思：老杨没什么业余爱好，退休以后，日子怎么打发呢？她自己在忙活昆歌的事，时间都不够用！她是昆歌的热心倡导者，发起组织了“钟山昆歌艺术团”，几年来影响越来越大，她这个团长整天忙得不亦乐乎。她想拉老杨去唱昆歌，老杨提不起兴趣，反而经常抱怨她忙昆歌，不能及时回家烧饭。为了不让老杨拖后腿，徐立梅想起了玩石头。“养鱼会死，养花会败，买块石头千秋万代”。徐立梅认识原江苏省公安厅副厅长高向耘。高向耘爱玩雨花石。徐立梅就带老杨去高家拜访、参观、学习，一下把老杨的兴趣调起来了。然后，每到周六，就陪着老杨去清凉山奇石市场淘雨花石。两个人都淘，还比谁的眼光好、运气好，看谁能淘到价廉物美的好石头。

就这样，夫妻俩每周一次淘石头，用自行车一包一包驮回家。石头越来越多，却多为大路货，缺少变化，也没有什么让人激动的惊喜发现。这石头玩得不温不火。这时，老杨在石展上邂逅了戈壁石，立即被戈壁石艳丽的色彩和多变的形状吸引了，从此移情别恋，爱上了戈壁石。

戈壁石买回家，老杨喜欢把它们一块一块放在大桌上，逐个琢磨，慢慢欣赏。有一天，他突然发现桌上有两块玛瑙，颜色相近，形状互补。他试着把两块玛瑙对接在一起，奇迹出现了—— 一头活灵活现的“青牛”跳了出来！老杨一阵狂喜：石头还可以这样玩啊！老杨找到戈壁石的新玩法—— 搭配粘接，劲头更足了。每天都在石头堆里挑挑拣拣。为头找身子，为身子找头，一个一个地对、接、粘。很快，家里的榻榻米、大桌子、书桌、梳妆台、硬板沙发，到处都是一对对、一排排，各色各样的人物和动物。

徐立梅原本是想让老杨能喜欢石头的，不料自己陪他玩着玩着，也一头扎进石头堆里，成了石迷。她看老杨玩出了新花样，大受启发：石头能拼接，为什么不能组合呢？给青牛配个人物，不就成“老子出关”了吗？老杨一听，有道理，从一排排的小石人中，选出一块颜色、体态、大小相配的“老子”，徐立梅篆刻了一方界碑—— 函谷地界，再找一块石头地板配上。夫妻联手制作的戈壁石小品“老子出关”，问世了。

从此，夫妻俩一发不可收，买买买，接接接，家里成了石头仓库、小品工厂；除了睡觉，满脑子都是石头，都在构思。“漂母”“渔翁”“拾穗者”“朝圣者”“岳母刺字”“张良拜师”“伯乐相马”“霸王别姬”“乱世佳人”……一组又一组小品佳作，纷纷问世。

2013 年，夫妻俩创作的戈壁石小品，已达 100 多件。有一天，《扬子晚报》刊出“征集民间收藏，举办公益展览”的告示，徐立梅动心了，动员老杨参展。老杨开始有顾虑，怕水平不够。徐立梅说：“不给人家看，不让人家评，怎么知道水平高不高呢？”于是，“戈壁石小品南京首秀”在南京工艺美术大楼开展了。这是南京首次举办戈壁石主题的赏石展，一组组造型生动活泼又极富文化内涵的戈壁石小品，让观者大开眼界。中国观赏石协会副会长刘国强说："你们是南京戈壁石界的黑马啊！"这次展览，让杨启顺、徐立梅结识了许多戈壁石石友，也让他们信心大增。

通过这次戈壁石小品展，老杨发现，南京玩戈壁石的人越来越多。老杨萌生了一个念头：成立南京戈壁石协会，把戈壁石爱好者团结起来，加强交流，促进发展。徐立梅也赞同他的想法。说干就干，老杨开始四下联络石友，发起成立南京戈壁石协会并着手筹建工作。经过近一年的筹备，在众多戈壁石爱好者的共同努力下，南京戈壁石协会正式成立了！这是石头城南京继雨花石协会和盆景赏石协会后，第三家正式经民政部门批准注册成立的市级赏石社团组织，南京戈壁石爱好者终于有了自己的家。

随着作品越来越多，家里摆不下了。得给它们找个家啊！老杨想起自己的工作单位南京审计大学，与校领导经过一番洽谈，双方一拍即合：学校在图书馆里辟出一间展室，作为石艺馆，陈列他们的戈壁石作品，供全校师生观赏，进行传统文化教育。南京首家戈壁石展馆，就此在高等学府落地生根，成为大学里的一道风景，也成就了金陵石界的一段佳话。

夫妻俩为这座石艺馆，倾注了全部心血。他们没日没夜的设计、操心、忙碌，使展品内容大大丰富。结合学校的特点，展馆布置分为诗词、成语、典故、廉政、教育、中华风情、异域风情、动物世界等八大类别，内容涉及中外历史、人文、自然风光。展馆重视对传统文化的弘扬和传承，对拓宽参观者的知识面和艺术审美情趣，起到了潜移默化的效果。

布展时，夫妻俩在硬件上提档升级，为作品换上了红木底座。为此，他们不惜花费重金，一次一次地跑上海，下柳州，找专门的设计师为作品配座配景，让作品主题更加突显，品味得到提升。石馆中的 200 多件作品情景交融，趣味盎然，精彩亮相。石艺馆开张后，好评如潮，吸引了众多师生前来观赏，校领导非常满意。这项合作是真正的双赢！

石迷总是这样：永远不会满足，永远没有止境，永远没有最好。夫妻俩是石展、石市的常客，总是来得最早，走得最晚。一个摊一个摊地"扫"，常常忘记吃饭、喝水。2015 年，阿拉善奇石展，雪后的体育广场上，天寒地冻，杨启顺坐在摊位上，只顾扒拉石头，忘了饿，忘了渴，忘了冷。徐立梅怕他饿坏了，满城去买面食，买熟菜。老杨哪里顾得上吃？

徐立梅一口一口送到他嘴边。周边的石贩和石友看了直笑：瞧这老两口！

夫妻俩不仅自己玩，还有意识地带女儿女婿玩，希望他们将来能够接班。小外孙也跟着淘石。一次，在清凉山淘雨花石，在两元一块的粗石堆里，小外孙无意间抓到一块造型奇异的雨花粗石，拿给外公看。老杨一看，如获至宝，当场找到一块小石与之搭配，“再见吧妈妈”的雏形就出来了。现场一位石贩说：“哎呀，原来你们是这样玩石头的啊，我还以为你们老两口都是捡便宜垃圾货呢！看来，要拜你们为师了。”

夫妻俩玩石头，感情越玩越深。徐立梅唱昆歌，有时回来晚，老杨再也不抱怨她不回来烧饭，而是自己到快餐店解决。有时，钟山昆歌团需要男生，老杨也会放下石头，跑去帮忙。到外地觅石、配座，徐立梅也会丢下昆歌，夫唱妇随，跟老杨一道去，照顾生活，出谋划策。每天晚上，两个人绕莫愁湖漫步一圈，边走边讨论创作得失，挖掘新品题材，相互碰撞，相互启发。很多作品就是这样碰撞出来的。两个人各有优势：老杨对历史和南京文化比较熟悉，徐立梅对昆剧、戏曲更加了解。老杨拿出一条狗，徐立梅说：可以做杀狗劝夫；老杨拿出一只龟，徐立梅说，可以做钓金龟；老杨说，有个抱孩子的妇女，徐立梅说，可以做“白兔记”。徐立梅想：这些作品，反过来不也可以普及戏曲知识、扩大戏曲宣传吗？

每组石头，就是一件作品。每件作品，都蕴藏着发现的快乐、创作的感动。这就是石头的魅力所在。徐立梅感叹：“当初，只是想让老杨退休后能有事情做做。万万没有想到，石头会让我们的晚年生活，变得这样精彩、这样充实！”

戈壁石·母子情深（秃鹫）

石上观生命

——记杨文宁

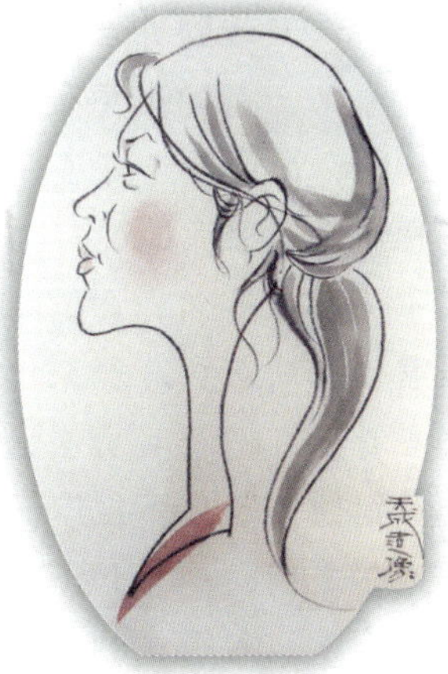

杨文宁人如其名，文质彬彬，端庄宁静。她是南京雨花石协会副秘书长、南京政协雨花石研究会副秘书长、南京雨花石研究所副所长兼秘书长，在为数不多的女性雨花石迷中，10 多年前就给我留下了较深的印象。但也就是点头之交，未及深谈。直到此次在清凉山公园的李剑晨艺术馆采访她，才对她有所了解。

杨文宁的父亲是南京地质学校的教师，喜欢雨花石。也许是受父亲影响，作为独女的杨文宁，从小就对雨花石产生了兴趣，常常跑到建筑工地的砂石堆中去拣石头，有时能拣到一两枚彩色石子，特别开心。但是，真正玩起雨花石，则是 1998 年了。刚过而立之年的杨文宁，有一次到夫子庙去逛街，在一个雨花石摊子前，被一颗石子迷住了。这是一块透板石，质地好，乳白的底色上，有一个人物，活脱脱就是童话中的“小红帽”。杨文宁爱不释手，掏钱买下了第一块雨花石。她自己也没有料到，在“小红帽”的引领下，从此踏上觅石、藏石、赏石之路，且一发不可收拾，20 年来愈陷愈深。

有人说，初入石道的人，石运特好，也许是吧。杨文宁刚玩石不久的一天，到清凉山市场觅石。那时，市场还在崇正书院内。她在六合石商许圣家的摊子上，看到一块雨花石，灿烂如太阳，光彩夺目，当即问价。许圣家说：“暂时不想卖。”杨文宁只好怏怏转身，准备去别的摊点看看。这时，贝芝泉老先生（雨花石界大藏家）过来，悄悄说：“小杨，你要想买就尽快和他谈。好些人都看中了，想要呢。迟了就买不到了。”杨文宁听说，很快又转到许圣家处，发现许圣家和鲍连发（老鲍）正吵得不可开交呢。原来，老鲍也想买这块石头，许开的价偏高，老鲍大发雷霆，把许臭骂一顿，恨恨地走开了。杨文宁问许圣家："怎么吵起来啦?"许将原委略说几句，气呼呼地说："什么也不用说了！今天我就把石头卖给你了！"杨文宁买下没多久，谢庭泽（原南京市公安局副局长，资深石迷）也来找许圣家要这块石头。原来他此前曾对许说过，此石他要了，让许留给他。回来一看，许把石头卖了，也对许圣家好一通数落。此后很久，谢庭泽只要一看到杨文宁，都会开玩笑似的说："小杨的太阳是我的啊！"后来，她才知道，之前曾有多位石友看中此石，曾因各种原因失之交臂，未能成交，最终落入初入石道的杨文宁的手中。杨文宁不禁感慨：难道真应了那句行话，是石头找人而不是人找石头？此石被命名为"时代金轮"，收入《中国雨花石图典》。

杨文宁没带实物，在手机上给我看她的石照，有几块石头，给我留下了深刻印象。一块"大唐飞歌"，画面上是一朵盛开的牡丹，下方一女子霓裳羽衣，长袖飞舞，跳得神采飞扬！传神地再现大唐的盛世华章，可谓酣畅淋漓！杨文宁说，一看到这块石头，脑子里就跳出李白的诗句："名花倾国两相欢，常得君王带笑看。解释春风无限恨，沉香亭北倚栏杆。"这石是清凉山公园马姓石商的，杨文宁几年前看到过，当时石商开价很高，只得放弃。不料几年后，又见此石，和石商聊了几句，问价，比几年前大跌了。杨文宁略一还价，就成交了。石商说："这石头应该是你的，与你有缘。"她也纳闷："莫非冥冥之中，真的有缘分一说吗?"

一块"问君能有几多愁?"，桃形，石英质，整体通透，石中一古人头像，低眸沉思，惟妙惟肖。杨文宁说，这块石头是她偶然发现的。假日在家整理石头，她将多年前的一盒旧石取出，随意翻拣，拿起这块石头来，对着光照着玩，一下就发现了这个人物好精彩，不禁大喜！心想，多亏这随手一翻，也是机缘巧合，得见天机。否则，这块石头还不知埋没到何时呢。

杨文宁对雨花石中的化石情有独钟，只要发现化石，她总要千方百计收下来。她说，雨花石中有各种化石，反映了沧海桑田的变迁，能让人感受到生命的神奇。除了美，从科学的角度探究雨花石，也会让人浮想联翩。

2000年的一天，杨文宁到乌龙潭公园石市去觅石，看到一块石头在阳光下闪闪发亮。这是一块椭圆形的玛瑙石，通体金色，上面布满了八卦一般的褐色纹理。杨文宁心生欢喜，花 200 元买下。有一次，他到南京师范大学地理系教授李立文家中玩，带上这块石头请教。李教授仔细端详后，说："这是辉木化石啊！结构清晰，很有研究价值！"南京地质博物馆的周晓丹教授，是研究化石的专家，见到此石，也惊叹："细节这样完美，真是好石头啊！"

说来也怪，仿佛心有灵犀，杨文宁喜欢雨花石化石，雨花石化石与她也特别有缘。杨文宁从清凉山石市得到一枚玛瑙石，大约 6.5 厘米 x5 厘米大小，画面上，山道涂金，曲折上行，两边枫叶如火，有杜牧《山行》中的意境。她以 400 元购得，取名"霜叶红于二月花"，作为美石看。一日，她将此石带给周晓丹教授欣赏，周教授用放大镜观察后，发现了植物细节，惊奇地说："这是植物化石啊！"这意外的收获，让杨文宁欣喜不已。

2000 年的一天，杨文宁到总统府边上的东箭道石市觅石，看到一块椭圆状的玛瑙石，通体深红，上有金色丝纹缠绕，就像一颗蜜枣。杨文宁仔细一看，这是一块红珊瑚化石啊！她毫不犹豫地掏出 200 块钱买下，喜滋滋捧回家，起名"甜蜜蜜"。不少石友看到"甜蜜蜜"，都竖起大拇指夸赞："太妙了！"杨文宁心中暗暗得意："你们只见其表，未识其质。这可是红珊瑚化石哦！"

杨文宁有一枚大品化石，纹理构成一幅菩萨造型，端庄秀美，妙不可言，她起名为"云冈丽影"。说起来也是缘分。有一次，她在清凉山石市一石商处，看到这枚古韵盎然的化石，一问却是天价，石主也特别看重此石，无意出售，还神秘兮兮地对她说："你看看这个石中的图案，包罗万象，玄之又玄！太难得啦！"杨文宁无奈，只能多看几眼，以慰相思。此后，只要去清凉山，她都会去拜拜这位"菩萨"。一晃几年，一个国庆节，雨花台临时组织雨花石展销，她又见到这位石商。这次是石商主动联系她："我觉得你和'菩萨'有缘。你开个合适的价就卖给你啦。"杨文宁试着说了个价，竟然成交了！她对石缘一说，深信不疑了。

2007 年 5 月的一天，趁午休，杨文宁来到夫子庙东市的石市，在王姓石商店里，随手翻拣石头，挑了好一会儿，也没有中意的，就和店主闲聊起来。这时，她看到店堂角落放有一袋石头，就请店主倒出来挑拣。一枚浅黄色的石头跳入眼帘。这块石头纹理细密，长约 6 厘米，乍看有点像是象牙的横切面，上面细点密布，排列有序。杨文宁感觉有戏，掏钱买了下来。第二天，她携此石找周晓丹教授请教。周教授在显微镜下反复观察后，激动地说："小杨，这块石头被你买着了。这是一个层孔虫的标本，在雨花石中极为稀少。它的生物结构十分清晰，保存得太好了！我先留下来拍显微照片，好好研究一下它的细微结构。"没想到无意之中，为雨花石化石种类增添了一个稀有品种，杨文宁满心欢喜。

20 年来，杨文宁已收藏了 400 多枚雨花石化石，种类涵盖了珊瑚、腕足类、双壳类、苔藓虫、海百合、腹足类、鹦鹉螺、蜓类、海绵、藻类、辉木、麟木、科达树、芦木、假化石等。

2012 年 9 月，由中国科学院院士、南京大学地球科学与工程学院教授王德滋主编、由江苏地质调查研究院高级工程师周晓丹教授、中科院南京地质古生物研究所研究员许汉奎和王伟铭等撰写的《远古生命的探索——远古的奇观：南京雨花石》一书，由江苏科技出版社出版。杨文宁作为本书编委成员，参与了编撰，书中的雨花石化石标本，大多来自杨文宁的收藏。

一片树叶，一根树木，一条小虫，一只贝壳……亿万年前的远古生命，留在雨花石上，依旧活灵活现，生气勃勃，向人们讲述着远古奇观。杨文宁说，她痴迷于雨花石化石。读着这些石头上的远古生命，感受沧桑巨变、宇宙神奇，就会格外珍惜短暂的生命。

雨花石·碧螺青青

越洋播雨花

——记姚大奎

雨花石·江山如此多娇

携天赐国宝雨花石飞越太平洋，到美国办展，姚大奎是第一人。

1995 年，姚大奎 60 岁，正式退休。此时的他，在金陵雨花石界，已经是名头很大的雨花石收藏家了。他有个女儿在美国，因此决定到美国去探亲游览。同时，也想在美国举办雨花石展，让外国人见识一下大自然恩赐给南京人的精美奇石。他带上 360 块精品雨花石，来到美国纽约。

纽约是个大都市，到哪儿去找办展的地方呢？姚大奎想到他的堂姐陈香梅。陈香梅是位华侨领袖，是个名人，关系多，影响大。陈香梅让姚大奎去找纽约狮子会的梁会长。梁会长派了一个熟悉社区的能干的女士，来帮姚大奎落实展地。女士带姚大奎来到一个大教堂，找到牧师。姚大奎把雨花石展示给牧师看，说想找地方办个展，把 360 枚雨花石展示出来，是公益性质的。牧师当场拍板："行。就在教堂里找两间房，让你展出！"姚大奎大喜过望，抓紧筹备，做展柜，购瓷碗，一切准备就绪。梁会长还找来中文电视台，现场采访，并进行全国直播。首次雨花石精品展，就这样在的大洋彼岸大都会纽约的一座大教堂里，高调亮相了！

说来也巧，中文电视台的女主持人，就是南京人，她原来是前线话剧团的女演员，见到老乡，格外亲切；采访起来，格外卖力。姚大奎女儿的朋友、姚大奎在美国的不少亲戚，看到电视后都赶来相见，观展。美国人信教的多，周末都会去教堂做礼拜，不少人顺带就观赏了雨花石。这美丽的小石子，一时间还引起了小小的轰动。有位女士对姚大奎说："我原来以为，这石头有什么好看的呢？没想到，世上居然有这么漂亮的石头！"她看了一遍，还把女儿也带来参观。还有一位女士，也是南京人，看过后惊叹不已："我在南京生活了30多年，不知道竟然还有这么美的雨花石！现在，却在美国看到它，真是太神奇啦！"一位杭州来的留学生看过后，对"柳浪闻莺"这枚石头，赞不绝口："和西湖的柳浪闻莺太像了！"

有不少观众，怀疑这雨花石是人造的。这时，姚大奎就会把石头取出来，用放大镜让他们仔细察看。他们看到，这石头上的人物、景物，真是天然形成的，纷纷感叹："这不是大自然生成的！这是上帝创造的啊！"

姚大奎在纽约的这座教堂里，办了两次雨花石展。中文电视台和华文报纸，做过多次报道。陈香梅还为展览题词：发扬中华奇石文化，拓展国际艺术交流。此后几年间，姚大奎在曼哈顿、新泽西州等地，又多次举办雨花石精品展。中国传统的赏石文化，开始在北美大地上传播……

姚大奎的外祖父，是孙中山的贴身秘书，父亲是上海滩的大律师，当过杜月笙的法律顾问。这样的出身，留在1949年以后的大陆，其遭遇是可以想见的。姚大奎却是个异数，走出了一条不寻常的路：20世纪50年代初，他在重庆参加解放军，考入军校，成绩优异，且能作曲、指挥，在游行检阅时，被选为总执行官。退伍后，被分配到河北张家口的龙烟铁矿，当技术员、助理工程师。姚大奎喜欢钻研技术，先后发明"交流电机车"，成功安装进口卷扬机，曾获"革新能手"称号。他上过中央新闻电影制片厂的纪录片，还受到著名作家杨朔的采访。1962年，姚大奎退职回到南京，找到一家街道小厂，继续干技术工作。1969年，姚大奎随厂下放，先后在仪征、泗洪、宁波（老家）办机床制造厂，办一个成一个，成了办厂能人。1979年，姚大奎回到南京，被南京东风专用汽车制造总厂聘为副厂长。1980年，姚大奎成为第一批获得工程师职称的人。

谈起自己和石头的缘分，姚大奎笑称是"始于铁矿石，归于雨花石"。其实，在铁矿石之前，他就知道雨花石了。那是1946年，他的外祖父一家住中华门，他常常去外祖父家玩，那时就拣过雨花石。但没有留下很深的印象。1986年，他在夫子庙大成殿看到一个雨花石精品展览，一下子就被一块块晶莹剔透、色彩斑斓的雨花石震惊了！他当时就下定决心，要收藏雨花石！

姚大奎能吃苦。到六合、仪征乡下觅石，他得4点钟起床，走到中央门长途车站，坐上早班车到横梁，再从横梁出发，爬青山，过月塘，挨村挨户去寻去找。他连面条也舍不得吃一碗，带上几块烧饼、一壶开水，三餐就打发了。回到家里，已是深夜10点多钟了。

姚大奎敢于出手。只要看中，天价的石头也敢拿。那时候的石价，10块钱一块，就算贵的了。而他拿的几块石头，单价都超过1000元！其中一枚“江山如此多娇”，是以1700元拿下的。这块石头，在南京的一次石展中，获得一等奖。在全国奇石展上，再获一等奖，成了姚大奎的最爱。一来二去，姚大奎出手大方的口碑，在石农和石友中传开了。

也有起先看走眼，稍一犹疑，失之交臂的。仪征姚庄有张氏三兄弟，和姚大奎都熟。有一次，姚大奎去姚庄，张老二对他说：“山顶上有一家，有一块好石头，好大一颗‘月亮’！你不要出价太高。超过250元，你就亏了。” 姚大奎上去一看，果然一盘好月亮，挂在干干净净的夜空中。石主开价400元，怎么也砍不下来。姚大奎想起张老二的嘱咐，心里犹豫，想，等两天再来谈吧。到家后，说起这块石头，太太和女儿都说，画面简单，太贵了，不买也罢。姚大奎却放不下来，第三天再跑去买，石主告之已经出手，被柏贵宝以405元买去了！姚大奎怅然若失，许久回不过味来。这颗“月亮”，后来参展获奖，被石商老鲍以高价收入囊中。台湾商人叶玉丰最爱收藏月亮，闻讯上门找到老鲍，几经商量，最终以1万元的价格从老鲍手上转让过来，当宝贝收起来。

跑得多了，捡漏的机会也多。有一次，姚大奎到仪征一徐姓石农家觅石。看中一块小石头：一条河水蜿蜒，两边翠绿一片。老徐开价150元。这一块石头体量偏小，但画面不错，姚大奎名字都想好了，“春风又绿江南岸”，姚大奎爽快就拿下后，刚要出门，老徐的儿子小徐开口了：“我家也有盆石头，你过来看看。” 姚大奎过去一看，眼前一亮，发现一枚石头：上有一轮明月，下有清清湖水，画面简单，意境悠远，体量也大。比起“春风又绿江南岸”来，要好得远了！问多少钱，小徐说：“刚才你拿我爸爸的那块石头，价是高了一些。这块就便宜你，20块钱，算是给你一点补偿吧。”姚大奎意外捡个大漏，大喜而归。这块石头，姚大奎命名为“天池皓月”，后来又引出一段故事。

1998年，姚大奎从美国回来，听说了老鲍把雨花石高价卖给台商的事，心里不大服气。又听说台商叶玉丰近期要到南京来，就想会会他。怎么才能见到叶玉丰呢？姚大奎心生一计：举办雨花石精品归国汇报展。姚大奎突击赶制了16个展柜，在家里办起石展，广发请帖，大造声势。他特地给台商邱先生送去两份请柬，邀他观展。果然，没过多久，邱先生就把叶玉丰请来看展了。爱月如命的叶玉丰，在“天池皓月”前，久久不肯挪步。随即，他便请邱先生出面，提出了转让“天池皓月”的要求。姚大奎最终以近五万元的价格，把“天池皓月”转让给了叶玉丰。这是姚大奎转让的第一块雨花石，也是唯一的一块雨花石。他说：“我不是看中这个钱，而是要检验一下自己的眼光，看看自己看中的石头，究竟值不值这个钱！”

30 多年来，姚大奎收藏了 1000 多枚精品雨花石，他最得意的是四大名著人物象形石。他已收藏了 36 枚“红楼奇石”，分为“金陵十二钗”“金陵十二景”和“红楼悲歌”3 个主题。“宝钗戏蝶”，活灵活现；“香菱醉卧”，憨态可掬；“天上掉下个林妹妹”，如诗如画；“凤姐设局”，望之胆寒……最令人称奇的是“红楼悲歌”里，“贾宝玉洞房花烛夜”，红烛映照，喜气洋洋；“林黛玉魂归离恨天”，素衣水袖，地暗天昏。一喜一悲，反差强烈，让人过目难忘！姚大奎的一位老友，夸他：“作者把《石头记》改成《红楼梦》，你把《红楼梦》又变成了《石头记》，了不起啊！”

姚大奎收藏的“水浒传 108 将”形象石，人物形象及动态与原著基本吻合，尤为不易。“武松打虎”，是他 10 年前在清凉山奇石市场收的，图纹如版画，画面上，人、虎对峙，武松铁拳高举，气势如虹。“宋江”是坐姿，身材粗短，气宇轩昂，有山寨之主的气概。石主老蔡见老主顾姚大奎看中此石，爽快地说：“你就给 200 块钱，把石头拿走吧。”没想到，姚大奎多加了 200 块钱。老蔡不肯收，姚大奎说：“收下吧！这块雨花石值这个价！”见姚大奎如此厚道，老蔡深为感动。

姚大奎收藏的“三国演义”形象石，也有 36 枚。分“后汉演义”“蜀国将相”“三国鼎立”3 个主题，其中一块“诸葛亮出山”，是他在六合石农的粗石堆里发现的，只花了 5 元钱。“西游记”系列也收了 20 多枚了，还在继续收集之中。

2016 年 4 月，姚大奎在南京雨花石博物馆举办了“古韵天成”雨花石主题展，展出“四大名著”系列象形石以及他收藏的其他名石，在南京石界，引起很大反响。

姚大奎已加入美国籍，80 多岁的人了，依旧风尘仆仆，在大洋两岸之间为传播雨花石文化奔波着。他说：“雨花石，已经融入我的生命了！”

偏爱奇巧石

——记叶浩

采访倪传明时，他送给我一本刚刚再版的《雨花石鉴赏》。刘水的这本书在雨花石界影响颇大，27 年前出版时，曾赠予我一册，珍藏至今。再版书最大的亮点，是增加了南京藏石家选送的 123 块精美石照，图文并茂，相映生辉。回家翻阅，“奇巧”栏里，11 块一组奇巧石跃入眼帘：下面的 3 块粗石，每颗石上一个字：“石”“上”“人”，字迹清晰，笔画古拙；上面 4 个“小孩”，童装鲜红艳丽，脸上的表情，或好奇，或惊讶，或开心，或害羞，极为生动。我一看就忍不住发笑，久久不舍得放下。这组“石上人”，就是叶浩的作品。

叶浩是六合藏石大家朱言荣老先生推荐的，这是未见其人，先见其作。采访叶浩，在六合老干部局的一间戏剧活动室，也是朱言荣先生安排的。叶浩人瘦，脸也瘦，瘦长的脸上，总是挂着笑容。相见第一句话：先看石头。条桌上已放了十几只瓷碗，碗内的石头，就是他的宝贝。“石上人”也赫然在列。看到实物，感觉比照片里要更加灵动、精彩！央视台标“CCTV-10”，虽是粗石，形、色、大小却很协调一致，令人叫绝。法国著名商标“JLO”，也惟妙惟肖。几条“鱼”、两只“龟”，都是立体的，活灵活现……这些石头，奇中有巧，巧中见奇，给人强烈的视觉冲击！

叶浩坦言，他的收藏，无论粗石、细石，偏爱奇巧石。一般人不大关注的文字石、英文字母石、人物象形石、鱼形石、坛坛罐罐，都是他的最爱。只要到了石头市场，眼睛就盯着这些石头看。都说“心中所有，眼中就有”。说来也怪，这些奇巧石往往就会与他结缘，给他碰上。

1959年，叶浩生于六合瓜埠。1976年当兵，1982年退伍后，被分配到六合工商银行做后勤工作。叶浩说，他有一位姨妈，就住在六合灵岩山下，小时候去姨妈家玩，也去山上拣石子，装瓶子里玩。但是，并没有太深的印象。真正让他迷上雨花石的，是他的工作。他在工商银行做后勤，同行来参观学习，免不了要送礼品，最能拿得出手，又最具六合地方文化特色的礼品，非雨花石莫属。那时，玩雨花石还没有原石的概念，一律是抛光石子，七八颗装一盒，其实就是工艺品。领导就常常安排他购买雨花石做礼品。那时，雨花石便宜啊，5块钱一斤，他一买就是三四十斤，再挑出来装盒。叶浩很快就被这美丽的雨花石迷住了，由此走上了收藏之路。

叶浩说，他偏爱奇巧石，有两个原因：一是自己确实喜欢，二是经济实力有限。一个月30多块钱工资，要养家，要糊口，根本没有多少余钱来买好石头。好在他常常给单位买石头，石农、石贩常常会送他一些奇石、怪石给他玩。他收藏的不少奇巧石，并没有花太大的价钱。

有一次，石农送给叶浩一块粗石，细条形像个“I”字。叶浩也没在意。不久，他在市场上买了一块粗石，像个弯弯的月牙，又像个英文字母“C”，他随手放在“I”字石旁。晚上，懂英文的女儿看到了，叫起来：“爸爸，你还会玩‘IC’啊？这不是IC卡吗？你要是能组成中央电视台的台标‘CCTV’，就更了不起啦！”一句话点醒叶浩：是啊，这不就是一个很好的创意吗？

叶浩说，收集“CCTV”台标，整整花了他10年时间。“C”和“V”，相对好找，不久就找到了，这个“T”，太难找，真是“踏破铁鞋无觅处”。有一次，他和几位石友在横梁当地一位朋友的陪同下，去横山边临近仪征的一个砂矿找雨花石。矿区有一个20多米高的鹅卵石堆，坡度很陡。叶浩想滑到谷底去拣石，石友都劝他不要冒险。叶浩不听劝，滑到一半时，皮鞋鞋跟滑掉了。他连忙停下来，捡起鞋子。这时，他眼光一瞥，发现前方有一块黑色的鹅卵石，如同斧形。他顾不上捡鞋跟了，滑下去一把抓住这块斧形石，转过来一看，不就是一个“T”字吗？叶浩开心地大叫起来：“CCTV终于收全啦！真是功夫不负有心人啊！”

2008年的一天，叶浩到横梁街道雨花石村杨上组觅石，在一石农家，看到一块长5厘米、宽3厘米的粗石，黑底上有一只雪白的小兔子在翘首向上望。兔子的眼睛炯炯有神，好像刚从广寒宫来到人间，对月宫还存有留念呢。这只兔子神形兼备，太难得了！叶浩激动得心要跳出来。他价也没还，以300元买下这只兔子。2010年，叶浩将“玉兔”雨花石带上海展出，一石商开价3万要买，叶浩没舍得出手。2011年，正值兔年，《六合报》的一位记者写了一篇文章《玉兔踩着雨花石来拜年》，配上了石照，发表在《金陵晚报》上。不少读者看了，不禁啧啧称赞，夸奖这是“金陵第一兔”。

叶浩有一块肉石，把记者、编辑的眼睛都骗过去了。2010年10月27日，《扬子晚报》刊出一则新闻《“金陵腊肉”骗翻大厨师》，说的是六合有位开饭店的黄先生，收藏了一块像极了腊肉的石头，巴掌大小，一斤多重。金黄皮色中还透着黑色的“猪毛眼”，表皮下面，肥膘肉、精瘦肉，还夹着两根脆骨，像极了干透的腊肉。把它放入盘中，端到桌上，几乎所有食客都相信这是块腊肉。这块石头不仅骗过了众多食客，连饭店的大厨也被骗过了：他用刀去切这块“腊肉”时，一刀下去，石头没事，刀却缺口了。报纸刊载了一张彩色照片，注明：左为真腊肉，右为雨花肉石。叶浩看到报纸，不禁乐了：这左边一块被标为“真腊肉”的，不就是自己的一块肉石吗？他去找记者质问，记者也懵了，连忙道歉：“确实搞错了，连编辑也没看出来。你这块肉石实在是太像了！”

叶浩拿出两块人物象形石给我看。一块是“中年人”，脸型方带圆，偏胖，一块是“老年人”，脸型偏长，秃顶广额，鼻下一抹黑胡子。他说，在淮安办石展时，这两块人物石最为引人瞩目，观者纷纷驻足观看点评。有人说，这不是陈强陈佩斯父子吗？叶浩也觉得像，就命名“陈氏父子”。我仔细察看，这老者做陈强看，太勉强。但，却是活脱脱一位蒋介石先生啊！我指出蒋的特征，让叶浩再端详，建议他改名为“蒋氏父子”。叶浩看了之后，拍手称谢：“果然是‘蒋氏父子’啊！”

叶浩说，奇巧石需要360度鉴赏，更需要不断揣摩，最终方能发现它的真正价值。他有一块“亚运火炬”，得之偶然。他喜欢收藏鱼形石，到了石市，往往专注于找“鱼尾巴”丝纹石。石贩们大都熟悉，知道他的爱好。一次，一位女石贩叫住叶浩：“我这里有一块红丝纹，你看看喜欢不。”叶浩拿过来一看，做不成鱼尾巴，说：“不像鱼尾巴，不要。”女石贩说：“做不成鱼尾巴，可是好看啊！又不贵，80块钱，你拿去吧。”叶浩觉得她说得也有道理，帮她开个张，关系处好了，以后有好石头还能留给他，就把这块红丝纹收了。有一天，再翻出这块红丝纹欣赏，忽然发现：这不是一支火炬吗？红色的手柄大小适中，一团红色的火焰向后飘去，仿佛风吹过，动感十足！这一发现，让叶浩兴奋了好多天，真是捡了个大漏啦！时至2010年，广州举办亚运会，有火炬传递仪式，叶浩拿出来，给六合的一位报社记者看。记者一看，拍案叫绝，拍张照片，写了篇文章《雨花石紧跟潮流——像火炬令人称奇》，发表在2010年10月19日的《都市文化报》上。“亚运火炬”一下子成了名石。

叶浩有一组供石“生命畅想曲”，也有一个故事。有一位石友，送给叶浩一块粗石，形似鸡蛋，叶浩没当回事,丢一边了。后来，一位石农又送给叶浩一枚块石，说：“里面有只小鸟哦。”叶浩也没在意，又丢一边去了。有一次，在单位与同事闲聊，谈到进化的话题，关于“先有鸡，还是先有蛋”，大家争执不下。叶浩忽然触发灵感：家里有几块石头，有一枚鸡蛋，有一颗活珠子（蛋中有小鸡），有只毛茸茸的“小鸡”，还有“公鸡”和“母鸡”，组合起来，不就是一个生命诞生的过程吗？他把几块石头，调整来调整去，又请来几位石友观赏，出主意。一位石友说：“就叫‘生命畅想曲’好不好?”大家拍手称好。2009年，六合举办“龙海杯”雨花石展，“生命畅想曲”的创意，得到与会者的高度评价，获得了银奖。

雨花石·童趣

石上忆明珠

——记忆明珠

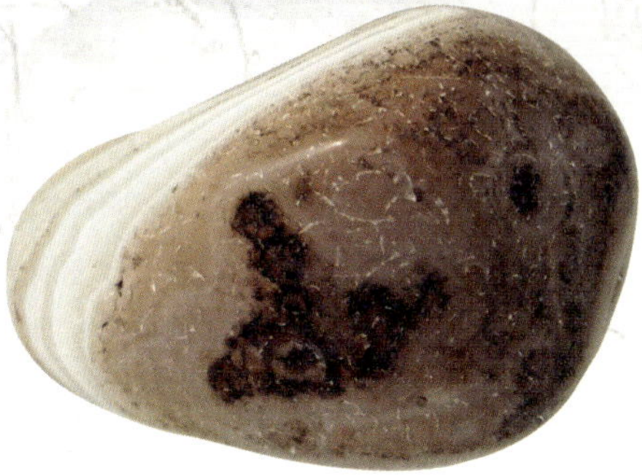

雨花石·藏区牧女

忆明珠是著名作家、诗人，我久仰大名，却无缘得识。在采访金陵石痴时，周德麟、尹石都推荐忆明珠，说他是金陵的玩石前辈，对雨花石情有独钟，认识独到，故事多多。我正准备采访他，却得知91岁高龄的他身体欠佳，正在医院治疗，心想，等他出院再择机采访吧。不料，2017年9月，突然得到消息，忆明珠先生仙逝了。我永远失去了采访他的机会，心中怅悔久之！

后来，我采访姜平章先生时，得知姜先生是忆明珠先生的好友，两个人相交几十年，相知极深。姜先生的书房不大，两面墙壁上，挂着忆明珠的书画作品，落款都是赠给姜先生夫妇的。一幅《达摩图》：苍松之下，身着绛色袈裟的达摩在闭目沉思，神态却透出刚毅倔强，旁题“其犹龙乎”。这样生气勃发的“达摩”，让我大吃一惊。两幅书法“道在虚无”、“静观自得”，挥洒自如、刚劲有力，不让大家手笔。忆明珠的书画水平如此之高，出乎我的意料。不知不觉，谈话的内容就转为忆明珠的赏石逸事了。听说我有意写忆明珠，姜先生特意找出忆明珠送给他的6本书，借给我看。这6本书是《荷上珠小集》《白下晴窗闲笔》《抱叶居小品》《抱叶居手函墨迹》《忆明珠散文选》《忆明珠文集第二卷·散文》。归来一一捧读，一个才气横溢、乐观开朗、倔强幽默而又爱石如痴的忆明珠形象，便清晰地浮现出来。

忆明珠本名赵俊瑞，忆明珠是他发表诗歌和散文所用的笔名。1927年，忆明珠出生在山东莱阳一个叫西南岩的小村庄，一个尊崇儒家传统道德文化的地主家庭。读小学、中学都离家甚远，假期回家，他喜欢跟哥哥、姐姐们躲在书房里，读古文和古典诗词、练练字，或到院子里浇浇花草。

18 岁那年，即 1945 年清明前后至 1946 年 6 月初，他两度参加国民党军队，充上尉、少尉附员（编外人员），共不足 10 个月。他再也想不到，这 10 个月的短暂经历，会成为他日后长久的噩梦！1946 年 6 月，19 岁的忆明珠被人民解放军俘虏，转而参加了人民解放军，先后在胶东军区军官训练团、华东军区教导总队历任班长、排长、干事等职。1950 年作为志愿军赴朝鲜战地，在第九兵团通联处任干事。1953 年转业至江苏省公安厅劳改部门工作。1958 年初，被发配到仪征，当“新农民”，一年后，调仪征县文化馆任副馆长。1979 年 1 月，调江苏省哲学社会科学研究所工作，继而调江苏省作家协会从事专业创作，直至退休。

沦落仪征的 22 年里，忆明珠经历了一生中最为痛苦和屈辱的一段时光。特别是在“文化大革命”中，他被定为“三反分子”，挨斗挨批，一度失去自由，被勒令读《敦促杜聿明投降书》和《南京政府向何处去》的文章，被勒令抄写批判他的大字报和他自己的检讨书。艰难困苦，玉汝于成。忆明珠后来回忆，当时他是把抄大字报当作练习书法的。书法小有成就，罚抄大字报当记一功。仪征是雨花石的产地，也是在仪征的这一段艰难岁月里，忆明珠认识了雨花石，爱上了雨花石，而雨花石也伴随他从困顿走向辉煌。

忆明珠写过一篇散文《雨花石臆名》，讲述他对雨花石的初识和喜爱。仪征多处产雨花石，而以临江丘陵地区为最盛。因那里有砂矿，开采黄沙、鹅卵石的同时，雨花石被夹带着开采出来。忆明珠第一次去拣雨花石，看到鹅卵石堆积如山，心想：这还愁没有雨花石吗？肯定能拣它满满鼓鼓的一包回去。哪知从这堆转到那堆，从堆脚爬到堆顶，低头弯腰，寻了几个时辰，真正的雨花石一颗也没拣到。天不好，下起小雨来，他赶忙跑到附近一户农家躲雨。走近门口，一个小女孩顶着斗篷从门里跑出，与他迎面相撞。他问：“下着雨，往哪跑？”女孩说：“拣雨花石去！等雨住，去拣的人多，我就拣不到了！”听她这么一说，他也向她家借了个斗篷，好奇地跟着小女孩回到鹅卵石堆上。原来看去都是一色的鹅卵石，经雨水冲洗，混迹其中的雨花石便显出它特有的色彩和光泽来，这边一颗鲜红，那边一颗闪亮。忆明珠一下慌乱起来，生怕向哪里少瞥一眼，观察不到，就会把最美的雨花石漏掉。

后来，忆明珠根据这次经历，写了一首诗。他好像终于明白了，雨花石之所以被叫作雨花石，不是由于别的，而是由于它是地地道道的雨的花，雨中之花！喜雨的花，爱雨的花！这花，不枯萎、不凋谢，但不轻易露面，只在上天甘霖普降、万物渥泽同沾的时候，才肯一现它的朱颜。这样一种灵物，怎能不让人如痴如醉？

忆明珠曾用过一个笔名“石翁”，说来也和雨花石有关。忆明珠不会骑车，有一次，一个朋友骑车带他到江边的一个小镇去玩。车行中，他忽然瞥见路边闪过一颗石子，忆明珠大喊：“雨花石！”当即跳下车来查看。这石子露出路面的部分只有蚕豆粒大。同伴认为是一般的卵石，忆明珠坚持说是雨花石。两个人在石头旁边做个记号，到镇上借了把锹返回原处，费了很大劲，才把这颗石子挖出来，果然是颗雨花石。形状扁圆如心，托在手上，占了半个手掌，沉甸甸的。石质半透明，纹理蛋黄夹白，如秋柳纷披。虽说不上是珍品，可也是够玩赏了。当时正值放映《秋翁遇仙记》的影片，一位女士对他说：“秋翁遇仙，您老先生遇石，您就叫‘石翁’吧。”“石翁”之名，就这样在朋友中叫开了，也成了他的一个笔名。

忆明珠在《爱石说》一文中，谈到他爱石的缘由。人们的爱石，跟爱花、爱鸟等一样，都是由来已久。同是爱石人，爱法也各有不同，或如痴，或如狂，或如贪，或如啬，种种不同，纯属个人选择。爱与自由同在。他说：“我也是个石的爱者，并始终坚持这爱。古人爱石，有向石下拜的，这可能是爱中有敬，敬中有爱。不过，世间事常有美中不足的情况，可敬者未必尽可爱，可爱者未必尽可敬。如果两者不可兼得，要我但择其一，我将如何取舍呢？毫无疑问，我会背转敬而揽可爱者入怀。所以，我的爱石，不考虑这石是否被镌着‘中流砥柱’‘独擎南天’之类伟大字样，而仅仅由于我觉得石确有其可爱之处，嶙磳荦确，铿锵如铁，却不是些死硬派，好像很通人性，又讲人情，既有其妩媚之姿，也有一片恻隐之心。”

姜平章和尹石，都是忆明珠在仪征时就相交很深的朋友。谈起那时候，忆明珠对雨花石的痴迷，至今依旧历历在目。在那段灰暗的日子里，雨花石是他生活中的一抹亮光。只要得空，他就会到江边去、到砂矿去拣石；得到好石头，就会邀朋友前来共赏。他说：“当一个人寂寞无语的时候，若与石相对，默默中可能获得最为贴心的慰藉。石虽是无生命的自然物，是异类，你心里的话，它似乎全明白，全装在它心里！”这样一种体验，岂止是“相看两不厌”，分明是“依依难分离”！

忆明珠爱石，却不热衷于占有石。他收藏的不少珍品美石，大多数都慷慨地送给了朋友。姜平章谈到这点，不胜感慨地说："我也是爱石者，丢了一颗好石头，要难过很久很久，哪里舍得送人？忆明珠爱石，却能做到'为而不居'，在我眼里，他堪称'石圣'啊！"忆明珠说："爱与占有，并不一定都构成因果关系。天地之间，物各有主。石为造物所生，也为造物所有。任何一个石的占有者，都不是石的真正主人，不过是一个临时保管员，连一颗石子也带不走。而石，最终仍要归造物主，依然长留天地之间。"

1981 年 11 月，忆明珠满怀深情地写了一篇文章《雨花石志异》，记录了他曾经拥有的几块奇异而美丽的雨花石。"一对小鹦鹉"，这是一颗鲜红的雨花石，一面有块白色的小斑。忆明珠刚得到它时，也没太在意。有位朋友看了，说那白斑如双栖的小鸟。经他一说，再一看，果然很像。以后，又一位朋友指出，那是一对小鹦鹉！再一看，果然又觉得它们的身影体形，绝非一般凡鸟，只能是属于鹦鹉的。接着，又有一位朋友指出，其中一只不像另一只一样，生着气的黑眼珠，好像是转身朝后，大概小两口在赌气吧？忆明珠受此启发，发挥诗人的想象，编了一段解说词："两只雪白的小鹦鹉，无疑是恩爱的一对，不知为什么，闹翻了。一只故意掉头，向着别处；另一只更决绝，索性转身朝后，意思是，从此你再休想跟我头靠头地过活了。但这全用不着外人担忧，暗地里，它们借着蓬松的羽毛的掩护，将身子依偎得更紧，在互相感受着对方的体温呢。"朋友们在欣赏这枚鲜红透亮的石子时，听了忆明珠的解说词，先是刮目相看，继而大为惊诧，进而赞叹欢呼。这石头，后来他送给朋友了。

一朵茶杯口大的含苞初放的红玫瑰，由整个一颗扁圆的石形成。包裹在外层的是几片大花瓣，边缘一抹微红。里面的花瓣一层红似一层，嫣红的花心攒抱处，顶着两颗露水珠，明晃晃的，好像稍一吹动便会滚落。这朵人见人爱的"红玫瑰"，也被他送人了。

一只天生石猴。由两个并排的同心圆状斑纹，形成一双火眼金睛。两只对称的小耳朵，塌塌的鼻梁，微狭的腮，尖尖的下巴。这样的五官，配合着灰褐的毛茸茸的肤色，活脱脱就是花果山上的美猴王！看它野性里流露着机警，笑意中夹带着诙谐，许是又偷吃瑶池里的仙桃了吧？这"猴子"，也被朋友牵走了。

一片金色的阔叶，又像一幅辉煌的版图。玉龙似的一道乳白的脉络，蜿蜒其中，那是万里长江。哪处弯道上该是重庆，哪处弯道上该是武汉、南京，全都历历可指。一位诗人朋友见了，爱不释手地抚摸着，喟然长吟道："君住长江头，我住长江尾。朝朝思君不见君，共饮一江水……"诗人的感叹，勾起了忆明珠的怅惘，一激动，他把这幅"版图"送给了这位诗人。

大约整整10年的时间里，忆明珠曾热心地收集过雨花石。如果聚而不散，得而不失，到手的石子累计起来，足足可以装满一面粉袋子。可惜，他生性豪爽，好石头在他身边待不长，都送人了。到头来，手中只剩下十个指头之数的几颗小石子。很多朋友不理解：莫非忆明珠并不是真心爱石之人？忆明珠说："我对雨花石的珍爱，是无以复加的！可是我的个性决定了，做守财奴，或非难事，要守住雨花石，就太难了。金银财宝可以锁在保险柜里。你把雨花石锁起来，对得住它们吗？要欣赏、要展示，就得公开她的美丽。朋友登门造访，见了不胜艳羡，主人也感到荣耀。告辞的时候，朋友要几颗石子做纪念，既说出口，主人怎么好意思不顾情面？友谊与石子相较，当然前者遥遥领先。再说，我的这些石子，除了自己拣拾，不也是别人送的吗？"

话虽如此，忆明珠也坦言，好石头赠人，内心还是很心疼的，有时就像是丢掉了魂魄，终日惶惶不安，仿佛大病一场。朋友见了很吃惊，会问怎么回事，建议他去医院检查检查。忆明珠摇摇手，说："中医、西医都不管用！'此情无计可消除，才下眉头，却上心头'，我在害着雨花石相思病啊！都怪你们把我最漂亮的石子全拐骗走了！"他也曾不止一次地发狠、发誓，要守住自己的美石，只进不出，万无一失。结果，都不成。他的诗人气质，决定了他太容易激动的性情，每得到一颗美石，就好像发现了一首好诗或一篇奇文，情不自禁地就要向朋友们亮宝。而朋友们由衷的赞叹、喝彩，往往如同共同的心声那般，摇撼着他、感染着他，一激动，又将这石子脱手相送了。

忆明珠在《雨花石志异》一文中最后写道："然而，我很怀念那些一度为我所有的雨花石。它们的美丽，足以得到他们现在主人的珍爱，这点我深信不疑。但也可能在得到珍爱的同时，却被封缄起来，秘不示人。它们还能经常享有一掬清泉、一只洁白的盘盂、一片明丽的阳光和一个无尘的窗口吗？"

江苏钟南山

——记殷凯生

殷凯生在金陵赏石界名气不算很大，但在江苏医疗界却是大名鼎鼎。他是南京医科大学第一附属医院（江苏省人民医院）二级教授，呼吸科主任医师、博士生导师，中国医学会江苏省呼吸病学会名誉主委，中国中西医结合学会呼吸专业委员会江苏省荣誉主委，是获得国务院特殊津贴的全国著名呼吸病专家。在 2003 年“非典”席卷全国时，他是江苏省防治“非典”专家组组长。殷凯生以他的专业知识和非凡的骨气，为江苏防治“非典”，做出了重大贡献，被称为“江苏钟南山”。

谁也想不到，这位医疗界的专家，会写出一部赏石专著，给全国赏石界带来开创性突破。这部专著，就是殷凯生花费 3 年时间，精心编写，2015 年由江苏科技出版社推出的《奇石收藏与健康》。这是第一本由酷爱奇石的医学专家撰写的奇石专著，石种齐全，近千幅石照，几乎涵盖了当时发现的全国所有石种，全部是他自己的收藏；内容丰富，近 40 万字的篇幅，详尽介绍了奇石以及各类奇石收藏与鉴赏的要点。其中一篇，专门谈奇石收藏与健康的关系。他以医学专家的身份和眼光，来谈奇石收藏与健康的关系，前所未见，令人信服。这本图文并茂、深入浅出、简明易懂的赏石专著，一经推出，在全国赏石界引起很大反响。2017 年 8 月，中国观赏石协会会长寿嘉华，将这本书缩编为简本，向全国石友推介。

我认识殷凯生教授也有近 10 年了，但交往不多。2010 年，我写的《奇石雅记》一书出版后，曾经送了一本给他。没想到，他写《奇石收藏与健康》时，把我写的《奇石雅记》列为参考文献之一。2017 年 9 月初，在王建平的安排下，我在莫愁湖畔的“沁园春•雪”茶社，采访了殷凯生教授。甫一见面，他就送我一本《奇石收藏与健康》，并且告诉我，他还记得我送给他的《奇石雅记》，让我心生感动，一下就把我们之间的距离拉得更近了。

1946 年出生的殷凯生，祖籍镇江丹徒父亲、叔叔都是镇江的名医，母亲是医院的化验师，大哥毕业于南京医学院，二哥毕业于南京药科大学。他 1963 年考入南京医学院，毕业后分配到徐州狮子山医院当医生。1975 年调回镇江第一人民医院，1980 年考入南京医学院读研究生，毕业后就分配到江苏省人民医院，直到退休。现在还要每周两次出专家门诊。作为医学专家、名家，忙是肯定的，怎么会与奇石结缘，在奇石收藏与鉴赏上，取得这么大成就呢？

殷凯生说，他买的第一块奇石，是 20 多年前的事，在青岛崂山顶上买的。那是一块草花石，画面上树木丛生，枝叶交叠，一下就把他迷住了。这块石头现在看来谈不上精彩，但他一直珍藏着。他说，真正对石头有感觉，还要追溯到 60 年前，当时他读初二，到一位同学家去玩。同学家有一只盆，里面放着一颗色彩斑斓的石头，有一轮红日涌出海面，把他看呆了，久久不肯离去。这种感觉，便像一粒种子，埋在心底。几十年来，求学、工作、成家、立业，忙得不可开交，也没有时间和精力去寻石、觅石。但，那粒种子，却始终在心中。直到 8 年前，他从领导岗位上退下来，多年来一直埋藏在心中的那粒种子，才陡然被激活，且一发而不可收！

短短 8 年间，殷凯生收藏了 2000 多块各类供石、1000 余枚雨花石。除了有两间半屋子专门收藏各种奇石外，住宅的书房、客厅、餐厅的柜子里，沿墙的地上，摆满了大大小小的奇石。这种收藏效率，在奇石收藏界实属罕见！问他有何诀窍？殷凯生笑着说，就两条：一靠学习，二靠执着。

学习有两个方面：一是实践，二是书本。他喜欢到赏石界的前辈和朋友家去参观，看看人家收藏的石头，听听人家收藏的经验。他到原江苏省公安厅副厅长高向耘的奇石居参观后，感觉眼界大开。他还结交了不少石农、石商、石贩，向他们请教。他是博士生导师，深知理论学习的重要性。各类赏石刊物、赏石专著，多多涉猎，眼光就练出来了。这样就能少走弯路，少交学费。执着就是利用一切机会跑市场。每逢星期六，他只要在南京，清凉山奇石市场是必去的。作为中国哮喘联盟的总负责人之一，他有机会经常到全国各地开会、讲学。每次出差，他都是拎着装有几件换洗衣服的空箱子，满怀希望地离开家。多数情况下，总是吃力地拖着装满奇石的沉甸甸的拉杆箱回到家。殷凯生的太太冷梅香习以为常了。她知道，殷凯生出差回来的第一件事，就是小心翼翼地打开箱子，取出淘来的奇石，一件一件摆放在桌上，仔细地欣赏一遍。然后打开电脑，给每块奇石建立档案：石种名称、产地、大小尺寸、起名、何时何地购买、花多少钱、从谁手中购得。如需拍照，他会让太太冷梅香帮忙，这是她的专长。殷凯生为奇石建档，条分缕析，一丝不苟。我采访过不少石痴，能够做到这一点的，确实不多。

殷凯生在奇石收藏上的一大特色，是力求品种齐全。《奇石收藏与健康》中展示的近千块奇石，都是他的收藏，涉及 119 种奇石、35 种矿物晶体、13 类化石、48 类宝玉石，林林总总，蔚为大观！殷凯生说，不少南京石迷，只玩雨花石，只认雨花石，这可不好，有局限。世界很大，奇石很多，各有精彩，为什么要把自己限制死呢？他说，他收藏奇石不带功利性，完全是出于喜欢。精品石，看中了，再贵也舍得买；也喜欢到地摊的统货堆里，去挑几块钱一块的石头。他掏出一枚玛瑙石给我看，一眼就可以认出，这是一只活泼的“松鼠”，体型到位，眼睛大而亮，充满好奇。耳朵竖起，蓬松的大尾巴翘起来，灵动而圆润。殷凯生说，这是他在呼和浩特石市的地摊统货堆里淘来的。只花了几块钱，却成了他的最爱之一。

作为业界的专家、名家，在石界，殷凯生却始终把自己看作是小学生。对石商、石贩，尤其充满了理解与尊重。他掏出手机，给我看一张石照。这是一块玉髓，海蓝的底色上，飘着几朵白云，白云之上，孙悟空挥舞金箍棒，在腾云驾雾。画面干净，人物逼真。殷凯生说，当时他在清凉山奇石市场已经逛了很久，买了不少石头，钱也花得差不多了。快走了，才看到这块石头。石主大胡子，也是熟人，问价，要 1800 元。他身上只剩 800 多元了，差得太多，只好摇摇头，恋恋不舍地离开。不想大胡子又追上来说：1200 元行不？他还是摇摇头，准备回家。恰好有位熟人过来，大胡子让这位熟人找殷凯生，问他到底愿出多少钱。殷凯生如实相告，身上只有 800 元了。大胡子说：“就 800 元，给你了！”其实，大胡子知道殷凯生平时买石头爽快，也看出殷凯生是真喜欢这块石头，就一心想给他了。有一次，殷凯生在青岛的一间石铺里，看中了一块当地产的奇石。店主是位老者，说："这是我收藏了 20 多年的石头，因为急需钱用，才拿出来交流。"店主一层又一层，把石头包得严严实实，一声又一声叮嘱着，就好像把女儿嫁出去一样，恋恋不舍。殷凯生谈起来，至今仍旧感动。

2014 年 1 月的一个周六，殷凯生照例背上包，骑上电动车，去清凉山奇石市场觅石。突然，一块名为"至尊金龙"的雨花石跃入眼帘。这是一块油泥石，长约 8.6 厘米，宽约 7 厘米,通黑的底色上,一条金龙蜿蜒腾跃，昂首瞪目，巨口大张。龙身从石的正面延伸到反面，足有 20 多厘米长，真像是"神龙见首不见尾"。殷凯生问价，卖主开价 6 万，不肯降价。他只好遗憾离去。接下来的两个周六，他出差未能到清凉山。"至尊金龙"却让他心心念念惦记着。第三个周六，殷凯生迫不及待地赶去清凉山，一看，"至尊金龙"尚在，一颗心才放下来。他装着若无其事问价，卖主说："低于 1 万不卖。"他以为自己听错了。再问，摊主说："至少 1 万前几天拍卖会上，有人出 8000 元，我没肯卖。要不是马上过年等钱用，1 万，我也舍不得卖。" 最终，殷凯生以 9000 元，喜滋滋地把"至尊金龙"捧回家了。

一周后，殷凯生去西安讲课，接到一个陌生电话："我知道你不久前买到一枚'至尊金龙'的雨花石，我这里有一枚能与之绝配的凤凰图案的雨花石，你想看看吗?"真有这等巧事?殷凯生一回到南京，立马就赶去清凉山，果然见到了一只"火凤凰"，也是油泥石，黑底上有两块鲜红色，如两团火焰，火焰中裹着一只金边黑凤凰，就像凤凰涅槃。殷凯生把两枚雨花石放在一起，组合后起名为"中国梦——凤凰浴火，金龙腾飞"。我在 2015 年秋的《雨花石》杂志上，看到了殷凯生写的文章《我的龙凤石缘》和这两枚雨花石，果然绝配!

物以稀为贵。人无我有，也是奇石收藏者追求的一个目标。殷凯生收藏到两块极为罕见的汉中香玉，引以为豪。那是 6 年前，他去西安讲学，得空去逛小北门奇石市场，在一个店里发现的。店主是位老者，汉中人，一大一小两块香玉，就放在盖得严实的玻璃罐中。打开盖，一股浓浓的巧克力香味就弥漫开来。殷凯生花 2000 元买了块小的，走到半路，又折回去，花 8000 元把大的也买下了。他说："这种稀罕的宝贝，碰上就是缘分啊!"

殷凯生身材颀长，仪表堂堂，戴副金丝眼镜，脸上总浮现着温和的笑容，讲话不紧不慢，显得温文尔雅。71 岁的他依旧腰身挺拔，讲话中气十足。每周，他依然有3个半天，要出专家门诊。每年，他依然要在国内飞来飞去，开会、讲学，忙得不亦乐乎。每天，他都离不开他的奇石，奇石成了他退休生活的主要内容。他笑称："说奇石收藏有益健康，我自己就是最好的见证啊！看书、上网，或者写稿感到疲倦时，看一看奇石，摸一摸奇石，顿时心情愉快，疲劳尽消。奇石已成为我日常生活的重要伴侣。奇石带给我的精神愉悦，真是难以言说。作为医生，我深知，一个人的心态和精神状态的好坏，对健康影响巨大。有幸与石结缘，真是我的福分！"

殷凯生和中国工程院院士、呼吸疾病国家重点实验室主任钟南山，既是同行又是好朋友。钟南山院士给《奇石收藏与健康》作序，高度评价殷凯生在呼吸疾病防治上的杰出贡献和这本书的独特价值。殷凯生说，他最喜欢的是钟南山给他题的词："赠殷凯生教授：像戈壁石那样执着，像雨花石那样多彩！"这是对他的最为中肯的概括。执着成就了他业界的辉煌，执着也成就了他石界的创举。他的事业像雨花石一样多彩，他的退休生活也像雨花石一样绚烂！

俏公主

画家的“三恋”

——记尹石

尹石头衔不少：中国美术家协会理事，国家一级美术师，江苏省美术家协会顾问（原副主席、秘书长），中国画学会理事，南京印社副社长，南京大学、东南大学兼职教授，江苏省作家协会会员。我早仰大名，却缘悭一面。这次写《金陵石痴录》，王建平、周德麟先后向我推荐尹石，说他不仅是画家，也是石痴，收藏的雨花石，数量之多、品味之高，在藏家中是数得上的。我这才知道，原来尹石也爱石。于是决定去他家采访。

尹石家在清凉山脚下的虎踞关。进门就是一座红木屏风，屏风上刻着他画的一丛绿竹，枝干挺拔，竹叶纷披，好像能听到风中的飒飒声。早就听说尹石画好，尤善画竹，人称“江南一竹”，果然名不虚传。客厅、画室的四壁，是整齐的红木书柜，图书画册，井然有序。最显眼的是印章石，桌上柜中，大的小的，方的圆的，长的短的，一排又一排，就像当兵列队，也是排列有序。印章石大多是寿山料，色彩丰富，莹润光洁，怡人眼目。却不见有雨花石。原来，他收藏的精品雨花石，都已被拍成影像，存入电脑。他打开电脑，一块块美石便浮现于荧屏：“鹰击长空”“雾里看花”“月儿弯弯照九州”“油彩之韵”“清宫秘史”“草原之夜”“梦蝶”“西施红”“惠安女”“金瓶梅”“天山之歌”……尹石逐一介绍，真可谓五光十色，令人眼花缭乱，半个小时仍未看完。“数量之多、品味之高”诚非虚言！

1954 年，尹石出生在洪泽湖畔一书香人家，自小便喜欢舞文弄墨。1970 年应征入伍，在扬州军区医院工作，这让他有机会接触到扬州的文人墨客，并拜书画名家王板哉为师。20 世纪 80 年代初调至南京工作，师友日众，眼界更阔。1994 年尹石转业，被分配到省美协担任领导工作，书画便由副业转为主业，技艺日进，名气益增。

谈到雨花石，尹石笑称，他这辈子和雨花石谈过三场恋爱，由“初恋”到“热恋”再到“黄昏恋”，恋恋不舍，越恋越深，现在已经成了“生死恋”啦！

他说，1970 年到 1980 年，扬州 10 年是他的“初恋”期。那时候，他在仪征的朋友和战友来看他，会带雨花石来给他玩。五彩斑斓、晶莹剔透的雨花石，让年轻的书画爱好者尹石一下着了迷。他的偶像、著名诗人忆明珠，那时在仪征工作。他有空就往仪征跑，找忆明珠玩。忆明珠也是雨花石迷，仪征出雨花石，有地利之便，他早就开始藏石、赏石了。尹石跑仪征，就多了一份心思，除了探讨诗文，就是拣石、淘石。尹石说，这一时期，除了朋友送石，他以拣石为主，还没有买过石头。初入石道，已有感觉，还未入迷。故谓之“初恋”。

从 1981 年被调到南京工作，到 2014 年退休，是他的“热恋”期。此时，南京已经掀起雨花石热，大大小小的雨花石展接连不断，夫子庙、雨花台、乌龙潭、总统府、清凉山、朝天宫，雨花石市场如雨后春笋，雨花石主产地六合近在市郊，机关、部队、高校、厂矿，各行各业都涌现出一批又一批雨花石迷。尹石如鸟归林，如鱼得水，觅石、购石、藏石、赏石，乐此不疲，收获颇丰。

尹石坦言，他的雨花石收藏，周德麟对他的指点、帮助最大。尹石的一个战友在梅园派出所工作，与周德麟是同事。尹石因此认识了周德麟。俩人一见如故，相投相契，遂成好友。周德麟玩石较早，石友、石贩、石农、石商朋友多多，很快就把尹石带入石圈，引上石道。尹石说，他收藏的不少好石头，都是周德麟帮他牵头、引见、把关、砍价得来的。一枚“宫墙柳”，是尹石在鼓楼看到的，那是上 20 世纪 80 年代末的一天。这是一块透板绿草花，画面上，宫殿的金顶、黄色的宫墙，在碧绿的柳丝后面，若隐若现，意境幽深。尹石一下就看中了，石主要价 15000 元。尹石请周德麟出面，与石主反复协商，最终以 1 万元拿下.

有一天，周德麟告诉尹石，鲍连发（老鲍）手上有一枚“金瓶梅”，堪称绝品，可去看看。俩人去老鲍府上看石。这是一枚玛瑙石，7.2 厘米

x5.6 厘米，鸭蛋形，金黄的底色上铁笔勾出一株老梅，枝干如虬屈龙伸，横贯石面，红梅点点，缀于其间。尹石一见钟情，提出转让。此石是获过金奖的，老鲍不肯转让。尹石请周德麟去找老鲍“攻关”几次，老鲍依旧不肯松口。请老鲍吃饭，几杯酒下肚，一谈到“金瓶梅”，老鲍只是笑，不肯搭腔。这块石头让尹石牵肠挂肚了近 3 年，不知谈过多少次，终于感动了老鲍，松了口，开价 3 万，还要尹石给他一幅画。那时候，尹石的一幅画，市价也值几万元了。尹石二话不说，给老鲍画了两幅梅花，付了 3 万元，喜滋滋地把“金瓶梅”请回家了。

在金陵石界，老鲍大名鼎鼎，谁都知道他手里石头好、价格高。尹石收藏的不少好石头，如“龙女回宫”“落日照大荒”“蜂还巢”“草原之夜”“洞房花烛夜”“苏武牧羊”等，都是从老鲍手上高价拿的。一来二去，尹石和老鲍也熟了。老鲍对尹石说：“你是大画家，搞收藏的，好石头还是留给你好。”尹石说：“你石头是好，就是价格太高啦！”老鲍笑着说：“你多画两张画，不就有了吗？”尹石说，也多亏自己有书画这一技之长，市场行情也不错，才有钱出高价，买了不少好石头。他手中 60% 的好石头，都是在这“热恋”期收来的。

2014 年退休后，尹石和雨花石进入了“黄昏恋”。退休之后，时间更加充裕，精力依旧旺盛，除了绘画、篆刻，雨花石就成了他生命的寄托，成为他人生不可分割的一个伴侣。他有更多的时间去六合，逛石市，看中的美石，依旧绝不放过。他还要花相当多的精力，把藏石一一过目，分类整理，拍片上网。

尹石是作家，也是诗人。10 多年前，尹石写了一篇文章《雨花石的诱惑》，开篇写道：“可能因余名‘石’，故此生与石结下不解之缘。凡佳石均喜之，逢美石必拜之，遇奇石定审之。也算是石迷、石痴、石癖的石怪人了。”又说，“我爱雨花石，如同爱我的爱人。因为其精美如画。它不仅具备了椭圆的弧线，厚薄得当、以小见大的形态，还有生就晶莹剔透、丝文如缕、精致浑朴的质地；胜羊脂玉、夺玛瑙魂、凄水晶泪、寖蛋白韵、具斯文品——仅此，天生丽质去雕饰，不动声色世已惊。而五彩缤纷、七彩斑斓的色彩则更会使人陶醉：赤的热烈、橙的辉煌、黄的富贵、绿的永生、青的无限、蓝的向往、紫的神秘。如云之变幻，如锦之纤巧，娇艳媚人也。”这就是一篇诗人激情难却而吟唱出来的“雨花石赋”了。

尹石有一块雨花石，形如鹅卵，蛋白质，石上有图：青天黄云，红日当空，高高的山冈上，一只红色的大鸟伫立岩上，引颈朝阳，振翅欲飞，栩栩如生，神态动人。尹石想起《诗经·大雅·卷阿》中有句云：“凤凰鸣矣，于彼高岗。梧桐生矣，于彼朝阳。”于是命名为“丹凤朝阳”。读石之余，意犹未尽，又撰一文《凤凰鸣矣，于彼高岗》以记之。尹石每每伏案作画，喜欢放古典乐曲悦耳调情，“百鸟朝凤”就是他最爱听的古典乐曲。唢呐声起伏跌宕，百鸟啾啾，有似百家争鸣。案头置一只德化窑白瓷盂，蓄满清水，放入“丹凤朝阳”，听“百鸟朝凤”之曲，赏“丹凤朝阳”之石，挥毫泼墨，往往就能下笔如有神了。

我问尹石：“爱石与绘画，是否相关？”尹石说：“那当然！雨花石的魅力为我绘画艺术创作，带来太多的启迪和灵感。有时，它是一幅湿淋的中国水墨画：顾恺之的《洛神赋》、吴道子的《神佛图》、董源的《潇湘待渡》、张大千的重彩山水《华山长空栈》、齐白石的写意花鸟《鸡冠花》；有时它又是一幅浓艳艳的西方油画：达·芬奇的《最后的晚餐》、莫奈的《日出印象》、塞尚的《五位浴女》、凡·高的《向日葵》、马蒂斯的《舞蹈》、高更的《听讲道后的幻觉》，或者毕加索的《格尔尼卡》。当然，它还可以以版画、剪纸、素描、雕塑、漫画等形式表现出人物、山水、花卉、动物等千变万化的构图、千红万紫的色彩和千娇百媚的形象，总让人‘天生丽质难自弃’，总让人‘为伊消得人憔悴’。我的画案上，常年供着几盆雨花石。白瓷、清水、彩石，相生相映，雅兴自得。得来新石换旧石，轮回展示。案头的雨花石，能激起我创作的冲动，激发我创作的灵感。可以这样说，雨花石是我绘画创作的重要源泉！”

尹石斋名“三境楼”，我问他：“何为三境？”他笑着说：“三境者，也算我藏石、赏石的一点感悟吧。石不能言最可人，一境也。这是赏石的初恋期，见石心动，以其可人。石不能言能醉人，二境也。这是赏石的热恋期，为石痴迷，为石陶醉。石不能言可醒人，三境也。这是赏石的黄昏恋期，以石悟德，修身养性，人生境界豁然开朗！此之谓‘三境’。我以前的斋名，叫三石山房，以其偏爱印章石、砚石、雨花石之故。后来，就更名为‘三境楼’了。‘三境楼’更能表达我心中的向往。”

谈起石界的现状，尹石颇为感慨：“现在，有些人把雨花石炒成天价，这样不好。这对雨花石的文化内涵是一种伤害，对雨花石本身是一种玷污。

雨花石是美石，是大自然对人类的馈赠，本来，它应该是人们生活中的清供，而不应该成为经济杠杆的载体。雨花石走入市场，是正常的。雨花石买卖，两相情愿，也无可指责。但有些人故弄玄虚，言过其实，热衷炒作，就可恶了。我主张雨花石的文化属性，雨花石是文人石。现在，文人玩不动了，收藏家也收藏不起来了。这很可悲！”

2014 年，尹石出版了《尹石作品集》，分上、下两册，皇皇巨著，涵盖了他的绘画、书法、篆刻三方面的作品，是他对以往艺术创作的回顾、展示和总结。我问他：“对自己收藏的雨花石，有何考虑？”尹石笑着说：“这也是我最近一直在考虑的事。这些美石，可谓闭月羞花、沉鱼落雁、国色天香。我总不能金屋藏娇、闭门独享吧？”

我相信，不久的将来，石友们一定能看到尹石的新编《石头记》，扮亮金陵奇石苑！

雨花石·新雨方湿江南竹

一颗平常心

——记张金萍

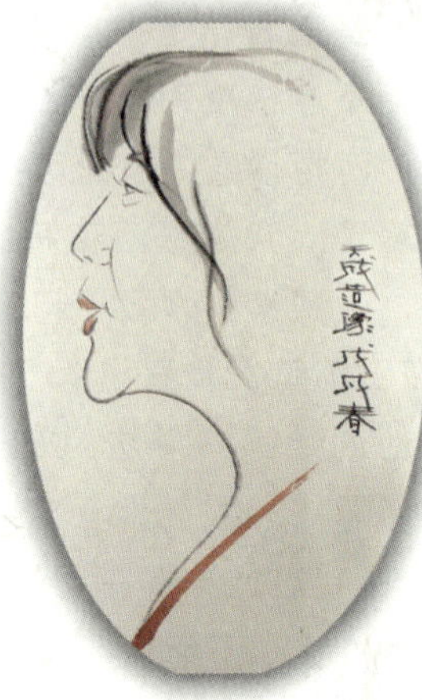

认识张金萍纯属偶然。2018 年 4 月 6 日，我约了十几位入录的金陵石痴，到征争藏石艺术馆碰头，请漫像大师禹天成给他们画漫像，同时，参观“百旺大吉——征争雨花石展”。张金萍是陈育如教授邀请来观展的石友，恰好也是南京市雨花石协会会长戴康乐的朋友。康乐介绍我和张金萍相识时说：“张所长是文博专家，玩石时间不长，可也是一个有故事的石痴哦！你一定要写写她！”

既然戴会长隆重推荐，入录者中也未见文博专家，我想先采访看看吧，便相约第二天到月牙湖边上的一座茶馆采访。我的太太白之锡那天也在场观展，对张金萍印象不错，建议说：“与其到茶馆谈，不如请他到梦石草堂（我们家）来谈吧。来家里谈干扰更少。”我征求张金萍意见，她爽快地答应了。

张金萍是南京博物院文物保护研究所所长，也是纸质文物保护国家文物局重点科研基地常务副主任。1966 年出生的她，刚过知天命之年，端庄秀丽，温文尔雅，爽直开朗中透出浓浓的书卷气。我们虽是第二次握手，却彼此都无拘无束。我这才知道，她出生在黑龙江生产建设兵团，难怪性格中有一种北方女性的豪爽和大气。

张金萍说，她的父母是兵团职工，兄弟姐妹六个，她排行老四。凭着自己的努力，1984 年考入南昌航空航天大学，学的是化工专业，1988 年毕业后，又考入南京大学文献情报学系（双学位）。毕业后先被分配到南京图书馆，恰好南京图书馆和南京博物院有一个合作项目，她进入项目组，很快成了骨干，不久就被调到南京博物院了。文博是她的职业，也是她的事业，她在这条路上一路顺风，也乐此不疲，生活过得有滋有味、波澜不惊。喜欢上雨花石，也是偶然。

那是2012年年初，她到仪征出差，在仪征博物馆看到雨花石陈列展，感到非常震惊：世界上居然有这么美的石头！她以前记忆中的雨花石形象，一下就颠覆了。当天下午办完公事，她就请仪征的朋友带她到月塘一石农家看雨花石。石农拿出一大盆雨花石给她看。她虽说第一次接触雨花石，但多年从事文物工作，鉴赏的眼光还是有的，何况又刚刚在仪征博物馆一饱眼福。一大盆雨花石没有入她眼的，就问："还有更好的吗？"石农又拿出第二盆，比第一盆好些，还是没有让她心动的。同去的朋友对石农说："把你的宝贝拿出来，让张老师看看！"石农走进房间，从一个柜子里拿出一包裹好的雨花石，放在水碗里给她看。一颗淡黄色的透板石，一下子就吸引了她的目光。这是一颗6厘米左右的椭圆形玛瑙石，白中泛着微黄，中间有一块鲜红的圆点，犹如一轮红日高悬；下面几道波纹，犹如一江春水东去。色彩艳丽，画面简洁，她有一种触电的感觉："这石头非买不可！我就是它的新主人啦！"可一问价，石农说出的天价，又把她吓住了。随后她又看中了几枚石子，但那枚石头的价格却始终谈不下来。她的朋友也是石农的朋友。石农看她对"一轮红日"那样喜欢，说："这石头价格不能再降了。你喜欢，可以先带回去，征求朋友的意见。确定不要了，再把石头还给我。"张金萍对石农的大度和信任，至今心怀感激。

她打开手机，让我们看"一轮红日"的石照。甫一照面，我也是大吃一惊。雨花石我见得也多了，但像这块石头给我的震撼，确实很少的：南岸漫山红透，层林尽染；江上一桥飞架，气势如虹；天空丽日当中，红得耀眼。分明是一幅"江山如此多娇"图。我禁不住赞叹："张所长好眼力！好石缘！第一枚石头就这样精彩！"张金萍也掩饰不住心中的喜悦，说："这枚石头，是我的'初恋'啊！至今也是我最喜爱的石头之一，经常要拿出来欣赏的。初见它时的那种感觉，我至今记得，永远忘不掉！"

张金萍从仪征月塘携石归来，第一件事，就是问周围的人有没有收藏雨花石的。南京雨花石协会副会长周德麟是南博的常客，自然就成了她的第一位启蒙老师。在周德麟的指导下，她了解了很多关于雨花石的知识，对如何鉴赏和鉴别雨花石，有了自己的体验。把自己的雨花石逐一拍照，量尺寸、起名字、做记录，放在与之相配的容器里。每天早晨起来的第一件事，就是走到飘窗前赏石。那一颗颗莹润如酥、色彩缤纷的雨花石，让她每天从清晨开始，就有了好心情，一天下来都是愉悦的。

初入石道，总有些狂热。在相当一段时间里，张金萍心里魂牵梦绕，满满的尽是雨花石。一到休息日，她就独自一人乘长途车，到六合、仪征乡下去觅石。吃过晚饭就坐到电脑前查资料，学习有关的知识，欣赏别人收藏的雨花石图片。很多雨花石收藏名家，虽未谋面，但他们有哪些名石，她心里都有一本账。晚上睡觉，做梦都是雨花石，真可谓如痴如醉！长时间的睡眠不足，精神过于亢奋，渐渐让她感到疲劳，甚至影响到工作。她开始反思：收藏雨花石的初心是什么呢？反思让她警醒，反思让她冷静，让她领悟了收藏的真义，让她获得了一颗平常心。

张金萍谈起收藏心态的转变，颇为感慨。她说，雨花石收藏和其他收藏是一样的，主要目的应该是怡情、乐趣、修身、健体、悟道。如果过于沉溺其中，“玩物丧志”，把收藏当作发家致富的手段，影响了工作、学习、生活和品味，那就不好了。雨花石形成于几千万年以前，一颗颗精美的雨花石，历尽千辛万苦、寂寞沧桑，才来到人间。它们耐得住寂寞，才守住了今日的繁华。现在我们这个社会，是一个欲望膨胀、急功近利的社会。看到那一颗颗沉默不语、宁静可人的雨花石，它所体现出来的诚实、忍耐、刚强、淡泊的力量和品格，对于喜欢它的人，难道不是一种启示吗？

有一次，张金萍到石农家觅石，石农向她推荐了一块油泥石。石面上有一棵枝繁叶茂的大树，树的脉络都清晰可见。她对油泥石还不了解，觉得它没有玛瑙石通透，色彩也不大漂亮，价格又贵，就没要。第二次去，石农又向他推荐这枚石头。她就拍了一张照片，回来给周德麟看，请他掌掌眼。周德麟一看，说是块好石头，今后必定会成为名石，让她赶紧买下来。那段时间，她正忙于一个会议，没时间去，就给石农打电话，让他给她留着。半个月后再去，石农说，石头已经被人买走了。她为此懊恼了好长一段时间。周德麟几次见到她，提起这事，也为她惋惜。后来得知，此石被一位收藏家买去后，多次参展，均获奖，果然成为名石。她的心情反而释然了。她说，人和人之间讲究缘分，人和石之间也是有缘分的。凡事不必强求，得之我幸，失之我命。喜欢它不一定非要据为己有。只要自己喜欢的石头有个好的归宿，就应该为之祝福。

观念变了，心态也就变了。有了一颗平常心，就不会斤斤计较于一块石头的得失，赏石的境界，就上了一个层次。张金萍爱美石，却没有一般石痴嗜石如命的德行。她喜欢与人分享雨花石，到同学、朋友家去玩，喜欢带上几块美石，送给他们玩赏。她有一块大品（约 8 厘米大）玛瑙石，两面可观，一面有淡粉色的两个人物，一大一小，犹如母子，画面干净，人物传神。她很喜欢，取名为“有妈的孩子像个宝”。她的姨侄女生孩子，张金萍把这块石头送给姨侄女作为礼品。姨侄女十分喜欢，深为感动。她藏有一套“春夏秋冬”石，石友称好，她自己也喜欢，后来送给冯小刚的助手了。这位名人的助手帮过她忙，见到这组石后，非常开心。张金萍说，让更多的人见识雨花石的美，从而喜欢上雨花石，也是对雨花石的推广宣传吧。

赏石水平的提高，除了悟性，离不开丰富的文史知识。张金萍知道自己的局限，第一个学位是化工，第二个学位是管理，人文方面的知识有所欠缺。长期从事文博工作，既锻炼了鉴赏力，也算促使她补上不少文史方面的短缺。爱上雨花石后，她对美学和古诗词就格外上心。看到好的文章，读到好的诗词，就会记下来、背下来。有机会与石友交流，她会虚心请教。采访中，她打开手机，一块一块地介绍她的爱石，讲述这些石头得来的经过。一块“沧海日出”，浩瀚的海面上，一轮鲜红的朝阳喷薄而出，气势磅礴。一块“贵妃沐浴”，一位半裸的古代美女，惬意地浸泡在清澈的水池里，令人遐想。一块“丝绸之路”，一支商旅驼队在起伏的沙丘上缓缓前行，仿佛能听到叮咚的驼铃声，画面极为传神。

有两块石头，我提出了不同的看法。一块椭圆形，通体淡绿色，中间一抹暗褐色，镶着一弯白线，线外一条深绿蜿蜒而去。她命名为“乡间小路”。呈现在我眼里的，却分明是一座古城。那带弯的一抹暗褐色，是高大的城墙，白线就是墙脚，护城河碧波荡漾，绕城墙而去。更妙的是，城墙中部，有一座城楼，楼前竖着一根旗杆。城后青山隐隐，晚霞映照。这不是紫金山下暮色苍茫中的南京古城吗？我把自己的感觉向她一一说明。她端详良久，拍手大笑：“果然是一座古城啊！当初我怎么就没看出来呢？”

一块也是椭圆形（6 厘米×4.5 厘米）、通体透明、画面洁净的玛瑙石，淡黄的底色上方，有一只淡红色的小鸭子。她命名为“春江水暖鸭先知”。我以为这命名不准确，一则画面没有水的元素，二则鸭子太小，还不能到春江里去游水。我太太也在一旁观赏，这时脱口而出：“这不是‘雏鸭出壳’吗?”真是石破天惊，一语点醒梦中人！那雏鸭毛茸茸的质感、扁扁短短的嘴，瞪着好奇的眼睛、憨态可掬的样子，就像刚刚破壳而出。真是绝了！我们一下就想到了享誉中华奇石界的第一奇石“小鸡出壳”，那是一颗戈壁玛瑙，标价 1.3 亿元。无论石质、石形、大小还是画面的逼真程度，“雏鸭出壳”和“小鸡出壳”都有得一拼！张金萍为这个新发现激动得两眼放光，连声称妙！

不知不觉，采访石迷变成了共赏奇石。老石头读出了新境界，赋予了新意义。我们和她一样，沉浸在激动和快乐之中。这种快乐，只有爱石者才能真切体会。

张金萍说：“雨花石不经意间走进了我的生活，原本波澜不惊的心境，泛起了阵阵涟漪，涌动着阵阵激情。平淡无奇的生活，变得充实而又鲜活。‘能入其中，能出其外，方能不格。’近两年，由于工作繁忙，觅石的时间少了很多，但闲暇之余赏石带给我的快乐和幸福，是金钱买不来的啊！”

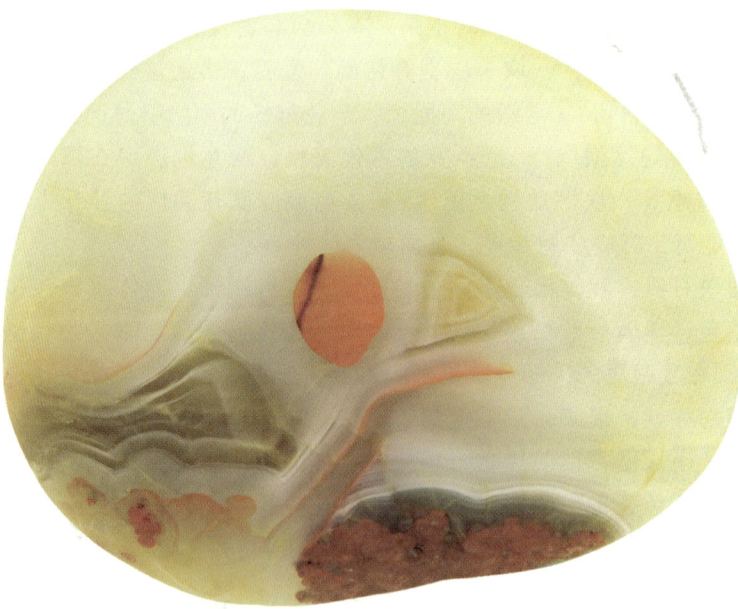

雨花石·江山如此多娇 5.8 厘米×4.0 厘米×2.0 厘米

钟情观赏玉

——记张曙生

认识张曙生也是偶然。那天到六合采访王家干，我一大早先到六合凤凰山公园石市转悠，遇到石友叶浩，正和一个身材高挑、长得温文尔雅的人在交谈。叶浩我采访过，是熟人了。他一见到我，指着与他交谈的那位说："他叫张曙生，也是雨花石玩家，后来转玩和田玉观赏石了。据我所知，在南京玩观赏玉，张曙生可是第一人哦！你应该写写他！"此时，《金陵石痴录》的采访写作已近尾声，如果仅仅玩雨花石，我就不想采访他了。玩和田玉观赏石，我倒是第一次听说，便答应叶浩，采访张曙生。

采访张曙生，就在六合老年大学王家干的办公室，王家干也在一边陪同。张曙生 1963 年生于六合，父母都是六合冶山铁矿的职工。1987 年张曙生从南京农业大学金融专业毕业，被分配到农行六合支行工作，一直干到现在。若要填简历，张曙生的简历可谓简之又简了。

张曙生说，有幸生在雨花石之乡，自小他便爱上了雨花石，得空便和小伙伴们去砂矿拣石。1987 年工作后，有了工资，他开始买石。星期天，他就约上几位爱石的朋友，骑上自行车，到新篁、横梁、东沟一带的石农家去觅石、购石。有时兴致来了，下大雪也要去。那时工资低，石头也便宜，坚持下来，也收了不少好石头。

张曙生打开手机，给我看他自己颇为得意的几块美石。一只"兔子"，是块供石，椭圆形，底色灰褐，一条白纹勾勒出兔头和兔耳，另一条白纹勾勒出腹部和脚，最妙的是头上的眼睛，圆润红亮，安静而又好奇地看着你，真可谓形神俱肖。我是雨花供石爱好者，这样形、色、质、纹均到位的雨花供石，也是我仅见的妙品。一块"圣母玛利亚"，6.2 厘米 X4.9 厘米的雨花玛瑙石，画面上，身材修长的圣母玛利亚头戴披巾，身穿长裙，仪态端庄温雅，身后披着一道亮光，仿佛带来了光明，照亮夜空，给人们带来温馨和幸福。一块“阿诗玛”，石形椭圆，底色浅黑，肉红色的斑纹勾勒出一位戴着头饰的少女头像。秀丽的额头、上翘的鼻子，活灵活现的一位阿诗玛。一块“玉猫”，底色淡紫，整体通透，一只雪白的小猫蹲在石中央，举头上望，双目炯炯，神情是那样专注，是想捕鸟，还是扑蝶？此石画面干净，色彩分明，形象生动，与六合另一块名石也名“玉猫”的，有得一拼。一块“凤舞霓裳”，底色是鲜亮的中国红，一只金凤凰披着白纱，翱翔在云端，画面色彩艳丽，动感十足，让人眼前一亮。

张曙生最得意的一块雨花石，是“今夜星光灿烂”，说起这块名石来，张曙生激情难却。那是 2008 年 4 月的一天，他到清凉山市场觅石，在石商刘健的铺子里发现了这枚石子。这是一枚天蓝色的雨花玛瑙石，形如鸭梨，柔和的蓝色天幕上，撒满白点，有如夏夜灿烂的星光。中部的黑色斑纹，勾勒出一位身穿民族服装的女歌者，舒展双臂，昂首向天，在尽情歌唱。歌者下方的黑色斑纹，有如中国地图，一条巨龙于其上，正回首张望。这色彩、这画面，一下子把张曙生惊呆了！他价也没还，毫不犹豫将此石携归。回家细细欣赏，认真琢磨，起名“今夜星光灿烂”。为此，他激动了好长一段时间。

张曙生为这颗石头写了一篇文章《石美在于色——雨花石色彩小考》。他认为，雨花石是玉石文化中以色取胜的天赐国宝，它“玉质天章、色不啻五”，是“五彩的玉，无言的诗”，是“不败之花，不朽之画”。色为石之神，雨花石五彩缤纷、包罗万象。在雨花石诸种色调中，蓝色最为稀罕。这块石头，让雨花石的蓝色从天外飞来，照亮了灿烂的星空，在石界引起巨大反响，成了雨花石界的名石。六合的公交站台上，都有此石的“倩影”。有人出价 6 位数，要求转让，张曙生如何能舍得呢？

2008 年，张曙生在西祠胡同建了个网站“雨花文化园”，聘请雨花石界的精英藏家担任网站版主，带头撰写文章，宣传雨花石文化。在大家的共同努力下，网站粉丝日增，影响日大，在西祠胡同近 5 万个网站中脱颖而出，影响力排名进入前 100 名。网站也吸引了众多玉石收藏者的关注。张曙生也有缘结识了全国各地的和田玉收藏者。他们在网上交流心得，展示藏品，成为石友。不知不觉，张曙生也迷上了质地温润细腻的和田玉，开始收藏和田玉。

玉文化是中国观赏石文化的源头，已经有几千年的历史。“玉不琢，不成器”，是玉文化的观赏特点和观赏传统，历几千年而不变。初入玉界的张曙生也跟随大众，跟随传统，崇尚玉质为先、雕工至上的理念。直到有一天，张曙生在整理藏品时，偶然发现一块其貌不扬的籽玉原石，极像小孩头像，胖嘟嘟的脸蛋，憨态可掬，十分可爱。仿佛一道闪电，让张楚生脑洞大开：原来和田玉籽料上的画面，居然也这样传神啊！

从此，张曙生迷上了和田玉观赏石。他在全国各地逐渐建起一个观赏玉的朋友圈，交流信息，探讨趋势，分享作品。这才知道，百度上“和田玉观赏石”条目，最早出现于2016年。和田玉观赏石大体上分为立体象形石和平面的画面石，象形石有禅石，观赏石，鱼、鸟、器物形石等；画面石内容更为丰富，由于和田玉质地细腻，半透明，颜色有白、绿、黄、黑等色及各色之间的过渡色，形成的画面尤为清新怡人。和田玉观赏石，已经成为观赏石大家庭中的一个后起之秀，受到越来越多奇石收藏者的青睐。

张曙生说，自己当初从雨花石收藏转到和田玉观赏石收藏，开始是受到第一块藏品“娃娃头”的启发，是自然而然的，既没人教，也没课本，网上也搜不到，无人交流，算是无师自通。依靠的是多年收藏雨花石养成的眼光和境界，10多年坚持不懈，小有成就，已收藏和田玉观赏籽料200余枚，其中精品象形、风景、有意境的籽玉原石20余枚，包括“转世灵童”（即第一个藏品“娃娃头”）、“旺旺”（天狗）、“八戒”“沁园春·雪”“熊猫”“心若无物”“松花江畔”“五佛临门”等等。他的藏品在网上展示，都能得到藏友们的首肯。

张曙生爱玉如痴如醉，超过了当初玩雨花石。每天身上都要带上一件和田玉籽料，工余茶后，抚摸把玩。晚上回家看电视，也是玉不离手，手不离玉。上床睡觉，还在盘玩，床头上、枕头下，全是籽玉。太太屠爱玲受他影响，也爱上了观赏玉，支持他买石头。可看他迷成这样，也忍不住笑他是“石痴”。2009年春，张曙生去苏州出差，睡觉时盘玉，顺手放在枕头下面，临走时匆忙忘记了，到了南京火车站，才发现玉丢在了宾馆。他心急如焚，立马买火车票赶回苏州，找回宝贝，这才安心地赶回家。2012年冬天，他到一家浴室洗澡，一件玉坠不慎落入大水池里，怎么也找不到。他怕被别人捡去，就蹲在水池里守着，一直等到深夜，浴室放水打烊，找到玉坠，这才把悬着的一颗心放下来。

与雨花石比，和田玉价格更高，有画面，尤其象形的更难找。虽然玩得较早，有时凭借眼光和运气，也能捡个漏，但整体来说，还是要有经济支撑的。张曙生虽说在金融部门工作，但也属于工薪一族，手头紧是常有的事。为了筹钱买玉，张曙生戒过烟，能省则省。有时为了筹钱，甚至不惜出售自己心爱的珍品雨花石。

张曙生是个爱学习、肯动脑的人。我看了他撰写的 160 多条“玩石感悟”，见解独到，感悟深刻，常常有出人意料之思，细细体味，却又入情入理，恰如其分。他主张“玉石雕刻，创意越脱俗越好，雕刻手法越简洁越好，雕刻工艺越先进越好。对于造型或画面已天意自成的玉石，应尽量保持原貌，不要人为地去除瑕疵和雕刻。天然美是最能经历时间和历史检验、最能经受人们审美观念进化的”。他认为，“所谓石界收藏大师，首先必须具有自己独特的思想。思想境界的提升，只能通过开阔胸襟，才能达到。如果人云亦云，始终跟在别人后面玩石头，终将难成气候。其次，必须胸罗珠玑，对传统的、现代的主流石种流派，要有比较深刻的认知，这样才能集众家之所长，形成自己藏品的风格和系列。没有特点，无所谓大师。其三，大师要有远大的艺术抱负，不是什么来钱就收藏什么，心思不能落入钱眼里。历史上有许多收藏大师对着一块石头感悟多年甚至一生，不离不弃。对艺术的追求，要耐得住寂寞。只有真正的收藏大师越来越多时，玉文化和雨花石文化才能得到更好的传承和发展”。

从张曙生的“玩石感悟”里，我看到了一位真正的爱石者纯朴的心灵。

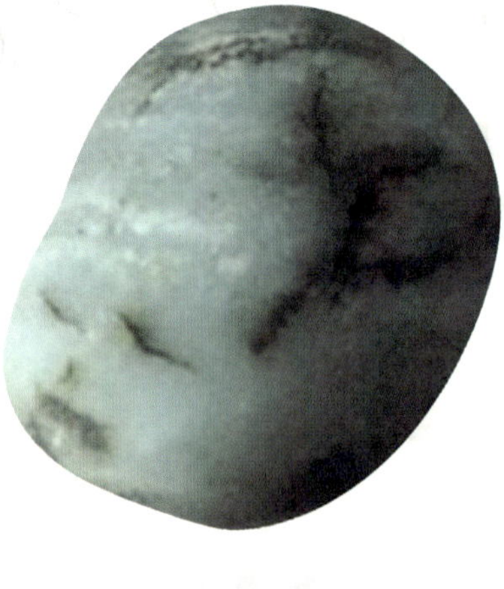

禾田玉·转世灵童

再苦心也甜

——记张桐和

“玩石头几十年，我吃了太多的苦！可我从不后悔！再苦，心里也是甜的！” 74岁的张桐和头发花白，1.8米的身高，腰身依旧挺得笔直，说话抑扬顿挫、中气十足。

这是红花地小区里一套不大的底层住宅，满屋的石头，把本就不大的空间，挤得更加逼仄。奇怪的是，置身其间，我并没有局促感。眼前一座气势磅礴、连绵起伏的“大山”，一下跃入眼帘，让你仿佛置身于青藏高原那辽阔的天地之间。

这就是老张的镇宅之宝“山魂”。这是我第三次面对面地瞻仰“山魂”了，那震撼的感觉，依旧和第一次那样强烈！

“山魂”高60厘米，宽55厘米，长160厘米。在这个空间里，百岭逶迤，千峰竞立，叠叠层层，姿态万千……让人一下就会想到“十万大山”，想到“青藏高原”。

老张谈起“山魂”，两眼放光。2003年，他刚刚退休，到广西游玩觅石。在一家山中店铺休息时，无意间眼光一瞥，发现在一个大水池中，有一座山形石头，若隐若现，好像在和他打招呼。走近细看，不禁惊呆了：“天下竟然会有这样完整的一座石山！难道它是在等待我这个主人吗？”一瞬间，仿佛空气都凝住了，老张痴痴地盯着石山，一遍又一遍，前后左右，细细察看，越看越激动。“老板，我要看看这块石头的底部！”“这块石头有一吨重，现在没有工具，抬不动啊！”老板为难地说。老板告诉老张，这块石头是20世纪80年代中期，他从广西的一座大山上发现的，费了不少劲买回来，自己也很喜欢，怕占地方，就放在大水池里了。山上还种了小树，长满杂草。3 天后，老张看到了石头的底部，的确是一块原石，毫不犹豫地付了十几万，买下了这块“山魂”。

这是一块广西筋纹石，石质硬而脆。几百座山峰屹然挺立，小的山峰只有拇指粗细，稍不注意，就会折断。怎样才能把“山魂”安全地运回南京呢？老张动了不少脑筋。他买了两床棉被，把石头一层层包裹好，打了一个结实的大木箱，塞上满满的塑料泡沫，再把木箱捆得结结实实。找辆车子，把“山魂”拖到桂林。办好了火车托运手续，老张才怀着一颗忐忑不安的心，回南京等待。半个月后，“山魂”终于在焦急的等待中，运回来了。老张迫不及待地打开木箱，揭开棉被，仔细查看：“山魂”居然毫发未伤！老张激动得眼泪都落了下来：“真是奇迹！老天爷真是眷顾我啊！”

到家后，老张立即着手清理。山峰林立，皱褶纵横，老张用镊子一点儿一点儿把杂草除去，整整半个月，老张一坐就是八九个小时，小心翼翼，累得腰酸背疼。表面清理完，再一遍又一遍，用水冲洗。灰色的石头，经过不断冲洗，变成了灰黑色。细微的石筋石脉，也展露无遗。“山魂”无与伦比的真容，呈现出来了！不知道有多少爱石者，在它面前目瞪口呆，怅然若失！有人曾提出以 10 倍以上的高价购买，被老张断然拒绝！

“山魂”进了这个家，就没有出过这个门。老张天天都要坐下来，静静地看，总也看不够。2015 年，老张自己设计了一个带云纹的底座，请人用花梨木给“山魂”换底座。在狭窄的小厅里支起三脚架，折腾了 20 天，工程才结束。

老张有一块幽兰石“遥相呼应”，也是他的宝贝。这块石头长约 50 多厘米，石形弯曲，左端有一座孤峰拔地而起，中间一片平坡，右端有两座尖峰突兀高矗，与左端山峰遥相呼应。山色青黛淡雅，石纹清晰柔和。动中有静，意境高远，实为幽兰石中罕见的极品！

这块石头，也是得之偶然。10 多年前，有一次老张去广西觅石，转了不少地方，一无所得。一天傍晚，他与当地的一位朋友在小饭店里吃饭，话别。讲到这次空手而归，心有不甘。邻座一位山民模样的汉子，听他们讲到找石头，就插了一句：“你们要买石头啊？我邻居有一块幽兰石，生得奇巧，不知道你会不会喜欢。”他给老张描述了一下这块石头的模样。

老张一听，来了精神，立马买了一把手电筒，请山民带路，打的进山。

到达山村，天已黑透。邻居已关门睡觉了。敲开房门，说明来意，睡眼惺忪的邻居点上蜡烛，带老张看石。老张用手电筒照着，细细地察看，心就扑通扑通跳起来。问石价，石主嗫嚅着说，儿子结婚，要盖屋，想卖个几万块钱。老张说："好吧。你明天上午 11 点半前，把石头送到县城某宾馆某房间，我在那儿等你。石头千万不要有碰损哦！"

第二天中午，石主如约而至，把包了一层又一层的幽兰石送到宾馆。老张开包验石，付清石款，又给了石主路费，请石主吃过中饭，送走。这才一路抱着这块 30 多斤的石头，开开心心回南京。

老张指着面前的一只大乌龟，说起故事来眉飞色舞。这只乌龟是栖霞石，体形硕大，头高高昂起，脚往前伸，动感十足，活灵活现。老张说："这可不是一般的乌龟！这是通天河里的那只老鼋哦！《西游记》故事你们都知道吧？老鼋背唐僧师徒渡过通天河西行，请唐僧问佛祖，自己何时能修成正果。回途中，老鼋又驮他们过河，问及相托之事，不料唐僧竟然忘了。老鼋一气之下，抛下他们，沉到水里。孙悟空一急，用金箍棒在老鼋背侧戳了一下。你看看，这里有个洞，就是被金箍棒戳的！沙和尚用月牙铲铲老鼋的脖子。你看看，这里有道印痕，就是月牙铲留下的啊！"

说起得到这只"大乌龟"，又有一段故事。有一天，大风雨，老张在家，忽然接到句容一位石农朋友的电话，说他挖到一块栖霞石，像只动物。两个上海人开车到他家，看中了，要买。"我答应过你，好石头要先让你看看。你能过来吗？你若不要，我就卖给上海人了。"老张丢下电话，就开车冲进风雨之中，赶到石农家。果然，两个上海人等在这里。老张把石头翻过来倒过去地看，终于找到一个角度，一只"大乌龟"爬出来了！他对两个上海人说："实在抱歉！我是他的老客户。这块石头我要了。"两个上海人只好悻悻而归。

老张有几块南京红太湖，堪称绝品。一块状如东岳泰山，石色深红，石肤润泽，石形饱满，石体布满孔洞，变化多端，重 700 多斤。此石被运回清理，把老张累得够呛：一大早请六七个壮汉抬到门外，慢慢清理，晚上再请人搬回屋内。前后搞了 10 天，每天八九个小时。当最后一次清理完成时，邻居和路人纷纷围观，齐声喝彩！天津的一位韩国女老板，喜爱奇石，慕张老大名，登门拜访。门一开，劈头看到这块红太湖，呆住了！足足足在门口五六分钟，一言不发，慢慢走到石前，深深鞠了一躬，这才坐下交谈。女老板想请老张把这块红太湖让给她，价钱好说。老张哪里肯让？

还一块红太湖，比人头略大，状如一颗鲜红的骷髅，在张嘴呐喊。老张命名为“死者的愤怒——大屠杀见证”。一见此石，一下子就把人们带回几十年前，南京大屠杀的恐怖气氛中。受难者愤怒的表情，栩栩如生，一见之下，永难忘却。老张用黑檀树桩，为其配成底座。一红一黑，反差强烈。老张说，这块石头，一定要永远保存在南京，让人们永远牢记国耻！

老张退休前，是南京锅炉厂厂长。他当了15年厂长，走南闯北，见多识广，练就了一双好眼力。玩石之前，他爱玩盆景，是南京第一批盆景爱好者，在盆景界也小有名气。迷上石头之后，对盆景就慢慢冷落了。我问老张：“怎么好石头尽给你碰上啊？”老张笑笑说：“有运气，有石缘，但，更重要的是要有历练，要有眼光，还要有魄力！下得了手！”还有一点，他自己没说，是我看出来的，那就是他人缘好。

老张为人耿直，待人诚恳，有话直说，是个爽快的人。有一次，朋友带他去一位老板家看石头，嘱咐他多看少说，老板爱面子，怕受不了。老张看到一块十几万买的大化石，还是忍不住，对老板说：“这块石头动过了，不值这个钱。”弄得这位朋友脸上挂不住。老张却若无其事，说：“做人要讲真话！我也是为他好啊！”

石头太多，老张就在花鸟市场租了个铺子卖石头。不过，他的石铺是“门虽设而常关”，他难得过去照看。几十块好石头，都有故事，舍不得卖，摆在几套房子里，自己慢慢欣赏。他有两个愿望：一是给这几十块好石头出本书，二是给他这几十块好石头办个展。他说，这辈子能够给家人，能够给社会，留下几十块好石头，吃再多苦，受再多罪，也死而无憾了。

广西筋纹石·山魂　160厘米×60厘米×55厘米

敢为天下先

——记张宪忠

1984 年 8 月，南京第一次雨花石展在鼓楼大钟亭公园成功举办，张宪忠是六位主办者之一。1985 年 2 月，南京雨花石第一次走出南京，进入上海，成功举办了轰动一时的珍品展，张宪忠是策划者和组织者。为人忠厚、行事低调的张宪忠，骨子里却有一股敢为天下先的精神。

张宪忠是南京无线电厂（714 厂，南京人也称之为熊猫厂，因该厂生产的熊猫牌电视机而闻名）的工程师，负责包装设计。我和张宪忠相识于清凉山奇石市场，算起来有 10 多年了。他退休后，在清凉山奇石市场拿下了一个铺位卖石头。我几乎每个星期都会去那里觅石，自然就认识了。我们开始也就是泛泛之交，相互了解不深。直到这次到他家登门采访，深谈 3 个多小时，他对奇石的痴迷、对石友的厚道，令我肃然起敬。

1965 年秋，从无锡无线电工业学校毕业的张宪忠，被分配到南京无线电厂，从此与南京结缘，与雨花石相遇、相知、相恋、相伴 50 年！他是在刚到南京游雨花台时，见到雨花石的，一下子就被这色彩艳丽、晶莹剔透的美丽石子吸引了，开始拣石、买石。

从 1980 年起，他有钱就买雨花石，不留分文。在这过程中，他认识了金陵城里的几位石痴。石友们经常相聚，评石论经，通宵达旦，乐此不疲。于是，就有了 1984 年 8 月 28 日的大钟亭首展壮举。有石友甚至建议，把这天定为“雨花石日”。

有了南京首展，张宪忠并不满足，他一直想把南京雨花石展办到北京、上海这些大都市。1984 年秋，张宪忠到北京参加全国标准化会议，认识了上海标准化协会的徐延川。徐延川喜欢收集烟标，两个有收藏爱好的人很快成为朋友。

张宪忠把徐延川请到房间，从提包里取出纸包，小心翼翼，一层一层打开，取出几枚五光十色的雨花石给徐延川看。又从洗手间端出盛着清水的小瓷碗，石一下水，格外灵动起来。其中一只“红狐狸”，瞪着一双好奇的眼睛，仿佛想和人对话。天下居然有这么漂亮神奇的石头！徐延川看得呆住了！张宪忠乘机谈了自己的愿望，想在上海办雨花石精品展，希望徐延川能够帮忙，负责上海的筹备事宜。徐延川在上海办过几次标准化展览，他看到雨花石这么精彩，就满口答应了。

回到上海后，徐延川着手物色场地，一连几周，找了许多单位，公园、俱乐部、展馆，都因租金太贵，没谈下来。他知道，雨花石展是个人掏腰包，不能不考虑租金。他把情况反馈给张宪忠。张宪忠回信说，即便贴钱，也要办！

徐延川被张宪忠的痴迷精神感动了。他发动全科室的同事，都投入筹备工作。一天，上海《小主人报》的辅导员颜素珍，到徐延川单位联系发行工作，徐延川和她谈到雨花石珍品展，立即得到《小主人报》的大力支持，场地问题解决了。接着，租展柜、借锦缎、安排食宿、联系新闻单位、布置会场……一切准备就绪。张宪忠邀上喻宝玺、薛勇干两位石友，携石赴沪。1985 年 2 月，南京雨花石珍品展如期举行。

上海市标准化协会和上海市二轻局的领导，以及新闻界的朋友出席了开幕式，上海各大媒体报道了这次别开生面的奇石展，引起了很大反响。

上海画报社摄影部主任唐戴清参观了石展，也被这些精妙的雨花石打动了。他写了一篇文章，选了 7 幅石照，投给香港《良友》杂志社。1985 年 6 月，《良友》杂志刊出了唐戴清的文章和 7 幅照片，其中就有张宪忠的藏石“艳艳红狐”“仙女下凡”“黑猫”。《良友》杂志是一份老牌杂志（民国时就闻名上海滩），销往全球 30 多个国家。雨花石乘上这阵清风，首次在全世界惊艳亮相。

唐戴清给张宪忠寄了两本这期的《良友》杂志，张宪忠把杂志分别给了喻宝玺和薛勇干。他找到唐戴清，提出自己出钱，想再买一本这期的《良友》杂志，因为这本杂志太有纪念意义了。可《良友》杂志在海外发行，得有外汇才行。他到哪儿去找外汇呢？好在唐戴清理解他的心情，设法又寄来一本给他。这本杂志，也就成了他的宝贝。多年以后，“艳艳红狐”转让给了外地一位老板，张宪忠慨然将这本杂志也一并相送了。

说起这只“红狐狸”，还有一段故事。1984 年 9 月的一天，张宪忠到总统府门口觅石。那时，这里有一个自发形成的雨花石地摊群，名气很大的石商鲍连发（石界人称老鲍）也在这里摆摊。老鲍眼光独到、路子宽广、出手大方，总能带些好石头来，最引石迷关注。一摆碗，大家都围了上去。一位程姓石迷眼疾手快，一把抢了 4 块，抓在手里。老鲍说：“这次石头好，价钱贵啊！3 块钱一块，不还价！”程姓石友见说，放下了 3 块石头。站在一边的贝芝泉，一把就把 3 块石头拿走了。程姓石友手里还捏着一块，就是“红狐狸”。他和老鲍讨价还价，要老鲍再让 5 毛钱。老鲍坚决不肯，他只好放下石头，走开去了。张宪忠见状，二话不说，就把这“红狐狸”拿下了。没想到，这只“红狐狸”，后来在上海滩出尽了风头，上了《良友》杂志，成了经典名石，最终以近 20 万元的天价，转让给了外地的一位石迷老板。

从上海石展回来，张宪忠和几位石友又在南京莫愁湖公园举办雨花石珍品展，吸引了许多媒体关注。张宪忠的小学老师魏岱珍，一直关注张宪忠的赏石活动。她有一位朋友叫王染野，是吴县文联副主席，因此也认识了张宪忠。王染野写了一篇文章《石头城里的石头明星》发表在《爱国报》上。张宪忠成了石头明星了。

张宪忠和著名京剧艺术表演家马长礼（京剧《沙家浜》刁德一扮演者）也有一段石缘。魏岱珍老师的先生是著名剧作家冯玉琤。冯玉琤改编的《春香传》在江苏京剧团首演时，小王玉蓉饰演主角。小王玉蓉后来成了马长礼的夫人。1987 年 5 月，马长礼、小王玉蓉来南京，就住在冯玉琤、魏老师家。张宪忠去拜访魏老师时，正好遇上了马长礼。魏老师就让张宪忠向马长礼夫妇介绍雨花石。张宪忠一听要他说石，顿时来了精神，把雨花石的形成、产地、收藏，如数家珍，说个没完。马长礼越听越感兴趣，当即委托张宪忠代他买雨花石。

张宪忠从没代别人买过石头，何况马长礼又是名人，有些为难。魏老师说：“你就放心买吧！”师命难违。张宪忠当天就到夫子庙、雨花台、总统府等处觅石。翌日晚上，又到卖石者家中挑选。第三天清晨，张宪忠按时将石送到。马先生看到那一枚枚晶莹剔透的雨花石，紫罗兰、胭脂红、绿花，越看越入迷。看到一块脸谱，马先生脱口而出："这不是杨七郎吗?"高兴得手舞足蹈。

一桌人只顾品石，10点多钟了，小王玉蓉才想起要到夫子庙游玩，连忙催马长礼动身。张宪忠说："昨天，夫子庙一个石摊上有一块石头，一只小鸟登枝，如齐白石没骨画。胖胖的女摊主为其标名"一枝独鸥"，那石不大，还价不卖。不知道卖掉没有。马先生可去看一下，如果喜欢，半价可买下。"

一周后，张宪忠又到魏老师家。魏老师说："长礼他们已回北京了。他赠你一幅字，以表谢意。"张宪忠接过墨宝一看，上书"石痴"二字，连声称谢。魏老师说，那天长礼他们在夫子庙，果然寻到了"一枝独鸥"，以半价买下了，很开心。

张宪忠至今仍住在40多年前厂里分配的房子里，简陋狭窄，身上穿着南京无线电厂发的工作服，十分陈旧了。可我在他家里，却看到了不少名人给他题写的"墨宝"：九十老叟林散之题的"石迷"；武中奇题的"水清石秀"；九一萧娴题的"水石斋石谱"；亚明题的"张宪忠雨花石展览"；黄养辉为他的雨花石展题的"养石延年"；沙曼翁为他题的"水石斋"；赵绪成为他题的"佳元堂"；李味青为他题的"石香阁"；还有饭牛（田原）的雨花石画。说起这些文化名人对雨花石文化的支持和对他的关爱，张宪忠连连感叹："我无以为报啊！"

2002年6月，张宪忠再次"敢为天下先"，出版专著《水石斋石谱》。自古至今，有关奇石和赏石的专著、石谱、画册，都是就石论石，就石论美，从未有专门谈奇石的价值和价格的。《水石斋石谱》一反传统，除第一章对雨花石做简介，第二章就评石论价，对每块雨花石分析评鉴，还标出价格。第三章则对雨花石的价值规律做了深入探讨。这样的奇石专著可谓前无古人，石破天惊！

为了写这本评石论价的专著，张宪忠做了10年的准备。他不惜放下工程师、收藏家的架子，开石铺，卖石头，当石贩，探石价，买卖交易，谈石论价。"香妻环儿，背石拎水，严寒酷暑，万苦千辛。" 1993年，年过六旬的张宪忠还进金陵老年大学山水画班，学习画理、画论，为鉴赏点评雨花石奠定了理论基础。为了摸清雨花石价值的历史演变，他查古书、访石贩，掌握第一手资料。在这个基础上，张宪忠在书中做了大胆的预测：

2005 年至 2020 年，雨花石精品石价格将突破 10 万元！如今，他的预测已经成为现实，精品雨花石的价格已经达到数十万元了。

张宪忠在《水石斋石谱》中，对古玩、字画、邮票等收藏品，与雨花石价值做了比较；对雨花石增值的新闻报道因素、组合因素等，做了分析；对雨花石的投资与风险做了探讨。这些角度，对雨花石收藏与投资者会有启发，也提升了这本书的价值。

与张宪忠交流，能深深地感受到他的忠厚和善良。50 年来，他觅石、藏石、展石、写石，历尽艰辛，也得到了许多石友、亲朋的支持、帮助。对此，他总是深藏心里，念念不忘。他是一位真正的懂石者，是一位真正的爱石者。人如其石，石如其人！

雨花石·美猴王　4.6 厘米×3.6 厘米

亚夫的情怀

——记张亚夫

石痴其实也是各色各样的，有的耽于执着，有的精于眼光，有的迷于收藏，有的富于情怀。张亚夫，就是我所认识的石痴中，最富于情怀的一位。

1939 年出生的张亚夫，1952 年考入金陵中学。金陵中学创建于 1888 年，是南京的百年名校，20 世纪 50 年代后期改为南京十中，80 年代初又恢复为金陵中学。我是 1960 年考入南京十中的，算起来，张亚夫是高我八届的学长。我后来才知道，我们俩人同为金陵中学校友会的理事，却一直无缘相识相知。直到 2009 年下半年的一天，金陵中学校友会的陈建华老师打电话给我，说："我们校友里，有一个叫张亚夫的，也喜欢石头，收藏了很多雨花石，还到学校里来，给同学们开奇石讲座。你也爱石，你们可以交流交流啊！"天下石友是一家，何况还是校友？我听了很高兴，一口应承去拜访他。

不想那一阵琐事特多，拜访的事就拖下来了。到 2010 年元旦，接金陵中学校友、画家马肇立女士的电话，问我愿不愿意去一个校友家看石头，还有原金陵中学的柳铮铮老师也要去。我问："谁呀？"答："张亚夫！"这一下就勾起我上一年的应承，赶紧答应下来。

2010 年 1 月 5 日下午，我们一行 4 人（还有一位也是金陵中学校友李建宁），如约来到下关热河南路一个老小区里的张亚夫的家中。这天，南京特别冷，空气里弥漫着刺骨的寒气，连阳光也显得无精打采的，没有一丝暖意。这个小区大约是 20 世纪 90 年代建的，已显陈旧。张亚夫的家，是个小中套，不大的客厅，被塞得满满的，显得拥挤、凌乱，光线也不是很好。最显眼的是，桌上摆满了石头。入门没有寒暄，直奔主题，大家围桌而坐，听张亚夫一块接一块地介绍他的爱石。

张亚夫也是柳铮铮老师的学生。七十开外的他，并不显老，满头乌发，精神抖擞，讲起石头来滔滔不绝。我知道他是收藏雨花石的大家，奇怪的是，我却没有看到一块雨花石。桌上、床上、椅子上、橱柜里，全是戈壁石。他看出我们的疑惑，解释说，30 年前，最早迷上的石头，的确是雨花石。生活在南京这样一座历史文化名城，有缘结识雨花石，真是幸运！作为金陵最早一批玩石人，他为雨花石的收藏、鉴赏、展示、宣传，呕心沥血，贡献良多。渐渐地，雨花石越来越少，越来越贵，后起之秀的戈壁石，进入了他的视野，引起他极大的兴趣，遂转而玩起了戈壁石。他把收藏的雨花石放在了别处，在这里一门心思玩戈壁石。他说，他正在收集一个“人生百态”系列，专门收藏戈壁石中的人物肖像，已经收藏了几十块了。他随手拿出来给我们欣赏。有的一目了然，惟妙惟肖；有的略加指点，也栩栩如生。画家马肇立才思敏捷，同去的李建宁脑子灵光，随口给几块石头起了名字。张亚夫连忙拿出笔，把名字写在石头上、盒子上，夸奖名字起得好。

两个多小时过去了，张亚夫连水都没有给我们倒，他满脑子就只有石头。天色将晚，我们起身告辞。他冒着严寒，帽子也没戴，一直送我们到离家很远的马路边，又站着谈了一阵，才挥手告别。

这次拜访，给我留下了深刻印象，也让我对张亚夫有了更多了解。

张亚夫会写诗，当过中学语文教师，退休前是下关区文化局的负责人，还当过两届市人大代表。位于下关的静海寺南京条约史料陈列馆，就是他一手促成建立起来的。静海寺是《南京条约》的谈判地，《南京条约》又是中国近代史的开端。张亚夫一直想在静海寺遗址，建一座《南京条约》史料陈列馆，以警示世人，不忘国耻！苦于经费没有着落，迟迟没建起来。他以人大代表的身份，找到各种关系，经过几年努力，终于筹到建馆费用，建起了这座史料陈列馆。其间的艰辛，真是一言难尽。

当初，不少领导对这个陈列馆不屑一顾，没当回事。直到 1997 年香港回归，南京静海寺的史料陈列馆成了一个亮点，一时风光无限。不过，张亚夫为此付出的心血和努力，已经没有多少人知道了。

我见过不少政府官员，也见过不少人民代表，能够像张亚夫这样，尽心尽力为社会为民众做些实事的，的确不多。我想，这恐怕与张亚夫乃文化人出身，有一种文人的情怀和担当有关。

正是这种文人的情怀与担当，让张亚夫玩石也与众不同。有些人玩石，广搜博求，藏之密室；有些人玩石，只求怡人眼目，炫为珍藏。亚夫不然，他玩石，重在读石，游心石外，遐思不已。且将读石所得、所感、所悟，记录下来，公布出去，以做交流，以启同好。亚夫曾撰《读石琐感》49则，刊于《雨花石》杂志，深得石友好评。2010年拜会亚夫时，他赠我一张《读石琐感·节录》，正面是12枚他所收藏的雨花石珍品，反面即28则琐感。我很喜欢，一直珍藏着，不时翻出来阅读，往往总能触发自己新的感悟。这里略举数则："（赏石）胜于身践帝王之位。石融天趣、物趣、人趣为一体，徜徉其间，可静观天宇、人生之变幻。奇乐也！""本乎天自有其美。但无发现的眼睛，哪儿会有美的发现？以此而论，美石、奇石、妙石，皆为有识之士妙眼所为。""美学家王国维曾曰：'……吾人与此之桎梏世界中，竟不获一时救欤？曰：有。唯美之为物，不与吾人之利害相关系，而吾人之观美时，亦不知有一己之利害。'唯美之为物，意味深长！人一旦与美（含造化之艺术）相融合，其心灵被绽放的笑靥，将永不会凋谢。"这些读石感悟，没有诗人的激情与想象、学者的博学与多思，是道不出来的。

亚夫玩石，不满足于独享，更期盼于分享与共享。自1986年以来，亚夫曾作为金陵藏石第一人，受邀在美国亚太博物馆、加州理工学院、洛杉矶华埠图书馆、香港太古城中心、台北"玩石家"等处，举办数十次雨花石公展。每次公展，都引来众多观者，都有当地的媒体报道，产生很大反响。谈起在境外的办展，亚夫感慨良多。一位旅美艺术家在留言簿上写道："观此奇石，愈念故国。"一位女士写道："您一生痴心追求的，已不只是石，而是淳朴而逍遥的人性。"一位小女孩在留言中，则直接称亚夫"像个大男孩"。一位美国人在留言中说："和一个女人结了婚，却爱上了石头。"亚夫的妻子也曾笑着对他说："你应该和石头结婚！"亚夫受此启发，此后干脆自称"恋石人"。

1990年，张亚夫将自己珍藏的数十枚雨花石珍品和自己的读石感悟文章，汇编成《亚夫石萃》出版。来自上海的109岁的著名书法家苏局仙为

《亚夫石萃》题写书名；我国著名的文史学者，96岁的郑逸梅为《亚夫石萃》作序。郑老在序言中说："庚年岁首，张君亚夫，贲临蓬荜，携其所藏雨花石图片及部分实物以见示，瑰玮诡奇，出于言表。即此一端，益叹天工之巧，非人之工所能得而占夺。朋侪以藏雨花石驰誉者，有许问石与张轮远。我曾撰《南北两大藏石家》一文，刊载香港之《大成》杂志，一自目睹亚夫之所藏，未免令人有昔登东山而小鲁，今登泰山而小天下之感了。""亚夫不日飞渡重洋，在美国举行石展，以扩西方人士之眼，并借此以见我萃之钟灵毓秀，不愧文化之邦。展毕，拟付诸印行，成一巨册。嘱识数语，我也是爱石成瘾的，当然，乐为涉笔了。"序文左上方，还附有一幅郑老与亚夫在"纸帐铜瓶室"的合影。小小雨花石，能得到两位大家的赞赏与肯定，张亚夫对自己的玩石选择，更是信心满满。

退休之后，张亚夫除了读书、读石、觅石、创作，还乐意去学校开讲座，与学生们交流赏石的乐趣和心得。2013年5月27日，张亚夫到南师附中给学生讲石，题目是"让心灵绽放美丽"，每位听讲的学生，都拿到了一份资料，内容是张亚夫写的《心舟·雨花石絮语》《读石锁感·节录》、《雨花石恋歌》三篇文章。他带了30枚自己珍藏的雨花石，一边欣赏一边讲述，从自己的觅石经历，讲到赏识心得、展石感受，同学们听得津津有味，纷纷提问互动。2016年，张亚夫携雨花石精品，走上母校金陵中学的老三届讲坛，给母校的学子和校友们讲述"用赤子之心，发现美的天籁"。他的讲述，发自内心，平实而又富含哲理，有很强的感染力。这些年来，张亚夫先后给金陵中学、南师附中、一中、十三中、南师附小、南京林业大学等大、中、小学的学生，做过20多次奇石讲座。看到美丽的石头能够引起年轻人的兴趣，激起他们对美的追求，张亚夫感到特别欣慰。

"老骥伏枥，志在千里。"年近八十的张亚夫近年来新作不断。他倾力创作的戈壁石系列"大漠精魂"，已经有了100多件作品。为了能展示这些作品，他特地做了一张大罗汉床。为此，他还写了一篇文章，标题就是"大漠精魂"：

第一次相见，就怦然心动。

这里陈列的石头，均为石之逸品。多拣拾于戈壁沙漠，原生态，只做了些自然组合。年岁均在百万乃至千万年以上。

且卧，且立，且吟，且诵，酷似一尊尊雕塑，鲜活、瑰奇、唯一。

皆造化之杰作，皆地球混沌初开之见证者。皆有自己的故事。

从质地到色彩，从仪态到神韵，请静静地诗意地进行观察、触摸与品读吧。

均曾经历过火烧、震颤、风蚀；均曾经历过躯之创伤、心之流血、黑色之死亡。

然而从未失音、失色、失重、失灵！

以生命做燃烧，以燃烧为生命。依旧在沉思与怀想，依旧在凝视与远眺，依旧在寻觅与坚守，依旧在神采奕奕地娓娓诉说。有脉动，有情愫，有禅意，有玄奥。

坚贞而沉静、超逸而空灵，可谓发凡入圣，心怀明月，风骨凝英。

此系一组火浴之灵魂哟，一组襟怀天地、情韵悠长之灵魂，一组悄然从远古蹒跚走来、携神奇密码之灵魂！

这里蕴藏着多少悲欢离合，多少爱恨情仇，多少精神传奇，请参与破译。

“以生命做燃烧，以燃烧为生命。依旧在沉思与怀想，依旧在凝视与远眺，依旧在寻觅与坚守，依旧在神采奕奕地娓娓诉说。” 这不是作者的夫子自道吗？ 这诗一般的语言里，依旧透出爱石如痴的诗人那浓烈的情怀！

雨花石·秋 韵

传承待后生

——记张镇冰

《金陵石痴录》的采访写作已近尾声，蓦然回首，这才发现入录者大多垂垂老矣，后生小子则凤毛麟角，金陵石脉似有断代之虞，不禁忧从中来。转念一想，却也未必。当初定下入录标准：一为人品好，二为故事多，三为石头精，四为贡献大。以此衡之，年长者自然占有优势。爱石者中，年轻人还是不可忽视的群体，张镇冰就是其中的代表之一。

未及不惑之年的张镇冰（张冰），安徽灵璧人氏，园亭张氏后人。镇冰自称："幼承庭训，读书作画，兴趣庞杂，无所专攻。"其实，他还是有所专攻的，那就是书画创作与理论和赏石文化研究。张镇冰曾任江苏省文化艺术研究院美术部副主任，现为中国风景园林学会花卉盆景赏石分会理事、中国观赏石协会会员、江苏省观赏石协会副秘书长、南京市盆景赏石协会副会长，被国家文化产业研究中心南航书画研究所聘为研究员，出版有《张镇冰书画选》《游目骋怀——南京书法家作品集·张镇冰卷》《印说灵璧石》《仿佛集》等专辑专著。他还是江苏省观赏石协会主办的刊物《石典》、南京市盆景赏石协会主办的刊物《南京赏石盆景》的编委和主编。

说到镇冰，不得不提到他的父亲张训彩先生。张训彩先生是我的老朋友，也是江苏赏石界的元老、中国观赏石协会的高级顾问。训彩先生携笔从戎，数十年的军旅生涯中，业余时间唯好赏石。曾以十年之功，为故乡的奇珍——灵璧石著书立说。他撰写的《中国灵璧奇石》是历史上第一部系统地介绍灵璧石的皇皇巨著，香港《大公报》曾刊文称他为"中国灵璧石之父"。

20 年前，我与训彩先生结缘，也是因为灵璧石。那时我初入石道，迷上的第一个石种就是灵璧石。两年内四下灵璧县，购石数百方，在郊区租屋以储之，够疯狂的了。在此期间，一次我偶然在新华书店发现了一本介绍灵璧石的小书《中国灵璧奇石》（军事谊文出版社），作者为张训彩。一打听，张训彩是南京某军事院校的领导，几经周折，终于认识了训彩先生。同在金陵城，都爱灵璧石，我们一见如故，遂成好友。

训彩先生的家，雅号“千峰堂”，堪称灵璧石博物馆。顺墙而立的架子整齐地排列着，架格错落有致、大小不一，架上的灵璧石五光十色、琳琅满目。他所收藏的灵璧石小的不足百克，大的重达数吨。有的以声见长，轻轻叩击，如闻钟磬；有的以形取胜，山水人物，惟妙惟肖；有的以色占先，黑白红黄，怡人眼目。给我印象最深的，有两块石头。一块形如巨龟，举头探望，皮色苍古，活灵活现，我称之为“灵龟”。一块形似骆驼，他称之为“沙漠之舟”。这是一块红灵璧，红灵璧的石质硬度在摩氏 5 至 7 度之间，属观赏石最佳硬度。此石长 44 厘米，宽 16 厘米，高 42 厘米，不大不小，体量适中。难得的是极为形似，像一只昂首前行的骆驼，头、尾、峰、腿，勾勒到位，栩栩如生。肤色逼真，好像骆驼皮毛。整石坚固浑厚，有分量感；色彩古朴沉着，有岁月痕；石皮细腻光洁，手感极佳。我一见到大，大为惊叹！那种震撼的感觉，至今仍能记得。

我对镇冰说：“你有这样一位父亲，从小在这样的环境里长大，真是福气啊！”镇冰憨厚地笑了，说：“父亲对我影响很大。2003 年我考上研究生，攻读学位。父亲很高兴，作为奖励，把那方红灵璧‘沙漠之舟’给了我。我理解父亲的意思，不仅仅送给我一块他喜爱的石头，更希望我能像骆驼一样甘守寂寞、耐得风沙，负重前行。”

灵璧石曾被清代的乾隆皇帝称为“天下第一奇石”，在中国传统四大名石中，排在首位。作为灵璧人氏，镇冰对灵璧石情有独钟，也在情理之中。训彩先生在撰写《中国灵璧石》的过程中，镇冰一直协助父亲收集整理相关资料，对灵璧石的历史、文化、特性等有了更加全面而深入的了解，由此产生了一个想法：为什么不能用印谱的形式，把与灵璧石有关的名言佳句收集展示出来呢？

说起来，镇冰对印谱的兴趣始于中学时期。当时，他用积攒的零花钱，在南京大学旁边的旧书店里，买了一套旧的《飞鸿堂印谱》。《飞鸿堂印谱》是清代汪启淑精心辑录家藏古铜印以及当时一百数十家印人篆刻而成的，全 40 卷，共 5 集，每集 4 册，每卷 25 页，每页录印 2~4 枚，附注释文。镇冰回忆道："那时，我除了书画，最痴迷于篆刻。得到这套印谱，如获至宝，一下就迷进去了。后来又收集了多种印谱。在帮父亲整理灵璧石的资料时，以印谱的形式展示灵璧石文化的想法，一下就蹦出来了。我还为这个想法，激动了很久。"

毛头小子，出本印谱谈何容易？镇冰天天欣赏、珍藏在玲珑书屋（他的书斋号）里的那块"沙漠之舟"，给了他勇气和毅力。查资料、撰文、征稿、求印，他都是亲力亲为。其间的甘苦，真是一言难尽！镇冰介绍，编辑期间，幸有书法篆刻家湖州的范斌教授鼎力相助，印坛名家纷纷支持、赐稿——李刚田先生治印"泗滨浮磬"、马士达先生治印"灵璧之石妙天下"、朱培尔先生治印"天地与我并生"、张公者先生治印"钻云螭虎"、徐正濂先生治印"石不能言最可人"、冯宝麟先生治印"声应天池雨"、邱世鸿先生治印"卷云叠浪"……功夫不负有心人，2008 年 10 月，中国历史上第一部灵璧石文化印谱——《印说灵璧石》诞生了。印谱封面上，镇冰特地用上了母亲最喜欢的一尊石佛，以感谢家人和所有帮助、支持过他的老师和朋友们。

说起这尊石佛，还有个有趣的故事。1992 年夏天，镇冰全家去黄山旅游，当地朋友送给他们一件竹雕精品"阿弥陀佛"，工艺精湛，惟妙惟肖。当时，他母亲就念叨："如果能找到一块天然的石头，也像这尊佛就好了。"说来也巧，第二年夏天，镇冰全家回老家灵璧时，去渔沟乡下觅石。在一个石农家屋内墙拐处，镇冰眼角一耽，发现一块肉红色的石头被丢在那里，不觉眼前一亮，感觉此石有东西，便立即买下。带回家后，将石面清理干净，一尊大肚弥勒佛赫然现身！再配上红木莲花底座，佛光普照，满屋生辉！镇冰说父亲供职军伍，不常回家，操劳家务的母亲特别喜欢这块灵璧石，经常劳累一天，下班回到家中，一看到这尊笑容可掬的石佛，心里就有说不出的欢喜，心情顿时舒畅许多。这尊石佛，给镇冰全家带来了许多美好的回忆。

渐渐地，其他石种也开始进入镇冰的视野。出差在外，只要能抽空，他都要去当地的石市寻石、觅石，既是为了开眼界，也是为了挑精品。镇冰说："赏石的确奇怪，在无缘者眼里，生硬无趣，一钱不值；在有缘者眼里，却一见倾心，价值万金。"玩石、赏石，其实是一门发现的艺术，这就要求观赏者有一颗敏感的心，有一双锐利的眼。一次，他到上海出差。上午忙完正事，午饭也顾不上吃，打车直奔沪太路。沪太路花鸟奇石市场，是目前上海最大的奇石市场，汇集了全国各地绝大多数石种，体量大、中、小，价格高、中、低，林林总总，应有尽有。这里是爱石者的天堂。镇冰逛了一圈，走进了一家以经营戈壁石为主的石馆。戈壁石产于内蒙古沙漠戈壁，经过数千万年乃至上亿年的沧桑变迁、风吹日晒，形成半透明或不透明的二氧化硅，色彩艳丽，质地坚硬，很难加工作伪。与灵璧石等传统名石相比，戈壁石问世不过20多年，算是石界新贵，但一经面世却异军突起，热度不减。这家石馆门面不大，只有50多平方米，是个套间。馆主是名青年男子，30多岁，个头不高，皮肤黝黑，目光锐利。跨入店门，镇冰就感觉会有收获。他一边和店主聊天，一边在分好的石堆里挑石头。很快他有了发现——一块通体黝黑，石皮完整的碧玉上，右上方有圆圆的黄红色斑点，恰似带有光晕、突兀而出的太阳。这不是“如日中天”吗？镇冰不禁喜上眉梢。翻着、拣着，他又有了重大发现：在入门的堂屋左侧墙角一堆石头中，一尊赭黄色的“观音大士”正端坐在白色祥云之上，在向他招手呢！

不知不觉，暮色渐浓，一个下午很快过去。镇冰恋恋不舍地离开沪太路，携上得来的宝贝，赶到火车站，坐高铁回到南京，已是晚上10点多钟了。

南京是雨花石的故乡，南京的玩石者，很少有不被雨花石打动的，镇冰也不例外。可南京的雨花石藏家济济，名石多多，石价连年翻倍，也令普通的爱石者难免望石兴叹。镇冰自忖起步晚，寻常路很难走。他思来想去，想玩出点儿新花样，决定收藏雨花木化石。雨花木化石原是生长在约2亿年的树木，经历火山爆发、地质变迁、纤维硅化而成。木化石石质坚硬，局部木质纤维仍清晰可辨，光滑细腻，色泽漂亮，不仅具有重要的科研价值，也颇具观赏性。南京雨花石界，长期以来崇尚活石，晶莹剔透的雨花玛瑙一直是石界追逐的主流，作为供石的雨花木化石，一直为玩家忽视，价格相对也低廉很多。有了方向，就坚持走下去。迄今为止，镇冰已收藏整理了数百枚雨花木化石，这个成绩，在南京雨花木化石收藏者中，也堪称佼佼者了！

其实，雨花木化石在古人的诗文中，就有过描述。清代著名剧作家孔尚任（代表作《桃花扇》），在《六合石子》一诗中咏道："黑者蝌蚪文，黄者斑纹虎。其一如透冰，朱鲤活堪数。"这"黑蝌蚪""黄斑虎"就是典型的木化石，只不过当时的孔尚任还不知道而已。镇冰收藏的雨花木化石，有一枚是他自己在六合灵岩山拣回来的。那天，他约了几位石友到灵岩山拣石，行至著名的玛瑙涧，满目青葱，环境优美，镇冰抚今追昔，诗兴大发，吟出"采石玛瑙涧，悠然见灵山"。诗引石出，心诚则灵，果真不久就捡到一块雨花木化石。回来冲洗干净后，仔细一看，是一枚辉木化石。镇冰给这枚化石起名为"诗境神木"，请著名书法家童迅先生用甲骨文题名，以纪行踪，供之于玲珑书屋，永久宝藏。

雨花木化石，是雨花石种类中重要的一个分支。张镇冰告诉我，他目前正在整理自己的数百枚藏品，收集相关资料，争取近年内出一本有质量的研究专辑，为雨花石文化的传播推广、发扬光大，做点微薄的贡献。

后生可畏！我为训彩老友家传有序，感到高兴，也为金陵石界后继有人，额手称庆！

灵璧石·佛

校园开雨花

——记张志川

张志川是雨花台中学雨花石文化博物馆的特邀馆长，长得瘦瘦小小，话语不多，没有一点馆长的“派头”。我到这个雨花石文化博物馆去看过几次石展，都是熟人邀请去的，对这个馆长，印象并不深。直到这次，王建平在博物馆办“寸盈天地”奇石珍品展，我去了两次，还带了几个朋友去观展，和张志川有了比较深入的接触、交谈，这才知道，这座雨花石文化博物馆来之不易，也才知道张志川为此付出的艰辛努力。

张志川说，他和雨花台中学的缘分，算起来有 60 年了。1943 年出生的他，读的是雨花一中心小学。1957 年毕业后，考入雨花台中学读初中。1960 年初中毕业，是雨花台中学第一届毕业生。2007 年，雨花台中学 50 周年校庆，邀请张志川参加。校庆期间，校领导知道张志川喜欢收藏雨花石，便对他说：“能不能在学校办个雨花石展啊?”张志川一口应承，能为母校做点实事，是他一直就有的夙愿。他找到石友张志多、柏贵宝、陈廷山，四个人一拍即合，积极筹备。2008 年年初，以“山川多宝”（每人名字中取一字）命名的雨花石精品展，在雨花台中学隆重举办。这次石展，在师生中引起很大反响。展览结束后，张志川给学校领导写了一份建议书，建议雨花台中学筹建一座雨花石文化博物馆，把雨花石文化作为传统文化教育，创出自己的特色来。

穆耕森校长采纳了张志川的建议，委托他组建班子，筹建雨花石文化博物馆。张志川邀请王建平参与建馆，并且邀请张志多、柏贵宝、陈廷山等八人，作为博物馆的特邀研究员，出谋划策，同心协力，共襄盛举。2010 年，在学校天文馆的基础上，雨花石文化博物馆建成开馆。据了解，这是全国第一所由中学组建的奇石文化博物馆。

雨花石文化博物馆，是一座公益性展馆，8 年来，已经成功举办了 20 多次石展，接待观众 6 万多人次，其中接待欧洲、澳洲、美国、韩国、日本等 10 多个国家的代表团前来参观。除了办展，学校还组建了雨花石社团，举办与雨花石相关的活动。张志川还负责编撰了几本雨花石校本课程教材。2011 年，张志川编撰的雨花石教材，以总分第一名，获得江苏省高中校本教材一等奖。2016 年，雨花台中学被推为江苏省校外教学联盟盟主。如今，雨花石文化博物馆已成为“国土资源部科普教育基地”“南大地球物理系教学基地”“南京民盟校外教育基地”，成为雨花台中学校园内一道亮丽的风景。雨花石文化教育，也成为雨花台中学的一块特色招牌。

雨花石文化博物馆，两位特邀馆长（另一位是王建平），八位特约研究员，都是志愿者，只有张志川是必须每天到岗的，最为辛苦。张志川说，除了编教材，最花精力的是办展览、搞活动。博物馆缺人、缺钱，办展不易，搞活动也不易。每个人都要把自己的能量发挥到极致，才能把展览和活动办好。他说，赏石是文化，也是艺术。赏石活动一定要围绕文化艺术这个核心来开展，组织要精心，作品要精致，还能达到效果。

精心就是特别用心、专心，要有创造性。张志川说，为了给参观的学生、来宾介绍雨花石，学校在学生中组建雨花石讲解团。为了培养学生素质，提高讲解水平，馆里组织了一系列活动。第一，赏石。组织学生到雨花台公园办的雨花石博物馆、六合横梁雨花石市场参观学习，增加感性认识，培养对雨花石的兴趣。第二，读石。让学生对负责解读的雨花石反复认真观察，发现画面主题并取名，对照原名与老师、同学交流。第三，悟石。到网上查阅资料，结合与同学的讨论，搞清画面主体与其他部分的关系。第四，学习老师印发的例文及网上的赏析佳作。第五，撰稿。综合对讲解展石的理解和学习范文的体会，撰写讲解文稿，与同学讨论、试讲，最终定稿。第六，经多次正式讲解后，与其他讲解员交换展柜，即兴讲解，相互评价。第七，把自己的讲解稿翻译成英文稿，练习用英语进行讲解。第八，每人自选一枚展会中最喜欢的雨花石，精心配写一篇赏析文章。经过这一系列实践活动，学生们获得了知识，提高了素养，得到了快乐；老师得到了寓教于石的目的；参观者听到了精彩的解读，加深了对石头的理解。一举三得。

对展示的作品，一定要精致，力争精益求精。张志川谈起“金陵四十八景”雨花石展，自豪之情，溢于言表。那是2010年5月，博物馆开馆之初，决定办的首展就是“金陵四十八景”雨花石展。石界都知道，给雨花石按图取名，比较容易。但要按图（实景）索骥（石头），即按实景来找相似的雨花石，则困难得多。何况要配齐四十八景点的象形石，谈何容易！他们没有畏缩，花了10个星期，分3个轮次选石。第一轮，组展人员带头送石，共送来200枚雨花石，初选入围了37枚。第二轮，根据掌握的藏石信息，通知石友，把相关石头送来比较，通过对比，留下两组96枚。第三轮，上门走访藏石丰富的石友，又选到十几枚绝佳的雨花石。最后，以景点相似度为唯一标准，通过集体品评，先定48枚展出。金陵四十八景雨花石展，受到石友们一致好评，获得极大成功。南京雨花石协会会长戴宗宝观展后，竖起大拇指说：“这是我看过的最好的雨花石展，可以打95分！”

张志川说，退休以后，他一门心思扑到雨花石文化博物馆上，一是出于对母校的感恩，二是出于对雨花石的钟爱。他自小就喜欢在雨花台周边拣石、玩石。不过，真正迷上石头，还是2003年退休之后。他有了闲暇，每周都要去石头市场淘石，到雨花台周边的建筑工地拣石。2005年，经人介绍，他认识了比他小3岁的雨花石收藏家张志多，于是拜张志多为师，觅石、读石、赏石、写石，乐此不疲，成为金陵雨花石界颇有成就的雨花石收藏家和鉴赏家。

张志川给我看了几块他最得意的藏品。一块是“独一无二”。这是一块文字石，椭圆形的石面上，白底黑字写着一个可做楷书范帖的“二”字。上横短，下横长；上横粗；下横细；上横平，下横平中带曲，曲得恰到好处。虽仅两笔，整个字却与著名碑帖中的“二”字一模一样。更难得的是，字中透出运笔的功力，短横为藏锋逆入，含蓄、有力，收笔虽然露锋却是方收，感觉流畅厚重。长横起笔用顺入法，自然美观，中部侧锋运笔，维持等宽，向下微微画个弯，收笔时，采用顿笔回锋手法，灵动丰满。全字构架合理、变化有度、气质遒劲。这是我所见过的文字石中，最为精彩的一个字，让人过目难忘，为之拍案称奇！

一枚“企鹅”，石头形状似圆似方，底色是满满的橙色，右侧是浓墨勾出的一只企鹅，笔法及其洗练。寥寥几笔，勾勒出企鹅萌萌的体态，头、嘴、颈、躯干、翅膀、双脚，一应俱全，惟妙惟肖。特别是翘首企盼的头和扑打的翅膀，神态生动，好像是一只先期上岸的勇敢探路者。巧的是，画面上有一团白色，恰好落在企鹅的肚子上，让人不由得感叹造化的神奇！

一块“头陀紫气”，画面上山势嵯峨，林木茂密，恰似紫金山上的头陀岭。岭上有巨石，石缝间的小树蓬蓬勃勃，展现出顽强的生命力。最妙的是，画面上端有一块紫色，恰似一股冉冉上升的紫气，在天空中飘荡。整个画面，色彩斑斓，色调温暖，给人以喜气洋洋之感。张志川说，这块石头是 2010 年的一天，下雨之后，他到石子岗的一个基建工地去散步，拣来的。石子半埋在土中，他远远望见隐约有一片紫光，捡起来，用水洗净，竟然呈现出这样美妙而又充满诗意的画面，让他激动万分。

张志川买得最贵的一块雨花石，他命名为“归隐庄园”。2016 年的一天，他去六合石友家玩，看到这枚石头，一下就把他的魂给勾住了。这是一块绿草花，体型大、品相好。画面上，绿树丛中，有农舍数间，有曲径通幽，有一弯流水。石友也很珍爱，命名为“小桥流水”，高价待沽。张志川早已下定决心，不再买石。可是一见此石，却走不动路，早把决心给抛到脑后了。石友开价过高，这让一向买石头从不还价的张志川，也无法接受。头一次没有谈好价，怏怏而归。但他不甘心，又跑第二次、第三次，终于感动石友，把石头转让给他了。

已经 75 岁的张志川，无论严寒酷暑，无论风霜雨雪，每天依旧到馆里上班，忙忙碌碌，乐乐呵呵。他说：“能够有雨花石相伴，能够为石文化出力，辛苦点也值啦！”

雨花石·京剧脸谱　5.1 厘米×3.0 厘米

石中禅味深

——记郑沪宁

雨花供石·小罗汉

郑沪宁在水木秦淮（南艺后街）古玩城租了间店铺，开了间石坊——珍玩斋。店面不大，却布置得清清爽爽，作品以禅味人物为主。他还没有退休，只有周末才来店里打理。他石友多，一到周末，珍玩斋便成了石友沙龙。石友们到南艺后街古玩、石市逛过，都会来他店里坐坐，喝茶、聊天、赏石、评石。

一个周六的上午，我到珍玩斋采访郑沪宁时，店里高朋满座，六七位石友喝着茶，谈得正高兴。茶桌边上，壁柜上端，一件作品一下就吸引住我的目光：一座深褐色的高台上，端坐着一位身穿红色袈裟的法师。高台呈倒梯形，身腰收窄，几道横纹勾勒出清晰的层次，显得古色古香。法师的袈裟上，有一条金色斜纹，头略低，做沉思状，又像在俯视台下，宣扬佛法。我看得呆住了：这不就是1000多年前，在雨花台上说法的云光法师吗？五彩缤纷，天花乱坠，仿佛就在眼前！这样的作品，看一眼，你就永远忘不掉！

茶桌后面，一组作品也很出彩：一座镂空的根雕，周边是20多个寸把长的小人物，人物大多是由头与身子拼接而成，看起来却浑然一体。姿态或俯或仰，或动或静，栩栩如生，一派禅意。郑沪宁说，拼接只是技术，难的是找到合适的头和身子。这就需要眼光，要有发现，要靠想象。

郑沪宁长得虎背熊腰，像条山东大汉，在玩石界，却是出了名的“杂家”。1960年生的郑沪宁，1978年入伍，当海军航空兵。1982年退伍后被分配到一家军工厂，从漆工干起，一步步成长，成为中层干部，从事管理工作。之后他参加高等教育自学考试，取得了大学本科文凭。1985年，他喜欢上书画，考上无锡的书画函授大学，1988年“函大”毕业后，学会了篆刻。也许是艺高人胆大，20世纪80年代中期，他就到鼓楼摆摊卖字了。他写的一幅硬笔书法，被一位老外看中了，出价5元要买。郑沪宁没要钱，送给这位老外了。一直到现在，赏石之余，他还是会泼墨挥毫，自得其乐。

郑沪宁喜欢摄影。没玩石以前，他的业余时间大都花在摄影上。假日没事，他就骑上山地车，背上单反相，像猎人捕捉猎物一样，在南京周边的各个风景区和大街小巷到处转悠。有一年秋天，他在东郊中山陵风景区内一处幽静的山林中，发现一棵被秋风漂染过的五彩秋叶，随风飘落的场景，犹如一幅美丽的油画。他拍下一组“秋风呓语”组照，见者无不赞叹！

郑沪宁喜欢旅游。仅西藏他就跑了8趟，足迹遍布整个西藏地区。坚毅虔诚的朝圣者，迎风飘动的经幡，蔚蓝如洗的神湖，永不消失的阳光，消除罪孽的转山，雄伟的布达拉宫，人潮涌动的八廓街，香火不息的大昭寺，撼人心魄的雪山……西藏的宗教、文化、信仰、风俗、美景，深深地吸引着他。以至于有一次，他甚至准备不回来了，就在西藏落脚安身，开旅行社。因为母亲反对，他才放弃了这个打算。

郑沪宁喜欢收藏。他的爷爷民国时期在财务部工作，喜欢收藏。也许是受遗传的影响，郑沪宁从小就喜欢老物件均类古董，均有涉猎。后来尤爱收藏火柴盒标（俗称火花）。他说，火柴里有历史，是名片。他收藏了一套南京火柴厂出的十二生肖火花，遗憾的是还缺一条“龙”，现在很难收全了。这种用马粪纸做的火花，早已消失在生活中了。

郑沪宁爱上雨花供石，纯属歪打正着。早年，他为了锻炼身体和毅力，骑车到六合游玩，顺便到砂矿去拣些雨花供石。有一次，他拣到一块鸡油石，特别精彩，别人看到都说好。他受到鼓励，渐渐就爱上石头了。从骑车锻炼为主，变成了骑车拣石为主。一个月至少要去三四趟。每次都要驮个几十公斤的雨花供石回来。六合到南京，几十公里的路程，骑车驮这么重的石头，需要怎样的体力和毅力啊！郑沪宁居然坚持了3年多！

随着年龄增长，体力下降，郑沪宁改为坐公交车去六合拣石，坚持了三四年。后来，他有了自己的小车，就可以开车去拣石了。南京城里有一批酷爱供石的石迷，郑沪宁很快就结识了一帮石友，一到周末，就开车去六合砂矿，觅石、拣石。日积月累，家里的石头已经有2000多块了。

郑沪宁说，艺术是相通的，书画也罢，摄影也罢，收藏也罢，都需要培养发现美的能力和眼光。正是这些爱好，让他玩起石头来得心应手，好石头都逃不过他的目光。六合砂矿里，有一种火山爆发时生成的沙碛石，石体粗糙，形成中空的球体，破碎后便如沙罐一般。六合人称之为“金陵神罐”，其实并不美。有一次，郑沪宁在砂矿拣石，一眼瞥见一块神罐石碎片。这种碎片，拣石人往往弃之不顾。郑沪宁远远瞥见，感觉有戏，捡起来一看，不禁大喜过望：一位神形具肖的达摩，赫然现身！这位达摩，深褐色的头颅，石质光润，线条到位；身披浅黄色的僧袍，似在匆匆行走。更妙的是两面皆可做达摩看，两面都神形俱肖！郑沪宁说，如果缺乏眼光，这种神罐碎片，是很容易失之交臂的。

郑沪宁买得最贵的一块雨花活石，是一块丝纹石。这块石头，让他至今难以忘怀。有一次，他到六合横梁雨花石市场觅石，在一地摊上，发现一枚乱丝纹石，是一块正圆板子，无疤无痕，直径 6 厘米以上，五彩斑斓，耀人眼目。郑沪宁好生喜欢，一问价，低于 1 万不卖！当时，一般好石头，也就四五千的价格。他一年的工资才 4 万元。价还不下来，郑沪宁怏怏而归。可从此像得了相思病，吃饭、睡觉，都在念着这块丝纹石。朝思暮想半个月后，郑沪宁又去横梁，想看看石头还在不在。幸好，石头还在。郑沪宁一咬牙，掏出 1 万元，把丝纹石捧回了家。

郑沪宁把丝纹石带到珍玩斋，放进瓷碗里，注上清水，支起两个射灯，往石上一打，只见通透的石体，散出五彩霞光，如云似锦，美不胜收！郑沪宁起名为“如锦似霞”。来店里玩的石友，见到此石，无不啧啧称奇，叹为观止。一传十，十传百，石友们纷纷前来观赏，此石的第一任主人（花几百元得手），第二任主人（即横梁那位石贩，花几千元得手），都赶来观赏了。他们都很纳闷：同样一块石头，怎么到了郑沪宁手里，就变得这么神奇了哩？一位资深石迷，也被这块石头迷住了，一遍一遍跑来看，爱不释手。郑沪宁看他迷成这样，最终以 3 万元转让给他。这位资深石友，将此石改名为“雨花魂”，带去台湾展览，引起轰动。郑沪宁提出以 10 万元价格回购，被这位资深石友婉拒了。郑沪宁说，这是最让他欣喜，也是最让他后悔的一块石头！

玩石 10 年，郑沪宁说，其他爱好都渐渐放下了，唯独石头放不下，越玩越起劲。玩石的方向，也越来越清晰：以供石为主，拼接石以人物为主。

珍玩斋店里的石头，大多是供石，是拼接人物，几乎不放水石。南京雨花石资深玩家池澄，到店里看了后说：“你这是玩上岸啦！”另一位专玩水石的石友也开玩笑说：“你这叫‘水落石出’啊！”六合的石农到店里看到这些作品，大感意外：“这样的石头也能卖钱啊?”

近几年来，六合雨花供石的价值，为越来越多的石友、石农、石贩关注和接受。郑沪宁认为：这是一种价值的发现和回归，是一种必然趋势。水石虽好，毕竟有很大的局限。供石可把玩，可组合，可拼接，可以从多角度观赏，更具丰富性和观赏性。

每块石头，都应该找到一个最合适的去处，安家落户，或组成作品。郑沪宁提倡石友之间互通有无，互帮互助，这样才能创作出更多好作品。郑沪宁的一位石迷朋友，觅得一块戈壁石，像极了“菲佣”头像，身子寻了很久，没有下落。郑沪宁恰好找到一块雨花供石，就是那“菲佣”的身子。他将供石送给那位石友，一拼接，成为绝配！那位石友十分开心，感激不尽。

郑沪宁对佛教题材的供石作品，情有独钟。他的目标是，两年内配齐“五百罗汉”，目前已经配成200多个了。石与禅，本来就有不少相通之处。石中禅味深。见到禅石，能让人心立即安静下来，安宁起来，得到舒适和自在。郑沪宁说，说来也怪，心中有佛，眼里就有佛。他到市场，到石农家去觅石，那些有禅味的石头，就像会跳出来一样，眼一耽，就对上了。

这也许就是石缘吧。玩石头，玩出自己的想法，玩得让自己开心，就对了！

读石观大千

——记周德麟

我和周德麟相识 20 年，作为石友，也就是点头之交，谈不上相知。他长期担任南京雨花石协会的副会长，办展、出书，都不同凡响，在石界算得上名人。真正对他有所认识，是在他接受我的采访之后。采访就在梦石草堂（我家）。那天下午，从 1 点半，一直谈到晚上 10 点。平时少言寡语的周德麟，竟是滔滔不绝，意犹未尽。此后，他又向我推荐了几位石界前辈，并陪同我一一采访。一个别样的周德麟，在我的脑海中渐渐清晰起来。

与我采访过的许多石痴不同，周德麟不仅玩石、赏石，更重在读石。他自号斋名“读石轩”，微信名为“读石”。他是把雨花石当作书，当作人来读的。读石观大千，他也从中读出了文化，读出了历史，读出了境界。

周德麟办雨花石个展，不是最早的，但他办过的 3 次个展，品味之高、文化内涵之丰富、反响之大，却是南京雨花石界为数不多的。

2000 年 9 月，江苏美术馆举办周德麟雨花石书画藏品展。这是在省美术馆这个艺术殿堂里，第一次给雨花石开个展。政坛要员、文坛高手、画坛名家、石界大佬，云集观赏。10 多家媒体纷纷报道展览盛况。周德麟说，此次展览的缘起，是与江苏省美术馆馆长朱葵的一次交流，说起画家中，徐悲鸿、张大千、陆俨少等人都痴石、爱石，雨花石文化与传统书画渊源颇深。朱葵看过周德麟的藏石，大为惊叹，遂执意邀请周德麟到省美术馆办展。此展果然在书画界也引起很大反响。

2004 年 5 月，受南京首届名城会组委会邀请，周德麟雨花石文化及雨花石精品展在太平天国博物馆举办。原江苏省委书记韩培信为展览题签，原南京军区司令员向守志上将剪彩，南京博物院院长徐湖平讲话，文化名人云集，观者如堵。此展的最大特色，是雨花石文化与雨花石精品同台亮相。54 块展板（1.2 米 X 0.8 米）详尽介绍了雨花石的历史、文化，一石配一诗，一石配一照，让观众在欣赏精美石头的同时，感受到了浓浓的文化氛围。时任南京市委常委、宣传部部长的王燕文，看了展览后说：“这个展览文化气象浓厚，办出了南京特色，办得好！”此展被名城会组委会授予“文艺项目奖”。

2008 年 7 月，周德麟在北京中国地质博物馆举办迎奥运中国雨花石文化及雨花石精品展。这是周德麟的个展，主办方提出要把周德麟的名字标出来，被周德麟拒绝了。他说：“奥运会 100 年才到中国来办一次，这么大的事，当然应该突出中国雨花石文化，个人算得了什么呢？”这次北京办展，也是有缘由的。2004 年，北京地质博物馆馆长到南京，在太平天国博物馆看过周德麟的个展，当时就大为震撼。回去以后，他多次邀请周德麟到北京办展，都被周德麟以工作太忙、无法脱身给拒绝了。2008 年，北京举办奥运会，中国地质博物馆馆长认为时机难得，再次坚决邀请周德麟赴北京办展，为国人争光，为奥运添彩。周德麟也认为，这是弘扬中国雨花石文化的天赐良机，遂答应办展。此展为期一个月，几乎与奥运会相始终。装饰一新的中国地质博物馆珍宝厅内，参观者流连忘返，几十家媒体纷纷报道。周德麟专门到景德镇定制了 300 个碗，印上字，一碗、一石、一匣，作为礼品，送给嘉宾。中国赏石大家侯康乙老先生对周德麟说：“我们在北京，想在这里办展，也不容易哦！”周德麟笑着说：“不是我有本事，是雨花石太美啦！”

周德麟是《雨花石志》的副主编，同时也是该书的核心撰稿人。他还是《雨花情缘——海峡两岸首届雨花石文化联展》《中国雨花石名石集萃》两本书的执行主编，并在不同场合开了十几次雨花石文化讲座，在各个刊物发表了几十篇关于雨花石文化的论文。读石出文化，他获得了丰硕成果。

2007 年，周德麟与南京博物院研究员赵启斌合著的《中国雨花石鉴赏与研究》一书，在中国文物出版社出版，在中国雨花石界，引起巨大反响。此书中，雨花石文化研究的重点在史，分为五章：一、追忆消逝的历史岁月；二、雨花石收藏的一代巨擘——王猩酋及其《雨花石子记》；三、张轮远藏雨花石及其理论初探；四、首推南许，不让北张；五、雨花石文化的四大分期。其中最大的亮点，是关于民国时期雨花石“三杰”——王猩酋、张轮远、许问石的研究和推介，在雨花石史研究上，别开生面、独树一帜。

南京博物院院长徐湖平在序言中，高度评价此书："他们对雨花石的历史掌故，文化渊源，文化内涵，雨花石的收藏、研究状况，历史上雨花石市场的形成，以及雨花石与其他赏石品种的关系等，都做了翔实的剖析和梳理，尤其对于民国时期的雨花石文化，著有多篇专题研究文章。他们提出了中国雨花石文化的概念，认为雨花石文化不仅是地域性文化，而且是具有全国性意义的玉石、赏石文化，具有鲜明的近现代文化特点。这些观点作为一种学术观点，都比较新颖，反映了作者思考的深入。"

2005 年 8 月 16 日，周德麟与赵启斌合写的《雨花石收藏的一代巨擘——王猩酋》一文，在《天津日报》发表，在王猩酋的家乡引起很大反响。王猩酋的孙子北大教授王 xx 找到周德麟，表示感谢，并将王猩酋的《雨花石子记》手稿赠给周德麟。为了写好研究文章，周德麟多次到王猩酋、张轮远、许问石的家乡，与他们的后人交流，掌握第一手资料。2005 年到张轮远家时，张家后人将珍贵的历史照片（张轮远与周恩来中学时期的合影）、《万石斋灵岩大理石谱》一书以及该书的铜模板、装石方盆等，托周德麟捐赠给南京雨花石博物馆。周德麟说，这三位是雨花石文化的先驱，为雨花石文化做出了重大贡献，应该记住他们！读石厘清了历史，周德麟做出了贡献。

周德麟做事高调，做人却很低调。一事当前，他总是想到别人，想到公益。1999 年，南京雨花石协会想出一本雨花石画册，苦于缺少经费。周德麟与今世缘酒业的老总是朋友，老总原本就答应资助周德麟 7 万元，帮他出一本专集。周德麟说服老总，将 7 万元捐给雨花石协会，圆了协会出画册的梦。协会副会长马文斌知道此中原委，夸周德麟"为协会做了一件功德无量的事"。

2011 年，是周恩来总理逝世 35 周年，周德麟和赵启斌向梅园新村纪念馆捐赠了周恩来中学时代的留影和雨花石文化专著（《雨花石艺》《中国雨花石鉴赏与研究》）。周德麟还捐出"梅园文石"紫砂壶和自己珍藏的一枚精品名石"雨花魂"。梅园馆负责人曾私下问戴宗宝会长："此石价值几何？"戴宗宝说："最少值 10 万元啊！"不少石友得知周德麟把"雨花魂"捐给梅园馆，既惊讶又钦佩。周德麟到石头市场去觅石，有石贩就会调侃他："你那么好的石头都捐了，还来这里淘什么石啊？"周德麟只是笑笑。

周德麟热心助人，人缘好，有石商朋友，出于感激，要送石头给他，他一概回绝。有一次，他帮一位石商牵线，做成一笔大买卖。买家是他的朋友，请他去帮忙把关、砍价的。石商为表感谢，几次要送块好石头给他，他都拒绝了。他说："这桩买卖，两相情愿，皆大欢喜。我只不过牵个线。怎么能要人家石头呢?"唯一的例外，是王方埙。王方埙是雨花石界的前辈，也是周德麟的好朋友，执意要把自己获得金奖的雨花石送给周德麟。周德麟几次拒绝，王方埙生气了。周德麟只好接受。周德麟说，这块石头，他一定会珍惜。这是朋友的深情见证啊!

清人赵尔丰说过："石体坚贞，不以柔媚悦人，孤高介节，君子也，吾将以为师；石性沉静，不随波逐流，然叩之温润纯粹，良士也，吾乐以为友。"这是以石悟德，向石头学习做人的道理。周德麟读石，不仅读出了文化，读出了历史，还读出了做人的根本来。这才是玩石人的最高境界啊!

1955 年，周德麟出生在南京老城南的一户人家。祖传老宅里，有月洞门，院子里有老梅树、老柳树。屋子四壁挂满的字画。他至今还记得厅堂里的一副对联"秦砖五鹿宜子孙，汉洗双鱼永侯王"和门头的一副门联"书声蕉叶雨，文思杏花天"。可惜，"文化大革命"时家藏字画一把火都被烧掉了。高中毕业后下乡插队，1978 年上调回城，被分配到公安部门工作，一直干到退休。其间，他通过刻苦努力，取得了电大中文专业的文凭。受家庭的影响，让他在赏石、读石的道路上，注入了一份文化的自觉。

周德麟说，他和雨花石从小有缘。小时候，他就喜欢到雨花台周边拣雨花石。插队回城后，就开始觅石、购石。他的夫人胡玲慧也喜欢雨花石。1982 年俩人结婚，新婚之夜，新房里就摆着一盆雨花石。两位新人一边赏石，一边畅想未来。这情景，被我国水粉画鼻祖、东南大学教授李剑晨老先生看到了。李剑晨是周德麟的忘年交，那天特地送画给周德麟致贺的。30 多年后，102 岁的李剑晨在为周德麟的书写序时，还特地提及此事。可见得新房里的一盆雨花石，给老先生留下的印象之深。

说到李剑晨，还牵出一段佳话。李剑晨和著名画家魏紫熙是好朋友。一天，李剑晨写了张纸条给周德麟，纸条是写给魏紫熙的，上面说："请你给我的小朋友周德麟先生画一幅山水画。"周德麟拿着纸条，找到魏紫熙家。魏紫熙见条，说："最近正在筹备画展，过一阵给你画一张，好吗?"周德麟就回家了。又过了一段时间，李剑晨忽然问周德麟："魏紫熙的山水画，给你了吗?"周德麟怕李剑晨责怪魏紫熙，赶紧说："给了，给了!"

有一天，李剑晨遇见了魏紫熙，对他说："谢谢你啊！给我的小朋友画了一张山水画！"魏紫熙这才想起来，自己把这件事给忘记了，回家赶紧叫儿子把周德麟找来，表示道歉。然后拿出几张大画，说："你挑一张拿去吧。"周德麟说："我不敢挑，您随便给我一张吧。"现在回想起来，那时候的艺术大家，真是让人仰慕啊！

周德麟藏石 40 年，读石 40 年，其间甘苦无数，故事多多。从"瑶琳仙境""唐僧取经""雍容华贵""春意迷蒙""绿野仙踪"……每块珍石，都能讲出一个故事来。给我印象最深的，还不是这些故事，而是一项创举：2002 年 7 月，周德麟与苏州刺绣状元卢福英合作，完成了苏州刺绣雨花石藏品——"万紫千红"。"万紫千红"是周德麟极为珍爱的一枚珍品石，此石状如鸡心，五色杂陈，万紫千红，美轮美奂。周德麟对苏绣极为喜爱，乃以此石为原型，创意设计，并请苏州的苏绣状元卢福英操针，创作出苏绣雨花石精品"万紫千红"。著名书法家费新我先生左笔题写"万紫千红"四字。这是历史上第一幅刺绣雨花石作品，刚一出来，就在刺绣界和雨花石界引起轰动，无不惊叹这是天为艺术和人为艺术的完美结合。

雨花石乃天赐瑰宝，蕴含着大千世界的万紫千红。读懂她，读透她，可以在人间创造出多少奇迹啊！

雨化石·明月亮青山夜

诗情伴石飞

——记朱旗

朱旗是个奇人。多年以前，第一次见到他，他递给我一张名片，我一看就乐了。名字后面冠了四个头衔：医药发明专家，养生保健专家，手纹诊病专家，诗人、收藏家。名片左侧，是一幅人头彩照，下面四句话：说话算数的人；办事牢靠的人；标新立异的人；助人为乐的人。名片背面还有一句话：您用得着、信得过、靠得住、忘不了的朋友。一照面，他就给自己画了个自画像，也给新朋友留下了深刻印象。

四项桂冠中，发明专家一项，我是相信的。20世纪90年代，朱旗先后发明30多项新技术，获得14项国家专利，3项全国发明奖及多项省、市科技进步奖、成果奖。那时，我在《南京日报》主编“社会大视野”专版，搭档王希凌还写了一篇长篇通讯《坎坷发明路》，记录了朱旗的事迹。他是江苏省第一个中国发明协会会员，他创办的南京汇聪发明公司是中国发明协会汇聪公司南京地区的科技服务机构。他还被聘为北京汇聪发明公司副总经理兼高级技术顾问。

还有一项桂冠：诗人、收藏家，则是最近采访他，看到他的诗作和收藏，才得到印证的。王建平安排，那天在莫愁湖畔的“清园春·雪”茶社采访他。甫一落座，他就捧出一个大瓷碗，注上清水，掏出一把藏石，一枚一枚拿给我看。“一支毛笔”，画面上一支饱蘸浓墨的长豪，笔锋凌厉，笔杆精致；“一棵大树”，旷野上一棵大树，青枝绿叶，顶天立地；“飞天”，仙女裙袖飘飘，体态生动；“脸谱”是块纹石，酷似大花脸；“吴王夫差”，似刚刚战败的情景，形神兼备；“乾隆下江南”，河上龙舟历历，乾隆神采飞扬；“二战英雄”，钢盔闪亮，目露寒光；“翠鸟”，一只翠鸟冲向水面，水中似有鱼儿游动；“神笔高僧”，画面上有一位僧人、一支神笔，妙的是面前恰好有一个刚刚书就的“一”字；“盆满钵满”是块松香玛瑙，金黄色的钵盂盛满雪白的米饭……我也算见过不少好石头的，朱旗展示的十几颗雨花石，品相之好、品味之高，依然出乎我的意料。

朱旗是金陵石界内颇有名气的“雨花诗人”，他为300多枚雨花石写了300多首诗，结集为《醉意浓情说雨花》。他在题为《雨花缘》的序中写道：“雨花石乃大自然对人类的恩赐。因天然偶成且各不相同，故又蕴藏天意。吾等好石之徒，不仅可以从其质、形、色、纹中，享受不尽之美感；亦可从其灵、秀、奇、巧中，寻觅无穷之乐趣。更有甚者，睹石思物，触景生情，进而产生如情似梦的超凡意境，引发如诗似画的艺术遐想……石虽不能言，却又妙不可言也！赏石能修身养性，益智怡情，可令心灵净化，思维灵动，神采飞扬，体魄年轻！ 余天资乏聪，工作亦忙，故集石有限，未有大成。但随光阴荏苒，在与石儒、石友、石农交流及在觅石、淘石、购石、读石、题名、赋诗等不经意间，亦常获顿悟，颇受启迪与教益。今由本人藏石中，遴选数百枚富含文化艺术信息的雨花石，聊作石诗300首，意在邀请石友们共探石海，同享石乐，共同为弘扬雨花石文化贡献绵薄之力。”我看过他的部分石诗，感觉雅俗共赏，颇有品味，非一般打油诗可比。

朱旗是苏北兴化人。1954年出生。父亲朱一1940年参加新四军，曾任第三野战军苏北粮库主任、粮食供应站站长，是部队里比较稀缺的文化人，字写得尤其好，曾为几百座桥梁及水利工程免费题字。南京乌龙潭公园及旁边的芙渠斋，也是1981年朱一题写的招牌。1966年，朱一因为是“陈毅老部下”，被打入“牛棚”，朱旗一家被下放回乡。青少年时期的坎坷经历，并没有让朱旗消沉。受家学影响，他早早就显露出文学方面的才能，在大队文艺宣传队时，就写出了6场剧《水乡赞歌》；读高中时，语文老师犯了错误，他还代课教语文；1976年被推荐为工农兵学员参加考试，为扬州师院中文系录取。不料被人顶替，上了南京航运学校，毕业后留校当老师。朱旗说，他青少年时期就学写格律诗，也教过诗词格律和中国书法史，算是懂点皮毛吧。后来一门心思搞发明，就无暇研究诗书画了。退休后，迷上石头，得了闲暇，这才把诗兴重新拾起来，为石头配诗。为了避免千篇一律，让读者疲倦乏味，他开始尝试各种诗体，力求既靠船下篙、石话实说、通俗易懂，少用典故和冷僻字；又要饱含深情，富有诗意，让文化层次不同的石友、石商、石农都能诗石共享。

朱旗说，他迷上石头，纯属偶然。那是2000年的一天，他到新街口逛书店，看到一本《华夏奇石》，一下子就被书中精美的奇石吸引住了。书中介绍的一位奇石收藏家刘水，正是南京人。朱旗找到刘水，拜他为师，走上了觅石、藏石、赏石之路。一开始，都是刘水带他到六合、仪征乡下买石头。那时候的朱旗，既是发明家又是企业家，有经济实力，每次都要带几千块钱下乡。而那时，石价相对而言，还是很便宜的。只要看中的石头，他立马收下。他至今记得，徐营一石农家有一碗蛋白石，开价100元，他眼都不眨就拿下了。有一次，刘水带他到仪征一户石农家觅石，他看到一块7斤多重的松香供石，红玛瑙质地，石上有个和尚，他很喜欢。石农开价150元。他拿不定主意，看着刘水。刘水点点头，表示石头和价格都可以接受。他就放心买下了。在回家的路上，刘水给他点评这块石头："这是一块彩色的松香玛瑙，体量大，品相好，画面尤佳，可命名为'云光说法'，是一颗不可多得的好石头啊！"朱旗为此石题诗一首：

你究竟是和尚还是神仙？
讲经居然感动上天！
幸亏您说得天花乱坠，
否则地上哪来如花似玉的精灵？
我相信这美丽的传说，
否则石头岂有如此美名？
曹公也相信这动人的故事，
不然《红楼梦》中何来宝玉通灵？
别看石子小如丸卵，
它蕴藏着天上人间、宇宙大千；
别说石头没有生命，
它让人爱的如妻如子，
似迷似醉，若狂若癫！

跟刘水跑了一段时间，情况熟悉了一些，眼力也渐渐上来了，朱旗开始单飞。他一个人下乡觅石，走村串户，一天跑几十里路也不嫌苦。有时实在太晚了，他就在石农家过夜，任凭蚊虫叮咬，卫生落后，全不在意。他发现农村缺医少药，不少农民为疾病所苦。他年轻时跟外祖父学过医，种过药草，制过草药，也代人看过病，在疾病治疗和养生保健方面颇有心得。于是，每次下乡觅石，他都会带上药品，免费帮石农治病。渐渐地，他和很多石农都交上了朋友。徐营村一位姓司的石农，得了一种罕见的皮肤病，多方寻医也治不好，非常痛苦。朱旗用他的草药，把他的皮肤病治好了。司先生把自己收藏的一块超大的红花金丝玛瑙石，执意送给朱旗。朱旗把这枚石头命名为“友谊之花”，既符合石头画面的内容，又寄托了他和石农之间的深厚友谊，并题诗一首：“雨花石上发奇葩，绽放千秋友谊花。六合石农情意重，美琪赠送发明家。”

有一次，朱旗下乡觅石，累了，坐在一个水塘边休息。塘水清澈见底，他突然看到水中有一枚石头，上面隐隐约约有红字，便伸手去捞。谁知塘水很深，他所料不及，失去重心，一头栽入塘里。即便如此，他还是把这枚石头抓住了，紧紧攥在手里。爬上岸来，已经成了落汤鸡。旁边的农民看了，拍手笑道：“下河洗澡啦！”他顾不上拧干衣服，把石头洗净，一看，“八一”两个粗壮的红字，显现出来；再看，还是一枚金丝纹玛瑙。朱旗大喜过望，笑着对看他笑话的石农说：“这澡洗得好啊！”

2005年某日，《扬子晚报》上刊出一张石头照片，石头上有一裸女，斜卧在草地上，图案逼真，有如油画。标题是《真的？假的？》，吸引了众多读者的目光。几天之后，《扬子晚报》刊出连续报道：《专家鉴定是真的》，引起更多读者的惊叹。紧接着，《扬子晚报》刊发第三篇报道：《建议企业家买下》。朱旗看了报道，坐不住了，跑到《扬子晚报》，联系上石主，准备买下此石。原来，石主是市科委一位科级干部，到井冈山旅游时发现此石，花500元从农民手上买来的。朱旗几经商量，花5万元将此石买下。他把石头带去给刘水看。刘水说，这是一块石英石，真的。朱旗又把这块石头送到南京大学，请著名的地质学教授陈武鉴定。陈武也判定是真的，没有动过手。朱旗将此石命名为“夏娃”，赋诗两首，以纪其事。其一：“观图曾觉假，见石不疑真。通体天成就，毫无斧削痕！”其二：“石出天惊见夏娃，冰清玉洁美无瑕。感恩上帝多关顾，绝世珍奇赐我家！”

前几年，朱旗在扬州买了栋别墅，成立了“华夏雨花石研究所”。2015年，为纪念扬州建城2500年，朱旗在扬州办了个“石说扬州”雨花石展，用150枚雨花石，展示扬州的历史、人文、风俗、风物，每枚石头，均配以诗文解说。用雨花石来解说扬州，石文并茂，别出心裁，在扬州引起轰动。《扬子晚报》在头版头条以“100多枚石头组成扬州风情画（肩题）退休教师用雨花石诠释‘心中扬州’（主题），痴迷收藏雨花石15年，朱旗先生还是江苏知名发明家（副题）”为题，进行了长篇报道。朱旗将此展的石照、诗文、解说，结集出版《石说扬州》一书，大受欢迎。

朱旗近来在整理诗作，已结成4集，除了《醉意浓情说雨花》，还有《初出茅庐诗亦狂》《松风竹韵送健康》《老夫聊发少年狂》。他最中意的，还是《醉意浓情说雨花》。其中有几首诗，是他的自画，是他的心声。其一：“沉醉雨花里，狂来聊作诗。才疏贫雅句，学浅乏华词。弃去余堪惜，捡回人笑痴。拙文来会友，求正宛如饥。”其二：（石迷自嘲1）“遍地广场舞，更多在搓麻。予好诗书画，最爱是雨花。石市转一圈，月薪不在家。外行笑我痴，内人怨吾傻。水中细研读，得石如得子，爱石如爱妻。水中细研读，取名费心思。搜肠又刮腹，再配几行诗。聊醉奇石里，快乐余自知。”其三（石迷自嘲2）：“今生无子石为子，石市缺钱充有钱。百碗雨花常宴客，半痴半醉作顽仙。”

我观其石，读其诗，阅其人，不由得心生感慨，真所谓“发明昨日事，书画亦已归。痴石亦痴诗，诗情伴石飞”！

组石放光彩

——记朱言荣

草船借箭

2017 年“五一”期间，朱言荣“红红的雨花石”系列展在南京雨花石博物馆展出。南京雨花石博物馆，在国家 4A 级景区南京雨花台风景名胜区内。“五一”期间，游人如织，这个雨花石展，引起游客极大的兴趣。南京雨花石博物馆馆长郭春生说，这次展览，成套展示的红色题材和传统文化，给游客留下了深刻印象。

五一劳动节已过，我去参观朱言荣石展时，发现仍然有不少观众，在展厅内仔细察看，流连忘返。让我眼前一亮的，是一组“民族大团结”。每块雨花石前面，放一张扑克牌，牌面是一位身穿民族服装的人物肖像，雨花石的画面，也是一位人物肖像，俄罗斯族、赫哲族、裕固族、汉族、壮族……惟妙惟肖，与扑克牌上的人物两相比照，让人拍案叫绝！

朱言荣说，收藏“民族大团结”组石，已经 20 多年，至今只收到 36 枚，这次展出 21 枚，是这个系列组合的首次亮相。他收有一副民族系列扑克牌，就是严格按照扑克牌上的民族人物，来挑选符合画面的人物肖像雨花石的，难度相当大。56 个民族 56 个人，这个系列还缺 20 人。老朱说，他有信心也有决心，把 56 个民族大团结组石，圆满收齐。

今年 81 岁的朱言荣，是南京六合区气象局的退休工程师。他生于六合，长于南京，1955 年考入北京气象学校，1956 年毕业后，主动要求到最艰苦的大西北工作，分配到甘肃下属几个县的气象站。1970 年调回六合（因爱人在六合工作），才有机会与雨花石结缘。此前，他爱收集扑克牌，集邮、集纪念章。自从迷上雨花石，其他三个爱好统统放弃，一心玩石头。

玩石近 40 年，朱言荣对自己的评价是“起步迟，进步快”。至今，他收藏雨花石已达 2000 多枚，其中，有命名、上品味的 800 多枚，精品 200 多枚，还拥有几枚堪称极品和神品的名石。不过，朱言荣最引以为自豪的，还不是拥有这些石头，而是创出一条玩石新路——组石。

所谓组石，也叫系列石，也就是把内容相同、相近，或相互关联的雨花石，组成系列。与单块石头相比，组石包涵了更多的历史、文化内涵，更具创意和冲击力。传统赏石，都是单块玩赏。组石起于何时，尚未考证。大约始于 20 世纪 80 年代初，已有玩家组“春夏秋冬”“西游人物”“十二生肖”之举。朱言荣玩组合，有两个特点：一是组合创作意识强；二是作品数量多、品位高、影响大。他已创作了“一字天书”“双石映趣”“吉祥三宝”“四季风光”“五岳奇峰”“六鹿大顺”“长城七景”“六合新八景”“九龙至尊”“十佛神韵”“十二生肖”“千里明月”“万里朝晖”“三国人物”“白蛇传”“古诗配石”等各类系列 100 多组。2009 年国庆 60 周年庆典，朱言荣精选了 60 组、共 320 枚雨花石，在南京瞻园举办了庆国庆雨花石展，引起巨大反响。其中“祖国万岁”一组 4 枚，有五星红旗风中飘扬，有少女翩翩起舞，有万众雀跃欢呼，雨花石上展示的国庆情景，历历如画，观者无不拍手称奇。

谈起第一对组合的诞生，朱言荣至今记忆犹新。那是 20 世纪 90 年代初，他得到一块雨花石：一轮红日磅礴而出，色彩鲜艳，气壮山河。他命名为“日出东方”。不久，听说仪征石农张氏三兄弟手头有一块“日落西山”石，朱言荣心想：要能收来，日出日落都有了，多好啊！在一个周末，他带上馒头、矿泉水，骑上自行车，翻过三个山头，找到张老大家。张老大说，石头是老二家的，找到张老二，拿出来一看，真是块好石头：山势连绵，红日西沉，残阳如血！朱言荣不还价，掏出 100 元钱，拿起“日落西山”，喜滋滋地往家走。

朱言荣把自己藏雨花石的房间命名为“三味石斋”。我问他：“何为三味？”朱言荣说：“石趣、石缘、石德，是为三味。寻石有乐趣，得组石有大乐趣；觅石靠石缘，石缘就是人缘，人缘好，石缘好；赏石讲石德，石可修身，亦可养性。”朱言荣说，这是他这么多年玩石的一点儿感悟。

一天下午，朱言荣的徒弟张某告诉他，他在砂矿看到石农王某手里有一块雨花石：一条河上，全是船，漂亮极了！王某说，这叫“百万雄师过大江”，开价 1.5 万元。他买不起。朱言荣听说后，当天晚上就租了辆面的，下乡找到王某。一看，是一块油泥石，画面的确壮观，内心抑制不住狂喜。接着就砍价。王某和朱言荣也是朋友，知道朱的为人，最终以 9500 元转让给朱言荣。这块石头，朱言荣把它改名为“草船借箭”。他说，这样更符合画面的内容。展出时，观众也认为，这名字起得贴切。这块石头，后来屡次获奖，也成了朱言荣最爱的名石。

大约是 1995 年，有一次，朱言荣陪连襟去朝天宫办事，看到一个石贩在摆地摊卖石头，就凑上去看。一块粗石一下子就跳入眼帘：白底上，干干净净的一匹枣红色的骏马，毛色鲜亮，肌筋饱满，体形矫健，在信步前行，显得气宇轩昂，神采奕奕！朱言荣看呆了！石贩开价 200 元。朱言荣身上只有 100 元，赶紧跟连襟借钱，喜不自胜地把这匹“千里神驹”牵回了家。第二年，刘水策划了一套电话磁卡，一套 4 张，4 枚雨花石入选，“千里神驹”也上了磁卡，成了名石。有一天，朱言荣接到一个电话，是台商叶玉丰打来的。叶说，看到“千里神驹”了，希望朱能转让给他。叶说：“我太太属马，今年是她的本命年。我想送给太太做纪念。”朱言荣说：“太不巧了，我太太也属马。我已经把这块石头送给太太了。她对我的支持，很大啊！”叶玉丰并不罢休，还是一次一次打电话，恳切希望转让，并开出极高的价码：6000 美金！当时的 6000 美金，相当于人民币 5 万多元，在六合可以买一栋房子了。朱言荣有点心动，问太太：“这匹马是你的。你肯不肯转让?”考虑到儿子结婚，缺钱，夫妻俩最终还是把这匹“千里神驹”让给叶先生了。20 多年过去，朱言荣对这匹“赤兔马”，还是念念不忘！他说：“这是我转让的唯一一块石头啊！”

有一次，朱言荣进城办完事，到雨花台觅石。在雨花台北大门的一个小店里，看到一盒雨花石，9 块石头，标价 20 元。朱言荣发现，中间一块有一图案，酷似上海虹口公园里鲁迅先生的坐像，暗暗称奇。他身上只有 22 元，还要坐车回六合，就与营业员商量：“我只买中间的一块石头，盒子和另外 8 块石头都不要，给 15 块钱行吗?”营业员不同意，说：“我们是公家的店，不好拆开卖的。”交涉无果，朱言荣只得作罢，怏怏而归。走出 1 里路，心里还是舍不下“鲁迅先生”。毅然返回店里，掏 20 元买下了这盒石头。待开过发票，营业员问他：“这块石头有什么好的，为了它要花 20 元?”朱言荣把石头摆个角度，指着说：“你看看像谁?”“哎呀，这是鲁迅先生啊！”旁观者之一大叫起来。朱言荣捧着“鲁迅先生”，中饭也没吃，从雨花台步行五站路，走到鼓楼。剩下的2元钱，刚刚够回六合的车钱。“鲁迅先生”后来在上海的一次石展中获一等奖，名噪上海滩！最终被收入《中国收藏界名人辞典》。

朱言荣有一组“文房四宝”组石，笔、墨、纸、砚4块石头，收齐颇费一番周折。最早收到的是一支毛笔。那是17年前，朱言荣到六合一家石雕店玩，看到一块雨花石，上面是一支毛笔的图案，笔尖很形象。店主说是一位朋友放在这里卖的。朱言荣以450元买下，当下就萌生了组“文房四宝”的念头。他最担心“纸”难找。一次，他陪朋友到仪征办事，在一个石铺里，他一眼就看到一块石头，状如一张略卷的白纸，不禁大喜：“最难寻的‘纸’，今天以无意得之！真乃天助我也！”朋友和石农知道他在集“文房四宝”，都帮他留心，很快 “墨”和“砚”也顺利集到了。他谈起来就感叹，这就是石缘啊！

不少石迷，收到好石头，喜欢藏起来，秘不示人。朱言荣相反，主张好石头要与人分享，要展示给大家看，让更多的人了解雨花石、喜欢雨花石。他是办展最积极的人，1991年起，朱言荣先后在南京、北京、甘肃、兴化、江阴、淮安、上海等地，举办了20多场雨花石展。老朱办展，都是公益性质，自己要花钱、花时间、花精力，全力以赴。除了路费和伙食，从不向对方提要求，更没有寻机会卖石头。1993年9月，老朱去上海参加名人名石展，一位无锡老板在他的展柜前，驻足40多分钟，对他的4块组石“一字天书”，情有独钟，提出以“5位数”高价买下。老朱婉言谢绝：“我是来参展的，只藏不卖！”

瘦小干练的朱言荣，虽说爱石如命，却也是个豪爽豁达的人。1993年，南京金秋恳谈会期间，一位新加坡华侨看上了朱言荣的几块精品雨花石，提出以高价收购。朱言荣看到这位老华侨实在是喜欢雨花石，就把自己心爱的“玉兔”和“叶落归根”两块雨花石，赠送给他，让老华侨大为感动。2009年5月，台湾国民党主席吴伯雄一行，应邀来大陆访问，行程安排3天在南京参观。南京市委领导决定将雨花石作为礼品，赠送给吴伯雄，请六合区安排。六合区领导首先就想到了朱言荣，问他有没有这方面题材的雨花石。朱言荣挑出一颗“日破云海”的太阳石。市领导把这颗雨花石送给吴伯雄，吴伯雄看到这么漂亮的雨花石，大为惊叹！朱言荣说：“黄金有价石无价。玩石人的情意，和奇石相比，更是无价！”

名导的创意
——记徐铮

2017 年 4 月 1 日，石友征争和王建平邀我去南京民俗博物馆看石展。到了我才知道，这个石展叫“水墨金陵——徐铮黑白雨花石展”。徐铮我久闻其名，是江苏电视台著名文艺导演，但并不认识他，更不知道他还玩雨花石，而且是黑白雨花石。展会上，徐铮忙于应酬观展的各界领导和朋友，我们只是握个手，聊上几句，算是认识了。出乎我意料的是，这个“黑白雨花石展”，不仅让我一饱眼福，而且让我收获惊喜。

黑白雨花石，其实就是雨花石中的粗石。雨花石以其晶莹剔透、五彩斑斓的活石为代表、为精华，以粗石出展，能看什么呢？我的疑虑，很快就打消了。“远山听雨”“喜上眉梢”“石城墨荷”“金陵龙纹”“俯瞰南京”“十里秦淮”“石城霁雪”“佛都圣境”“我爱你中国”“梦圆东方”“冠中水乡图”“明长城遗址”“郑和下西洋”“媒婆”“猪八戒”“卓别林”“李叔同”“朱元璋”……如诗如画的景点、惟妙惟肖的人物，出现在一枚枚粗石上，让人叹为观止，其艺术效果，丝毫不让活石。从中可以看出收藏者徐铮的独到眼光。

让我格外惊喜的，不只是一枚枚精彩的石头，更是那一组组别出心裁的创意。如果把“水墨金陵——徐铮黑白雨花石展”比喻成一场大型文艺晚会，那么，“石城怀古”“民国记忆”“南京畅想”，就是晚会中的三个篇章。在“石城怀古”展区，有象形石“金陵十二钗”，一个个美女各展姿态，神形兼备；有“金陵四十八景”，更是如诗如画，蔚为壮观！徐铮把“金陵四十八景”置于一条宋代古船上展示，仿佛历史的长河承载着金陵的“山水城林”，从古流传到今。在“民国记忆”展区，有一组组石“南京保卫战”，南京城门、城墙上密集的弹孔，守城战士头戴的钢盔，激战中流淌到地上的鲜血，都在雨花石上呈现出来。徐铮用一把军号和写在瓷盘上的“为国捐躯，虽死犹荣”来衬托这组雨花石，表现抗日将士奋勇拼杀、不怕流血牺牲的浩然正气。反映南京大屠杀的一组雨花石“金陵祭”——“尸坑遍地血未稀，石头城内白骨积;悲女冤魂屈辱泪，大雪有痕恨无期"。徐铮的配石题诗更是令人感慨万千、触目惊心！在“南京畅想”展区，有南京的美丽风光，有天然形成云锦、金箔等图案的象形石“金陵三宝”。“金陵三宝”展出时，徐铮特地不标明是哪三宝，他说：“我要考一考参观者的眼力，让他们去猜一猜。”不过，大部分观众都能一眼就猜出来，这让徐铮深感欣慰。“南京畅想”展区内，有一组象形石“百寿纳福”，100位“老寿星”姿态各异，活灵活现。与“百寿纳福”配套展出的，是一个奥运火炬、一幅《百寿图》（100个寿字）与一幅扇面书法诗作《一个不许提早走》。徐铮说：“‘百寿纳福’的布展创意，源于老父亲，父亲是海军指挥学院离休干部、抗战老兵。九年前，91岁高龄的老父亲光荣当选为北京奥运会火炬手。今年他老人家已101岁。借此机会，祝他老人家健康幸福！

徐铮的战友，中国作家协会会员、诗人杨德祥，为“水墨金陵——徐铮黑白雨花石展”写了一篇精彩的前言：“从雨花石来说，这可能是一次独辟蹊径的首展。对石头城而言，这也许是一次别开生面的个展。徐铮，曾经是江苏卫视的名导。他退而不休，竟玩起了雨花石。南京人玩雨花石并不稀奇。徐铮玩雨花石稀奇，在于他的速度、温度和宽度。

“先说速度。如痴如醉是他玩石的情缘。从他与雨花石一见钟情之日算起，在不到5年的时间里，已收藏雨花石千余枚。他以军人的激情与担当，用创作的火焰，与这些无言的战友、演员们，从一个‘舞台’移师到另一个‘舞台’，上演了一场场新的精彩与追求。金陵的风风雨雨、山山水水，见证了他带着朝气与梦想，瞬间华丽转身的背影与脚印。”

“后说温度。铮话实说是他玩石的宗旨。在他的眼里，每一块石头都是有血肉、有生命、有温度、有语言的朋友。都说‘质、色、形、纹、意’是赏析一块好石头的素质和内涵，而他更青睐于一个意字。他在石头的意境与意象中，因石而宜，发现了新的天地、新的灵感、新的境界、新的寄托。在他‘黑白’色彩温馨的泼洒下，我们时时沉浸在南京的历史之美、自然之美、人文之美、人性之美的氛围中。”

“再说宽度。“出其不意”是他玩石的坐标。有人说：徐铮玩石与众不同！不错，这正是他的立体、多维、跨界个性的所在。好像石头冲破碗和水的禁锢，把粗粮变成细粮，使之更有营养，更有人气，更有魅力，更有精神。他让生活中留有历史痕迹的器物与石头相伴相衬，在似与不似中，让你张开联想的翅膀，去领略神似中的历史烙印、时代记忆、生活情绪、大蓝鲸的畅想……从而，在喧嚣的闹市中，让你寻得一份清雅，觅得一份滋润，获得一份共鸣。"

只要有创意，就能创奇迹。名导徐铮的这个创意，在金陵石界，创造了一个奇迹，给我留下深刻印象。展会后，我即与徐铮约定，要采访他。他也欣然接受。不料他编剧、导演活动不断，忙得不可开交。直到新年过后，我才在狮子山旁石油大厦31层楼的“征争藏石馆”内，采访到他。

徐铮经历颇为丰富。他生于1955年，1970年就被分配到南京汽车附件三厂（大集体）当工人，1975年调到南京二十五中学当老师，在学校文艺宣传队负责舞蹈教学。1977年被部队特招，先到部队文工队，后文工队一度解散，他分配到祁连山下一个坦克团学开坦克。1984年，徐铮考入解放军西安政治学院。1986年毕业后，调南京军区司令部从事宣传文化工作。1996年转业到电视台当导演，一直干到退休。

徐铮丰富的经历，成就了他当导演的基础。刚到江苏电视台就出手不凡，导演的第一台综艺晚会——“笑口常开”就获得当年全国广播电视部颁发的“星光奖”，后来，“春满华东”又获得“金鹰奖”。多年来，他先后执导了中国广播电视60周年大型纪念晚会、纪念邓小平诞辰100周年大型文艺晚会、华东六省一市春节联欢晚会、江苏省纪念改革开放三十年大型文艺晚会和多届江苏卫视春节联欢晚会、江苏省元宵晚会等各大文艺晚会，并多次担任全国相声大赛、全国戏剧小品大赛执行总导演。他导演、编剧的文艺晚会、电视栏目、戏剧作品、文艺专题片等，多次荣获全国电视文艺“星光奖”“金鹰奖”“五个一”工程奖多类奖项。他不仅是国家一级编导、央视综艺频道的客座导演、解放军理工大学客座教授、中国传媒大学特聘教授，还著有《徐铮曲艺作品集》《徐铮小品集》《徐铮喜剧集》。中央电视台曾为他举办过“徐铮喜剧作品个人专场晚会”——央视为个人作品做专场，是绝无仅有的。今年，他又担任了2018年“江苏老年春晚”的总导演。采访时，几个电话打来，向他请示相关节目的安排，汇报工作进展。

徐铮说，爱上雨花石，纯属偶然。5年前的一天，他在住家小区内一边散步，一边构思晚会的节目，走到一处水池边上。水池的水干了，露出一层鹅卵石来。他的目光落到鹅卵石上，随意地翻拣起来。一块状如虎头的鹅卵石，一下就跳入眼帘。虎视眈眈，目光灼灼，盯着他看。徐铮吃一惊：鹅卵石里居然有这么精彩的石头？他将“虎头”持归。不久，又在水池的鹅卵石堆里，拣出一枚“佛”的象形石……雨花石收藏大家征争，是徐铮的战友兼好友，徐铮把拣来的鹅卵石给征争看，征争大为赞赏。夸徐铮与石有缘，从此，雨花石子就进入徐铮的生活了。

徐铮玩石与众不同。他一开始就有明确定位：要做一个雨花石创作人！石头不仅是他的收藏对象，更是他的创作素材。他要通过石头，来记录历史、展示文化、表达感情。他钟情于雨花粗石，尤其是黑白石。他说，“黑白”石是最中国，最具传统文化魅力，“黑白”不就是“水墨”吗？“水墨金陵——徐铮黑白雨花石展”只是他的牛刀小试。展览的成功，更加坚定了他当初的选择。

徐铮觅石也与众不同。他不仅到市场上去买石头，更喜欢一个人到乡下、到山上、到矿上去拣石头。他手上的1000多块石头，大部分石是拣来的，少部分才是买的。“一个人跑到山上，有时还冒着雨，挖啊，拣啊，一有发现，如获至宝，这样一种氛围，这样一种情况，是我最大的享受！”徐铮说，心情放松，带着渴望，到哪儿都能拣到好石头。他很在意拣石过程中的这样一种享受。

奇石收藏者中，有不少人得到好石，秘不示人，关起门来孤芳自赏。徐铮说，对这样的爱石者，他可以理解，却并不赞同。独乐不如众乐，好石头要与人分享，要展示出来。作为创作者，作品要展示出来才有意义。办展的目的，是要把自己所领悟、想表达的思想，通过石头向观众传达自己的创意，使大家乐有所思，思有所得，这才有意义和价值。所以他的微信名就叫“铮话石说"。

徐铮认为，文无定法，玩石也是如此。一块石头，一组作品，能打动自己，感动别人，引起共鸣，就成功了。一个好的玩家，虽说无定法，但一定要有创意、有特色。“创意要突出时代特征、艺术特点、地域特色。这也许也是我当导演的一种职业本能吧。”他笑着说。这让我又想起水墨金陵展，有一组作品，一块戈壁石，是一只驮一只的两只乌龟；一块白底雨花石，石上有一黑斑。徐铮起名叫“有污点，必双规”，观者无不会心一笑。一块雨花石上，有一条蓝色的鲸鱼，被命名为“厉害了·大南京（蓝鲸）”，南京人看了，感到很亲切。一块“卓别林”，一块“猪八戒”，分别在旁边配上照片和绘画，以作衬托，让观者格外感受到天然艺术的神奇。1997 年，著名漫画家禹天成曾给徐铮画过一幅侧面头像，很传神。20 年后，徐铮在六合山上，拣到一块雨花石，上面居然也有自己的一个侧面头像，而且和禹天成的作品几乎一模一样！徐铮把此石和禹天成画的漫画像一块展出，引起参观者一片惊叹。

虽然退休了，徐铮却依然离不开导演事业。真实的舞台离不开他，石头的舞台他也丢不掉。他说，他心里正在构思着一个音画情景石展“水墨金陵”，让南京的前世今生，通过石头的演绎，变得有故事、有温度、有情境。利用声、光、电的介入，更加突出赏石文化之魅力，让千万年前的石头活起来。

“石不能言最可人。”我期盼着这出石头大戏能早日拉开帷幕，给石头城的石迷们带来欢乐与惊喜。

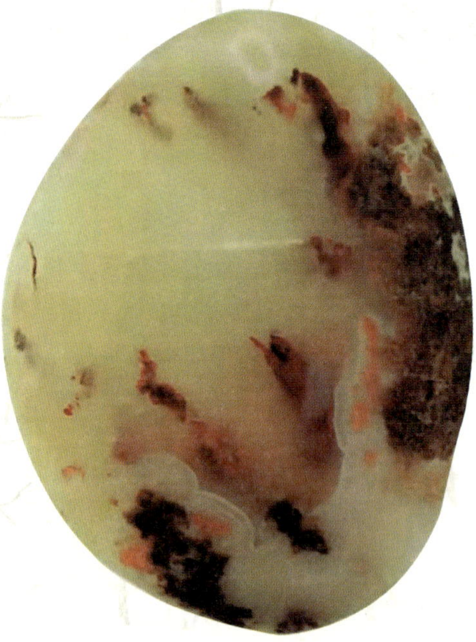

徐铮藏石“丹凤朝阳”6.3 厘米×4.9 厘米

我亦一石痴

——自言自语

我自己也没想到，这辈子会爱上奇石，而且这么痴迷。

其实，我对奇石一直是有好感的。20 世纪 80 年代，南京玩雨花石的刘水搞雨花石展，常来找我帮忙写新闻，我看了他的雨花石，也感觉很美。90 年代中期，我们到张家界玩，还买了一块卵石回来，因为上面有一只老鼠的图案（我属鼠）。但是，真正爱上奇石，则是 20 世纪 90 年代后期的事。

那一年，我到大连出差，参观了一家奇石馆，被馆内那些各种各样的奇石给迷住了。仿佛触动了一根埋藏已久的神经，一下子就爱上了奇石。当即就在市场上买了几块草花石和卵石，吭哧吭哧地背回了家。2001 年到徐州，又看上了灵璧石，一下就买了 3 块回来。2002 年更是一发不可收拾，4 次下灵璧，拖了 4 卡车灵璧石回来，只好到郊区租套房子来放石头。2003 年和 2004 年，3 次下柳州，又爱上了柳州的水石，大化石、彩陶石、摩尔石、三江彩卵石，每一种都令人着迷。2004 年，全国石展在南京举办，机会难得，又买了一大堆奇石。此后，内蒙古的戈壁石又进入我的收藏范围。2005 年以后，戈壁石成了我的最爱。

几年下来，家里到处都是石头。书架上的书，也被石头挤走不少。老婆啧有烦言，女儿也提抗议。我们家，女儿是领导，是中心。她的意见是管用的。但是，要我放弃奇石，我可做不到。几经沟通，终于得到她们的理解和支持，奇石也就在梦石草堂安下家了。

不少人奇怪，这石头有什么好玩的呢？至于如此痴迷吗？

其实，这并不难理解，爱美之心人皆有之，奇石，不就是美石吗？几千年来，中国人对玉一直是视若珍宝。《说文解字》上讲，玉者，美石也。也就是一种石头而已。奇石之美。是一种自然之美，造化之美，是天地之大美、对于一个热爱自然、亲近自然的人来讲，爱上奇石，也是很自然的事。更何况，中国人对玉、对奇石，早就赋予了一种人文的、文化的内涵，所谓君子比德于玉。古来不少文人雅士，更是趋之若鹜，留下了许多美好的传说。

2001 年 4 月，我来到山东淄博，参加全国石展，见到了《淄博日报》的陈东升先生。他是《淄博日报》的副总编，高级编辑，也爱奇石，曾经出版过一本《中国奇石盆景根艺花卉大观》，在奇石界很有影响。他在送给我的一本刚出版的《中华奇石大观》上，给我题写了一段话："返璞归真，崇尚自然，天釜神镂，风韵夺目，陶冶情操，赏石长寿，以石悟德，高洁一生，乃中华赏石文化要旨也。王君酷爱赏石文化且有研究，珍藏甚丰，可嘉可喜，令人敬佩。"后面一段话当然是客气，那时的我，哪里有什么珍藏，更谈不上研究。但他的意思很清楚，赏石是陶冶情操，是以石悟德，目的性是很明确的。

清人赵尔丰说过："石体坚贞，不以柔媚悦人，孤高介节，君子也，吾将以为师；石性沉静，不随波逐流，然扣之温润纯粹，良士也，吾乐以为友。"也是以石悟德的意思。

这当然是赏石的最高境界。不过，我还没有达到这个境界。赏石对我来说，主要还是一种娱悦，一种美的享受。就像欣赏美妙的音乐、大师的绘画、有趣的小说、优美的散文一样。总之，我是把奇石当作艺术品来欣赏的，从某种程度上讲，这种天人合一的艺术品，我以为要超过人为的艺术品。

细想起来，我的痴迷于奇石，除了能得到欣赏的娱悦，还有一个重要的因素，那就是发现的快乐。

记得好像是罗丹说过，世界并不缺少美，缺少的是发现美的眼睛。此言极是。大千世界，林林总总，美是无处不在的，自然界里，社会生活中，美的景、美的人、美的事、美的物、何其多也！你要是有一双慧眼，就能美不胜收。

赏石，就是一种发现的艺术。赏石的最大快乐，是有所发现。当你在一堆堆石头里，忽然发现有一块石头有名堂，你会眼睛一亮，心头一颤，精神一振！如获至宝，就是这种感觉。

2002 年的夏天，我到安徽灵璧李寨觅石。这是我第二次到李寨。当我走进一户农民黑黢黢的屋子里，看到墙角下有一块石头随意地丢在那儿。我上去仔细端详，感觉有点味，便请石主把它搬到屋外来。阳光下，我把石面上的尘土拭去，从不同的角度细细打量，不觉眼前一亮：一头活灵活现的犀牛跳出来了！这头“犀牛”头上的两只角，一大一小，又尖又翘，屁股筋腱突出，灵动中透出雄健。更难得的是，这还是一块文石，色彩中透出古朴来。真是一件难得的珍品！我把它命名为“灵犀。”

2004 年，南京举办石展，“灵犀”获得金奖。2005 年，北京一位石友看上了“灵犀”，开价 3 万，我没舍得出手。“灵犀”和我有缘，让我得到了发现的大快乐，我得善待它。

发现的快乐，是再多的金钱也买不来的啊！

2017 年，我又迷上了雨花供石，几乎每个星期六，都要去清凉山奇石市场觅供石，一年多来，创作了近千个供石人物，把楼上楼下的书架挤得满满当当。这些供石人物，千姿百态，栩栩如生，朋友看了，无不啧啧称奇，夸我有一双慧眼。

怎样才能练就一双慧眼？我的体会是多看，看奇石书，增长知识，看好石头，积累经验，还要多交流，才能避免坐井观天、孤陋寡闻。看得多了，眼光自然就犀利了。眼光高的人，往往还有一种直感，就像第六感觉，眼睛一瞥，就知道有没有。好比新闻记者，新闻敏感度强，一下就能把握住哪条是好新闻。

我收藏的奇石中，最为奇特的是一块树化玉。这棵树化玉高约 2 米，宽约 3 米，厚约 1 米，重约 8 吨。此石通体金黄，石质细腻润滑，已经玉化。遍身木纹，纤毫毕现，历历可鉴。其形，远看如一座金山，峭拔厚重，金光闪闪；近观则是一位古代老者，宽袍曳地，长袖拂天，有一种舍我其谁的王者气概。我把它称为“老子问天”。通观全石，气势磅礴，气韵灵动，浩浩然一股雄风扑面而来，启人神思，撼人心魄！有缘见到它的石友莫不伸颈咋舌，啧啧称奇，称赞说：“这是金陵奇石界的王者啊！”

这是一棵印尼出产的树化玉。印尼地处赤道，自古就是古木参天，巨树丛林。加之处于地球板块边缘，地震不断，火山频发，盛产树化玉。亿万年前，这棵巨树经历了地火的融炼，矿物的置换，海水的冲刷，历经千百万劫，修炼出落成如山如人之一块天然宝玉。近 20 年前，因缘际会，它漂洋过海，光临中华大地来到金陵与我结缘。

这块树化玉，在金陵石界，也曾惊艳亮相，惊鸿一瞥。那是 2006 年元旦，南京市赏石协会和江苏省拍卖总行，在清凉山公园中华奇石馆，联合举办南京首届精品奇石拍卖会，此石以 360 万元起拍价，作为拍卖会隆重推出的第一极品石，引起圈内人士极大兴趣。山东一藏家对此石情有独钟，多次前来洽谈，欲以 200 万元收藏。因舍不得此石离开金陵，未允。树化玉有如此体量，且色、质、形、纹、韵，尽皆超群拔萃，真乃仅见！有石如此，夫复何求！现在看来，当初的决定是多么英明啊！

历史是无尽的长河，每个人只是过客。大自然才是这些宝物的真正主人。作为石痴，有缘结识这些宝贝，与之共度一段或长或短的快乐时光，是上苍对我的最大眷顾。我满是欢喜，心怀感恩。

树化玉 208 厘米×310 厘米×112 厘米“老子问天”

后记

经过一年多的努力，《金陵石痴录》终于可以付梓了。

以一位记者兼石痴的眼光和文字，来为一座城市的赏石精英立传，据我所知，这在全国尚属首例。这得益于金陵古城深厚的文脉和赏石文化的历代传承，也得益于一大批几代金陵石痴的执着追求和卓著成果。没有这些先决条件，《金陵石痴录》是写不出来的。因此，我对自己能在金陵古城生活了60年，深感幸运；对能或早或晚地结识了如此多的金陵石痴，深怀感恩！

采写过程，也是学习的过程。我对一些老朋友，有了更深入的了解，还有幸结识了一大批新朋友。他们的故事令我入迷，他们的执着令我感动，他们的境界令我敬佩，他们的成就令人欣喜！能与他们结书缘、结石缘，是我今生的幸运！值得欣慰的是，写了60多位石痴，做到了两个“基本满意”：被写者基本满意，写作者也基本满意。这说明选对了人，故事精彩；也写出了每个人的特色，恰如其分！所以，我对每一位采访对象，都心存敬意，也心怀感激。

刘水、张宪忠、王建平、王邵萍、征争、吕晓红、王晓钟、周德麟等，作为金陵老资格的赏石藏石大家，为我推荐了不少采访对象。在此深表谢意！

禹天成先生是著名的漫像大师，正如大诗人丁芒所言，禹天成的漫像简洁传神。此次，他为数十位入录者所作的水墨漫像，也成为本书的一大亮点。在此，谨向禹天成先生致谢！刘汉作先生为拍摄书中的石照，花费了不少心血，一并致谢！

江苏省作家协会书画联谊会副会长兼秘书长、江南诗画院副院长尹最良先生，既是我的同行，也是我的老友。尹先生为本书的出版出谋划策，贡献良多，深致谢意。

感谢薛冰先生为本书所写的精彩序言。薛冰是我的校友、插友、文友、石友，也是我交往超过50年的老朋友。薛冰是著名的作家、学者，对金陵文化研究尤深，对金陵文脉了如指掌。他认为赏石文化是金陵文脉的重要组成部分。南京作为“石头城”，应该把赏石文化继承下来，发扬光大！可以说，如果没有薛冰的策划、支持和帮助，就不会有《金陵石痴录》的诞生。

我的太太白之锡、女儿王碧佳，20多年来，对我近乎疯狂的觅石、购石、藏石行为，给予的包容、理解、支持，让我怀有深深的感激之情！本书20多万字的书稿，都是白之锡一个字一个字用键盘敲出来，录入电脑的。王碧佳是留美博士、东华大学副教授，在生二宝坐月子期间，还对全书的文稿和漫像、石照，进行了统一编辑，令我特别感动。

金陵石痴众多，本书容量有限，故仅仅选录了其中的一部分。写着写着，人数仍然突破了最初的设想。即便如此，还是有不少精彩人物未能入录，只能留待将来，争取有机会再写续集了。

王增陵

2018年12月21日